DE GEHEIME KAMER

Van Patrick Woodhead verscheen eerder:

De verboden tempel

Patrick Woodhead

De geheime kamer

VAN HOLKEMA & WARENDORF
Uitgeverij Unieboek | Het Spectrum bv, Houten – Antwerpen

Oorspronkelijke titel: *The Secret Chamber*
Vertaling: Jaap Sietse Zuierveld
Omslagontwerp- en illustratie: Johannes Wiebel | Punchdesign
Opmaak: ZetSpiegel, Best

www.white-desert.com
www.unieboekspectrum.nl

ISBN 978 90 00 31221 4 | NUR 332

Eerste druk 2012
Oorspronkelijke uitgave: Preface, an imprint of The Random House Group Ltd.

Voor de boeren in een vluchtelingenkamp.
Mogen jullie je weg naar huis vinden.

1

De man rende met uitgestrekte armen en gespreide vingers, alsof hij de weg probeerde te voelen.

Het was vroeg in de ochtend en de eerste zonnestraal was zojuist over het weidse bekken van het oerwoud gevallen. Ondanks het schemerlicht dat tussen de bomen door kwam, brandden de ogen van de man alsof ze er voor het eerst aan werden blootgesteld. Om beide ogen cirkelden donkere uitputtingskringen en zijn huid was asgrauw. Al turend probeerde hij een doorgang te zien, maar er was alleen maar oerwoud.

Hij stopte bij de lage takken van een acaciaboom, voelde zijn hart in zijn keel kloppen en zijn longen branden. Er sijpelde modder tussen zijn blote tenen omhoog en even staarde hij simpelweg naar zijn voeten, te moe om door te gaan. Na zes uur rennen had hij niets meer te geven.

Er klonk een geluid van zwiepende bladeren, en daarna een schelle kreet. Ze hadden hem weer gevonden.

Tweehonderd meter achter de plek waar hij stond bewogen drie Congolese mannen zich met de behendigheid van geboren oerwoudjagers. Hun bewegingen waren vloeiend en zelfverzekerd, wapens losjes in hun linkerhand terwijl hun rechterhand wijd gespreid was voor het evenwicht. Ze spaarden energie, jogden meer dan dat ze renden, erop lettend dat ze zich niet aan de verraderlijke bodembedekking.

Ze waren alle drie naakt, afgezien van een gevlochten riem met kwastjes die om hun middel was gewikkeld en tussen hun dijen was gedrapeerd. De leider was groter dan de andere twee jagers, had lange, soepele spieren die zich tijdens het rennen op zijn rug spanden. Zijn zwarte huid glansde van het zweet; zijn neusgaten sperden zich wijd open als hij de lucht diep in zijn longen zoog.

Hij keek op, herkende de acacia. Ze naderden de rivier.

Terwijl hij zijn pas versnelde, pakte de leider een van de pijlen uit zijn vuist en legde die over de schacht van zijn boog; hij vond de pees zonder omlaag te kijken. In één soepele beweging kwam hij tot stilstand en schoot de pijl af. Die doorkliefde de brede bladeren op middelhoogte, miste zijn doelwit op een paar centimeter na en drong in de schors van een smalle boom door.

Ze waren nu dichterbij, slechts twintig meter achter de man. De jagers kwamen langs jonge boompjes die nog heen en weer zwiepten, terwijl ze het schorre geluid van zijn ademhaling konden horen. Toen ze de top van een richel bereikten, waren ze plotseling in de open ruimte. Daar was de rivier, met zijn water bruin en zwaar in de hitte. Hij kronkelde als een reusachtige slang door het oerwoud, de enige onderbreking in het bladergewelf over honderden kilometers in elke richting.

De leider bracht zijn hand omhoog tegen de felle glans van de zon en keek hoe rimpelingen over het water uitwaaierden. Hij wachtte, met geheven boog, tot de man zou opduiken. Toen, op bijna een derde van de afstand over de rivier heen, ontstond er een explosie van beweging. Ze konden zien hoe het hoofd van de man achterover werd geworpen toen hij naar lucht hapte, hoe zijn lichaam zijwaarts in de stroom dreef.

Even bleven de jagers stil staan kijken. Toen trokken ze zich, zonder een woord te zeggen, weer in het oerwoud terug.

De man staarde verward hun kant op voordat hij zich langzaam omdraaide in de richting van de andere oever. Hij zwom door met beide armen onhandig tegen het water te slaan, en met iedere slag dook zijn gezicht verder onder het vieze oppervlak. Hij werd snel moe. Algauw kon hij niets meer doen dan zichzelf drijvende houden, hoestend als het water zijn mond in sijpelde. De rivier trok hem stroomafwaarts naar een smaller stuk, waarvan de bedding en banken bezaaid waren met enorme granietblokken.

Daar waren de jagers. Ze stonden daar gewoon, gebogen, te wachten.

Hij probeerde nog een laatste keer onder het oppervlak te duiken en aan hen te ontsnappen, maar pezige vingers dolven diep in het water en sleepten hem zijwaarts naar de rotsen. De man lag daar, te moe zelfs om zijn handen ter zelfverdediging omhoog te brengen, terwijl de jagers zijn polsen vastbonden met een dun gevlochten koord, waarvan de vezels van ouderdom taai waren geworden. Ze sleurden hem overeind, snoerden een strop om zijn hals en trokken die strak tegen zijn keel. Ze duwden hem het oerwoud weer in, waarbij ze in ganzenmars liepen, zo dicht bij hem dat hij de houtrook op hun huid kon ruiken.

'*S'il vous plaît...*' Alsjeblieft, smeekte hij, maar ze reageerden niet.

De processie baande zich al draaiend een weg, zonder te pauzeren, door de doolhof van bomen en kreupelhout, totdat ze eindelijk begonnen te klimmen. Het bladergewelf werd dunner; door de openingen tussen de boomtoppen vloeide natuurlijk licht met een brandende luminescentie. Boven hun hoofd verscheen langzaam een enorme zwarte rotszuil; rondom de voet daarvan wervelde stof in de bries. Nog voordat ze hem bereikten, kon de man de hitte van de vulkaan voelen en de bittere stank van zwavel ruiken.

Langs de rotswand voor hem liep een brede barst trechtervormig de berg in. Toen hij tot stilstand werd getrokken, zonk hij langzaam op zijn knieën, maar al te goed wetend wat er in de schaduwen lag.

'*Libérez-le.*' Het bevel om hem los te maken kwam uit de duisternis. Na het vaag schrapende geluid van een laars verscheen er een silhouet vlak achter de schaduwlijn.

'*Faites-le rapidement!*' Doe het snel.

De jagers aarzelden nog even, omdat ze niet dichterbij wilden komen. Toen rukten ze de strop af, duwden de man naar voren en smeten hem op zijn handen en knieën.

In zijn ooghoeken welden tranen op, die zich vermengden met het zweet dat over zijn wangen liep. 'Alsjeblieft,' stamelde hij, 'het was nooit mijn bedoeling om...'

'Joshua... Joshua,' zei de stem weer. 'Je moet alleen maar om vergiffenis vragen. Het enige wat ik ooit van je heb gevraagd is dat jij je hart openstelt.'

Het silhouet kwam dichterbij; zijn handen reikten naar het heldere zonlicht en trokken hem zachtjes dichterbij.

'Kom bij ons terug, Joshua. Toon berouw en je zult vergeven worden.'

'Dat doe ik. Dat doe ik,' flapte hij er met een door angst gesmoorde stem uit. Voor hem zag hij hoe de verschijning zich langzaam op zijn eigen knieën liet zakken. Hij was nu dichtbij, raakte hem bijna aan.

'Zie je hoe gemakkelijk het is,' fluisterde de stem. Er werd een arm uitgestoken om hem op de rug te kloppen.

Joshua gilde plotseling toen er een mes in de achterkant van zijn rechterdij werd gestoken. Zijn mond ging wijder open; de gil werd schel toen het lemmet heen en weer bewoog en zijn kniepees doorsneed. Even later werd het mes losgerukt en werd Joshua achteruit geduwd tegen de harde rots.

'Je mag dan vergeven worden,' zei de stem ten slotte, 'maar nu kun je ons nooit verlaten.'

2

Er verspreidde zich een laag, mechanisch geluid over de openheid van de Kalahariwoestijn. Het weerkaatste nog even langer, voordat het verloren ging in de enorme, stille luchten.

Drieduizend voet boven het struikgewas trok een Cessna 206, slingerend langs de sporadische torens van stralend witte wolken, geleidelijk naar het westen. In de linkerstoel van de lage cockpit zat Beatrice Makuru, met haar lange lichaam naar voren gebogen en één hand losjes om de stuurkolom. De zijkant van haar hoofd was tegen het plexiglasraam gedrukt terwijl ze werkeloos keek naar de woestijn die beneden voorbijtrok. Het was heet in het vliegtuig, de lucht verstikkend ondanks het feit dat de ventilatoren volledig open waren, zodat ze zich zwaar en lethargisch voelde.

Om de paar seconden schoten haar ogen naar de instrumenten en scanden ze instinctief, van links naar rechts, de luchtsnelheidsmeter, de koersindicator en hoogtemeter, voordat ze zich weer op het onveranderlijke landschap beneden richtten. Ze geeuwde; haar grote, bruine ogen knipperden verscheidene keren terwijl ze probeerde om zichzelf wakker te houden en een of ander referentiepunt buiten de cockpit te vinden. Maar de woestijn was gewoon te uitgestrekt. Hij dreef voorbij, eindeloos en desolaat, en ze liet haar starende blik afwisselend scherp en wazig worden. Het leek daar op een vreemde manier vredig, alsof de volkomen afwezigheid van mensen iets was wat gekoesterd moest worden. Sinds ze zich kon herinneren had ze altijd liever alleen willen zijn; de eenzaamheid paste bij een zeldzame stilheid in haar karakter.

'Golf Hotel Juliett. Hoor je mij?'

De radio kwam krakend tot leven en even overspoelde het geluid haar. Na een poosje trok ze haar hoofd een eindje van het raam en ging ze rechtop zitten.

'Hotel Juliett. Wat is er, Johnny?'

'Luister, Beer, we hebben net gehoord van een of andere explosie in de Bloemfonteinmijn. Ik heb je op dit moment niet veel meer te melden, maar de labs zijn misschien getroffen en er kan besmetting zijn. Kun je omvliegen, over?'

'Blijf even hangen.'

Beer sleepte haar kaarten van de achterstoel, vouwde de eerste open en trok de markeerstift en liniaal uit een klem in de zonneklep. Ze tekende vlug twee strakke groene cirkels en mat, met de stift tegen haar mond geklemd, de afstand daartussen met de liniaal. Ze krabbelde een snelle brandstofberekening, voordat ze haar duim op de communicatieschakelaar drukte.

'Ja, ik kan omvliegen. Geschatte aankomsttijd over vijfentwintig tot dertig minuten. Zijn er slachtoffers?'

'Nee. Het lijkt erop dat ze geluk hadden.'

'*Wilco*...' Beer wachtte even, terwijl het vage gekraak van de radio in haar koptelefoon echode. 'En Johnny, wie is er ter plaatse?'

'Dat is Wilhelm.'

'Begrepen. Hotel Juliett.'

Beer schudde langzaam haar hoofd, liet de kaart van haar schoot op de lege stoel naast haar glijden. Ze keek naar de gladde huid van haar dijen en vervloekte zichzelf omdat ze die ochtend zo'n strakke rok naar kantoor had gedragen. Ze wriemelde instinctief achteruit in de stoel, trok de rok een centimeter verder langs haar benen omlaag, maar wist dat het nutteloos was. Toen ze haar arm optilde om de koersindicator met het kompas te vergelijken voor haar nieuwe koers, voelde ze haar shirt tegen haar huid plakken. Het deed haar decolleté perfect uitkomen. Ze schudde haar hoofd nogmaals.

Dat was het enige excuus dat die idioten in de mijn, die stijf stonden van de testosteron, nodig zouden hebben. Midden in de Kalahari zagen ze weken achtereen geen vrouwen. Het enige vrouwelijke contact dat de meesten van hen hadden was in de bordelen in de stad. De opbrengst van een maand lang werken voor een lang weekend zuipen en hoerenlopen. Dat leek een hoge prijs, gezien het uiterlijk van de meeste vrouwen in Bloemfontein.

Dit was natuurlijk net de enige dag dat ze zich voor afspraken had moeten opdoffen. Tot overmaat van ramp hing het maatjasje dat bij de rok paste netjes over de rugleuning van haar stoel in het kantoor. In de hitte en de haast om naar Kaapstad terug te gaan, was ze erin geslaagd het te vergeten.

Terwijl ze haar lange zwarte haar in een strakke paardenstaart trok, keek Beer opnieuw omlaag om het materiaal van haar witte shirt aan de zijkanten van haar borsten te zien plakken.

'Shit,' mompelde ze; haar Franse accent rekte de 's' uit, zodat die in de radiomicrofoon weerkaatste. Ze knoopte het shirt een knoopje hoger dicht en trok het van haar huid af, in een poging wat lucht onder de stof te krijgen.

En dan ook nog Wilhelm. Die dikke Boerenzak had zichzelf er nauwelijks van kunnen weerhouden tegen haar op te rijden toen ze een overall had gedragen, laat staan nu ze zo was gekleed. Door die verlekkerde grijns van hem wilde ze hem altijd bij de ballen grijpen en de blik van zijn kwabbige kop wegknijpen.

Met nog een schuddende hoofdbeweging rukte ze de stuurkolom kwaad naar voren, zodat het vliegtuig in een steile hellende bocht omlaag dook. Het geluid van de wind nam met iedere wending van de hoogtemeter toe en ze hield de kolom naar voren gedrukt, genietend van het gevoel weer eens echt te vliegen. Zelfs een oude rammelkast als een 206 kon leuk zijn als je wist hoe je ermee moest omgaan.

Horizontaal vliegend op een hoogte van slechts dertig meter, stelde Beer de vleugelroeren op haar nieuwe koers af en verhoogde de snelheid. Haar ogen schoten heen en weer tussen de instrumenten en de horizon, terwijl al het andere geleidelijk betekenis leek te krijgen. Zo was het altijd als ze vloog, op de manier die haar vader, Jean-Luc, haar had geleerd. Toen ze met vliegen begon, was ze een slungelige tiener met amper genoeg kracht in haar armen om uit een duikvlucht op te trekken, maar zelfs nu nog kon ze zich herinneren hoe zijn stem zachtjes door de microfoon kwam. Die was altijd kalm, altijd precies. De gefluisterde instructies, die haar ertoe brachten steeds lager te scheren, totdat de grond in zo'n waas van adrenaline voorbijscheurde dat ze nauwelijks nog kon ademen. Het voelde alsof de termietenheuvels waarmee de savanne bezaaid was het landingsgestel zouden afscheuren, maar toch zei zijn stem haar dat alles oké was, dat ze nog lager kon gaan, nog iets meer druk op de ketel kon zetten.

Zo was het altijd met haar vader. Het was een van de vele dingen die hij had overgehouden aan zijn leven als rondtrekkende huurling in Afrika. Ze hadden het er bij hem ingestampt, en hij, op zijn beurt, bij haar.

En hier was ze, het resultaat van het meest onverenigbare samenzijn dat men zich kon voorstellen. Eén nacht die door haar vader, de Franse huurling, was doorgebracht met een plaatselijke vrouw van de Hema-stam in Oost-Congo. Indertijd was haar vader een andere man geweest – een aardige man met principes, ondanks de realiteiten van zijn beroep.

Acht jaar na die noodlottige nacht, toen Beers moeder haar in de steek had gelaten voor een of andere koopman die veel probeerde te verdienen in Lubumbashi, was het Jean-Luc die haar kwam zoeken. Uiteindelijk had hij haar in de straten van Bunia gevonden, haar buik gezwollen door ondervoeding, haar haar vergeven van de luizen, en slechts gehuld in een voddig T-shirt en de buikkralenketting die ieder meisje van haar stam op de dag van haar geboorte kreeg.

Zonder paperassen of getuigen had Jean-Luc haar over de grens Rwanda in gesmokkeld. Naarmate de jaren verstreken reisden ze van Uganda naar Liberia, en vervolgens van Angola naar Sierra Leone; ze trokken naar elk door oorlog verscheurd schijtgat op de planeet waar de huurlingeneenheid van haar vader wat geld kon verdienen. Het werd haar leven, werd een normale toestand. Ze was gewoon een klein meisje dat haar huiswerk probeerde te maken te midden van de verwelkte grandeur van de ex-koloniale hotels met hun pokdalige plafonds en ongerijmd deftige obers. Ze verborg zich altijd onder de piano, waar ze haar Engels oefende door naar de BBC World Service te luisteren.

In ieder nieuw land moest ze haar eigen ruimte vinden, haar eigen wereldje tussen de chaos bouwen, terwijl haar vader met zijn trouwe eenheid in de rimboe verdween, waarbij hij met elke nieuwe oorlog weer een deel van zijn ziel verloor.

Maar het was Sierra Leone dat hem echt veranderde. Daar was iets gebeurd terwijl hij tegen het Revolutionair Verenigd Front vocht. Als Freetown zelfs maar werd genoemd, betrok Jean-Lucs gezicht en werden zijn grijze ogen vertroebeld door een angstaanjagende wezenloosheid.

Toen begon hij te drinken, zo zwaar te drinken dat de weken wazig werden en missies samenvloeiden in een monotone litanie van wreedheden. De toch al geringe zin ervan ging algauw verloren tussen de spiralende complexiteit van ruziënde autocraten toen hij de ene klus na de andere aannam. Haar vader werd een vreemde voor haar, toonde kanten van zijn karakter waarvan ze nooit had geweten dat ze bestonden, totdat hij uiteindelijk net zo amoreel was geworden als de mensen tegen wie hij vocht.

De anderen in de eenheid probeerden het te verbergen, natuurlijk; Laurent en Marcel het meest. Zij verontschuldigden zich voor hem, zeiden tegen haar dat het malaria was of dat haar vader niet lekker in zijn vel zat, maar de excuses werden algauw hol en herhaalden zich. Pas toen ze haar beurs voor de Universiteit van Kaapstad kreeg en zich feitelijk van de hele toestand losmaakte, besefte ze hoe verkeerd het allemaal was gelopen, of altijd al was geweest.

Een paar jaar later kwam haar vader naar Kaapstad om het weer goed te maken, maar in plaats van hun relatie te herstellen, bracht hij de hele eerste dag met een Engelsman in restaurant Uitsig in de Kaapse Wijnlanden door, waar hij tijdens de lunch steeds dronkener werd. Die avond, toen ze allemaal naar een nachtclub in Long Street waren getogen, had Jean-Luc een van Beers vriendinnen in de toiletten genaaid voordat hij met de garderobejuffrouw over zijn jasje begon te ruziën. Beer moest haar vader van de uitsmijter af sleuren, die hij tijdens de daaropvolgende ruzie bewusteloos had geslagen, en hem naar een van de achterafsteegjes brengen om te proberen hem te kalmeren. En terwijl ze daar stond, hem verhinderde naar de club terug te keren, zag ze alleen maar de wilde ogen en bloedbevlekte knokkels van een vechtersbaas en een dronkaard. Dit was haar vader niet meer.

Ze staarde naar zijn vuisten, die zich in een constant ritme balden en ontspanden, en voelde een misselijkheid in haar binnenste opwellen. Op dat moment leek hij zo walgelijk, zo ontzettend verachtelijk; het was alsof de lelijkheid van al die Afrikaanse oorlogen uit hem sijpelde.

Later besefte ze dat de Engelsman Simon Mann was geweest en dat haar vader betrokken was geweest bij de poging tot een staatsgreep in Equatoriaal Guinea. Op de een of andere manier was Jean-Luc de groepsarrestaties in Zimbabwe ontlopen en was hij noordwaarts naar de grens tussen Rwanda en Congo getrokken. Nu was zijn eenheid daar gestationeerd, vliegend in helikopters in wat ogenschijnlijk een 'bevrachtingshandel' was, maar gezien alle smokkelwaar die elke maand uit Oost-Congo kwam, van diamanten tot coltan, uranium tot koper, was het maar al te duidelijk dat hij niets meer dan een kruimelsmokkelaar was geworden.

Die nacht in Kaapstad was negen jaar geleden, de laatste keer dat Beer haar vader had gesproken. Ze had nu een nieuw leven; ze was getrouwd en had een driejarige zoon. En, het belangrijkste, haar gezin was iets waarvan híj nooit deel had uitgemaakt. Maar ondanks alles wat er was gebeurd, en alles wat hij had gedaan, verbeeldde ze zich soms toch nog dat ze haar zoon Nathan aan zijn grootvader voorstelde. Zelfs in haar verbeelding echter begon de droom in te storten. Haar vader was nu te ver heen. Gewoon het zoveelste slachtoffer van de eindeloze conflicten in Afrika.

Door de cockpit van het vliegtuig ontwaarde Beer de vage afdruk van een nederzetting die boven de vlakke horizon oprees. Door de stuurkolom naar achteren te trekken liet ze de Cessna in een steile boog klimmen, waarbij de G-kracht Beer achterover in haar stoel drukte. Toen de snelheid afnam, klikte ze de eerste vleugelklep omlaag en vervolgens de tweede, zodat het vliegtuig in een strakke, trage cirkel boven de nederzetting draaide. Ze kon beweging buiten de dagbouwmijn zelf zien, met de transportbanden die als slagaders van de noordelijke ingang naar de afgelegen gebouwen uitwaaierden.

Door het vliegtuig naar zijn andere as te draaien kon ze de krater van de explosie zien. De buitenwaartse ontploffing had een massieve maar bijna volmaakte cirkel gevormd. Ze reikte naar haar vliegtas op de achterstoel, haalde er een kleine Lumix-camera uit en nam vlak na elkaar vijf foto's. Vanuit de hoogte leek het erop dat het labcomplex net buiten het bereik van de explosie was geweest. Het had weinig gescheeld.

Zestig meter onder het cirkelende vliegtuig stonden drie mannen naast een witte Toyota-pick-up. Ze waren alle drie gekleed in kaki hemden met bijpassende korte broeken, en sokken die tot vlak onder hun knieën waren opgetrokken. Ondanks de verzengende zon droeg niemand van hen een hoed. Ze stonden naar de kobaltblauwe hemel te turen, volgden het vliegtuig toen het de windzak passeerde en ging landen.

Ze hoorden de propellersnelheid van toonhoogte veranderen, waarna het vliegtuig landde met een stofwolkje dat de achterwielen deden opstuiven. Een paar seconden later kwam het aan de andere kant van hun pick-up tot stilstand.

De drie mannen liepen om het voertuig heen, met hun ogen op het interieur van het vliegtuig gefixeerd terwijl Beer uitstapte en haar knieën zo dicht mogelijk tegen elkaar probeerde te houden.

'Niet te geloven,' zei de grootste van de mannen tegen niemand in het bijzonder, met een vet Afrikaner-accent in zijn zwaar doorrookte stem. 'Ze hebben die verdomde kaffervrouw weer gestuurd.'

Hij hield halt, terwijl de anderen achter hem stopten, en kruiste zijn onderarmen over zijn ronde pens. De natuurlijke frons op zijn door de zon beschadigde gezicht werd dieper toen zijn starende blik vanaf Beers enkels omhoogging en ergens in de buurt van haar kruis bleef rusten. Hij knikte langzaam; zijn tong bewoog over zijn lippen alsof die de lijm op een sjekkie natmaakte.

Toen Beer de achterdeur van de Cessna opende en een grote canvastas tevoorschijn haalde, rechtte Wilhelm zijn schouders nog iets meer. 'Je weet toch dat wij dit allemaal onder controle hebben?' riep hij naar haar. 'Elke idioot kan zien wat er gebeurd is. De compressors zijn weg. Dus wil je mij vertellen waarom het hoofdkantoor verdomme een kleine meid heeft gestuurd om mijn mijn te inspecteren?'

De man aan zijn linkerkant toonde een scheve glimlach, haalde een pakje Marlboro uit zijn borstzak en tikte een paar keer tegen het filter. Terwijl hij de sigaret in zijn mondhoek stak, viste hij een Zippo uit zijn broekzak en wilde hem openklikken.

'Wil je dat niet doen?' zei Beer, met haar schouder tegen de deur van het vliegtuig leunend om de klink dicht te krijgen. De man keek haar minachtend aan en na een korte aarzeling negeerde hij haar.

'Je staat namelijk een meter bij de brandstofleiding vandaan en hoe leuk die strakke korte broek van jou ook is, je wilt hem misschien toch niet in vlammen zien opgaan.'

De man keek naar de L-vormige buis onder de vleugel van het vliegtuig en de brandstofdruppel die aan het uiteinde ervan was opgeweld. Hij keek weer naar Beer en toonde vervolgens een glimlach die zijn ogen niet bereikte.

Wilhelms lompe onderarmen spanden zich terwijl hij keek naar zijn collega, die de aansteker langzaam liet zakken. 'Nu moet je eens goed naar me luisteren,' gromde hij, met zijn kin schuin omhoog, 'wij hebben er geen behoefte aan dat een of andere kaffervrouw ons hier komt vertellen hoe we verdomme onze eigen mijn moeten runnen. Waarom klim je niet aan boord van je mooie vliegtuig en rot je niet weer op naar de stad?'

Beer zwaaide de tas over haar schouder en bleef voor hem staan. Haar ogen waren op Wilhelm gefixeerd, maar haar uitdrukking bleef onpeilbaar; noch confronterend, noch inschikkelijk. Zijn ogen richtten zich op de hare en leken vervolgens op haar rechteroog te blijven rusten. Er was iets vreemds aan... Alleen als hij nauwkeuriger keek besefte hij dat er helemaal boven aan de iris een tekort aan pigmentatie was, waardoor er een helder wit vlekje achterbleef, dat het deed lijken alsof het oog constant een of ander ver licht reflecteerde.

'Luister, Wilhelm, want ik ga dit maar één keer zeggen,' zei Beer, bijna op fluistertoon. 'We weten allebei dat ik hier de enige ben die gekwalificeerd is om de schade vast te stellen. Dus waarom breng je mij niet gewoon naar die compressors in plaats van onze tijd te verspillen?'

'Ik heb jou niet nodig...'

'Probeer nou eens één keer,' onderbrak Beer hem, 'met je hoofd en niet met je ballen te denken. Je hebt een explosie van de vierde categorie op een open mijnterrein. Er kan hier allerlei rotzooi uitlekken.'

Er viel een stilte waarin Wilhelm aarzelde, verscheurd tussen zijn trots en het besef dat ze gelijk had. Zonder op een antwoord te wachten drong Beer langs hem heen en klom op de achterkant van de pick-up; ze gooide haar tas in de gegolfde bak van de wagen voordat ze met haar knieën tegen elkaar geklemd op de rand ging zitten.

'En trouwens, ik heb een Congolese moeder en een Franse vader, maar blijf vooral "kaffer" zeggen als dat gemakkelijker voor je is. Stap nu maar gewoon in en bestuur die klotewagen.'

Beer zag dat Wilhelms hele lijf trilde van woede. Ze wist maar al te goed hoe trots Afrikaners konden zijn. Stilletjes strafte ze zichzelf ervoor dat ze had gehapt. Het was haar taak om het terrein onder controle te houden, in plaats van een ruzietje met een halfgare Boer te winnen. Terwijl ze haar hoofd van Wilhelms rood aanlopende gezicht afwendde en naar het eerste van de geprefabriceerde gebouwen keek, sprak Beer opnieuw, op zachtere toon ditmaal.

'Hoor eens, het is jouw mijn, Wilhelm. Ik probeer alleen om hem veilig te maken. Dat is alles. Laten we dit zo gauw mogelijk afhandelen en dan kunnen we allemaal naar huis.'

Wilhelm haalde een sigaret uit de borstzak van zijn overhemd, stak hem aan en sloot het deksel van zijn Zippo met een snelle polsbeweging. Zijn ogen schoten naar de brandstofleiding terwijl hij aan de sigaret trok en het brandende papier zachtjes knetterde.

'Breng haar dan maar naar het terrein, maar geef haar tien minuten. Dat is alles,' zei hij, een dikke fluim op de droge grond spugend.

Toen ze dichter naar het gebouwencomplex toe reden, zag Beer dat de explosie een bijna volmaakte cirkel over de hele omtrek van de mijn had uitgereten. De omvang van de explosie was enorm, en hoewel ze van exploderende compressors had gehoord, had ze nooit eerder zoiets gezien.

Beer klom uit de pick-up, ritste haar canvastas open en trok vlug een van een rubberlaag voorzien beschermingspak aan; ze negeerde de starende blikken van de mannen toen ze haar rok ophees om haar benen in de broek te kunnen krijgen. Ze ritste het aan de achterkant dicht als een duikerpak, sloot haar ellebooglange handschoenen met gaffertape af en haalde de bandjes van haar gasmasker aan. Met haar gereedschapstas onder een arm liep ze langzaam vooruit naar de rand van de krater, luisterend naar haar inademing, die knarsend door de filters van het masker trok.

In het midden van de mijn waren oorspronkelijk rode rotsplaten zwartgeblakerd, terwijl losse hopen smeulende as nog steeds in scheve verticale lijnen rookten. Tussen de brokstukken lagen herkenbare delen van wat het compressorgebouw was geweest; een hoekverbindingsstuk van het dak, verwrongen metalen plankdelen en zelfs bekledingsmateriaal van buizen die op de compressors waren aangesloten.

In Beers ogen was er aan de vorm van de krater iets wat niet leek te kloppen. De ontploffingsradius was merkwaardig uniform, bijna zoals die van een mortiergranaat. De explosie was duidelijk vanuit één punt voortgekomen, in plaats van dat één compressor de volgende in een kettingreactie tot ontploffing had gebracht, zoals logischerwijs had moeten gebeuren. Ze schudde langzaam haar hoofd, zich afvragend waardoor het in godsnaam allemaal veroorzaakt kon zijn.

Beer klom omlaag de krater in, liep methodisch door de brokstukken en schepte bodemmonsters op in een van de ronde hittebestendige bakjes die ze in een zak op de broekspijp van haar pak bewaarde. Toen ze het midden van de holte bereikte, bleef ze staan. Aan de onderkant van een van de gebroken pijpleidingen zat een dun, helder residu dat in de felle zonneschijn glinsterde. Ze tilde de pijpleiding de lucht in, voelde de hittegloed door haar beschermingshandschoenen heen. Het residu was door de hitte verglaasd tot een hard laagje en ze draaide het langzaam in het licht, zich afvragend wat het kon zijn.

Terwijl ze een paar scherven in een van haar bakjes schraapte, draaide ze zich om en zag ze de twee Afrikaners aan de rand van de krater staan, naar haar gebarend dat haar tijd om was. Beer negeerde hen, keerde hun de rug toe terwijl haar ogen de puinlijn nog eens afspeurden.

Wat de explosie ook had veroorzaakt, er was één ding waar ze zeker van was: de compressors hadden er niets mee te maken gehad.

3

De Amerikaan stond met zijn rug naar de rest van de groep luid in een satelliettelefoon te praten. Zijn lichaam werd gedeeltelijk als een silhouet afgetekend door het avondlicht, aan beide zijden omlijst door de steile lijnen van het Himalaya-gebergte.

Toen de man zijn evenwicht bijstelde, draaiden zijn ogen naar de Nepalese dragers die over de top van het pad aankwamen. Ze verzamelden zich in een groep, hun halsspieren gezwollen door de band om hun voorhoofd waarmee ze de zware lading op hun rug in evenwicht hielden. Ze wachtten tot hij gebaarde waar hij wilde dat het kamp werd opgebouwd.

'Je begrijpt me niet,' zei de man in de satelliettelefoon. Hij draaide zich om om opnieuw naar het uitzicht te staren en negeerde de dragers. 'Dit is geen tochtje door de Alpen. Dit is de Himalaya. Het is wij tegen de berg hier.'

Er viel een stilte, waarin hij wachtte tot de journaliste aan de andere kant van de lijn haar vraag afmaakte.

'Ja, ik denk dat er altijd enige angst is,' vervolgde hij, langzaam tegen zichzelf knikkend. 'Maar je moet die angst bedwingen, zoals je de berg bedwingt. Mensen in de beschaafde wereld kunnen niet begrijpen wat een man als ik drijft om hier te zijn. Het is meer...'

Hij hield op, tuurde naar de telefoon en zag dat het signaal tot nul was gedaald. Terwijl hij zich afvroeg hoeveel van wat hij had gezegd was doorgekomen, kromden zijn schouders zich langzaam.

'Bob, ze willen weten waar je het kamp opgezet wilt hebben,' zei een tengere blonde vrouw die aan de rand van het pad stond. Ze was gekleed in dezelfde felgele Gore-Tex-jas als de rest van het klimteam, maar hij leek een paar maten te groot, uitpuilend over haar heupen.

Bob keek op en zwaaide vervolgens afwezig met zijn arm naar een bredere grassectie direct achter hem. Terwijl de sherpa's hun ladingen dankbaar lieten vallen en de tenten begonnen uit te pakken, stapte hij naar de vrouw toe, met de satelliettelefoon voor zich uit zwaaiend, alsof dat op de een of andere manier met het signaal zou helpen.

'Hoe zit het met dit godverdomde Iridium-netwerk, Sally?' vroeg hij, zijn brede gezicht tot een frons plooiend. 'Je krijgt ongeveer twee minuten voordat de satelliet buiten bereik raakt. Waarom hebben we in godsnaam geen ander systeem gebruikt?'

Sally's hoofd zakte omlaag en haar ogen werden mat toen Bob zich naar haar toe boog.

'Weet je, als mensen hierbeneden zulke fouten maken, zet dat je wel aan het denken over wat er hogerop kan gaan gebeuren.' Hij wachtte even; zijn frons werd dieper, alsof die gepijnigd werd door zijn eigen voorgevoel. 'Hoor je me, Sally? En ik zeg dit in het belang van het *team*.'

Terwijl hij het laatste woord uitrekte, zwenkte zijn strakke blik naar de groep sherpa's, waar een zestienjarige jongen de Pelicankoffer die hij had gedragen had opengeklikt, en bezig was de dikke computersnoeren die erin zaten te ontrollen.

'Niet aanraken!' schreeuwde Bob, die dichterbij kwam en overdreven langzaam met zijn vinger voor de neus van de jongen zwaaide. 'Dit niet aanraken!'

Sally keek toe, met een rode blos van frustratie op haar wangen, voordat ze zich afwendde en naar de lagere regionen van de berg staarde. Ze liet haar blik wazig worden, ademde diep uit in een poging zichzelf te dwingen zich te ontspannen. Waarom was de Wall Streetkliek altijd zo oervervelend? Het ene moment wilden deze mannen bergbeklimmers zijn, het volgende verdomde astronauten. Ze had moeten weten dat het zo zou zijn; iedere dag een nieuw verwijt, een nieuwe herinnering aan haar status als het groentje van het team, maar ze had de betrekking toch aangenomen. Een Himalaya-expeditie financieren was gewoon te duur om het helemaal alleen te doen.

Toen Sally de berghelling af staarde, zag ze plotseling een figuur over het pad naar hun kamp toe komen. De man bewoog snel ondanks de zware lading die hij droeg; hij rende meer over het zigzaggende pad dan dat hij liep.

Even later beklom Luca Matthews de laatste resterende treden van het pad en stopte. Hij stond even stil, om zijn ogen van de ene persoon naar de andere in de groep te laten gaan, voordat hij de dikke band van zijn voorhoofd trok en zijn lichaam behendig onder de enorme bepakking vandaan zwaaide.

Sally staarde naar hem, zijn schouderlange haar, geklit door vuil en door een verschoten bruin vod van zijn voorhoofd geschraapt, in zich opnemend. Zijn gezicht was diep gebruind, maar zijn wangen waren hol door het lichamelijk zware werk en een schraal dieet. Over zijn kaaklijn kon ze een lichte baard zien, onregelmatig doordat hij zonder spiegel of zorg was bijgeknipt, en toen hij zijn evenwicht bijstelde en zijn gezicht iets verder naar haar toe draaide, ving ze een glimp van zijn bleekblauwe ogen op. Ze staarden wezenloos vooruit, bijna mechanisch, alsof hun licht ergens op de eindeloze Himalayapaden langzaam was gedoofd.

'Hoi,' begon Sally te zeggen, toen er plotseling een koor van *'Namaste!'* achter haar losbarstte. Elke Nepalese drager had zijn handen in de traditionele groet samengedrukt en naar Luca geheven.

Door de plotselinge commotie keek Bob op. Een afkeurende frons verduisterde snel zijn gezicht toen hij zag dat Luca zijn bepakking van de grond omhoog zeulde en naar de andere kant van het kamp begon te lopen. Net toen hij op gelijke hoogte kwam, stak Bob een hand uit om hem tegen te houden, maar in plaats van Luca's arm vast te pakken krulden zijn vingers zich langzaam in zijn eigen handpalm op. In plaats daarvan keek hij simpelweg toe terwijl Luca boven in zijn bepakking tastte en er een gehavende heupfles uit trok. Hij nam een enorme slok en veegde zijn mond ruw met de rug van zijn hand af, voordat hij de alcohol aan een van de andere sherpa's doorgaf.

Bob klikte met zijn vingers, naar zijn hoofddrager gebarend. 'Gygme, wat is dit, verdomme? Een of andere klimmer verblijft in mijn kamp en hij vraagt niet eens toestemming?'

Gygme glimlachte beleefd. 'Maar, meneer, hij is geen klimmer. Hij is een van mijn dragers.'

Bob trok zijn neus op alsof hij zojuist lucht van een onaangename geur had gekregen. 'Zeg dat nog eens.'

'Luca is een van mijn dragers, precies zoals de rest van ons. Hij maakt al bijna zes maanden deel uit van mijn team en blijkt een prima werker te zijn.'

'Maar hij is blank,' zei Bob, naar Luca wijzend alsof het feit misschien aan Gygmes aandacht was ontsnapt.

'Hij is inderdaad blank,' beaamde de hoofdsherpa, wiens glimlach verflauwde, 'maar tot dusver is dat niet een al te groot nadeel gebleken.'

Toen de dag aanbrak boven de verre richel van de bergen, ritste Sally de flap van haar tent open en stapte ze naar buiten, de kou in. Het gras was hard geworden van de vorst. Terwijl ze eroverheen trippelde, klonk er een zacht knerpend geluid onder haar voeten.

Zich voorzichtig een weg zoekend om de tenten heen, stopte ze aan de rand van het kamp en ademde diep in, waarbij ze de ijskoude lucht in haar longen voelde branden. Ze hield haar hoofd schuin omhoog en verwonderde zich over de onmetelijkheid van de nachthemel. Het voelde alsof die open en bloot was, alsof de kou hem helemaal had uitgekleed. Het zwart van de nacht veranderde al in een diepblauwe schakering en in het oosten belichtten de eerste spikkels dageraad de bergenlijn als een halo.

Ondanks het slaapgebrek en de hoofdpijn door de hoogte kreeg Sally opeens een overweldigend gevoel van kalmte en verhevenheid. De Himalaya was ronduit spectaculair.

Ze stond op het punt naar haar tent terug te keren toen er ergens rechts van haar een zacht gekreun klonk. Ze draaide zich verrast om en zag Luca bijna helemaal buiten zijn tent liggen, met het grootste deel van zijn tors op de harde grond en slechts een dunne wollen deken losjes over zijn borst gewikkeld. Zijn voeten waren in een lege rugzak geschoven en rijp had het haar aan de zijkant van zijn gezicht gepleisterd.

Sally hurkte neer en stak haar hand uit alsof ze hem wilde steunen, maar voordat haar vingers zijn borst aanraakten, schokte Luca's lichaam plotseling. Zijn schouders kwamen van de grond, zodat ze bijna achterovertuimelde van schrik. Starend in zijn gezicht kon ze zijn oogleden spastisch zien trekken. Het leek wel of hij een of andere aanval kreeg.

Toen besefte ze dat het geen aanval was, en zelfs geen reactie op de kou. Luca was aan het dromen.

Hij schokte opnieuw; zijn uitdrukking werd verwrongen door een of andere verre herinnering aan pijn terwijl hij nog een zacht gekreun slaakte en stil bleef liggen. Sally keek nog even naar hem, tot er plotseling een stem achter haar weerklonk.

'U hoeft zich geen zorgen over hem te maken, juffrouw Sally.'

Ze draaide haar heupen en zag Gygme buiten zijn tent staan, met zijn armen naar de hemel uitgestoken om de stijfheid van de nacht uit zijn lichaam te verdrijven. 'Hij slaapt altijd slecht. Soms houdt hij de rest van ons zelfs wakker, maar het heeft hem er nooit van weerhouden om 's ochtends zijn aandeel te dragen. Kom even thee drinken. Het komt wel goed met hem.'

Sally ging overeind staan. Ze klopte wat denkbeeldig vuil van de voorkant van haar jasje en liep naar Gygme en het midden van het kamp. Er klonken een paar andere ritselende geluiden in de tenten toen de andere leden van het klimteam langzaam uit hun slaapzakken kropen. Algauw was iedereen op en verzamelden ze zich rondom de smeulende resten van het kampvuur.

Een uur later was het kamp opgebroken en was het klimteam onder leiding van Bob vooruitgegaan, terwijl de sherpa's met hun zware ladingen zich in een rij verspreidden over het kronkelende pad en hen naar de sneeuwgrens volgden.

Naarmate de ochtend vorderde, trokken er wolken voor de zon, zodat de toppen aan het zicht werden onttrokken. Uit de lagere dalen kwam een zware mist opzetten, die een geselende wind meevoerde en iedereen doornat maakte. De sherpa's waren allemaal gestopt om dunne plastic vellen over hun lichaam te wikkelen en met stukken touw strak te binden, maar dat bood weinig bescherming en algauw liep er water langs hun benen hun kapotte schoenen in. Ze sjokten toch door, het weer met moeizaam verworven gelatenheid accepterend.

Het pad steeg algauw naar de eerste gletsjer. Aan beide kanten ervan dreven sneeuwbanken samen, terwijl Bob en de rest van het klimteam verderop bij een grote rots bijeen stonden, met hun felgekleurde jassen tegen de wind en regen gedraaid. Een voor een kwamen de sherpa's op gelijke hoogte met hen.

'We zetten het kamp achter die volgende richel op,' schreeuwde Bob.

'Meneer!' riep Gygme, knipperend tegen de regen die over zijn voorhoofd zijn ogen in liep.

'Oké, mensen, we kunnen gaan,' vervolgde Bob zonder de protesttoon van zijn sherpa te horen, waarna hij vastberaden wegbeende. Een paar meter bij de rots vandaan had Luca zijn bepakking op de sneeuw laten vallen en hij haalde er een paar persoonlijke spullen uit voordat hij die weer afsloot. Bob draaide zich om en zag dat hij zich klaarmaakte om te vertrekken.

'Wat is dit, verdomme?' bulderde hij, de helling weer af rennend.

Luca gaf geen antwoord, ging gewoon door met het bundelen van zijn paar bezittingen, terwijl Gygme toekeek. De hoofdsherpa hield beide handen tegen de riemen van zijn bepakking, in een poging de spanning te verlichten.

'Maar meneer,' legde Gygme uit, 'we hebben dit in Kathmandu besproken. Ik heb u verteld dat een van mijn dragers de sneeuwgrens niet oversteekt. Daarom heb ik om meer mannen gevraagd.'

'Hoe bedoel je, de sneeuwgrens niet oversteekt? We klimmen in de Himalaya, godsamme!'

Bob stak zijn hand omhoog en wees naar Gygme; zijn vinger kwam zo dichtbij dat die bijna een van de waterdruppeltjes die van de punt van zijn neus vielen opving.

'Het gaat om geld, hè?' vroeg hij.

Gygme zwaaide zijn lichaam onder zijn bepakking vandaan en veegde langzaam zijn voorhoofd af. Hij staarde Bob aan en probeerde zijn stem te beheersen. 'Nee, meneer, het gaat niet om het geld. Zo is het altijd met Luca. Hij steekt de sneeuwgrens niet over en wij respecteren zijn wensen. Voordat we vertrokken heb ik al met hem afgesproken dat wij zijn aandeel van de last zullen verdelen.'

'Je herinnert je toch wel dat Gygme dat in het hotel heeft gezegd, Bob?' kwam Sally tussenbeide, haar gezicht bijna compleet verborgen onder de capuchon van haar Gore-Tex-jas. Ze konden haar ogen net tussen hen beiden heen en weer zien flitsen. 'Weet je wel, toen we die vergadering hadden?'

'Nee, nee, nee,' zei Bob, ieder woord uitrekkend terwijl hij zijn hoofd schudde. 'Het gaat om het geld. Daar gaat het godverdomme altijd om.' Hij tastte in de voorkant van zijn jas en haalde er een hersluitbare plastic zak uit. Er zaten dikke opgerolde bundels roepiebiljetten in.

'Jij!' schreeuwde Bob naar Luca, naar hem in plaats van Gygme wijzend. 'Jij kunt je loon nu krijgen, en ik zal je ook elke dag een extra deel geven als jij je vermant en die bepakking voorbij de sneeuwgrens draagt.'

'Maar dat is niet eerlijk tegenover de anderen,' fluisterde Sally.

'Waarom hou jij voor één keer in je leven godverdomme je kop niet gewoon?' snauwde Bob, zonder de moeite te nemen zich naar haar toe te keren. Hij keek naar Luca, die zich langzaam naar hem toe draaide en zijn hand uitstak.

'Dat bedoel ik nou,' zei Bob glimlachend terwijl hij haastig de biljetten uittelde en ze in Luca's hand drukte. 'Je heet Luca, toch? Kom op, man, ik weet dat je Engels spreekt, anders zou je niet weten dat ik je een betere deal aanbood.' Bob glimlachte opnieuw en probeerde door het haar dat voor Luca's ogen viel heen te kijken.

Luca telde het geld, vouwde de biljetten in de vuist van zijn linkerhand. Er liep een lang litteken vanaf zijn pols; het rood van de wond glansde vurig in de kou. Toen hij klaar was met tellen, haalde hij zes biljetten uit het pakje dat hij had gekregen en gaf ze aan Bob terug. Zonder een woord te zeggen draaide hij zich vervolgens om, om langs de heuvel terug te gaan.

'Hé, wat is dit?' protesteerde Bob, terwijl zijn ogen heen en weer schoten tussen de biljetten en Luca's achterhoofd. 'Wij hadden een deal. Hé! Loop niet bij me weg.'

Hij schoot naar voren, greep Luca's schouder vast en draaide zijn lichaam om. Toen ze elkaar aankeken, zag Bob woede over Luca's gezicht flitsen voordat hij met zijn hele hand die van Bob omwikkelde en hem van zijn schouder rukte.

'De deal was naar de sneeuwgrens,' zei Luca op zachte maar vaste toon. Er zat een onwrikbare zekerheid in de manier waarop hij sprak, alsof er nooit enige andere deal kon zijn geweest. 'En je kunt maar beter de anderen hun aandeel betalen, vooral de jongen, of anders zal ik hem vertellen hoeveel die laptops die hij draagt waard zijn.'

Daarop liep Luca verder het pad af, bleef even naast de zestienjarige jongen staan en stopte een paar van de biljetten die hij zojuist had ontvangen in zijn hand. De hele groep keek hem simpelweg na terwijl hij doorliep en uiteindelijk verloren ging in de wolken die de flank van de bergrichel op rolden.

Gygme was de eerste die de stilte verbrak; hij deed een paar stappen naar rechts totdat hij schouder aan schouder met Bob stond. 'U moet dit niet te zwaar opnemen, meneer. Meneer Matthews is altijd onafhankelijk geweest en ik heb nooit gehoord dat hij van gedachten veranderde voor iemand. Vooral wanneer het erop aankomt de sneeuwgrens over te steken.'

Bobs uitdrukking betrok terwijl Gygmes woorden in zijn hoofd resoneerden. 'Matthews,' herhaalde hij. 'Bedoel je Luca Matthews... de Engelse klimmer? Jezus christus, is dat *Matthews*? Maar hij heeft elke verdomde route beklommen...'

Bob dwaalde af en raakte in gedachten verzonken terwijl Gygme langzaam knikte.

'Dat is inderdaad Luca Matthews, een van mijn beste dragers, maar ik geloof niet dat hij ooit een klimmer is geweest. Kennelijk is het voornamelijk vlak in zijn land. Alleen heuvels.'

Gygme draaide zich toen om, hees zijn bepakking in een comfortabeler positie en vervolgde, met de ambivalentie van een geboren bergmens, zijn weg omhoog naar de sneeuwgrens.

4

Het kostte Luca slechts drie uur om naar het dichtstbijzijnde dorp af te dalen. Doordat hij geen lading droeg en alleen reisde, liep hij in een continu tempo, waarbij zijn voeten instinctief grip op het glibberige pad vonden.

Hij arriveerde aan de rand van het dorp en hield halt op het moment dat de regen zwaarder werd en in verticale vlagen door de zwarte hemel neerdaalde. Riviertjes van water stroomden over de modderige grond, rechtstreeks voor een kleine verzameling vervallen hutten langs die in een halve cirkel aan de rand van de berghelling waren gebouwd. Het was een troosteloos gezicht; het enige teken van leven kwam van de rook die door de houten daken omhoog zweefde voordat die door de regen weer omlaag werd geslagen.

Luca stond in het centrum van het dorp; zijn doorweekte kleren dampten door zijn lichaamswarmte. Hij hield zijn hoofd schuin omhoog en liet de regen op zijn gezicht neerkletteren. Hij voelde zijn hart in zijn borst pompen en voor het eerst sinds hij zich kon herinneren had hij het gevoel dat hij echt leefde.

Terwijl hij daar stond, ging een van de deuren krakend open en boog een enorme beerachtige man zijn hoofd onder het lage kozijn. Hij gluurde voorzichtig naar buiten, waarbij er dicht zwart haar werd onthuld, dat overging in een even dichte baard. Zijn ogen tuurden naar Luca, zodat er diepere lijnen over zijn verweerde gezicht werden geëtst, voordat er een sigaret naar zijn lippen werd geheven en hij diep inhaleerde, er zo krachtig aan trekkend dat het leek alsof hij het hele ding in één adem probeerde op te roken.

'Kijk eens aan, een verzopen Engelse kat in oosters hondenweer.'

Luca's ogen schoten van ongeloof open en begonnen tegen de

regen te knipperen. Zijn mond ging ook open toen hij probeerde te praten, maar vervolgens schudde hij simpelweg zijn hoofd.

'René,' fluisterde hij uiteindelijk, met een glimlach die zijn gezicht opklaarde. 'Wat doe jij hier in godsnaam?'

Er verscheen een even brede grijns op Renés gezicht en hij sloeg zijn ogen op naar de hemel. 'Als je de moeite neemt om uit de zeikende regen te komen, zal ik het je vertellen. Of breng je gewoonlijk je dagen zo door?'

Luca lachte, langzaam zijn hoofd schuddend terwijl hij naar de open deur sjokte en zijn voeten in de zachte modder wegzakten. Nog voordat hij tijd had gekregen om op de veranda te stappen, pakte René hem in zijn enorme armen en omhelsde hem.

'Jij bent altijd al een gekke vent geweest,' zei hij, en hij duwde de jongere man een stukje naar achteren zodat hij in zijn ogen kon kijken. Ondanks de lagen kleding kon hij voelen hoe pezig Luca was geworden; zijn handen hielden bundels pure spier vast. Er kon niet meer dan een onsje vet aan zijn hele lichaam zitten.

'Je ziet er goed uit,' loog hij, Luca's holle wangen en vage baard in zich opnemend. 'En je bent hier al zo lang dat je zelfs naar een berggeit ruikt!'

Hij leidde Luca de kleine hut in, hielp hem uit zijn jas en gebaarde naar een lage houten bank in de hoek van het vertrek. Luca ging zwaar zitten, liet zijn schoenen bijna in de as van het haardvuur rusten en veegde zijn haar uit zijn gezicht, zodat er een nevel van water achter hem wegstoof. Toen zijn ogen gewend raakten aan het halfduister en de rook, zag hij een oude vrouw die achter in het vertrek stond te wachten, met een zware pot thee in haar hand.

Ongevraagd kwam ze dichterbij, bracht twee houten kopjes op een lage kruk in balans en schonk in. Ze overhandigde er een aan elk van hen voordat ze naar Luca glimlachte, een mond onthullend die slechts drie zwarte tanden bevatte.

'Dhanyabad,' zei Luca, zijn handen samendrukkend. Dank u wel.

Hij nam een paar luidruchtige slurpen uit het kopje, genietend van het gevoel van de damp die langs zijn vochtige gezicht opsteeg, en keek vervolgens naar René. Hij bekeek de stroperige vloeistof achterdochtig voordat zijn rechterhand naar de zijzak van zijn jas ging en erin viste. Even later haalde hij er triomfantelijk een halveliterfles cognac uit en klotste hij een stevige bel in hun beider thee.

'Ik ben nu al meer dan twaalf jaar in de Himalaya en wil je eens wat weten?'

Luca knikte, zeer goed wetend dat gesprekken met René zelden meer dan eenzijdig waren.

'Ik drink nog liever mijn eigen pis dan jakboterthee. Elke keer als ik die rotbergen in ga schrik ik ervan hoe afschuwelijk het is. Mijn oplossing is de ranzige smaak overspoelen met cognac. Het probleem is… dat de cognac hier niet bepaald veel beter is.'

Hij hief zijn kopje naar Luca en nam er vervolgens een stevige teug uit; omdat de goedkope drank in zijn mond brandde, trok hij zijn lippen over zijn tandvlees naar achteren. Luca dronk zijn thee zonder een spier te vertrekken, hield het houten kopje in zijn handen en liet de warmte van de thee zich door zijn vingers verspreiden. René keek nieuwsgierig toe terwijl ze tegenover elkaar bij het haardvuur zaten. Hij kon nauwelijks geloven hoeveel Luca veranderd was.

En het was niet alleen het gewicht dat hij was kwijtgeraakt; ook zijn gedrag leek te zijn veranderd. Hij was schriel en schuw geworden, alsof hij door een of ander onzichtbaar gewicht was geplet. De dorpelingen hadden hem al verteld dat Luca weigerde over de sneeuwgrens heen te gaan en dat hij zich iedere dag als vrijwilliger aanbood voor de langste tochten en de zwaarste bepakkingen. Het was alsof hij hoopte dat elke kleinere lijdensdaad kon helpen zijn schuldgevoel te verlichten; de straf verspreidde zich over duizend stappen in de Himalaya.

Ook al staarde René naar de werkelijkheid voor hem, hij had toch nog een mentaal beeld van Luca die al die jaren geleden zijn restaurant bezocht. Destijds was hij luidruchtig en extravert geweest, soms zelfs arrogant, met een ondeugende grijns om elk van zijn doldwaze plannen te vergezellen. Hij was op zoek naar pasjes voor een klimexpeditie naar een van de meest afgelegen streken van Tibet, en na slechts een paar gezamenlijk doorgebrachte dagen had René alles op het spel gezet om hem te helpen. Zo was het altijd met Luca. Je werd meegesleept door zijn energie.

Maar nu was er niets meer over van de oude Luca. Hij had alleen nog deze gekwelde ziel tegenover zich. Het was alsof je keek hoe iemand pal voor je ogen door kanker werd verteerd.

Na een korte pauze haalde René nog een sigaret uit zijn pakje en stak hem aan met het uiteinde van een van de houtblokken in het haardvuur. Hij deinsde terug toen de haren op de rug van zijn hand door de hitte verschroeiden en een doordringende geur in de lucht verspreidden. Trekkend aan de sigaret keek hij naar Luca, met een uitdrukking waarin de jovialiteit wegebde.

'Ik weet dat het moeilijk voor je is geweest, Luca, maar je had tenminste Jacks brieven kunnen beantwoorden. Het is nu meer dan drie maanden geleden.'

Luca keek op van het haardvuur. 'Waar heb je het over? Ik heb geen brieven gekregen.'

René harkte met zijn vingers door zijn baard en kromp ineen. 'Shit,' fluisterde hij, een rookpluim ergens diep vanuit zijn longen uitblazend. 'Ik denk dat het dan wel enigszins logisch is. Luca, Jack Milton probeert al maanden om jou te pakken te krijgen. Toen hij geen antwoord kreeg, vroeg hij mij om jou te proberen op te sporen. En je weet hoezeer ik het haat om uit Lhasa weg te gaan en naar de bergen te komen. Het kost alleen al drie dagen om de grens over te steken en dan nog die eindeloze rotpaden...'

'De brief, René,' onderbrak Luca hem, terwijl hij aandachtig naar voren ging zitten. 'Vertel me wat Jack wil.'

'Ja, ja, de brief. Nou, het is niet zo dat Jack in de problemen zit. Het is zijn neef, Joshua. Hij is een halfjaar geleden ergens in het hart van de Congo vermist geraakt. Onguur land. Hij werkte voor Médecins Sans Frontières en de vrachtwagen waar hij in zat verdween gewoon. Sindsdien is er niemand meer gezien.' René wachtte even om een slokje uit zijn kopje te nemen, kromp opnieuw ineen toen de cognac naar beneden ging. 'Je weet hoe vindingrijk Jack is, maar hij heeft alles geprobeerd – de VN, het consulaat in Kigali, Amnesty International, noem maar op. Hij heeft er zelfs over gedacht om Joshua zelf te gaan zoeken, maar zelfs hij beseft dat hij het gewoon niet meer aankan. Ik denk dat de drank hem er eindelijk onder heeft gekregen.'

Luca schudde zijn hoofd en zijn ogen kregen hun wezenloos starende blik terug. Jack Milton. Hij had zijn naam al meer dan twee jaar niet gehoord, maar alleen al bij het noemen ervan schoot zijn kindertijd hem weer in herinnering. Het was Jack geweest, niet zijn vader, die hem kennis had laten maken met het klimmen. Vanaf de allereerste dag had hij iets bijzonders in Luca herkend en hij had het geduldig aangemoedigd, door uren met hem door te brengen bij de klimwand; de middagen vloeiden in avonden over terwijl ze geabsorbeerd werden door de volgende route, en de volgende.

Op de een of andere manier had Jack altijd genoeg tijd voor Luca naast zijn eigen neef, Joshua. Er was nooit een gevoel van competitie tussen de twee jongens, meer een vriendschap, die zich snel tot iets diepers ontwikkelde. Ze beschouwden zichzelf nooit als broers, maar voor alle anderen waren ze dat juist wel. Ze waren altijd samen; bij dezelfde vechtpartijen op school, als tieners achter dezelfde meisjes aan. Hun vriendschap had echter niets van familiejaloezieën of -rivaliteit. Zelfs toen Jack Luca zijn oude klimspullen schonk, waaronder een hele gordel vol dure setjes, nuts en friends protesteerde Joshua niet. Luca was de klimmer. Punt uit. En vanaf het allereerste begin was dat iets wat Joshua altijd had begrepen.

Luca wreef met zijn handen over zijn gezicht, veegde de laatste regen weg. Hij had Joshua al een paar jaar niet gesproken, maar hij kon zich de stotterende telefoongesprekken die ze hadden gevoerd nog herinneren. Joshua was in Lahore en stond op het punt met een van de Pakistaanse hulpverleningsteams naar de Hindu Kush te vertrekken. Hij kon zich de opwinding in zijn stem nog herinneren. Het was zijn eerste echte opdracht bij MSF.

Luca keek op. 'Hoe weet Jack of Josh nog leeft?'

'Ze hebben een paar van zijn persoonlijke bezittingen in de rivier gevonden. Ik weet niet wat precies, maar hij denkt zeker dat er een mogelijkheid is.' René wachtte even. 'Het spijt me, Luca. Hij vertelde me dat jullie tweeën close waren.'

Luca knikte en staarde weer naar het vuur. 'Ja, we zijn samen opgegroeid. Gingen naar dezelfde scholen en zo, maar we verloren het contact toen ik expedities begon te maken. Vreemd, Josh was altijd weg om de wereld te redden, terwijl ik er alleen maar in geïnteresseerd was om hem te veroveren.' De bitterheid in Luca's stem deed hem de woorden bijna uitspugen.

'Nou, wat er in godsnaam ook gebeurd is,' zei René, zijn ogen op hem richtend, 'wij hebben je hulp nodig. Joshua is voor het laatst gezien in Oost-Congo buiten een lullig stadje met de naam Goma. Volgens alle berichten is het een armoedige janboel, gerund door smokkelaars en wapenhandelaars.' Hij stak zijn hand uit en sloeg Luca op de knie. 'Ik weet zeker dat je het er geweldig zult vinden.'

Luca keek geschokt. 'Hoe bedoel je, geweldig?'

'Ben je behalve nat ook doof?' vroeg René met een spottende frons. 'Het is een bergachtig deel van de Congo, vol vulkanen en steile rotsen. Niemand kan daar komen, doordat het terrein zo ruig is. Maar jij, jij bent verdomme een van de beste klimmers ter wereld. Voor jou is het kattenpis, zoals je altijd zei.'

Luca bracht zijn handen omhoog, alsof hij René probeerde weg te duwen. 'Het spijt me, René, maar ik klim niet meer. Je moet iemand anders vinden.'

'Godsamme, Luca! Ik zou mijn reet niet over de Himalaya heen hebben gesleept als er iemand anders wás. Heb je enig idee hoe lang het heeft geduurd om jou op te sporen?'

'Het spijt me,' antwoordde hij, de strakke blik van zijn vriend ontwijkend. 'Echt waar, maar ik heb hier werk te doen.'

'Werk? Dit noem je werk! Het lijkt verdomme wel sisyfusarbeid!' René tikte zijn sigaret vol afschuw in het vuur. Na een korte stilte probeerde hij op zachtere toon een nieuwe strategie. 'Kijk, Luca, indertijd heb ik jou beklimmingen zien doen waarvan ik dacht dat ze niet eens mogelijk waren. Er was niemand die jou op een technische route kon evenaren. Ik weet dat je het nog in je hebt. Je bent gewoon een beetje uit vorm, dat is alles.'

Luca staarde in de sintels van het vuur. Er viel een lange stilte voordat hij eindelijk iets zei. 'Dat ben ik gewoon niet meer.'

'Maar... Joshua?'

'Zeg tegen Jack dat het me spijt. Zeg hem... zeg hem dat jij me niet kon opsporen. Alsjeblieft, René, zeg gewoon maar wat tegen hem, oké?'

Daarop kwam Luca van de bank, raapte zijn jas van de vloer en schoof één arm door de kletsnatte mouw. Hij had zijn andere arm half in de andere mouw gestoken toen René opstond, voor de deur ging staan en zijn pols vastpakte. Zijn kolossale lichaam vulde het hele kozijn zowel in de lengte als in de breedte. Luca probeerde hem te negeren, drukte zijn arm naar voren, maar hij rukte alleen maar nutteloos in Renés beerachtige greep.

Ze keken elkaar aan en René boog zich voorover, iets harder in Luca's arm knijpend. 'Het wordt tijd dat jij ermee ophoudt jezelf te straffen,' fluisterde hij. 'Je kunt jezelf niet de schuld van Bills dood blijven geven.'

Luca verstijfde.

'Bill zou niet willen dat jij...' begon René, maar viel stil toen elke onzekerheid of twijfel uit Luca's uitdrukking werd gewist. Zijn ogen leken te verharden. Woede vertroebelde zijn zicht, maakte zijn hele lichaam plotseling gespannen. René kon de ader op zijn hals zien kloppen terwijl er een vreselijke razernij in hem opkwam.

René liet zijn arm geleidelijk los en schuifelde een stap naar achteren totdat zijn schouders tegen de houten stijlen van het deurkozijn drukten. Op dat moment besefte hij dat hij een wildvreemde voor Luca was geworden. Hij had geen flauw idee meer waartoe zijn oude vriend in staat was.

'Luca,' fluisterde hij, in een poging zijn stem gelijkmatig te houden. 'Je moet Bill loslaten...'

'Spreek zijn naam niet meer uit!' bulderde Luca, René met zijn uitgestoken handen achteruitduwend. De vezels in zijn lichaam leken zich met geweldige kracht te verenigen, zodat René door de krakkemikkige houten deur heen knalde en naar buiten, de regen in vloog. Hij wankelde achteruit op de natte veranda, buiten adem gebracht door de klap; zijn borst ging op en neer terwijl hij weer op adem probeerde te komen. Zijn rechtervoet gleed van de tree af en zonk weg in de modder, zodat hij al ronddraaiend op zijn handen en knieën viel.

Eerst bleef René stokstijf zo zitten en liet hij de regen vanaf de kruin van zijn hoofd langs zijn wangen stromen. Toen boog hij zijn hoofd langzaam opzij en staarde met groter wordende ogen achterom naar de hut. Luca stond daar in de deuropening, als een silhouet afgetekend door het matte licht van het haardvuur. Er smeulde agressie in zijn starende blik, maar met een schok leek hij weer tot bezinning te komen. Hij strompelde de hut uit, pakte René onder de armen vast en trok hem met moeite weer overeind.

'Het... spijt me,' stamelde Luca. 'Ik weet niet wat me bezielde.'

René hield zich aan hem vast, probeerde zichzelf tot zijn volle lengte op te trekken. Er schoot een stekende pijn door zijn borst en hij slaakte een lange, stokkende zucht.

'Het spijt me,' herhaalde Luca. 'Vergeef me, ik...'

René knikte, langzaam weer op adem komend. Ze keken elkaar even aan voordat er een gepijnigde glimlach over Renés lippen trok. 'Ik geloof dat je niet zo mager bent als je eruitziet,' zei hij. Toen legde hij zijn hand over Luca's schouder en samen strompelden ze terug naar de beschutting van de veranda. Met modderspatten op zijn handpalmen gebaarde René Luca zijn sigaretten uit de bovenste zak van zijn jas te halen; hij haalde er vlug een uit en schoof hem tussen Renés lippen terwijl hij kloppend op zijn zakken een aansteker zocht. Ze stonden allebei voorovergebogen, met hun onderarmen tegen de leuning van de veranda en hun hoofden net buiten bereik van de regen. Toen René eindelijk de aansteker ontstak, keek hij naar de sigaret. Die was al doorweekt en hing in een kromme boog neer.

'Ik moet toch stoppen,' zei hij, de sigaret uitspugend, de modder in. 'Eén ding is zeker. De oude dame zal niet al te blij zijn met haar deur.'

Luca's ogen draaiden naar de plek waar de deur losjes aan zijn scharnieren zwaaide. Rook van het haardvuur kringelde door de opening naar buiten. 'Dat komt wel goed. Ik ken haar wel en we kunnen het morgenochtend regelen. Luister, het spijt me wat er gebeurd is. Het was niet mijn bedoeling om jou pijn te doen.'

René knikte nogmaals, bleef even stil voordat hij zich volledig naar hem toe draaide. 'Je weet toch wel dat de reis naar de Congo niet alleen om het redden van Joshua gaat?'

Luca probeerde zijn bedoeling te raden, maar René keek achterom naar de regen en ontweek zijn starende blik.

'Dit gaat om het terugvinden van jezelf, Luca. En zal ik je eens wat vertellen? Soms heeft het leven de gewoonte om jou te vinden, ongeacht hoe hard je probeert je ervoor te verstoppen.'

Luca zuchtte zwaar, met zijn ogen gefixeerd op de doorweekte sigaret die in de modder rustte. 'Heel eerlijk gezegd ben ik bang om terug te gaan. Hier hoef ik me nooit te verantwoorden tegenover iemand of te rechtvaardigen wat er met Bill is gebeurd. Iedere dag sta ik op en draag ik mijn last. Dat is alles wat iedereen van mij verwacht. Hier bén ik gewoon.' Luca wachtte even, liet zijn schouders zakken terwijl de energie uit hem wegvloeide. 'Nu vraag je mij opeens om naar dat alles terug te gaan. Om naar de normale toestand terug te gaan.'

René schudde zijn hoofd, met een wolfachtige grijns die zich op zijn lippen vormde. 'Jij bent echt een idioot, hè? Ik vraag jou om naar een van de meest door oorlog verscheurde schijtgaten ter wereld te gaan... en jij hebt het over teruggaan naar "de normale toestand"!'

Hij klemde zijn hand om Luca's schouder en trok hem de hut weer in.

'De normale toestand!' herhaalde hij, opnieuw hoofdschuddend. 'Ik zal nooit begrijpen wat er in die domme kop van jou omgaat. Kom op nu, laten we naar binnen gaan en verder praten. Er is nog een halve fles cognac over; die moeten we opdrinken voordat de oude dame nog meer van die smerige thee inschenkt.'

5

De uitgerekte omtrek van de Mercedes Maybach gleed als een schaduw onder de opgetrokken veiligheidsluiken door en schoof het verkeer van Peking in. Voortgestuwd door de 6-liter V12-motor, stak de auto de Beihaibrug over, passeerde de toeristen in hun gele raderbootjes op het meer en snelde naar de noordwestelijke buitenwijk van Haidian.

Generaal Jian zat in het witlederen interieur door een achterraampje naar buiten te staren. Zijn ogen hadden dezelfde glans als het donkergetinte glas van de auto, gepolijst en ondoorschijnend, alles voor de buitenwereld verhullend. Ze namen de chaos van China's grootste stad loom in zich op terwijl zijn geest ieder detail overzag van de vergadering die hij zojuist had gehad. Hij kon zich elke beweging, elke gelaatstrek van de drie commissieleden van het Volksbevrijdingsleger voor de geest halen, aangezien hij zijn laatste rapport over de vordering van de satellietlanceringen had voorgelegd. De afgelopen twee jaar was zijn divisie van het VBL verantwoordelijk geweest voor de invoering van het Beidou-navigatiesysteem – de nieuwe versie van het Chinese leger van het Amerikaanse *global positioning system* of gps, zoals het gebruikelijker werd genoemd – en zoals altijd wilde de commissie dat hij rekenschap gaf van elke uitgegeven yuan.

Maar het waren niet zozeer de resultaten van de vergadering die in zijn geheugen bleven hangen, als wel de bijzonderheden ervan. Zo was het altijd geweest bij hem, hij herinnerde zich elke situatie tot in het allerkleinste detail; de twee slijtplekken op de rechterschoen van de vicepresident, de bleekbruine lijn op de ringvinger van de ondersecretaris, waar hij onlangs zijn trouwring had verwijderd, en de zachte inademing van de president toen hij de verslagen vluchtig had doorgelezen. De generaal kon het zich allemaal voor de geest halen alsof hij het in slow motion terugspeelde, en hij had terecht aangenomen dat niemand van de commissie iets vermoedde over zijn plannen voor de twintigste satellietlancering. Er was geen greintje achterdocht geweest.

Jian bracht zijn rechterhand naar zijn hals en krabde afwezig aan een stukje droge huid dat boven het gesteven wit van zijn kraag uitstak. Hij kon zich niet herinneren wanneer de jeuk was begonnen, maar wist zeker dat die verband moest houden met de terugkeer van zijn hoofdpijnen. Die leken nu bijna dagelijks voor te komen; een zacht gebons bij zijn slapen dat nooit helemaal leek te verdwijnen voordat het opnieuw begon.

Hij haalde vier paracetamols uit het pakje op de zitplaats naast hem en spoelde de pillen weg met een slokje gebotteld water, voordat hij zijn starende blik liet zwenken naar het donkerblauwe avondpak dat aan het portier tegenover hem hing. Hij kon het subtiele aroma van de stomerij nog in de mouwen ruiken. Zich vooroverbuigend op zijn zitplaats, knoopte hij zijn overhemd los en trok zijn broek uit. Hij wilde net een schoon overhemd over zijn schouders trekken toen hij zijn eigen weerspiegeling in het verduisterde scheidingsglas tussen de achterbank en de chauffeur in het oog kreeg. Even staarde hij alleen maar naar zijn brede, lompe lichaam, het bestuderend alsof hij een chirurg was die op het punt stond de eerste incisie te maken.

Ondanks hun omvang waren zijn armen totaal niet gedefinieerd; ze staken in rechte verticale lijnen als pijpleidingen uit zijn schouders, terwijl zijn buik lichtjes over de zijkanten van zijn heupen zakte. Zich vooroverbuigend zodat zijn gezicht maar een paar centimeter bij de gespiegelde scheidingswand vandaan was, streek hij met zijn tong tegen de scherpe randen van zijn tanden en bedacht dat hij ze weer moest laten bleken. Vervolgens onderzocht hij zijn hoge jukbeenderen en brede kaak. Er vloeide slechts een beetje Mongools bloed door zijn aderen, maar die klootzakken van het Gilde lieten hem nooit vergeten dat hij niet een van hen was, hoe hoog hij ook in rang opklom. Maar dat alles zou binnenkort irrelevant zijn. Over slechts een paar weken zou hij voorgoed van hen af zijn.

Jian bracht zijn hand omhoog en krabde voorzichtig aan de verkleuring op het bovenste deel van zijn hals. De huid schilferde af, zodat er een donkerder stukje vlak onder het oppervlak werd onthuld. Hij porde er even tegen, zich afvragend waardoor het in vredesnaam kon zijn veroorzaakt. Hij moest er iemand naar laten kijken, maar op dit moment was daar geen tijd voor. Zodra de twintigste lancering voltooid was en het geld veiliggesteld, zou hij ernaar laten kijken.

Er echode een luid gerinkel door de auto; Jian wendde zich van het glas af en drukte de luidsprekerknop op de middenconsole in.

'Generaal, ik heb een boodschap van secretariaatspresident Kai Long Pi.'

Jian ademde diep in, altijd verbaasd over de snelheid waarmee zijn bewegingen bij het Gilde bekend leken te zijn. Hij had het pand nog maar net verlaten.

De president heeft mij opgedragen om u te informeren dat meneer Xie u vandaag zal bezoeken.'

'Meneer Xie?'

'Dat is correct, meneer. U zult meneer Xie op de hoogte brengen van het Goma-project. Hij zal over een uur bij uw privéwoning zijn.'

Jians lippen krulden van minachting. Hij verachtte de verwaandheid in de stem van Kais secretaris.

'Ik moet aanwezig zijn bij een extreem belangrijke kwestie. Ik zal er om 14.00 uur zijn.'

'Maar, generaal. Meneer Xie...'

'Meneer Xie kan wel een paar uur wachten. Ik ben er vrij zeker van dat zo'n drukbezette man genoeg manieren zal hebben waarop hij zichzelf kan bezighouden.'

Er viel een stilte voordat de stem antwoordde.

'Heel goed, generaal. Ik zal hem laten weten van uw oponthoud.' De secretaris beëindigde het gesprek, na extra nadruk op het woord 'uw' te hebben gelegd.

Jian verbrak de verbinding door met zijn vinger op de knop te slaan. Ieder nieuw contact met het Gilde leek hem alleen maar woedender te maken. Het was de machteloosheid van zijn eigen positie die hem zo razend maakte. Zij financierden het hele Goma-project, en er ging zelden een dag voorbij zonder dat hij aan dat feit werd herinnerd.

Bijna driehonderd van China's meest invloedrijke families waren direct of indirect betrokken bij het Gilde, een organisatie die toegang had tot elke ader en slagader van het leven op het Chinese vasteland. Ze varieerden van hoge VBL-officieren zoals hijzelf tot partijleden die op politbureauniveau opereerden. Wat het ook was, het Gilde was erbij, had een vinger in de pap bij elke grote onderneming sinds de val van Mao in de jaren zeventig.

Maar het Gilde was een beweeglijke entiteit, multigelaagd en complex. Families sloten zich aan voor een gemeenschappelijk doel, alleen maar om over een andere kwestie tegen elkaar te wedijveren. Verbonden waren zwak en kortdurend, elke machtsstrijd maakte deel uit van een schijnbaar eindeloze cyclus. Maar er waren momenten dat de interne conflicten moesten ophouden. De schaal van een project kon zo'n kritieke massa bereiken dat het de families weer bij elkaar bracht om één zaak te dienen, een zaak waarin ze allemaal baat zouden vinden bij succes, terwijl mislukking ze alleen maar te gronde zou richten.

Het Goma-project had een dergelijke omvang. Dat wisten ze allemaal. De inzet was te hoog voor één familie om zich terug te trekken, en nu wilde elke familie zeker zijn van een rendement op haar investering. De druk was verstikkend, de verwachtingen meedogenloos. Het afgelopen anderhalf jaar was Jian gedwongen het ieder uur en iedere minuut van zijn leven te voelen.

Hij wendde zich van het raampje af en krulde zijn vingers in het leren halssnoer. Zijn duim wreef over de bloedrode steen die eraan hing, vond de natuurlijke warmte ervan vreemd aangenaam. Zo'n juweel had hij nooit eerder gezien. Gepresenteerd in een prachtig vervaardigde, hardhouten vatting, was het geen diamant of edelsteen, maar in feite een stuk van het mineraal dat ze in zijn zuiverste vorm kochten. Zijn contact had het het 'Hart van Vuur' genoemd, en nog maar een week geleden was het naar hem opgestuurd. Sindsdien had hij het elke dag gedragen, gefascineerd door het warme, betoverende rood van de substantie waarvan zo weinig mensen zelfs wisten dat die bestond.

Het Hart van Vuur was een teken van alles wat er zou komen. De lotgevallen van het Gilde draaiden om dit ene mineraal, en het feit dat het aan Jian was geschonken had gediend als een perfect geheugensteuntje voor de anderen dat *hij* degene was die de deal had geregeld. *Hij* had dit geschenk gekregen. Niemand anders.

De auto kwam langzaam tot stilstand en Jian hoorde de chauffeur naar de achterkant lopen. Even later werd er zachtjes op het raampje getikt en ging het portier open. Terwijl het daglicht het gedempte interieur in stroomde verscheen er een vrouw, wier lange blonde haar langs haar schouders naar beneden golfde. Ze wachtte even, keek naar Jian voor toestemming voordat ze fijntjes op de zitplaats naast hem ging zitten. Hij liet zijn blik langzaam over de elegante, puntige lijnen van haar schoenen langs haar benen omhoog en over haar nauwsluitende grijze rok gaan. Ze streek de stof om haar smalle heupen zorgvuldig glad voordat ze eindelijk naar hem opkeek.

Ze was jonger dan haar kleren suggereerden, de huid volmaakt glad onder haar ogen en haar lippen nog natuurlijk vol. De lippenstift was een tikje te opzichtig naar zijn smaak, maar verder had ze de instructies die haar waren gegeven duidelijk in acht genomen. Ze toonde een goed geoefende glimlach die, ondanks haar professionaliteit, erin slaagde charmant te zijn, en draaide met een vinger door haar witblonde haar.

'Ik heet Imogene.'

Jian tuurde naar haar, ieder detail in zich opnemend. Ze had zelfs het parfum op waar hij om had gevraagd en zijn neusgaten sperden zich open terwijl hij het in zich opnam, zich verwonderend over de manier waarop zijn favoriete geur leek te veranderen op de huid van ieder nieuw meisje.

'Prachtig,' fluisterde Jian, met een stem die dieper werd van verwachting. 'Gewoon prachtig.'

6

Louis Bwalande stond op de landingsbaan een sigaret te roken.

Hoewel de zon al meer dan een uur geleden was ondergegaan, kon hij nog steeds hitte van het asfalt voelen opstijgen en hij streek met één arm over zijn voorhoofd, zodat de mouw van zijn vuile uniform het zweet wegveegde. Hij was al zeven jaar de vliegveldmanager van Goma en was wel gewend aan de smokkel van allerlei soorten waar. Maar vanavond was anders. Om de paar seconden gluurde hij naar de lange rij witte VN-vliegtuigen die langs de startbaan stonden geparkeerd, en naar het hoog oprijzende silhouet van de vulkaan.

De Fransman had hier al moeten zijn.

Louis inhaleerde zijn sigaret diep, in een poging zijn zenuwen te kalmeren. De Fransman had hier twintig minuten geleden al moeten zijn. Toen hij de rook uitblies, schokte er een hoestbui door hem heen die hem deed kokhalzen. Hij schudde zijn hoofd en staarde vol walging naar het roodgloeiende puntje van zijn sigaret. Hij had een hekel aan roken en was er vreselijk slecht in, maar vanavond voelde hij een dwingende behoefte om iets te doen. Wachten was altijd het moeilijkste gedeelte.

Naar zijn horloge glurend, nam Louis een mentale controlelijst door. Hij had al gekozen voor de hangaar die het verst bij de MONUC-legerbasis vandaan stond. Het was de perfecte plek om aandacht te vermijden, gedeeltelijk verscholen achter twee bemoste Boeing 727's die een paar jaar terug met een bulldozer van de landingsbaan waren geschoven en aan hun lot waren overgelaten. Daar was niets verdachts aan; afgedankte Boeings en Antonovs maakten net zozeer deel uit van een Congolese landingsbaan als het asfalt zelf. Ze stonden langs elke landingsstrip van Goma tot Kinshasa, een erfenis van vijf jaar burgeroorlog. Zoals al het andere wat ooit had gefunctioneerd in dit land, waren ze achtergelaten om langzaam in het landschap te vervagen, als rommel in de berm van een weg.

Louis draaide zich om toen de lichten van een konvooi terreinwagens in een halve cirkel om de luchthaventerminal heen zwaaiden, alvorens halt te houden bij de vervallen omheining van de landingsbaan. Hij zag er figuren uitstappen en in de schaduwen wachten. De klant vertrouwde de gebruikelijke afhandelaars niet en had een Chinese ploeg uit een van de nabije tinmijnen ingehuurd. Alles was door de Chinezen zelf geregeld en Louis had nooit de kleinste aanwijzing gekregen wie de klant eigenlijk was. Het enige wat hij had afgeleid uit alle betrokken militaire apparatuur was dat de klant deel moest uitmaken van het Chinese leger of er, op zijn allerminst, goede connecties mee moest hebben.

Maar ondanks al hun voorzorgsmaatregelen was Louis erin geslaagd een van de Chinese afhandelaars te bereiken. Het had weken gekost, maar uiteindelijk had geld hem over de streep getrokken. Vanavond was het de eerste keer dat ze hun plan daadwerkelijk zouden uitvoeren, en toen het moment dichterbij kwam kreeg Louis plotseling spijt van het hele vreselijke idee. De *muzungos* hielden alles als haviken in de gaten en waren net zo wraakzuchtig als hebzuchtig. Ze zouden hem zonder zich te bedenken vermoorden als ze vermoedden dat hij de zaak fleste.

Een paar minuten lang wachtte iedereen in stilte, met alleen het geluid van de sjirpende cicaden op de achtergrond en af en toe het getoeter van een autoclaxon ergens diep in de stad. IJsberend langs de kant van de landingsbaan voelde Louis zweet onder zijn overhemd parelen en in zijn liezen samenvloeien. Wat had hij in godsnaam wel niet gedacht dat hij de Fransman probeerde te belazeren? Dit was waanzin.

Er klonk een geronk van motoren toen er een Russisch Iluyshin 76-vliegtuig overvloog. Het deed zijn landingslichten aan, zodat de dode ruimte tussen de terminal en het begin van de landingsbaan met een verschroeiend wit licht werd overspoeld. Er ontsprongen lange zwarte schaduwen op het verdroogde gras, die langzaam met de baan van het vliegtuig meedraaiden, voordat het landingsgestel de grond raakte en de straalomkeerders bulderden.

Dankbaar trapte Louis de sigaret met de punt van zijn schoen de grond in en zwaaiend naar de stille rij Chinese afhandelaars gebaarde hij hun hem te volgen. Met een hydraulisch gesis ging de vrachtdeur onder de enorme staartvin van het vliegtuig naar beneden en werden er acht hurkende soldaten van de Chinese Speciale Eenheden onthuld, die met hun geweren stijf tegen hun schouders de groep verzamelde mannen zaten af te speuren. Elk van hen was gekleed in een zwart gevechtsuniform met voorzakken vol munitie. Nachtkijkers waren boven hun gezichten omhoog gekanteld en alleen hun ogen waren zichtbaar door de bivakmutsen die strak over hun hoofden waren getrokken. Ze bekeken de afhandelaars alert, terwijl ze de QBZ-95G-aanvalsgeweren minutieus in hun greep bijstelden. Het was duidelijk dat geen van beide partijen iets als vanzelfsprekend beschouwde.

In het matrode licht van het interieur van het vliegtuig kon Louis pallets zien die over de hele lengte van het ruim in nette rijen waren opgestapeld. Het was elke week hetzelfde. Van iedere kist waren de identificatietekens weggekrast, maar ondanks de geheimhouding wist hij al wat ze bevatten – standaard AK-47-geweren. Het was het gangbaarste wapen in Afrika, en elke week kwamen er honderden meer op zijn vliegveld aan. Maar vuurwapens hadden hem nooit geïnteresseerd. Het was de vracht waarvoor ze geruild werden waar Louis op uit was.

Terwijl de motoren van het vliegtuig verstomden, steeg er vanuit het noorden een nieuw geluid op. Er vlogen helikopters naar hen toe, laag over de rand van de vulkaan heen sluipend en langs de contouren van het duizelingwekkende terrein scherend. Het lage gedreun van hun rotoren werd luider naarmate ze dichterbij kwamen, voordat ze in strakke formatie naar de rand van de landingsbaan begonnen te hellen. Iedereen beschermde zijn ogen tegen de neerwaartse luchtstroom toen het bolvormige frame van drie Oryx MK2-helikopters in het licht kwam.

Iedere helikopter draaide langzaam om zijn as, zodat ze hun aan de deur gemonteerde 7.62mm universele machinegeweren een perfecte vuurlinie gaven voordat ze uiteindelijk landdden. Er sprongen soldaten uit, terwijl er een vierde helikopter bleef cirkelen en hen vanuit de lucht dekte. Toen hij een tweede keer langsvloog, kwam de romp in zicht en werd de onmiskenbare getrapte vorm van een AH2 Rooivalk-aanvalshelikopter onthuld.

Aan de achterkant van het vliegtuig wierpen de Chinese soldaten elkaar blikken toe. Ze hadden nooit verwacht zo'n vuurkracht in een uithoek als Goma te zien. Behalve de raketten had de Rooivalk een 20mm-kanon onder zijn kin dat een heel vliegtuig in tweeën kon rijten.

Een man klauterde langzaam uit de voorste Oryx en liep zonder bijzondere haast naar de achterkant van het vliegtuig. Toen de groep uiteenweek en hij de rode gloed van het vrachtruim in stapte, zagen ze dat hij gedrongen was, met een borst die de stof van zijn zwarte T-shirt uitrekte. Om zijn hals was een witte doek gebonden en zijn haar was langer dan het gebruikelijke militaire kapsel. Hij ging met één voet op de metalen vrachtdeur staan en draaide zich vervolgens naar zijn helikopters om, gebarend dat ze met uitladen moesten beginnen. Terwijl er verharde plastic zakken op de grond werden gestapeld om geruild te worden voor de kisten met AK-47's, hield de man zijn rug naar de Chinese soldaten gekeerd, zich schijnbaar niet bewust van hun aanwezigheid.

Louis had Jean-Luc herkend zodra hij uit de helikopter was gestapt. Er was alleen iets met de manier waarop hij zich bewoog. Hij straalde een katachtig zelfvertrouwen uit dat zowel lusteloos als onvoorspelbaar wist te zijn binnen dezelfde stap. Met zijn brede schouders en dikke onderarmen had hij gemakkelijk voor een vuistvechter kunnen worden aangezien, maar hij had een markante vierkante kaak en intelligente, diepliggende ogen.

Louis zag altijd erg tegen Jean-Lucs komst op. Zelfs als hij nuchter was, had hij een wispelturigheid over zich die inhield dat hij je in één adem net zo gemakkelijk kon aanvallen of omhelzen. Hij kon directe vragen negeren, om even later iets volkomen onbelangrijks hilarisch te vinden. En het was uitputtend om zijn stemmingen te voorspellen.

Uitkijkend over de groep Chinese gezichten, probeerde Louis zijn afhandelaar te ontdekken, voordat de Fransman zich plotseling naar hem omdraaide.

'Louis,' riep Jean-Luc, wiens knarsende stem door de groep heen sneed. '*Comment vas-tu, mon ami?*'

De wangen van de manager verstrakten onmiddellijk in een glimlach. 'Het gaat heel goed met mij, monsieur Étienne. Dank u zeer dat u het vraagt.'

Jean-Luc stapte van de vrachtdeur af, legde een van zijn enorme handen op Louis' schouder en drukte erop terwijl hij langzaam tegen zichzelf knikte. Het leek alsof hij iets extreem aangenaams had gedaan maar nu vergeten was wat precies.

Louis' glimlach werd iets strakker. Hij kon het vage vleugje anijs van de pastis in Jean-Lucs adem ruiken en vroeg zich af of hij misschien voor steun tegen hem leunde, in plaats van uit enig gevoel van welwillendheid.

'En hoe gaat het met u, meneer?' vroeg Louis.

Jean-Lucs uitdrukking veranderde niet, zijn glimlach was strak maar leeg. Hij zwaaide zijn linkerarm onhandig omhoog, naar zijn mannen gebarend dat ze de vracht moesten brengen. 'Nou, *mon ami*,' zei hij, de woorden samenzweerderig fluisterend. 'Waarom babbelen we niet even over de tarieven die jij voor mijn brandstof rekent? Wij verdienen zeker wel een kleine korting?'

'Maar monsieur, het is geen kwestie van verdienen.'

Jean-Luc kneep speels in zijn schouder. 'Maar alle handel die ik je breng. Voor een oude vriend moet dat toch iets waard zijn?'

Louis schudde zachtjes zijn hoofd en wendde zijn starende blik naar de grond. 'Monsieur, het is hetzelfde voor iedereen die hier landt. Zelfs de MONUC betaalt dezelfde contracttarieven.'

Jean-Luc stak zijn kin met een ruk dichterbij. 'Zie ik er verdomme als de MONUC uit?' snauwde hij, spatjes speeksel in Louis' gezicht spugend. Zijn ogen waren glazig; het rechter bewoog niet helemaal synchroon met het linker. 'Nou, zie ik er zo uit?'

Louis bleef onbeweeglijk staan, zelfs nu nog verbaasd over de vijandigheid in Jean-Lucs stem. In alles wat hij zei zat een ziedende onderstroom die elk moment kon overkoken. 'Ik zal zien wat ik kan doen, meneer.'

Jean-Luc klopte op zijn schouder alsof de zaak al was afgehandeld. Vervolgens zwaaide hij, zonder nog een woord te zeggen, zijn arm om Louis heen totdat ze als oude wapenbroeders naast elkaar stonden. Ze keken hoe de Chinese soldaten vanaf de achterkant van het vliegtuig naar het asfalt uitwaaierden en zwijgend positie innamen met hun geweren in de aanslag. Toen kwamen de afhandelaars in ganzenmars het vrachtruim in, om snel de kisten uit te laden en ze naar de helikopters te brengen.

Het hele proces werd in stilte voltooid. Mannen gaven kisten aan elkaar door, waarbij ze hun ogen neergeslagen hielden en oogcontact met de soldaten meden. Om de paar minuten overspoelde de neerwaartse luchtstroom van de cirkelende Rooivalk hen, de rotoren oorverdovend luid van zo dichtbij.

Toen de kisten met AK-47's eenmaal in de helikopters waren geladen, pakten de afhandelaars voorzichtig de verharde plastic zakken en stapelden ze in het midden van de vrachtruimte. Louis staarde naar elk teamlid dat langs hem liep, wanhopig op zoek naar zijn mannetje, maar de matrode verlichting maakte hun gezichten wazig. Toen zag hij hem plotseling, bijna recht voor de plek waar ze stonden. Hij was bezig de scheve vrachtstapel te helpen rechtzetten. Ze keken elkaar aan, maar er was geen greintje herkenning bij de man te bespeuren. Hij staarde simpelweg vooruit, terwijl zijn hand stiekem in een van de plastic zakken tastte en zijn rechterzak met de inhoud ervan vulde.

Louis bleef staren, gemagnetiseerd door de terloopse manier waarop de man het gedaan had, toen hij plotseling voelde dat Jean-Luc zich naar hem toe draaide.

'Vertrouwen,' zei hij, de woorden rechtstreeks in zijn oor fluisterend. 'Dat is naar ze zeggen het belangrijkste in het leven.'

Jean-Luc wachtte even, liet de woorden tussen hen in hangen, terwijl Louis volkomen stijf bleef staan en zijn glimlach onmerkbaar verflauwde.

Door een paar keer te slikken probeerde Louis weer wat vocht in zijn mond te krijgen, maar hij kon de paniek in zich voelen opkomen. Het gaf hem een misselijk gevoel en hij moest zichzelf ervan weerhouden om zijn maag vast te grijpen. Hij voelde Jean-Lucs gespierde arm op zijn schouder rusten en kreeg opeens een voorgevoel dat de Fransman hem simpelweg om zijn hals heen ging krullen als een of andere slang en hem ter plekke zou wurgen.

'Maar die klootzakken met hun spleetogen,' vervolgde Jean-Luc met een rukkende hoofdbeweging naar de Chinese soldaten, 'die geven geen reet om loyaliteit of vertrouwen. Ze pakken zoveel als ze kunnen krijgen van iedereen die verkoopt. Zonder vragen te stellen. Weet je,' ging hij door, 'na al die jaren zijn het niet de vuurwapens, de dode burgers of zelfs de zinloosheid waar ik me aan erger. Het is de hypocrisie. Het Westen biedt hulp aan en verkracht vervolgens het land. Bij de Chinezen is er tenminste geen huichelarij.

Zij willen mineralen en kopen die van iedereen die ze verkoopt. Daar zit een schoonheid in – een eenvoud.'

Louis gaf een enthousiaste knik. 'Ja, monsieur Étienne. Een eenvoud.' Hij voelde zijn geest worstelen om bij te blijven. Was dit weer een van die spelletjes van de Fransman of een echt moment van reflectie? Hij knikte voor de zekerheid nog een keer, zich afvragend of er verwacht werd dat hij iets aan het gesprek toevoegde, maar zijn geest bleef terugcirkelen naar één woord dat Jean-Luc had gezegd – 'mineralen'.

In al die tijd dat hij deze zendingen had geleid, had hij nooit ontdekt wat ze precies verhandelden. Er was te veel van om diamanten te kunnen zijn en te weinig voor goud. Hij was ermee akkoord gegaan om het blindelings van de afhandelaar te kopen, omdat hij vanwege de hoge beveiligingsniveaus aannam dat de substantie uitzonderlijk kostbaar moest zijn. Maar nu had Jean-Luc bevestigd dat het een mineraal was. Welk mineraal was er zo waardevol? Uraniumerts?

Toen de laatste afhandelaars uit het vliegtuig klauterden, namen de soldaten hun plaats in, zonder hun geweren te laten zakken totdat de vrachtdeur helemaal omhoog was en de motoren van de IL-76 weer waren gestart.

'Tot volgende week,' schreeuwde Jean-Luc boven de herrie uit. Louis sprakeloos in het midden van de landingsbaan achterlatend rende hij naar de dichtstbijzijnde Oryx-helikopter. Zodra hij op de rand van de cabine was gaan zitten, startte de helikopter en bleef een meter boven de grond zweven. De andere helikopters stegen een voor een op en vormden een echelonformatie aan bakboord van de bewapende Rooivalk, die hoger doorvloog, totdat hij 1500 voet boven ze was en dekking verschafte. Toen lieten ze hun neuzen zakken, snelden voorwaarts en helden in een wijde bocht naar de bleekoranje gloed van de vulkaan.

Louis stond stil te luisteren naar het zachter wordende ritme van de rotoren. De misselijkheid was snel in uitputting overgegaan en hij liet zijn schouders opgelucht zakken nu de Fransman verdwenen was. Net toen hij lang en diep uitademde, pakte een arm hem plotseling van achteren vast. Hij stond op het punt schreeuwend te protesteren, toen hij besefte dat een van de Chinese afhandelaars hem bij de motoren van de Iluyshin vandaan trok. Naast elkaar haastten ze zich naar de andere kant van het asfalt.

'Oppassen, meneer Louis,' schreeuwde de afhandelaar in gebroken Engels, naar het vliegtuig gesticulerend. Vervolgens wees hij nog een keer voor extra nadruk. Louis kon het gewicht voelen van iets wat in zijn open zak werd gedrukt, maar weerstond de verleiding om omlaag te kijken.

'Het geld ligt onder de achterbank van de eerste auto,' vertelde hij knarsetandend. De afhandelaar wachtte even toen hij de betekenis probeerde te begrijpen, waarna hij nog eens in de lucht porde.

'Motor gevaarlijk!' zei hij, en hij draaide zich om om zich weer bij zijn groep te voegen.

Louis krulde zijn vingers strak om zijn zak heen, probeerde het gewicht van de substantie te schatten. Wat het ook was, hij had de beste tussenpersoon van de stad al klaarstaan in Goma. Hij hoefde nu alleen maar naar de nachtclub Soleil Palace te gaan.

Met een laag geronk van zijn motoren vertrok het vliegtuig, korte tijd later gevolgd door de terreinwagens. Louis was plotseling weer alleen. Hij keek over zijn schouder, dubbel controlerend of er niemand stond te kijken, en trok vervolgens het pakje voorzichtig uit zijn jas. Toen hij de substantie tussen zijn vingers liet rollen, voelden de rotsscherven broos en schilferachtig aan, maar ze hadden een warmte die op de een of andere manier troostend was.

Hij glimlachte. Naar de terminal terugslenterend, stak hij nog een sigaret op en inhaleerde de ruwe tabak diep. Wat hij ook in zijn zak had, ze waren ermee weggekomen. En pal voor de neus van die Franse klootzak!

Zijn glimlach werd breder, net op het moment dat een volgende hoestbui hem deed schudden. Hij spuugde de sigaret vol walging op de grond en veegde met de achterkant van zijn mouw een speekselsliert van zijn kin. De muzungos konden oprotten met hun verdomde sigaretten. Hij had een borrel nodig.

7

Het Soleil Palace stond in een van de achterstraatjes die een labyrint vormden in het centrum van Goma. Er was geen bord om het bestaan ervan aan te duiden, alleen twee enorme hopen zwart vulkanisch gesteente buiten de ingang, alsof de nachtclub uit de grond was gehouwen in plaats van erbovenop te zijn gebouwd. Binnen was de verlichting net zo onderaards, met stompe kaarsen op elke tafel en een vaag door neon verlichte bar. Aan het einde van een glazenarsenaal lag een open stuk beton dat als dansvloer werd gebruikt, met hoog oprijzende luidsprekers die in een halve cirkel waren opgesteld. De muziek was al aan het pompen. Vrijdagavond was altijd een belangrijke avond in Goma.

Louis klemde de hand van de uitsmijter vast, de ordeloze rij buiten negerend, voordat hij door de ingangstunnel en langs de biljarttafels aan zijn rechterkant paradeerde. Een paar plaatselijke hoertjes leunden werkeloos tegen de keuen; ze gebruikten iedere stoot als een kans om hun rokken iets hoger op te hijsen en de mannen aan de bar op te winden. Twee van hen keken op toen hij langsliep en glimlachten veelbetekenend maar slechts halfslachtig.

Toen hij eenmaal door de deinende menigte heen was, naderde Louis een van de lage tafels aan de rand van de dansvloer. Fabrice was er al; hij droeg zijn karakteristieke witte pak en Gucci-zonnebril. Naast hem zat zijn vriendin, Marie, wier lange haar tot halverwege haar jurk met lage rug viel. Ze nipte aan haar cocktail, met haar schouders van hem weggedraaid en haar lippen scheef van norse frustratie. Hij deed zijn best om haar te negeren en ze zaten daar zwijgend, de nasleep van de zoveelste ruzie. Toen Louis aankwam, sprong Fabrice van de tafel op, verrukt over het excuus om de impasse te doorbreken. Hij schudde Louis' hand, door zijn palm in de Afrikaanse stijl om te draaien, en schonk hem vervolgens een enorme bel wodka in uit de fles die voor hem op de tafel stond te koelen.

'Hé, Marie, je kent mijn vriend Louis nog wel,' schreeuwde hij, naar hun gast knikkend. De brandlittekens op de linkerkant van Fabrices gezicht vingen het licht op. Ze liepen over het bovenste gedeelte van zijn wang, helemaal tot achter zijn haargrens.

Marie haalde een met Swarovski-kristallen bezet mobieltje uit haar handtas en wees ermee naar het midden van Fabrices borst alsof ze op hem mikte. 'Je hebt het beloofd,' zei ze. 'Geen werk vanavond.'

'Maar schatje, je weet hoe het in de club is. Dit is mijn kantoor.' Fabrice bracht zijn handpalmen smekend omhoog, maar kromp ineen toen hij Maries verzengende blik zag.

'Ik zie je later, lieverd,' snorde ze met gemaakte genegenheid. 'Ik ben bij de bar.'

'Schatje, wacht even...' riep Fabrice, zijn hand uitstekend, maar ze wierp haar haar over haar schouders en stapte weg.

Beide mannen keken haar zwijgend na terwijl ze door de mensenmenigte liep, voordat Fabrice uiteindelijk een enorme teug van zijn drankje nam, waarbij het ijs tegen zijn witte tanden kletterde.

'Ze is te veel,' zei hij, zwaar uitademend. 'Elke dag zeikt ze over iets anders. Echt, Louis, ze praat meer dan je moeder.'

Louis trok een wenkbrauw op. 'Als je het gehad hebt met Marie, neem dan een van die stevige tantes bij het meer. Je weet wel, een en al billen en grote liefde. Geef ze een zak graan en ze zijn alleen maar dankbaar.'

Fabrice smakte met zijn lippen. 'O ja, heerlijk die grote billen,' zei hij, zijn heupen naar voren werpend in de maat met een van de meiden op de dansvloer. 'Niks van dat magere "Waarom werk je zoveel?"-gelul.' Hij wees naar de bar, zeer goed wetend dat Marie niet keek. 'Omdat het brood op de plank brengt, meid. Daarom!'

Hij beukte zich een paar keer op de borst en staarde uitdagend naar Maries achterhoofd, voordat hij er 'ja' aan toevoegde voor niemand in het bijzonder.

Terwijl Fabrice gemakkelijk in zijn stoel ging zitten en minutieus zijn zonnebril rechtzette, liepen er aan de andere kant van de nachtclub een paar blanke mannen binnen. Met hun zware lijven en gemillimeterde kapsels leken ze op MONUC-manschappen buiten diensttijd. Fabrice trok de aandacht van een van de biljartende meiden en gebaarde met een snelle polsbeweging naar de nieuwkomers. De meiden legden hun keuen onmiddellijk neer en begonnen door de menigte te maaien.

'Verdomde VN,' mopperde Louis. 'Dat is zo'n beetje het enige waarvoor ze hun compounds verlaten. Om onze vrouwen te naaien.'

'Dat houdt ze tenminste wel bezig,' antwoordde Fabrice. Terwijl hij de tafel met een paar papieren servetten afveegde, gebaarde hij dat ze aan het werk moesten gaan. Louis legde het pakket gehoorzaam op de tafel neer en trok de hoeken voorzichtig los.

'Dus dit smokkelen ze elke week?' zei Fabrice, die een scherf van het gesteente tussen zijn vingers pakte en hem onder het kaarslicht omdraaide.

'Elke week. AK's komen binnen. Dit gaat de deur uit.'

Fabrice tuurde nauwkeuriger, zijn zonnebril optillend. Zijn neus rimpelde van de concentratie. 'En een helikopter?' vroeg hij over zijn schouder.

'Niet gewoon "een helikopter". Ze komen met vier helikopters binnen. Machinegeweren... Huurlingen. Ik zei het je al, dit is geen kattenpis, Fabrice. Er was daar een hele Chinese eenheid en het was niet makkelijk om dat spul achterover te drukken. Ik bedoel, ik neem hier veel risico. Daar moeten we over praten.'

Hij keek naar de tussenpersoon, erop gebrand hem te doordringen van de moeite die het hem had gekost om de vracht te verkrijgen, maar zoals altijd luisterde Fabrice maar half. Hij draaide de scherf steeds weer in zijn handen om en bij iedere omwenteling werd zijn uitdrukking duisterder.

'Waar halen ze het vandaan?'

'Het noorden,' antwoordde Louis, terwijl hij verstrooid in zijn stoel achteroverleunde en de aandacht trok van een van de meiden aan de volgende tafel. Hij glimlachte naar haar, waarbij zijn ogen van haar gezicht naar haar decolleté afgleden.

'Het noorden? Hoe bedoel je, het noorden? Over de grens?'

Louis schudde zijn hoofd. 'Nee. Niet Soedan. Ik hoorde dat het ergens uit het Ituriwoud komt. Een plaats met de naam Epulu.'

Fabrices uitdrukking verwrong zich van ongeloof. 'Ituri? Er komt niets uit Ituri. Niemand steekt ooit de rivier over.' Hij wachtte even, zich razendsnel afvragend wat er zo waardevol kon zijn dat iemand het zou wagen om naar het noorden te gaan. Het was je reinste zelfmoord. Hij draaide zich weer naar de scherf toe en schudde zijn hoofd nog een keer. 'Jezus, het moet een fortuin waard zijn.'

Louis boog zich begerig voorover. 'Kom op dan, Fabrice. Hoeveel is het waard? Ik heb het al gewogen. We hebben hier ruim een kilo.'

'Dit slaat allemaal nergens op,' antwoordde Fabrice, die de scherf weer op de tafel liet vallen, zodat hij bijna van de rand af rolde. Louis greep ernaar en ving hem precies op tijd op. 'Dit is geen reet waard, Louis. Het is gewoon coltan.'

'Coltan?' vroeg Louis, wiens stem geschokt omhoogging.

'Ja. Je weet wel, tantaliet. Het spul dat ze in mobiele telefoons gebruiken.' Fabrice zwaaide vol afkeer met zijn hand naar het hoopje stenen. 'Het wordt overal gedolven. Wat je daar hebt is ongeveer vijftien dollar waard. Echt "kattenpis", Louis.'

'Nee, nee,' stotterde hij, hoofdschuddend om de onrechtvaardigheid. Hij pakte de scherf in zijn handen en staarde ernaar; hij hield de vlam van de kaars vlak achter de steen, zodat hij hem bijna verschroeide. 'Ik heb de beveiliging gezien die ze gebruiken. Er moet nog iets zijn.'

Toen Louis de steen dichter bij het licht bracht, zag Fabrice plotseling een rode flits. Louis' pols stabiel houdend, boog hij zich voorover. Er liep een dunne gekleurde ader in de lengte van de scherf. Het was een smeulende, bloedrode kleur, die in de zwartheid van de steen opwelde.

'Wat in godsnaam...' mompelde hij. Terwijl de woorden wegstierven, pakte hij de scherf opnieuw tussen zijn vingers en bestudeerde hem nauwkeuriger. De gloed was zacht en mesmerisch, als lava die na een uitbarsting aan het afkoelen was.

'Wat is het? Uranium?' vroeg Louis, zijn hals uitstrekkend om het beter te kunnen zien.

'Ik weet het niet, maar ik heb van alles verhandeld en ik heb nooit eerder zoiets gezien. Eén ding staat vast. Als de beveiliging zo streng is als je zegt en als het uit Ituri komt, dan wil iemand dit spul heel graag hebben.' Fabrice wachtte even, verstrooid aan zijn linkerwang krabbend. 'Ik ken een vent die misschien kan helpen. Werkt voor een van de mijnkorpsen hier en hij houdt van vrouwen. Hij staat bij me in het krijt.'

Fabrice gebaarde naar een van zijn mannen, die verborgen werd door de schaduw van de luidsprekers. Hij greep het pakket en trok zich terug naar het kantoor aan de achterkant van de club, en Louis vroeg zich af of dit de laatste keer zou zijn dat hij het zou zien.

'Wat het ook is, we doen samsam, toch?' zei hij, Fabrice zijn hand aanbiedend.

Fabrice negeerde hem; zijn aandacht was plotseling op de ingang van de club gericht. Hij streek zijn pak glad, trok het jasje strakker om zijn atletische schouders en zette zijn zonnebril nog eens recht.

'Hé, Fabrice, we zijn het eens, toch?'

Louis viel stil toen hij de richting van Fabrices starende blik volgde. Vier Chinese mannen baanden zich een weg door het lawaai en de commotie van de club naar hun tafel. Ze hadden hetzelfde voorkomen als de MONUC-manschappen, maar deze mannen waren gedrongener en hadden gitzwart haar dat zo kort was geknipt dat de huid eronder zichtbaar was. Drie van hen duwden stellen uit de weg op de dansvloer, een pad vrijmakend voor de achterste man. Alleen zijn silhouet was zichtbaar toen hij naderde, maar op dat moment draaiden de dansvloerlichten in een volledige cirkel rond en werd zijn gezicht door een verschroeiende witte straal overspoeld. Hij was veel dunner dan de anderen; zijn gezicht lang en ingevallen, met haar dat vanaf de kruin van zijn hoofd terugweek. Toen hij dichterbij kwam, zagen ze dat hij met scherpe, rukkende bewegingen liep, alsof zijn gewrichten een fractie te strak waren.

De drie andere mannen stonden in een halve cirkel voor Fabrices tafel, met hun armen strak over hun borst gevouwen. Ze droegen alle drie wijde kaki jassen, alsof ze kortgeleden van een safari waren teruggekeerd. Ze waren gewapend en er niet al te zeer in geïnteresseerd om dat te verhullen. Er werd een lage kruk bijgetrokken; de dunnere man ging voorzichtig op de rand ervan zitten en sloeg zijn benen over elkaar. De beweging was even traag als zwak. De lippen van de man tuitten zich toen hij eindelijk zijn ogen opsloeg.

'Geef het aan mij,' zei hij, terwijl hij zijn lichaam in de maat met de woorden heen en weer liet schommelen. Zijn ogen waren bleekgrijs, bijna doorschijnend in de vaag verlichte club. Ze bewogen langzaam en de waterige pupillen richtten zich nauwelijks naar Fabrice op voordat ze weer naar de vloer afzakten.

Fabrice liet zijn brede glimlach stralen. 'Wat wilt u? Drugs? Meisjes?' zei hij, achteroverleunend op de sofa, met zijn armen over de rugleuning. 'U wilt meisjes, toch?'

De man deinsde lichtjes terug. 'Speel geen spelletjes. Geef terug wat je hebt gepakt.'

Fabrice glimlachte als een ondeugende schooljongen en haalde zijn schouders een paar keer op. De Chinese man leek te proberen zich te beheersen, maar rukte toen de borstzak van zijn jas open en schoof de inhoud over de tafel. Er waaierden drie afbeeldingen voor hen uit.

'De afhandelaar.'

Fabrice en Louis bogen zich voorover om een foto te zien van een man die met zijn gezicht omlaag op de oever van het meer lag; de achterkant van zijn schedel was ingeslagen. De rotsen en het water waarmee hij was omringd waren roze getint van het bloed en zijn rechterarm was onnatuurlijk achter zijn rug gedraaid.

'Zeilongeluk?' vroeg Fabrice op schertsende toon, met een rimpelend voorhoofd alsof hij begaan was. 'Ja, dat is waar, ja. Ik hoorde dat het meer gevaarlijk kan zijn in deze tijd van het jaar.' Vervolgens boog hij zich voorover en gluurde over zijn zonnebril heen terwijl de humor plotseling uit zijn ogen wegtrok. 'Jullie moeten echt voorzichtiger zijn. Denk eraan – jullie zijn nu in Afrika.'

Eerst reageerde de man die voor hem zat niet. Toen schoot hij opnieuw naar voren en siste de woorden tussen opeengeklemde lippen door. 'Je hebt geen idee met wie je te maken hebt,' zei hij. 'Dit is je laatste kans.' Een van zijn mannen haalde zijn armen van elkaar en zijn rechterhand gleed de vouwen van zijn jas in.

'Wacht, wacht,' riep Fabrice, zijn handpalmen omhoogstekend. 'U hebt mijn verhaal nog niet gehoord.' Hij zette zijn zonnebril af, wees ermee naar de verzamelde mannen en schraapte zijn keel theatraal. 'Geloof me, u zult dit prachtig vinden. Nou, toen alle Chinese mijnwerkers een paar jaar geleden naar de Congo kwamen, weet u wat ze toen, behalve alle machines en bulldozers, meebrachten?' Fabrice zweeg even, wachtend op suggesties, maar de man tegenover hem luisterde alleen. 'Condooms! Die brachten ze mee! Honderden, duizenden condooms in hun kleine zilverkleurige wikkels. Kunt u het zich voorstellen? Overal rubbertjes. Ze moeten gedacht hebben dat jullie elk Congolees meisje van hier tot Lubumbashi wilden palen.' Fabrice klapte zijn handen luid en ritmisch tegen elkaar; het geluid kwam boven de muziek uit. Hij glimlachte breder, zodat het licht op de twee gouden vullingen achter in zijn mond viel. 'En wij dachten dat jullie hier alleen maar voor de mijnbouw waren...'

'Zo is het genoeg,' begon de man tegenover hem, maar Fabrice ging door, met zijn vinger zwaaiend alsof hij hem berispte.

'Maar natuurlijk wilde jullie regering niet dat jullie allemaal besmet zouden raken, hè? Al onze meisjes zijn vies, vies. Niet zoals jullie lekker schone oosterlingen. Maar als een gebaar van welwillendheid werden er condooms aan elke stam gegeven; de Lendo, Hema, Bantu, iedereen kreeg ze. Er zou geen aids meer zijn dankzij onze nieuwe Chinese vrienden. Wij waren gered! Maar, weet u, er was maar één probleem...'

Fabrice stond op, ging breder staan, duwde zijn heupen naar voren en ritste zijn gulp open. Hij tastte naar zijn kruis, trok terloops zijn penis tevoorschijn en liet hem langs één pijp van zijn witte broek vallen. De man tegenover hem deinsde zeldzaam snel bij hem vandaan en verloor zijn evenwicht op de kruk. Half gehurkt op de vloer zittend staarde hij met grote ogen van verbazing en walging vanaf middelhoogte naar Fabrice.

'De condooms waren te klein!' riep Fabrice uit. 'Wij pasten niet in jullie Aziatische condoompjes!'

Hij pompte met zijn heupen, zwaaide zijn penis in de maat met de beweging. De Chinezen staarden in stille razernij; hun gezichten werden rood. Zonder op een bevel te wachten trok de man die het dichtst bij Fabrice stond de stompe neus van een Glock 17-pistool uit zijn schouderholster, maar voordat hij het op hem kon richten, klonk er een geluid van uiteenspattend glas en stoelen die omver werden gegooid. Er sprongen mannen achter twee van de nabije luidsprekers vandaan en drongen zich, met AK-47-geweren omhoog, naar de tafel toe.

De Chinezen draaiden zich verrast om; de eerste was nog steeds met zijn pistool bezig. Net toen hij zijn arm draaide om te schieten, beukte een van Fabrices mannen tegen zijn kaak met de loop van een AK, zodat hij op de lage plastic tafel neerstortte en er ijs uit de wodka-emmer over de vloer vloog. Na een paar seconden wist de man zichzelf weer op zijn knieën te trekken. Zijn rechterhand was tegen zijn gezicht geklemd; er sijpelde bloed tussen zijn vingers.

Er klonk gegil in de plotselinge commotie, maar Fabrice maande met geheven handen om kalmte en vervolgens gebaarde hij de dj door te spelen. Terwijl mensen voorzichtig naar de dansvloer terugkeerden, ritste hij zijn gulp dicht, met zijn blik nog steeds op de dunne man aan zijn voeten gefixeerd.

'Jullie denken dat jullie ons bang kunnen maken met jullie wapens en dreigementen,' zei Fabrice, neerhurkend zodat zijn hoofd maar een paar centimeter bij dat van de man vandaan was. 'Ons bang maken? Ik heb mijn ouders vermoord zien worden toen ik twaalf jaar oud was. De Mai-Mai pakten hun panga's en... hak-hak! Ze doodden hen. En wat hadden ze misdaan? Ze waren van de Hema-stam, dat is alles. Daarna brachten ze de rest van ons naar het longhouse en staken het in brand. Ze brandden het hele dorp af.' Hij bracht zijn handen naar zijn lippen en blies zachtjes tussen zijn vingers. 'En iedereen was zomaar verdwenen.'

Er trok een bittere glimlach over zijn gezicht toen hij de Chinese man overeind trok. Fabrice sloeg zachtjes tegen zijn wangen, alsof hij een oude vriend was.

'Dit is Afrika, mijn vriend. AFRIKA.' Hij rekte elke lettergreep van het woord uit. 'En hier moeten jullie één ding onthouden – jullie zijn niet de jongens met de grootste pikken.'

8

De doffe gloed van een computerscherm flikkerde op het gezicht van Beer Makuru. Ze geeuwde, strekte haar rug en staarde naar de bodem van de koude kop koffie, zich afvragend of ze een slokje durfde te nemen. Er kleefde een smakeloos bruin laagje aan het oppervlak van de vloeistof, die ze even ronddraaide voordat ze de kop voorzichtig op de stapel voedselwikkels op de hoek van haar bureau terugzette.

Er lagen acht mappen op elkaar in een scheve hoop, met bundels papier die er in verschillende hoeken uitstaken. Elk daarvan was versierd met een zwaar stempel 'Ongevallenrapport' en bevatte vertrouwelijke informatie uit hun mijnarchieven. Beer had ze de hele dag gestaag doorgewerkt en details genoteerd, totdat het A4-blok dat op haar dijen lag een massa krabbels en onderstreepte woorden was.

De dossiers lieten zien dat twee van de grootste coltanmijnen in Australië te maken hadden gehad met vergelijkbare compressor-explosies als die van henzelf. Een andere mijn was getroffen door een plotseling besmettingslek dat in feite alle productie sinds eerder dat jaar had stopgezet, zodat Minecap, een van de belangrijkste mijnmaatschappijen van Australië, gedwongen werd zich tot de overheid te wenden voor een overbruggingslening.

Toen ze de archieven verder uitploos, ontdekte Beer dat er nog andere gevallen waren – een coltanmijn in Brazilië, twee in Canada, en ten slotte een schetsmatig rapport dat ergens uit Noord-Mozambique vandaan kwam over een explosie in een van hun mijnen.

Beer reikte naar haar laptop en haalde de coltancijfers voor de eerste twee kwartalen tevoorschijn. Er was een algemene productiedaling van drieëntwintig procent geweest, waarbij alleen mijnen in China, de Congo en een kleinere in Indonesië buiten schot bleven. Ze omcirkelde het getal 23 op haar notitieblok en tekende vervolgens een grote pijl die naar beneden wees.

Beer stond uit haar stoel op, trapte haar hooggehakte schoenen uit en kreunde zachtjes terwijl ze haar tenen tegen het versleten kantoortapijt uitstrekte. Ze draaide haar dikke haar om haar vingers voordat ze het boven op haar hoofd vastpinde met een afgekauwde balpen. Toen ze zachtjes haar hals masseerde, voelde ze de knopen diep de spier in lopen. Ze was gewoon niet geschikt om de hele dag op kantoor te zitten. Het gaf haar altijd een verkrampt en vermoeid gevoel.

Aan de muur boven haar computer was een kleine polaroidfoto van haar man en hun driejarige zoon Nathan opgeprikt. Ze liet haar ogen even rusten op de glimlach van de jongen en zuchtte zwaar, terwijl haar schouders zich eindelijk ontspanden. Er was altijd iets heel ongecompliceerds in zijn glimlach. Nathan leefde elk moment in het heden, blij of bedroefd, niet belast door het gewicht van het leven dat zoveel mensen leek te verstikken naarmate ze ouder werden.

Beers starende blik gleed over zijn zachte wangen en de zwarte, krullende lokken van zijn haar. Haar man, Jamie, probeerde haar altijd zover te krijgen dat ze zijn haar kort liet knippen, voordat andere kinderen hem ermee zouden plagen dat hij op een meisje leek, maar ze kon zichzelf er nog niet toe zetten. Het was een van de grootste genoegens in haar leven, Nath die elke ochtend bij hen in bed uit zijn fles dronk en met zijn zachte haar tegen haar hals streek terwijl zij hem stevig knuffelde. Hij was een volmaakte mengeling van hen beiden, niet alleen de kleur van zijn huid, die lichter was dan die van Beer en een paar schakeringen donkerder dan Jamies zongebruinde wit, maar ook in zijn ogen, de ovale vorm van zijn gezicht en zelfs zijn lichtjes misvormde grote tenen.

Beer keek naar de wandklok en vloekte hardop. Het was halfacht en ze had Jamie beloofd dat ze op tijd terug zou zijn om Nathan naar bed te brengen. Ze deed haar ogen dicht en ademde diep uit, alle droge kantoorlucht uitblazend. Het was niet alleen het feit dat ze Nath vanavond zou missen, maar het was ook Jamies onvermijdelijke afkeuring. Ze kon zich zijn gezicht voorstellen als ze door de voordeur kwam, vol onuitgesproken teleurstelling. Nathan werd altijd gebombardeerd tot het slachtoffer van haar overwerk, gebruikt als camouflage voor Jamies eigen emoties. Schuld: dat was het enige wat ze tegenwoordig leek te voelen; ze voelde zich schuldig omdat ze niet genoeg tijd met haar zoon doorbracht, schuldig omdat ze werk kennelijk belangrijker vond dan familie, schuldig omdat ze haar man had ontmand door meer te verdienen dan hij.

Al zoveel maanden nu leidden zij en Jamie bijna gescheiden levens; ze praatten wel met elkaar, maar communiceerden nooit echt. Hun aandacht leek altijd op het kind gericht te zijn, zodat er onafgedane kwesties achterbleven die elke keer als ze een moment voor zichzelf hadden in ruzies uitbarstten. Beer deed haar ogen weer open, ging na een poosje zitten en draaide zich weer naar het scherm van haar computer toe. Als hij haar dan toch een schuldgevoel ging bezorgen, kon ze net zo goed nog een beetje meer werk doen.

De telefoon rinkelde en het kostte haar diverse seconden om hem onder de stapels papier te vinden.

'Madame Makuru,' zei de stem van de veiligheidsagent bij de receptie. 'Ik heb ene luitenant William Cooper aan de telefoon voor u. Zal ik hem doorverbinden?'

'Ja, bedankt, Sepo.'

Beer schoof in haar stoel naar voren, automatisch naar de pen in haar haar reikend.

'Laat ik je overwerken, Coop?' vroeg ze, lichtjes glimlachend. Luitenant Cooper was in de begintijd een vriend van haar vader geweest, toen ze in het Britse leger in Sierra Leone dienden. Hij was een van de weinige Engelse officieren die tijd voor huurlingen hadden, en terwijl Beer wachtte tot haar vader uit de rimboe terugkeerde, was Cooper een vaste gast van hotel Kimbima geweest. In de oude, gewelfde eetzaal had hij haar zelfs een tijdje geholpen met haar Engels. Met drie eigen dochters had Cooper altijd een zwak voor haar gehad.

'Luister, Beer, ik moet precies weten waar dit spul vandaan komt,' zei hij, het zonder hun gewoonlijke geklets stellend. Doorgaans was Cooper een en al dolle pret en mild geplaag. Ze had hem zelden zo gehoord.

'Het is zoals ik je verteld heb. Ik heb het monster verkregen toen ik kwam controleren na de explosie in de coltanmijn. Hoezo? Wat is er gebeurd?'

Er viel een lange stilte, waarin Cooper aarzelde.

'Hé! *Dis-moi!*' protesteerde Beer. 'Kom op, wat heb je gevonden?'

'Ik heb iets gevonden wat beslist niet in een Zuid-Afrikaanse mijn thuishoort,' zei Cooper langzaam. 'Het kostte me een poosje om het vast te stellen, maar na het bekijken van de luchtbeelden die je had opgestuurd, dacht ik dat je weleens gelijk kon hebben. De compressors hebben de ontploffing niet veroorzaakt. Ze maakten deel uit van een secundaire explosie. Dus begon ik een paar andere opties te bekijken.'

'Nou, waardoor is het probleem dan veroorzaakt? Had het iets te maken met dat residu?'

'Ja. Daar ben ik zeker van,' antwoordde hij met zachte stem. 'Het heet diethylhexyl en ik heb het pas opgepikt nadat ik het door een paar solvents had gejast. Voor zover ik weet, wordt het spul maar voor één ding gebruikt. Het is de plastificeerstof in C-4.'

Beer wilde opschrijven wat hij zei, maar haar pen bleef boven het papier hangen. 'C-4?' zei ze. 'Bedoel je het explosief?'

'Dat is precies wat ik bedoel en het is niet iets wat je zo vaak in Afrika aantreft. Te duur naar de smaak van de meeste mensen.' Hij wachtte even, hardop nadenkend. 'Luister, als jij een stuk van het ontstekingslont of zelfs een fragment van de eigenlijke veroorzaker voor me kunt vinden, kan ik je misschien vertellen waar het vandaan komt, anders is het allemaal alleen maar giswerk, ben ik bang. Maar één ding staat vast, Beer, het is zeer onwaarschijnlijk dat iemand anders dan het leger het kan hebben.'

'Het leger? Bedoel je het Zuid-Afrikaanse leger?'

'Dat is verdomme niet waarschijnlijk!' riep Cooper lichtjes lachend uit. 'Ze kunnen zich tegenwoordig amper schoenen veroorloven en gaan zeker niet zoiets verfijnds als C-4 gebruiken wanneer wat van dat goeie ouwe TNT de klus had kunnen klaren.'

Er viel een stilte en Beer kon een vaag krassend geluid horen toen Cooper aan zijn stoppelbaard krabde.

'Zo uit mijn blote hoofd is er maar een handjevol landen dat C-4 in deze hoeveelheid zou gebruiken: de Amerikanen natuurlijk, de Britten en Fransen, en ook de Israëli's. Verder heb je natuurlijk nog India, Pakistan en China.'

'Maar waarom zou een van die landen met opzet een coltanmijn opblazen?'

'Zeg jij het maar. Misschien is er iets bijzonders aan jouw bewuste mijn?' opperde Cooper.

Beers starende blik dwaalde naar de stapel ongevallenrapporten voor haar. '*Putain,*' vloekte ze. 'Het is niet alleen die ene mijn. Ik heb acht ongevallenrapporten van mijnen uit de hele wereld. De details zijn niet voor allemaal hetzelfde, maar ik denk dat iemand probeert om de coltanmijnen systematisch uit te schakelen.'

'Maar waarom?'

Beer dacht even na, terwijl haar ogen de dwarsstroom van gekrabbelde notities en cijfers op haar A4-blok doorspeurden. Ze bleven rusten op de drieëntwintig procent en de neerwaartse pijl.

'De explosies verminderen de coltanvoorraad globaal, toch?' zei ze, op vlakke toon logisch redenerend. 'En wat gebeurt er als je de voorraad vermindert? Dan gaat de prijs omhoog.'

Cooper maakte een tuttend geluid alsof hij haar een standje gaf. 'Kom op, Beer, wat jij suggereert klinkt vrij onwaarschijnlijk. We hebben het niet over kleine hoeveelheden C-4 die een of andere terroristische groep in handen kan krijgen. Om zoveel mijnen op te blazen zou je toegang tot echte militaire opslagplaatsen nodig hebben, en ik weet niet hoe het met andere landen zit, maar in Engeland delen ze de sleutels niet bepaald uit.'

Beer tikte met haar pen op het bureau. 'Je zei landen, toch? Nou, kijk naar de enige landen die significante hoeveelheden coltan produceren die níét zijn getroffen. Dat zijn de Congo en China. En op de een of andere manier denk ik niet dat de jongens in Kinshasa zich kilo's C-4 kunnen veroorloven.'

'Voordat je aan de hand van een van je ingevingen de hort op gaat: is het bij je opgekomen dat de Chinezen misschien wel de volgenden op de lijst zijn? Misschien heb je volgende week nog een ongevallenrapport op je bureau over een van hun mijnen.'

'Misschien wel,' gaf Beer met één opgetrokken wenkbrauw toe. 'Maar als dat niet zo is, wéten we dat het Chinese leger erbij betrokken is. Het VBL zit met zijn vingers in allerlei burgerorganisaties. Misschien liggen ze in bed met een van de grote mijnkorpsen en proberen ze zo de prijs op te drijven.'

Er klonk een geërgerde zucht aan de andere kant van de lijn. 'Ik was vergeten hoe graag jij overhaaste veronderstellingen doet. Maar luister, Beer, wat er ook aan de hand is, als het iets met de

Chinezen te maken heeft, neem dan van mij aan: laat het varen. Ik weet dat je wat je opdrachten betreft zo vasthoudend als een verdomde pitbull kunt zijn, maar zelfs jij wilt niets met hen te maken hebben.'

Beer knikte langzaam met haar hoofd en er vormde zich een tedere glimlach op haar lippen. Cooper paste altijd op haar, zelfs nu ze een volwassen vrouw was, met een baan die haar naar een aantal van de gevaarlijkste plekken op de planeet bracht. Was haar vader maar zo bezorgd geweest.

'Heel erg bedankt hiervoor, Coop. Ik ben je iets verschuldigd.'

'Jij bent me niets verschuldigd, behalve een maaltijd met mijn meisjes als je de volgende keer hier bent. Ze missen je vreselijk, weet je. En Beer, luister voor één keer in je leven naar een ouwe knar als ik en vermijd problemen.'

'Dat beloof ik. *Merci beaucoup*,' zei Beer, die met een bredere glimlach ophing. Ze wierp een blik op de wandklok, stond snel uit haar stoel op en schoof haar portemonnee en mobiele telefoon weer in haar handtas. Toen ze haar schoenen aanschoot en zich omdraaide om weg te gaan, zag ze vanuit haar ooghoek een mailtje in haar inbox verschijnen. Ze wilde het negeren, maar bedacht zich en klikte het open. Het bericht was verzonden via het veilige intranet van het bedrijf en kwam van een van hun filialen in de Democratische Republiek Congo.

Beatrice,
Wij hebben hier enige hulp nodig. Vanochtend vroeg hebben we een kleine hoeveelheid verkregen van een mineraal dat ik nog niet eerder heb gezien. De verkopers konden me ook niet vertellen wat het was, alleen dat het afkomstig was uit een oord ten noorden van hier met de naam Ituriwoud. Hoe dan ook, de afdeling Boekhouding zal dit niet leuk vinden, aangezien we er een klein fortuin voor moesten betalen, maar het was de prijs wel waard. Ik denk dat dit iets totaal nieuws is.
We hebben de hele dag tests gedaan en denken dat het misschien *een geconcentreerd derivaat van tantaliet is. Zou dat mogelijk zijn? Wat vreemd is, is dat tantaliet meestal wordt gevonden naast columbiet, d.w.z. coltan, maar dit lijkt iets anders te zijn. En ik kan geen verwijzingen op het internet vinden.*

Kun jij de komende dagen naar Goma komen? Ik wil dit stilhouden en vermijden om iets per koerier te verzenden. Laat Kimberly het goedkeuren en laat me je aankomsttijden weten.
Pieter

Beer staarde met een stijf lichaam naar het bericht. Er was iemand bezig geweest om over de hele wereld systematisch coltanmijnen te saboteren en nu dit – er was een geconcentreerd derivaat van coltan in de Congo ontdekt. Er moest een verband zijn.

Ze las het bericht nog een keer en toen ze bij de laatste zin even wachtte, voelde ze haar maag verstrakken. Goma. Waarom moest het Goma zijn? Dat was de enige plaats ter wereld die ze wilde mijden – de plaats waar haar vader was. En nu, na al die tijd, leek het erop dat ze daarnaar terug zou gaan.

9

Generaal Jian zat over een enorm houten bureau gebogen, met zijn gezicht bijna tegen het oppervlak aan. Er scheen één flard licht door een van de hoge ramen naar beneden, die zijn katoenen overhemd glanzend wit deed gloeien. Boven hem hingen stofdeeltjes in de straal, onbeweeglijk in de volmaakt stille lucht. De kamer straalde een ongestoorde kalmte uit, zoals een vergeten opslagruimte in de gewelven van een museum.

In het midden van de tafel lag een grote glazen stolp. Het kristal was prachtig versierd, met een fijn vervaardigd handvat aan beide kanten, in de vorm van de vleugels van een engel. In de stolp zaten drie grote vlinders. Ze zaten volslagen stil, met hun vleugels dicht, onthulden alleen de moskleurige onderkant van hun lichaam en hun symmetrische 'oog'-tekeningen. Af en toe opende een van hen langzaam zijn vleugels en glansde er een flits van iriserend blauw in het licht. De kleur had een felle metalen weerschijn, die nog helderder leek te gloeien naarmate de vleugels verder uiteengingen.

Jian zat met de zijkant van zijn hoofd tegen de tafel gedrukt te wachten tot de vlinders zich zouden onthullen. Hij knipperde een paar minuten niet met zijn ogen.

'Generaal. Mag ik Xie Zhaoguo voorstellen?'

Er schuifelde een man de kamer in, die maar een meter bij de ingang vandaan bleef staan. Hij draaide langzaam zijn hoofd en tuurde, in een poging zijn ogen aan de heersende duisternis te laten wennen. Er begonnen zich vormen af te tekenen in de schemering en algauw besefte hij dat bijna elke centimeter van de muren bedekt was met houten fotolijsten. Het waren er honderden, die zich naar het gewelfde plafond uitstrekten.

'Het is een genoegen u te ontmoeten, generaal,' zei Xie, opgelaten glimlachend. Er kwam geen antwoord van de man aan de tafel. Alleen de achterkant van Jians hoofd was zichtbaar toen hij zich, in concentratie verzonken, vooroverboog. Xie wachtte, terwijl de seconden langzaam verstreken. Hij kuchte beleefd. 'En mijn excuses voor het verstoren van uw werk.'

Zijn stem was zacht en licht, met een air van oprechtheid waardoor Jian zich langzaam van de tafel afwendde. Met het licht direct achter hem bleef zijn gezicht met de diep in zijn schedel liggende zwarte ogen in de schaduw.

'Het is altijd een genoegen om een lid van het Gilde te ontvangen,' zei Jian met een emotieloze stem.

Xie schuifelde iets verder naar de tafel toe. Hij bewoog langzaam, alsof hij er onzeker over was of hij de afstand wel kon afleggen, en bleef net buiten de lichtbron even staan. Hij wachtte, verscheidene seconden naar Jian starend voordat hij eindelijk naar voren stapte en een rond gezicht met donkere kringen onder de ogen onthulde. Doordat hij jarenlang met onbehandelbare slapeloosheid had geleefd, zag Xie er uitgeput uit en was zijn huid permanent bleek en droog. Ondanks zijn betrekkelijk jonge leeftijd hadden rimpels zich al diep in zijn ooghoeken geëtst, zodat zijn uitdrukking veranderde in iets wat bij verbazing in de buurt kwam.

'Vlinders,' zei hij, met een flauwe glimlach op zijn lippen. 'Dat noemen ze entomologie, toch?'

Jian keek naar de vermoeid turende ogen en het slordige haar, zich afvragend hoe oud Xie precies was. Hij kon van alles zijn, ergens tussen halverwege de dertig en vijftig jaar.

'Dat is de generieke term voor de studie van insecten. Voor vlinders en motten is het lepidopterologie.'

'Lepidopterologie.' Xie sprak het woord langzaam uit, alsof hij het uit het hoofd probeerde te leren. Jian bekeek hem, walgend van het idee om aardigheidjes uit te wisselen met een Gildelid. Gewoonlijk kwamen ze meteen ter zake en werd er van hem verwacht dat hij rekenschap gaf van elke yuan die hij aan de satellietlanceringen had uitgegeven.

Toen Xie zijn hand terloops op de tafel liet rusten, volgden Jians ogen de beweging. Hij nam ieder detail in zich op; de pink van zijn linkerhand die omhoog krulde, de knokkels die tegen het hout drukten, zodat de huid over het bot wit werd.

'Wat zijn deze dan?' vroeg Xie, zijn andere hand optillend. Zijn wijsvinger drukte tegen het gewelfde glas, zodat er een kleine vlek op het volmaakt schone oppervlak achterbleef. Jians ogen verhardden.

'Dat zijn blauwe morpho's uit Zuid-Amerika,' antwoordde hij op een zachtere toon dan hij wilde. Hij vond zelfs de namen van deze zeldzame vlinders gewoonweg bedwelmend. Ze waren pas vanochtend uit Colombia aangekomen en zouden de trots van zijn verzameling worden. Terwijl hij sprak, trok de vlinder langzaam zijn vleugels naar achteren in een glinsterende, elektrisch blauwe uitbarsting, die het witte licht van het plafond als een luchtspiegeling brak. De kleur was rijk en mild, alleen onderbroken door fijne kantachtige aders die over het oppervlak van de vleugel uitwaaierden en de tippen zwart maakten.

'Mooi,' zei Xie, nauwkeuriger turend.

Toen hij het woord zei, verstijfde Jian. Hij draaide zich naar de vlinders en staarde vol adoratie naar ze. 'Ja,' fluisterde hij. 'Heel mooi.'

De vlinder deed zijn vleugels dicht; het blauw werd plotseling vervangen door vaalgroen.

'Ze vliegen een groot deel van hun tijd laag door het bladergewelf,' zei Jian, zijn hoofd opzijbuigend. 'Door de contrasterende kleuren zien ze eruit alsof ze met iedere slag van hun vleugels verschijnen en vervolgens verdwijnen, terwijl het groen ze perfect camoufleert in het woud. Zo brengen ze roofdieren in de war.'

'Is dat zo?'

'Ja,' fluisterde Jian. 'Dat is zo.'

Met zijn linkerhand duwde hij de bovenkant van de glazen stolp opzij en hij schoof zijn rechterhand eronder. Zijn vingers gingen voorzichtig naar de dichtstbijzijnde van de drie vlinders.

'Maar als je hun vleugels ook maar zou aanraken, zouden ze nooit meer kunnen vliegen. De natuurlijke vetten op je vingers verwijderen de microscopisch kleine schubben die de kleur produceren, en de vleugels worden zo subtiel in evenwicht gehouden dat als er zelfs maar een paar schubben ontbreken, dat hun vlucht op fatale wijze verstoort.'

Terwijl hij sprak, versmalden Jians zwarte ogen zich door de concentratie en kwam het puntje van zijn tong tevoorschijn. De vlinder wilde ervandoor gaan, maar wachtte nog even. Jians hand gleed bedreven naar zijn lijf toe en klemde het tussen duim en wijsvinger vast. De vlinder verstijfde en vervolgens gingen zijn vleugels geleidelijk en reflexmatig trillend open.

'Je moet het uitwendige skelet gedeeltelijk breken, maar zorg ervoor dat je de thorax niet plet,' legde Jian met een holle fluisterstem uit. 'Het verlamt de spieren die aan de vleugels vastzitten.'

Xie hoorde dat Jians ademhaling dieper werd. Zijn gewoonlijke wezenloze uitdrukking was veranderd. Er zat een zeldzame intensiteit in zijn ogen, die helderder gloeiden naarmate het leven geleidelijk uit de vlinder werd geknepen.

'Zou het niet gemakkelijker zijn om een stikpot te gebruiken?' vroeg Xie. 'Wordt het normaal niet zo gedaan?'

'Ethylacetaat is voor beginnelingen,' antwoordde Jian zonder op te kijken. 'Op deze manier kun je het voelen.'

Vervolgens trok hij de dode vlinder onder de glazen stolp vandaan en verplaatste hem met uiterste zorg naar de open houten lijst die naast hem klaarlag. Onderaan was een ruimte waar het geslacht en de soort van de vlinder al netjes in waren geschreven, maar voordat Jian hem neerlegde staarde hij naar het schepsel. Na een lange poos keek hij eindelijk op.

'Schoonheid is zo kortstondig,' zei hij. 'Ze bestaat slechts een moment, een vluchtig moment. Daarom is ze zo moeilijk te vangen.'

Xie staarde hem nieuwsgierig aan. 'Maar moet schoonheid gevangen worden?'

'Ja!' riep Jian uit, alsof hij persoonlijk beledigd was. 'Hoe kun je haar anders ooit bewaren?'

Xie hield zich stil. Omdat hij zijn verbazing niet wilde tonen, keek hij naar de vele honderden aan de muren tentoongestelde lijsten en vroeg zich af hoeveel vlinders ze bevatten. Het moest jaren hebben gekost om zo'n verzameling op te bouwen. Wat de generaal ook was, hij was zeker geen standaardproduct van het Chinese leger.

In het afgelopen jaar hadden bepaalde facties binnen het Gilde gezinspeeld op enkele 'ongewone' elementen in Jians gedrag. Er was besloten dat het aan Xie was om de aard hiervan vast te stellen en, belangrijker, te bepalen of ze het Goma-project op enigerlei wijze in gevaar brachten. Hij had alle rapporten gelezen en de transcripties doorgenomen, maar zelfs nu al, na zo'n korte introductie, vond hij dat de rapporten de man bij lange na niet nauwkeurig beschreven. Jian had duidelijk veel facetten, en zulke types speelden zelden volgens het boekje.

Xie wilde net iets zeggen om de stilte te verbreken, toen Jian plotseling zijn stoel naar achteren schoof en hem gebaarde te volgen. Voorop marcherend leidde hij Xie door een gang heen en naar buiten, naar een brede veranda. Er waaierde een panorama van Pekings noordelijke buitenwijken voor hen uit; de daktoppen vloeiden over in hoogbouw naarmate ze zich tot in het hart van de stad uitstrekten. Er was een tafel gedekt, met wijn die al in een koeler stond te koelen.

Zodra ze hun plaatsen innamen, slopen twee bedienden de veranda op, die delicate soufflés neerlegden en de wijn uitschonken. Xie staarde naar de reeks bestek en besloot te wachten tot Jian zou beginnen.

'Wat precies wil de secretariaatspresident weten?' begon Jian, zijn mondhoek met een servet deppend.

'Dit is eigenlijk meer voor mij, generaal. Ik hoopte dat u mij het Goma-project zou kunnen uitleggen, aangezien ik pas kortgeleden naar het kantoor van de secretariaatspresident ben overgeplaatst.' Xie legde zijn vork op zijn bord terug en zwaaide nonchalant met zijn hand. 'Meneer Kai dacht dat het beter zou zijn als ik het rechtstreeks van uzelf hoorde. Om een beter begrip van de hele zaak te krijgen.'

Jians uitdrukking bleef star. Moest hij de details van het Goma-project echt uitleggen aan een of andere halfgare kantoorknaap alleen maar omdat Kai hem verdomme geen dossier kon overhandigen? Hij nam een enorme teug van zijn wijn om de droogheid in zijn mond weg te spoelen. De krachtige nasmaak van de Bourgondische montrachetdruif steeg in zijn keel op en hij deed zijn ogen even dicht, volop genietend van de smaak. Wat zou het Gilde de volgende keer bedenken om zijn tijd te verspillen?

'Hoeveel weet je al?' vroeg hij.

'Neem alstublieft aan dat ik niets weet,' zei Xie op nog zachtere, verontschuldigende toon. Als hij Jian ging bestuderen, moest hij hem het project vanaf het allereerste begin horen beschrijven.

Jian draaide de wijn in het glas rond voordat hij nog een teug nam. Hij tuitte zijn lippen en zoog lucht op via de vloeistof zoals hij een sommelier een keer had zien doen op een reis naar Frankrijk. De kracht van de alcohol trof hem meteen en hij zette het glas vlug op de tafel neer, zich afvragend waarom de Europeanen in vredesnaam zo'n bizar ritueel uitvoerden. Hij ging gemakkelijk in zijn stoel zitten en begon te praten.

'Al vele jaren nu bezit en bedient het Amerikaanse leger een global positioning system, of gps, dat lagebaansatellieten gebruikt. Vanaf elke plek op de aardbol kunnen deze satellieten je positie berekenen en je precies vertellen waar je bent. Maar het gaat niet alleen om navigatie. Sommige van hun basisraketsystemen gebruiken gps voor doelwitten, zoals veel UAV's doen.'

'UAV's?'

Jians lippen tuitten zich strakker. 'Onbemande luchtvaartuigen – of drones, zoals ze algemener bekend zijn. De Amerikanen zijn de enigen die dit systeem hebben en ze kunnen het coderen of zelfs uitschakelen wanneer ze maar willen. Dus als reactie hebben andere naties rivaliserende systemen gebouwd, hoofdzakelijk de Russen, met GLONASS, en de Europeanen, met Galileo. Mijn divisie van het VBL kreeg de taak om een Chinese versie te lanceren en na twee jaar productie zijn we over een kleine maand toe aan de definitieve lancering van het BNS – het Beidou-navigatiesysteem. Bijna alle benodigde satellieten zijn al door mijn team in een baan gebracht.'

'En weten de Amerikanen hiervan?' vroeg Xie.

'Natuurlijk,' snauwde Jian. 'Hoe verberg je een satellietlancering?'

Xie knikte nadenkend. 'Maar als dit een militaire operatie is, hoe is het Gilde er dan bij betrokken?'

'Geld,' zei Jian, met zijn duim tegen zijn vingers wrijvend. 'Eén satellietlancering vertegenwoordigt een uitgave van bijna honderdvijftig miljoen Amerikaanse dollars, wat betekent dat het hele systeem meer dan drie miljard zal kosten. Met de opwaardering van het J-11-gevechtsvliegtuig van de luchtmacht zijn de budgetten overschreden, en dus hebben wij een deal gesloten met het Gilde, dat zij twee derde van de satellietlanceringen financieren.'

Xie knikte opnieuw, maar zijn uitdrukking maakte duidelijk dat hij worstelde om bij te blijven. Uiteindelijk bracht hij de vork naar zijn lippen en proefde het voorafje. 'Dit is heerlijk,' zei hij. 'Hoe heet het?'

Jian staarde over de tafel; zijn frustratie borrelde in zijn stem door. 'Het heet soufflé. Het is Frans.'

Xie nam een enorme vork vol en slikte de hele portie door. 'Heerlijk,' herhaalde hij, luid met zijn lippen smakkend.

'Ik zal zorgen dat de chef-kok je het recept toezendt.'

Xie boog zich over de tafel heen, zijn voorhoofd plooiend als iemand die zijn autosleutels op de verkeerde plek had gelegd. 'Dus dit alles gebeurt omdat het Gilde een gps-systeem wil?'

'Nee, helemaal niet. Het is een zorgvuldig bewaard geheim onder de hoge pieten van het VBL dat iedere lancering twéé satellieten omvat. Een voor het BNS en een voor een nieuw mobiele-telefoonnetwerk. Ze zijn ontworpen om gezamenlijk te functioneren en aangezien het dure gedeelte van de operatie de lancering van de eigenlijke satelliet is, zullen beide partijen geld besparen. Maar, het belangrijkste, het Gilde wilde zijn mobiele netwerk in het geheim lanceren.'

'Waarom?'

'Omdat wat ze lanceren de hele communicatie-industrie radicaal zal veranderen. Iedere telefoon zal een satelliettelefoon zijn, die rechtstreeks met ons BNS-systeem communiceert.' Xies uitdrukking veranderde niet en Jian boog zich voorover in zijn stoel, nadrukkelijk met zijn arm zwaaiend. 'Snap je het niet? Iedere mobiele telefoon zal overal in de wereld bruikbaar zijn; midden op de oceaan, op een berg, in het centrum van New York... overal. En met dezelfde signaalsterkte.'

'Maar zijn er niet al satelliettelefoons?'

'Ze bestaan wel, maar het zijn enorm grote en dure toestellen. De onze zullen precies zoals een mobiele telefoon zijn, maar ze gebruiken hogefrequentiegolven om met de satellieten te communiceren. Het mooiste is dat ze maar een fractie van de normale operationele kosten zullen beslaan. Dit...' – hij wachtte even, met zijn ogen op die van Xie gefixeerd – '... verandert alles. En ik heb het hier niet alleen over telefoons. Stel je voor dat iedere laptop vanaf welke plek dan ook ter wereld met meer dan vijftig megabyte per seconde kan communiceren. Dan zouden er geen wifi, hotspots of routers meer zijn. Je laptop zou gewoon rechtstreeks naar een satelliet stralen!'

Xie krabde nadenkend aan zijn hals terwijl Jian op zijn reactie wachtte. Toen die leek uit te blijven, pakte hij zijn glas wijn en draaide de stroperige vloeistof met zoveel kracht rond dat hij een paar druppels morste. De bedienden kwamen rustig aangelopen en verruilden de schotels voor het hoofdgerecht. Jian bleef stil totdat ze waren weggegaan voordat hij doorging.

'Heb je enig idee hoeveel de communicatie-industrie waard is? Meer dan twee biljoen dollar wereldwijd. En wij schatten voorzichtig dat we in het eerste jaar vijftien procent van die markt zullen beheersen. Dat is een bedrag van driehonderd miljard Amerikaanse dollars in het eerste jaar alleen al.'

Jian wachtte even om de omvang van het project door te laten dringen.

'Het enige probleem waarmee we geconfronteerd worden is eigenlijk het fabriceren van de toestellen. Satelliettelefoons zijn groot en log, maar door een zeer zeldzaam mineraal te gebruiken hebben we ze kunnen verkleinen tot het formaat van een normale mobiele telefoon. Tegelijkertijd hebben we ons, door middel van een aantal zorgvuldig geplande militaire operaties, ervan verzekerd dat de productiekosten van gewone mobiele telefoons stijgen. Coltan wordt duurder.'

Jian leunde zelfvoldaan glimlachend achterover.

'Uiteindelijk beheersen we beide kanten van de munt – de toestellen en het netwerk – van een industrie die meer dan twee biljoen dollar waard is.' Hij hief zijn glas. 'Dit is de grootste onderneming die het Gilde ooit heeft geïnitieerd, en nu duurt het nog maar een maand voordat het wordt voltooid.'

'Het lijkt mij allemaal heel ingewikkeld,' zei Xie uiteindelijk. 'Maar ik weet zeker dat het Gilde daarom zijn investering direct aan u heeft toevertrouwd. En u zei dat ze hoeveel precies in het project hebben geïnvesteerd? Twee derde van drie miljard, ja? Dat is...' Hij wachtte even, terwijl zijn ogen hemelwaarts gingen. 'Nou, dat is...'

'Twee miljard dollar,' zei Jian, hem ongelovig aanstarend.

'Ja, precies.'

Xie glimlachte, wierp vervolgens een blik op zijn horloge en trok verbaasd zijn wenkbrauwen op. 'Ik besefte niet dat het zo laat was. Ik moet niet nog meer van uw tijd verspillen. Ik weet zeker dat meneer Kai zeer blij is met elk van de satellietlanceringen en dat de boekhouding afgesloten is.'

Jian raakte zijn mond afwezig met zijn rechterhand aan. Toen leek het tot hem door te dringen wat hij aan het doen was en hij veegde vlug een of ander niet-bestaand stukje voedsel van zijn lippen. Xie keek naar de beweging. Het was een stereotiepe reactie van iemand die ontwijkend was. Xie ging gemakkelijk in zijn stoel zitten en bestudeerde hem nauwkeurig.

'Hoeveel satellietlanceringen zei u ook alweer dat er waren?' vroeg hij.

Jian staarde hem over de rand van het glas aan; zijn zwarte ogen leken bijna gepolijst in het lage licht.

'Daar heb ik niets over gezegd. We hebben negentien van de eenentwintig satellieten gelanceerd.'

'Dan moet de volgende binnenkort zijn?'

'Morgen.'

Xie wreef in zijn ogen, zodat de losse huid zich op zijn wangen ophoopte. 'Zo dicht bij de voltooiing van het project,' zei hij. Uit de toon van zijn stem was niet op te maken of het een bewering of een vraag was. Vervolgens stond hij op, legde zijn servet op de stoel en boog beleefd. 'U bent zeer gul met uw tijd geweest.'

Jian knikte. Xie stond op het punt te vertrekken, toen hij zich opeens weer naar de tafel omdraaide.

'Wat was de naam van die vlinders ook alweer?' vroeg hij.

'Blauwe morpho.'

'O ja, blauwe morpho.' Xie glimlachte en stak vervolgens zijn vinger naar Jian omhoog. 'Lepidopterologie,' zei hij triomfantelijk, en met de houding van iemand die zeer verguld met zichzelf was trok hij zich door de ingang van de veranda terug, gevolgd door een van de wachtende bedienden.

Jian verroerde zich niet totdat hij de bons van de zware voordeur hoorde. In zijn broekzak tastend haalde hij een plastic flesje met pijnstillers tevoorschijn. Hij schroefde de dop los en pakte zijn glas wijn met zijn linkerhand op. Hij schudde zes van de cilindervormige blauwe pillen in zijn mond en spoelde de dosis weg, waarna hij zijn vingers naar zijn slapen bracht en ze voorzichtig masseerde. Hij nam nu elke dag de drievoudige hoeveelheid voorgeschreven pillen en zelfs dat was niet genoeg. De hoofdpijnen werden erger, het gebonk was nu al zo hevig dat het voelde alsof het zijn voorhoofd elk moment kon splijten.

Het was de stress. Dat moest wel. Het enige wat hij hoefde te doen was volhouden totdat het geld het land uit was, en maar een paar weken later zouden de aandelenprijzen op het niveau zijn dat hij wilde. De aankondiging kwam eraan.

Jian dacht aan wat Xie had gezegd. Kon het toeval zijn geweest dat de volgende satellietlancering ter sprake was gebracht? Dat moest wel. Hoe kon het Gilde mogelijkerwijs ontdekt hebben wat hij van plan was? De twintigste lancering... Daar was het hem altijd om te doen geweest.

Elk detail in zijn hoofd terugspelend, probeerde hij te bedenken waar Xie op had gedoeld. Hij probeerde zich te concentreren, probeerde de intonatie van elke lettergreep uit te pluizen, maar de hoofdpijn vertroebelde zijn zicht; de pijn was absoluut waanzinnig.

Jian nam nog een teug wijn en kneep zijn ogen dicht van de pijn. Wat dacht hij wel niet? Er waren geen toevalligheden. Ze moesten hem in de smiezen hebben.

Maar de lancering was voorbereid voor morgen en een onverwacht uitstel zou meer argwaan wekken dan de geplande uitvoering. Jians mond werd droog. Even verving een ander gevoel de pijn – angst. Als het Gilde er ooit achter kwam wat hij van plan was, zouden de driehonderd machtigste families van China jacht op hem maken.

10

Twee 125cc-motoren slingerden om de kuilen in de hoofdstraat van Goma heen. Hoewel hun berijders gewend waren aan verkeerschaos, schoten ze maar langzaam op. Er stond een lange rij stationair draaiende terreinwagens en af en toe was het geschal van een autoclaxon te horen. Verderop stond een aftandse vrachtwagen met een gebroken as; het voertuig was dwars over beide rijstroken gestrand. De bestuurder was al uit de cabine geklommen en stond wild te gesticuleren naar de groeiende menigte. Hij schudde zijn vuist en strooide met beledigingen in elke taal die hij kende, terwijl de menigte de graanzakken op de achterkant hongerig omringde.

Luca Matthews zat achter op de tweede motor, zich vastklampend om het middel van zijn bestuurder, Emmanuel. De wind veegde zijn blonde haar uit zijn gezicht en voorovergebogen probeerde hij over Emmanuels schouder te turen en hun route over de weg vol kuilen te voorspellen.

Sinds ze Nepal hadden verlaten, had hij zijn baard afgeschoren, en met een nieuw wit T-shirt en een donkergroene cargobermuda aan zag hij er bijna verzorgd uit. Zijn gezicht was nog steeds diep gebruind, maar in de hitte waren zijn onderarmen en kuiten voor het eerst in vele maanden ontbloot; ze glansden albastwit. De bleekheid van zijn huid accentueerde de pezige spieren van zijn benen en armen en deden hem er lenig en vol hernieuwde energie uitzien. Maar ondanks zijn algemeen voorkomen hadden zijn ogen nog steeds dezelfde wezenloosheid als voorheen. Alleen toen hij en René de taak om Joshua te zoeken bespraken, kwam er weer een sprankje leven in.

Ze hadden er meer dan een week over gedaan om in een opeenvolging van stoffige voertuigen en aftandse vliegtuigen naar de Congo te reizen. Bijna de hele reis lang had Luca zich stilgehouden, in gedachten verzonken. Slechts als Joshua's naam werd genoemd raakte hij uit zijn trance, werd hij levendig en soms zelfs emotioneel. Dan praatte hij urenlang over Joshua, alsof er niemand anders op de planeet bestond, om vervolgens weer net zo plotseling in stilzwijgen te verzinken. Deze gespletenheid was uitputtend, en René constateerde dat zijn aanvankelijke twijfels alleen maar erger werden met ieder nieuw uur dat ze samen doorbrachten. Het was alsof hij met een schizofreen reisde.

René had zichzelf opgelegd Luca heel goed in de gaten te houden, maar op dat precieze moment had hij zelf ook met problemen te kampen. Hij probeerde zijn evenwicht te bewaren op de voorste motor, die achteroverhelde door zijn gewicht, zodat de bestuurder werd gedwongen zich bijna pal over de handgrepen te buigen om te kunnen sturen. René had aan het begin van de reis bij iedere bijnabotsing luid gevloekt, zijn bestuurder uitgefoeterd en op een aantal dreigende gevaren gewezen. Nu had hij zijn ogen dichtgeknepen en was het hem op de een of andere manier gelukt een sigaret op te steken, die hij met een bijna bovenaardse kalmte zat op te paffen.

De twee motoren snelden verder de stad uit, langs sloppenwijken met gegolfde lapjesdaken en krakende houten deuren. De hutten strekten zich kilometer na kilometer uit, sommige kapot en vergeten, alsof hun eigenaars ze maar half gebouwd hadden achtergelaten, terwijl er in andere mensen zichtbaar waren, die zich met kookvuren bezighielden of voor kinderen zorgden. Af en toe zat er een figuur buiten tegen de wand gekruld, met schuin uitstekende ellebogen en knieën. Ze waren er allemaal gewoon, al wachtend.

Toen ze de laatste hut passeerden, zagen ze de stille wateren van het Kivumeer aan hun linkerkant door het gebladerte schemeren. Het meer zag er somber uit, met zware wolken die helemaal tot het oppervlak van het water reikten. Bij iedere zachte donderslag dreigde er regen. Het was nog niet begonnen, maar als het ging regenen zouden de wegen met modder en gruis worden overspoeld.

Renés motor schoot plotseling van de weg af en sloeg een stofpad in, behendig gevolgd door Emmanuel, langs een reeks diepe kuilen. Er kropen verscheidene vrachtwagens over de weg voor hen, grote dieselpluimen uitbrakend, terwijl naast hen halfnaakte mannen liepen, die krakkemikkige houten steppen met hoog opgestapelde zakken houtskool duwden. De lichamen van de mannen waren lenig en gespierd; hun zwarte huid glansde van het zweet terwijl ze hun ladingen voortzeulden. Ze zwoegden zonder te pauzeren, stopten alleen om een van hun plastic slippers weer aan te trekken wanneer die in de teerzwarte modder bleef steken.

Toen de motoren de top van een verhoging bereikten, kwamen er rijen en rijen witte canvastenten in zicht. Ze strekten zich uit zo ver het oog reikte, waaierden in elke richting over de helling uit voordat ze uiteindelijk onder de verre wolken verdwenen. Toen ze dichterbij kwamen, konden ze de letters UNHCR zien die vet op elke tent waren gedrukt, met oud touw dat over de top heen zigzagde, verzwaard met stukken zwart vulkanisch gesteente.

'Kibati,' zei Emmanuel, zijn hand van de gashendel tillend. Luca had al eerder van het vluchtelingenkamp gehoord. Jack Milton had gezegd dat het de laatste plek was waar Joshua met Médecins Sans Frontières had gewerkt voordat hij naar het noorden was getrokken en verdween.

Bij de ingang stond een kleine hut met een bord waar GENDARMES op stond, maar de deur was stevig vergrendeld en er was geen politieagent te bekennen. Toen Emmanuel en zijn kameraad op zoek gingen naar een van de MSF-artsen, bleven Luca en René bij de motoren staan; Luca glimlachte opgelaten naar de weinige mensen die de moeite namen om hen op te merken. Er liep een klein kind bij hen langs, dat een smerig plastic dienblad meezeulde en een of andere boodschap had gedaan. Hij droeg een gescheurd T-shirt en slippers van verschillende maten.

'Bonbons? Stylo?' vroeg hij, een hand naar Luca opstekend. Hij keek naar René voor een vertaling.

'Hij wil een snoepje of een pen,' zei René, op zijn zakken kloppend. Hij haalde een van zijn sigaretten tevoorschijn en gaf hem aan de jongen; als een sympathieke vader wreef hij zachtjes over de kruin van zijn hoofd.

'René, godsamme, hij is een jaar of vijf,' protesteerde Luca. 'Hij mag niet roken.'

'Ik heb geen snoepjes en hij zal die peuk wel met een van de oudere kinderen verhandelen. Dit is de Congo, jongen, hier is alles iets waard.'

Hij trok er nog een uit het pakje, stak hem aan en inhaleerde diep, terwijl hij zijn ogen de zee van verschoten wit teerdoek liet afspeuren.

'Weet je, dit is allemaal de kater van Rwanda,' zei hij zachtjes. 'Deze kampen werden aanvankelijk opgezet toen alle Hutu's de grens over kwamen nadat ze de Tutsi's hadden afgeslacht. Er waren er hier bijna een miljoen van, die allemaal probeerden te ontsnappen aan represailles van het RPF. Nu zijn het voornamelijk verplaatste Congolese mensen, uit hun boerderijen verdreven door al die verdomde strijdende milities.'

René blies een enorme rookpluim uit, terwijl zijn ogen de troosteloosheid andermaal in zich opnamen. 'Het houdt gewoon nooit op. Al die verschillende groepen die tegen elkaar vechten... totdat ze verdomme de reden vergeten waarom ze eigenlijk vechten. Het is de grootste teringzooi op de planeet en dit zijn de mensen die lijden. Bijna zes miljoen doden in de afgelopen acht jaar en er is nauwelijks een mens buiten Afrika die er iets van weet.'

Luca volgde zijn starende blik naar een groepje mannen dat onder een open tent stond te schuilen. De jongen was er al, bezig zijn sigaret te verhandelen. In de verte klonk een donderslag en de zwarte lucht zag er barstensvol uit. 'Je lijkt er veel van af te weten,' zei hij.

René haalde zijn schouders op. 'Je vergeet dat ik een Belg ben. Dit was vroeger een van onze koloniën en ik verzeker je, Luca, wij waren geen haar beter. Indertijd was het een en al rubber en ivoor. Het verhaal van Afrika – blanke man pakte alles wat hij pakken kon. Nu is het alleen iets ingewikkelder. Maar één ding verandert nooit – het aantal doden.'

Hij wachtte even; zijn ogen werden glazig terwijl hij de ontelbare tentdaken afspeurde.

'Eerst waren wij het, daarna dertig jaar lang die kleptomane klootzak van een Mobutu, en nu een eindeloze rotzooi van militiegroepen die alles afslachten wat in zicht komt. Wat je hier ziet, Luca, zijn mensen die al bijna een eeuw genaaid worden.' Er verscheen een grimmige glimlach op Renés lippen. 'Het is alsof de duivel op een dag naar de Congo kwam en besloot dat hij hier zou blijven.'

Er klonk een luid gefluit; ze draaiden zich om en zagen Emmanuel naar hen gebaren. Ze lieten de motoren achter en volgden hem langs de rijen sjofele tenten, voorzichtig een weg zoekend over stormlijnen heen en over de rotsachtige grond. Luca liep achter aan de processie; zijn ogen gluurden opzij en door de open deuren van de tenten die ze passeerden. Af en toe staarden er mensen terug en verstrengelden hun blikken zich een zeer kort moment met de zijne. Sommige ogen waren trots, andere gebroken, weer andere gewoon oud, maar naarmate hij ze achter elkaar passeerde, besefte hij dat ze allemaal verhalen vertelden die hij nooit echt kon begrijpen.

Ze werden naar een centrale open plek geleid, met een enorme medische tent die één kant ervan domineerde. Schuilend onder een canvasluifel stond een lange rij mensen geduldig te wachten op hun beurt om naar binnen te gaan. Bij de ingang stond een blanke man een sigaret te roken. Hij droeg een doktersjas met een stethoscoop om zijn nek, en staarde half in de verte met een houding van uitgeputte onverschilligheid. René en Luca stonden bijna pal voor hem voordat hun aanwezigheid tot hem leek door te dringen.

'Ik heet René, en dit is Luca. Hebt u even?' zei de Belg, zijn hand aanbiedend.

'Dokter Sabian,' zei de man automatisch; hij liet zijn hand meer in die van René rusten dan dat hij hem schudde. 'Christophe Sabian.' Hij keek naar Luca, die zijn ogen naar de grond had gericht.

'En jullie hebben al mijn aandacht... tot ik deze sigaret op heb,' vervolgde Christophe, de half opgerookte peuk voor zijn gezicht tillend. 'Er is vanochtend weer een slachting bij Bunia geweest. Mijn agenda is dus nogal vol.'

'Het spijt me dat te horen,' zei René.

'Waarom in godsnaam? Jij hebt het niet gedaan.'

'Luister, ik weet dat dit een slecht moment is... maar wij hebben echt wat informatie nodig.'

Toen René een notitieboekje uit zijn zak haalde, betrok Christophes uitdrukking plotseling. 'Geweldig,' siste hij, 'nog meer verdomde reporters.' Voordat René kon protesteren, stak hij een waarschuwende vinger naar hem op. 'Denk maar niet dat jullie de vrouwen weer gaan interviewen. De laatste kloteverhalenjager van Reuters had net zo goed een bord kunnen uithangen voor de echtgenoten om aan te geven wie van hen verkracht was.' Woede kleurde zijn wangen toen hij de sigaret de modder in tikte. 'Jullie weten toch dat de mannen ze niet terugnemen? Als ze eenmaal verkracht zijn, bedoel ik. De vrouwen worden uit de kampen verstoten en moeten hun kinderen meenemen.'

Knikkend naar de dovende gloed van de sigaret, schudde Christophe vol walging zijn hoofd.

'De tijd is om,' zei hij, maar voordat hij een stap verder kon doen, drong Luca plotseling langs René heen, pakte de revers van de witte jas van de dokter en duwde hem achteruit tegen de zijkant van de tent.

'Wat denk je verdomme...' begon Christophe, maar toen hij voor het eerst in Luca's ogen keek, viel hij stil.

'Wij zijn geen reporters,' siste Luca. 'Wij willen informatie over een man die Kofi heet. Joshua Kofi.'

'Joshua? Waarom willen jullie iets over hem weten?'

'We zoeken hem.'

Christophe reageerde even niet, maar toen gleed er een sprankje herkenning over zijn gezicht. 'Luca?' vroeg hij. 'Jij bent zijn vriend uit Engeland, toch?' Toen Luca de voorkant van zijn jas losliet en achteruitstapte, staarde Christophe in zijn ogen. 'Ja, dat klopt. Hij heeft jou een paar keer genoemd. Jij bent die klimmer.'

Luca reageerde niet.

Christophe trok langzaam de voorkant van zijn witte jas recht en streek de stof glad. Hij schudde zijn hoofd. 'Luister, het spijt me dat ik degene ben die je dit vertelt, maar Josh is... weg.' Hij keek even naar de hemel. 'Jezus, iemand van het bureau had jou moeten informeren. Waarom laten ze jou in godsnaam helemaal hierheen komen in deze toestand... Echt, het spijt me.'

Luca's kaken klemden zich op elkaar. 'Kende je hem goed?' vroeg hij.

Christophe haalde zijn schouders op. 'Ja, behoorlijk goed, zou ik zeggen. We hebben een paar maanden samengewerkt hier in Kibati. Maar nadat dat konvooi verloren was geraakt, is hij verdwenen. Net als de rest.'

Terwijl hij praatte, boog een enorme Congolese man zijn hoofd onder de ingangsflap van de tent. Hij droeg hetzelfde soort bevlekte witte jas als Christophe, en had een gitzwarte, pokdalige huid. Met een ruwe armzwaai duwde hij de dichtstbijzijnde van de patiënten die in de rij stonden uit de weg en hij staarde even naar de gekneusde hemel voordat hij een sigaret opstak en zich naar hen toe draaide. 'De pauze is voorbij, Sabian,' zei hij met een zwaar Frans accent.

Luca draaide zich met versmallende ogen naar hem toe, maar voordat hij iets zei, kwam René vlug tussenbeide. 'Kunt u ons een paar minuten geven? Dit is belangrijk.'

De ogen van de man draaiden naar hem toe; ze zagen er vermoeid en bloeddoorlopen uit, het restant van decennialange uitputting en licht alcoholisme. Na een poosje zei hij, met één wenkbrauw opgetrokken: 'Binnen zit een jongen te wachten met een machetewond die zo diep is dat zijn hele been er bijna af ligt. En hij is het tiende kind dat we vanochtend hebben behandeld.' Hij wachtte even, de lucht opsnuivend. 'Dus ik denk dat wat je te zeggen hebt wel echt verdomd belangrijk moet zijn.' Vervolgens slaakte hij een diepe zucht. 'Ik zei: vooruit, Sabian.'

Christophe knikte, maar toen hij zich naar de ingang draaide, gebaarde hij Luca en René hem te volgen. 'We kunnen verder praten terwijl ik aan het werk ben.'

Ze liepen achter hem aan de medische tent in en passeerden een grote ruimte met lage zitplaatsen, volgepakt met wachtende mensen. Ze zaten bijeengekropen, hun lichamen zo dicht tegen elkaar gedrukt dat hun ledematen leken samen te smelten in een continue lijn van gebroken vormen. Er was nauwelijks beweging in de hele groep, alsof een vreselijke apathie ieder van hen had besmet.

Verder achter in de tent was een operatietafel tegen een van de stalen stutten geplaatst. Er lag een tienerjongen op. Hij was broodmager en had zijn geschoren hoofd gebogen. Zijn rechterhand klemde een bundel gaas vast die om de binnenkant van zijn dij was gewikkeld; de stof was roestkleurig van het gedroogde bloed.

'Hoeveel morfine heeft hij gehad?' vroeg Christophe aan de assistent, die buiten de lichtbron rondzweefde.

'Twee komma vijf milliliter.'

Christophes ogen gingen wijd open van verbazing. Zijn assistent haalde zijn schouders op; ze waren zich allebei zeer bewust van het gebrek aan medische benodigdheden. De arts trok een paar plastic handschoenen aan, duwde de jongen voorzichtig plat op de tafel neer en trok het verband los. Er liep een brede, gapende wond naar de onderkant van zijn been. De reep vlees was rauw en doortrokken van plassen nieuw bloed.

'Krammen zullen niet werken. We zullen het op de ouderwetse manier moeten doen. Geef me een naald en hechtdraad.' Toen hij het gruis en het gestolde bloed uit de wond begon te betten, schreeuwde de jongen het uit van de pijn. Zijn ogen waren dichtgeknepen terwijl hij zijn tranen probeerde terug te dringen.

'Ze stoppen aarde in de snijwond als onderdeel van een traditionele remedie,' legde Christophe uit, met zijn vinger langs het midden van de wond strijkend. 'Het is verdomme een haard van infectie.'

Er werd hem een gesteriliseerde naald overhandigd en Christophe wachtte even. *'Désolé, mais ceci te fera grand mal,'* zei hij. Sorry, maar dit zal heel veel pijn doen.

De jongen knikte alleen, zijn vuisten stevig tegen de zijkanten van de operatietafel klemmend.

'Je moet iets begrijpen,' zei Christophe over zijn schouder, terwijl hij de naald door één kant van de wond stak. 'De situatie is nu anders. Joshua is ten noorden van de Congorivier verdwenen, ergens in het Ituriwoud. Tegenwoordig komt niemand daar in de buurt. Ik bedoel, niemand. Zelfs de MONUC patrouilleert niet in dat gebied.'

'Wat is daar dan aan de hand?' vroeg René. 'Wat gebeurt er met iedereen?'

'Het LRA,' zei Christophe op vlakke toon.

'Het wat?' vroeg Luca.

'Het Verzetsleger van de Heer,' legde René uit, peinzend aan zijn stoppelbaard krabbend. 'Dat is een onguur stelletje uit Noord-Uganda, met een van de meest moordzuchtige klootzakken ter wereld als leider – Joseph Kony. Ik heb ooit een paar foto's van hem gezien, gemaakt door een gekke oorlogsfotograaf die hem mocht interviewen. Ze zijn beroemd om het stelen van kinderen, die ze dwingen hun ouders te vermoorden voordat ze hen vol drugs pompen en hen aan de frontlinie gebruiken. Minder stimulans om te ontsnappen, begrijp je? De kinderen kunnen nooit meer naar huis teruggaan na wat ze gedaan hebben.'

Christophe onderbrak zijn werk een moment. 'Jij kent je geschiedenis.'

'Ja, ik ben bang van wel. Maar het LRA is er al jaren. Wat is er nu opeens veranderd?'

'Nadat ze uit Uganda waren verdreven, probeerde het LRA een nieuwe basis te vestigen aan de Congolese kant van de grens. Kony was praktisch verslagen en had alleen nog een armoedig zootje kindsoldaten en een paar van zijn meest loyale officieren bij zich. Ze waren gebroken en iedereen dacht dat de oorlog eindelijk voorbij was.'

Christophe schudde langzaam zijn hoofd en wachtte even. 'Maar toen werd Kony zelf vermoord. Er dook een nieuwe leider op en de situatie begon te veranderen. Het werd erger. Veel, veel erger.'

'Wie is die nieuwe leider dan?' vroeg Luca.

'Geen enkele buitenstaander weet iets over hem behalve zijn naam – Mordecai.'

Toen de naam werd genoemd, ging het bovenlichaam van de jongen met een ruk omhoog. Zijn ogen staarden vol angst naar hen. Hij begon om zijn moeder te schreeuwen en de tranen vloeiden rijkelijk over zijn vuile wangen. Christophe legde zijn hand op zijn schouder en duwde hem weer neer. '*Calme-toi,*' suste hij. 'Het is oké. *Calme-toi.*'

Het hele lichaam van de jongen begon te schudden, nu de emotie in heftige golven doorbrak. Hij jammerde telkens weer, waarbij zijn rug zich kromde en zijn benen over de operatietafel trapten, zodat twee van de hechtingen in zijn been losscheurden. Het vlees barstte weer open en er sijpelde een druppeltje bijna gestold bloed op de roestvrijstalen tafel. Hij schreeuwde luider en beukte met zijn achterhoofd tegen de tafel terwijl hij de naam van zijn moeder steeds weer riep.

'Jezus christus!' schreeuwde Christophe, met zijn vingers naar de assistent klikkend. 'Meer morfine. Nu meteen.'

Hij stak de spuit in de bovenarm van de jongen, en zijn kreten begonnen bijna onmiddellijk weg te sterven. Er verstreken een paar seconden voordat Christophe naar hen opkeek.

'Ik heb nog nooit een naam zoveel angst horen inboezemen. Hij ligt op de lippen van elke dorpeling als ze hier binnenkomen. Sommigen herhalen hem gewoon steeds maar weer.' Hij schudde zijn hoofd lichtjes alsof hij niet helemaal geloofde wat hij zei. 'Het is verdomme alsof hij de duivel zelf is.'

'Waar komt die vent vandaan?' vroeg René.

'God mag het weten. Sommigen zeggen dat hij een van Kony's officieren is geweest, anderen dat hij uit Zuid-Soedan afkomstig is. Maar wat er ook is gebeurd, het enige wat ik wel weet is dat toen hij het overnam, het LRA plotseling goed gefinancierd werd en dat iemand ze nieuwe, geavanceerde wapens bezorgde. Ze werden steeds sterker, versloegen alle andere militiegroepen en begonnen uiteindelijk de dorpelingen bijeen te drijven. Iedereen verdween gewoon; mannen, vrouwen, kinderen. Iedereen. Maar een paar maanden later vonden we lijken die op de rivieroevers waren aangespoeld. Ze hadden allemaal een opvallend gezwel op de zijkant van het hoofd, voornamelijk rondom de slaapkwabben. God weet waardoor het veroorzaakt was, maar bij ieder van hen was het hetzelfde.'

Christophe staarde voor zich uit; zijn ogen waren leeg in het licht.

'Ik had zijn naam hier niet moeten noemen,' voegde hij eraan toe, zichzelf met een traag hoofdschudden berispend. 'Maar nu jullie hem allebei weten, hoop ik bij god dat jullie hem nooit weer hoeven te horen.'

Toen hij met de achterkant van één onderarm het zweet van zijn voorhoofd veegde, zag hij er opeens heel vermoeid uit.

'Luister, ik zal nog een poosje langer bezig zijn om deze jongen op te lappen en ik ben vast al op rapport geslingerd omdat ik jullie de tent heb binnengebracht. Joshua was een goede vriend en ik wil jullie helpen, maar ik weet al hoe dit gaat aflopen.'

Hij richtte zich tot Luca. 'Er zijn maar twee keuzes. Of je accepteert wat ik heb gezegd – dat Joshua weg is – en gaat naar huis. Of je gaat op de een of andere manier naar het noorden… en komt nooit meer terug.' Hij wachtte even, alsof hij al wist welke kant het op zou gaan. 'Ik hoop oprecht dat je de eerste optie kiest, Luca. Elke man die helemaal naar de Congo reist om iemand te zoeken moet wel een goede vriend zijn.'

Hij draaide zich naar René toe en knikte. 'Hou je taai, René, en als je het hem niet uit het hoofd kunt praten en hulp nodig hebt, zoek dan in de stad een vent op die Fabrice heet. Hij runt het Soleil Palace en heeft bijna overal hier in de omgeving een vinger in de pap. Ik heb hem een keer behandeld en hij staat min of meer bij me in het krijt.'

'Kunnen we hem vertrouwen?' vroeg René, met zijn vingers door zijn dikke zwarte baard strijkend.

'Godsamme, nee. Vertrouw niemand hier.'

Christophe keerde hoofdschuddend naar zijn patiënt terug en ging door met hechten. Luca en René liepen zwijgend achter elkaar de tent uit en toen ze de rand van het vluchtelingenkamp weer bereikten, stonden beide bestuurders geduldig tegen hun motoren geleund te wachten, met plastic teerdoek om hun schouders gewikkeld tegen de eerste regen.

Luca sjokte naar hen toe, met zijn gezicht naar de grond gebogen. Hij leek niet te merken dat de regen op hem neerbeukte, en zijn schouders waren diep in gedachten gekromd. René had die houding vele keren eerder gezien op hun reis uit Nepal. Op het moment dat ze de motoren bereikten, pakte hij Luca's arm vast zodat hij bleef staan.

'Ik weet dat ik degene ben die jou in eerste instantie heeft overgehaald om hierheen te gaan, maar gezien alles wat de arts heeft gezegd, weet je dat niemand het je kwalijk zou nemen als je nu zou opgeven. Zelfs Jack niet.'

Luca schudde langzaam zijn hoofd. 'Wat daar ook aan de hand is, ik moet het proberen. Dat ben ik aan Joshua verplicht.'

René ademde diep uit, zijn hand omhoogbrengend om zijn ogen tegen de regen te beschermen. 'Nou, ik denk dat we die Fabrice maar eens te pakken moeten krijgen om te zien waar hij mee op de proppen kan komen.'

Luca keek hem aan. 'Jij hoeft dit niet te doen, René,' zei hij. 'Dit is nooit jouw klus geweest. Als we in Goma terugkomen, zal ik alleen vertrekken.'

René maakte een snuivend geluid. 'Je hebt nog steeds niks geleerd, hè? Zonder mij kun je amper je reet van je elleboog onderscheiden. Wat er ook gebeurt, ik ga mee.'

Luca glimlachte, en op dat ene moment zag René plotseling een vleugje van de oude Luca doorschemeren. Het leek alle twijfels die hij had opgekropt sinds ze Nepal hadden verlaten weg te spoelen en er stroomde een golf van optimisme door hem heen. Het was alsof de regen die over hun wangen droop het verleden kon wegspoelen en hen op de een of andere manier opnieuw kon laten beginnen.

René klauterde op de dichtstbijzijnde motor en hield zich met enige moeite in evenwicht voordat de motor met een pluim roetige rook startte.

'Het maakt eigenlijk in beide gevallen niks uit,' schreeuwde hij. 'We moeten nog twintig kilometer naar Goma. De kans is groot dat we allang dood zijn voordat het LRA de gelegenheid krijgt om ons te vermoorden.'

11

Beer Makuru liep door de oude geometrisch aangelegde tuinen van hotel Ihusi naar de oevers van het Kivumeer. Ondanks de jaren van oorlog en opeenvolgende eigenaren, hadden de tuinen iets van hun vroegere glorie behouden. Bij de rand van het water hingen mauve blauweregens in dikke pluimen, terwijl de zachte geur van kamperfoelie meedreef op de bries. Alleen de laurieren leken te hebben geleden onder een gebrek aan snoei, zodat er lange slangachtige rijen heggen overbleven, die in het avondlicht bijna sinister leken.

Beer stond stil. Turend over het lilablauwe water van het meer, probeerde ze zich te ontspannen. De regens waren net zo snel voorbijgegaan als ze waren gekomen, en nu zag het water er sereen en aanlokkelijk uit, het perfecte tegengif voor de veertig graden hitte en de stoffige straten van Goma. Maar het was niet zozeer de hitte waar ze zich aan ergerde, als wel de onophoudelijke aaneenschakeling van pech die ze sinds haar komst in de Congo had ondervonden.

Na een twee dagen durende vlucht van Zuid-Afrika naar Goma begon de rechter magneetontsteker van het vliegtuig kuren te vertonen en het had haar, plat tegen het gloeiendhete asfalt gedrukt, bijna de hele dag gekost om het ding te repareren. Nauwelijks had ze de motor weer soepel laten lopen of er waren soldaten in twee jeeps aangekomen die haar omsingelden. Drie uur lang had ze in het verstikkende kantoor van de MONUC-kapitein gezeten en antwoord gegeven op steeds weer dezelfde vragen.

Pas nadat de kapitein haar eigen vluchtplan over de tafel had geschoven, begreep ze waarom ze haar vliegtuig in beslag hadden genomen. Ze had het drie dagen geleden naar Pieters kantoor gefaxt, en ondanks het feit dat de woorden STRIKT FYI in vette rode letters over de bovenkant waren gekrabbeld, had een van Pieters enthousiastere kantoorbedienden het naar de beambten van het vliegveld van Goma gestuurd, die op hun beurt de MONUC hadden ingelicht. Ze hadden meteen twijfels over haar motieven om noordwaarts te vliegen, naar een gebied dat duidelijk was afgebakend als een verboden militaire zone. Met zoveel smokkel over de grens werd ieder vliegtuig dat zich daar in het luchtruim waagde onmiddellijk als verdacht beschouwd.

Beer was uiteindelijk vrijgesproken in afwachting van een onderzoek, en ze keek simpelweg toe terwijl ze de brandstof uit de vleugels van haar vliegtuig overhevelden voordat ze die naar een afgezet gebied versleepten. Ze werd aan de grond gehouden, en allemaal vanwege een van Pieters idiote personeelsleden.

Beer wendde zich van het schouwspel af, trok de mouwen van haar overall omlaag en knoopte ze om haar middel. Ze zag er smerig uit. Het witte vest dat ze droeg was grijsgevlekt doordat ze aan de motor van de Cessna had gewerkt, terwijl haar hele lichaam naar vliegtuigbrandstof rook. Ondanks de reputatie van het hotel als een alternatieve hangplek voor oorlogscorrespondenten en VN-medewerkers, vroeg ze zich af of ze haar in zulke kleding wel binnen zouden laten.

De zijdelingse blikken van een paar plaatselijke meisjes negerend, stapte Beer langs de bar en schoof bij de rand van het water een stoel aan. Terwijl ze een flesje gekoeld Primus-bier naar binnen klokte, staarde ze naar het stille water van het meer en probeerde ze haar woede te bedwingen.

Hoe kon Pieters personeel zo verdomd incompetent zijn? Ze had maar een paar elementaire dingen nodig gehad en zelfs die hadden ze weten te verkloten.

Hij had tenminste nog een ontmoeting geregeld met de man die Fabrice werd genoemd en over wie geruchten gingen dat hij zo'n beetje alles aan deze kant van de grens in handen kon krijgen. Beer hoopte dat vierentwintig gallon Avgas niet buiten zijn vermogen zou liggen. Ze had al eerder met zulke types te maken gehad. Ze waren steeds hetzelfde: egomane piraten, die even leugenachtig als vindingrijk waren. Maar het enige wat ze van deze vent nodig had was wat brandstof en een duidelijk idee over haar koers.

Het eten dat ze had besteld kwam eraan. Toen ze een gegrilde tilapiafilet aansneed, gleden haar ogen doelloos over de andere drinkers en eters, en stuitten op een man die al sinds ze was gaan zitten naar haar zat te staren. Hij droeg een kaki jagersvest en een zandkleurig hemd dat klam aan zijn gezwollen buik plakte. Boven op een rode adelaarsneus zat een dunne metalen bril, terwijl zijn van nature lichte huid donkere sproeten vertoonde door het jarenlange werk in de tropen.

Beer brak zijn starende blik, maar de man kwam al overeind.

'Hoi, ik dacht, ik zal me maar eens voorstellen,' zei hij, een halfvol glas bier omklemmend. 'Ik ben Jeffrey Watkins, de Reuters-correspondent hier. Ik heb jou nog niet in de buurt gezien.'

Beer toonde een strakke glimlach. 'Net aangekomen.'

'Nou, dat is geweldig. Gewoon geweldig. Hoe meer zielen, hoe meer vreugd, hè?' zei hij zacht grinnikend. Zijn vrije hand rustte op de rugleuning van de stoel tegenover haar; de knokkels drukten tegen het plastic. 'Weet je, Goma is een fascinerende plaats, echt fascinerend. Ik ben nu bijna een jaar in Afrika, dus ik raak er een beetje bezeten van, hè?' Hij draaide zijn lichaam weer rond, bracht het bier naar zijn borst en klemde het stevig vast zoals een predikant met een psalmboek zou doen. 'Maar maak je geen zorgen, na verloop van tijd raak je wel aan de waanzin gewend. Ondertussen zou ik je graag willen rondleiden.'

Beer legde haar vork neer en pulkte zo onaantrekkelijk mogelijk een stuk vis van haar tanden. 'Ik ben in Bunia geboren, even ten noorden van hier,' zei ze. Hoofdschuddend legde ze één hand op haar maag. 'Die verdomde vis maakt me winderig.'

Jeffrey keek toe, terwijl zijn glimlach iets van zijn elasticiteit verloor. 'Hier geboren, hè? Dat is geweldig. Weet je, ik interview vrouwen van alle stammen voor een algemeen stuk waar ik mee bezig ben. Eerlijk gezegd wordt het een behoorlijk groot verhaal.' Hij stak zijn vinger in haar richting. 'Vertel me niet dat jouw stam... Lendo, toch?'

Beer snoof luid. 'Hema.'

'Natuurlijk. Misschien kan ik jou interviewen? Je weet wel, voor mijn artikel. Om je stem te laten horen.'

'Uh-uh,' zei Beer, die het bierflesje pakte en het een paar keer ronddraaide. Ze nam een enorme teug; haar keel ging op en neer terwijl ze bijna de helft van het bier opdronk voordat ze haar mond met de rug van haar hand afveegde.

Jeffrey wachtte geduldig. 'We kunnen ergens anders gaan dineren,' stelde hij voor. 'Je weet wel, er een avondje uit van maken.'

Beer keek op naar hem en vervolgens naar zijn buik. 'Dat denk ik niet.'

'Kom op, wat kan een etentje nou voor kwaad? Misschien vind je het wel lekker. Oké, alleen wat drinken dan. We...'

'Mon Dieu, ça suffit!' Mijn god, zo is het genoeg! snauwde Beer. 'Wat begrijp je niet? Ik wil niet dineren omdat ik op dit moment aan het eten ben, en voor het geval het je ontgaan is, ik zit al sinds je hierheen kwam mijn trouwring om mijn vinger rond te draaien. Doe jezelf nu een lol, Jeffrey, en kruip naar je tafel terug.'

Jeffreys kaken klemden zich op elkaar, zodat de zonnebrand in zijn mondhoeken werd geaccentueerd.

'Gloeiende... tering...' wist hij uit te brengen voordat er van achteren een luid geklap losbarstte. Ze draaiden zich allebei om en zagen een Afrikaanse man in een smetteloos wit pak, met een Gucci-zonnebril zorgvuldig op zijn neus gebalanceerd. Al klappend schommelde hij naar voren, zo breed grijnzend dat elk van zijn witte tanden te bezichtigen was.

'Verdomme, Jeffrey, jij geilt gewoon op een pak slaag,' zei hij, zijn arm uitstekend om de journalist op de rug te slaan. Er gutste bier over de rand van het glas van de journalist en plensde over de voorkant van Jeffreys hemd. 'Jij bent net een of andere opgefokte pitbull. Vasthoudend, maar dommer dan het achtereind van een varken.'

Vervolgens staarde hij naar Beer en zijn vuisten heffend als een beroepsbokser gaf hij haar een enorme knipoog.

'En jij! Wauw, jij gaat een jongen als een blok voor je laten vallen. Ik vind dat hele vest geweldig, die vetbevlekte shit die je daar aanhebt. Er is niks sexyer dan een meid die met een motor weet om te gaan.'

Fabrice smakte zijn lippen op elkaar toen hij de stoel die Jeffrey had betast naar achteren trok. Hij ging zitten, zette zijn zonnebril iets rechter en liet de volle wattage van zijn glimlach op Beer schijnen.

Jeffrey kuchte kalm. 'Als je het niet erg vindt, Fabrice, ik was...'

'... haar dood aan het vervelen. Waarom probeer je het niet bij een van de meiden aan de bar? Ik weet zeker dat ze dolgraag alles over dat artikeltje van je zouden willen horen. Zorg er alleen wel voor dat je ze hun uurtarief betaalt.'

Toen Jeffrey zich langzaam naar zijn eigen tafel terugtrok, schudde Fabrice zijn hoofd.

'Die journalisten zijn echt te grappig. Bijna een jaar lang nauwelijks de stad uit geweest en wil over het échte Afrika schrijven. Die verdomde muzungos snappen het nooit. Als je hier iets wilt krijgen, moet je erheen gaan en het voor jezelf pakken.' Hij wachtte even, zijn vuisten ballend. 'Je moet kloten hebben.'

'De truc is dat je ze hebt. En niet dat je ermee denkt,' wierp Beer tegen; ze vouwde haar armen over haar borst en duwde haar decolleté een beetje omhoog.

Fabrice glimlachte opnieuw, probeerde zijn ogen te beletten omlaag te schieten. Hij pakte een van de frietjes die op Beers bord waren overgebleven en richtte het op haar. 'En nu we het toch over het onderwerp hebben, dat is precies wat ik voor je heb. Ik ben de enige hier die jou de brandstof kan bezorgen die je nodig hebt om in Ituri te komen. Dus ik denk dat ik je nieuwe beste vriend ben.' Hij kauwde nadenkend op het frietje. 'En meid, geloof me: ik ben niet goedkoop.'

Beers uitdrukking bleef gefixeerd. Haar ogen werden naar de zijkant van Fabrices wang getrokken, waar brandlittekens naar zijn haargrens opliepen. Ze wist dat er dertien in een dozijn van zulke kerels in de Congo waren; misschien niet zo glad of succesvol, maar in de grond waren ze altijd hetzelfde. Ze hadden te veel oorlog en verschrikkingen meegemaakt om op bedreigingen te reageren, en leken in het algemeen maar drie passies in het leven te volgen: geld, vrouwen en een pathologische haat jegens de MONUC.

Beer boog zich over de tafel, haar haar met een zijwaartse hoofdbeweging losschuddend. 'Je weet dat jij je geld wel zult krijgen, dus waarom doe je daar niet wat relaxter over? Maar dit gaat er niet alleen over dat ik krijg wat ik wil. Als jij me helpt die brandstof te krijgen, zou het zijn alsof we een vinger naar de MONUC opsteken. De pot op met de rest. Zou het niet gewoon leuk zijn om mijn vliegtuig uit de compound te halen, pal voor hun verdomde neuzen?'

De ogen van Fabrice waren verborgen achter de spiegelglans van zijn zonnebril. 'Klinkt alsof jij het soort meid bent dat graag het nuttige met het aangename verenigt.'

'Wanneer het me uitkomt.'

Hij schudde langzaam zijn hoofd. 'Waarom krijg ik het gevoel dat dit pijn gaat doen?' Hij gebaarde de ober om een biertje. 'Weet je wat, jij geeft me duizend dollar per gallon en dan bezorg ik je alle brandstof die je nodig hebt.' Hij wachtte even, de lucht opsnuivend. 'En die kun je dan voor het vliegtuig gebruiken in plaats van jezelf erin te wassen.'

'Behandel me niet als een toerist, Fabrice. Tweehonderd per gallon, anders haal ik het bij iemand anders.'

'Waar denk je dat je bent – JFK? Er is hier maar één vliegveld in de buurt en de manager is mijn mannetje.'

'Driehonderd per gallon en dan steek ik mijn middelvinger naar de MONUC-basis op terwijl ik de toren opbel.'

Fabrice liet een diepe lach horen, zijn maag vastgrijpend alsof die zou barsten. Hij beukte een paar keer op de tafel, zodat de flessen tegen elkaar rinkelden, voordat hij haar uiteindelijk zijn hand aanbood. 'Vijfhonderd en je neemt een vrachtje voor me mee. En dat is het laatste aanbod dat je zult horen.'

Beer aarzelde, met argwanend opgetrokken wenkbrauwen. 'Vrachtje?'

'Ja. Een paar muzungos zijn op een of andere verknipte missie om een vriend van hen te vinden. Ze moeten naar Ituri en een van hen is gebrand op het idee. Hij begon verdomme bijna een rel in mijn bar toen ik hem vertelde dat het niet ging gebeuren. Ik had die knaap in het meer moeten dumpen, maar er was iets met hem...' Fabrice wachtte even; zijn uitdrukking betrok toen hij zich de onverzoenlijke woede herinnerde die hij jaren na de dood van zijn ouders met zich had meegedragen. De westerling had iets over zich wat hem zo duidelijk aan zichzelf in die tijd had herinnerd.

Beer zwaaide langzaam met haar vinger voor Fabrices neus. 'Zeg tegen die toeristen dat ze moeten ophoepelen. Volgens Pieter moeten we naar een dorpje met de naam Epulu net over de rivier gaan. Alles ten noorden van dat punt is LRA-gebied en jouw jongens zullen het nog geen vijf minuten op de grond volhouden.'

Fabrice nam een slokje van zijn bier. 'Hoe weet jij zo zeker dat het jou wel zal lukken?'

Beers uitdrukking betrok. 'Bezorg me die brandstof gewoon maar. De rest is mijn probleem.'

'Luister, Pieter vertelde me dat jij indrukwekkende shit hebt gedaan, maar hier is het anders.'

'Doe geen moeite. Dit is niet mijn eerste keer.'

Fabrice zette langzaam zijn zonnebril af en klapte hem zorgvuldig op de tafel in. Hij staarde Beer aan met grote bruine ogen die onderaan een grijsblauw getinte rand vertoonden. Ze zagen er op de een of andere manier beschadigd uit, de irissen doorweven met fijne bruine lijntjes die over het wit uitwaaierden. Ondanks de glimlach die nog steeds om zijn lippen speelde, hadden ze geen greintje lichtzinnigheid in zich. 'Jij lijkt me het type dat gewend is om advies te geven, in plaats van aan te nemen. Maar ik zal je wat vertellen, als Hema onder elkaar. Wij weten allebei hoe het tijdens de oorlogen was – buren, vrienden, iedereen maakte jacht op ons, totdat de wegen roodgevlekt van ons bloed waren. Wij hebben het allemaal meegemaakt, toch? Maar dit...' Fabrices uitdrukking bleef volkomen gefixeerd. 'Dit is iets wat de Congo nooit eerder heeft meegemaakt. Er is iets veranderd en niemand, en ik bedoel niemand, die naar het noorden gaat komt terug.' Hij stak zijn hand met open palm over de tafel uit. 'Ik zal jou je brandstof bezorgen. Wees er alleen verdomd zeker van dat je weet wat je wilt.'

Beer staarde hem iets langer aan. Wat kon Fabrice hopen te winnen met zulke bangmakerij? Hij probeerde haar uit de deal te werken, in plaats van erin. Haar ogen onderzochten de zijne voordat ze haar hand uitstak en de zijne pakte. 'Oké. Akkoord. Maar ik wil de brandstof en de westerlingen om half vijf stipt bij het vliegtuig hebben. We stijgen voor zonsopgang op.'

Fabrice zette zijn zonnebril weer op en floot zachtjes tussen zijn tanden. 'Ja, mevrouw.'

Beer stond op, liet haar handen op de tafel rusten en staarde omlaag naar hem. Zijn ogen gingen langs haar lichaam omhoog voordat ze de hare ontmoetten.

'En het geld?' vroeg hij. 'Of was je van plan om het op een andere manier af te handelen?'

'Het geld zal op het asfalt voor je klaarstaan zodra we onze brandstof krijgen. Waarom koelen jij en Jeffrey tot die tijd niet samen af in het meer? Hij ziet eruit alsof hij wel wat gezelschap kan gebruiken.'

12

De copiloot van de Gulfstream 550-privéjet maakte zijn veiligheidsgordel los en wurmde zich langs de knappe stewardess naar het hoofdgedeelte van de cabine.

'Mijn excuses voor het verstoren van uw lunch, heren,' zei hij in het Engels tegen de twee mannen die tegenover elkaar zaten boven een smetteloos wit tafelkleed. 'Er is een telefoontje naar het vliegtuig doorverbonden voor ene generaal Jian.'

De ogen van de piloot gingen van de ene man naar de andere; hij was er niet zeker van tegen wie hij moest praten. Jian depte langzaam zijn mondhoeken met het servet en keek omlaag naar de fijn vervaardigde wijzers van zijn Patek Philippe-horloge. Het telefoontje was een paar minuten later dan hij had verwacht.

Hij liep om de zitruimte heen naar het bureau achter in het vliegtuig en pakte de satelliettelefoon op. Een paar seconden later zat hij in het Mandarijn in het mondstuk te schreeuwen. 'Dit is een schande!' bulderde hij. 'Jij zult er persoonlijk voor zorgen dat ik binnen twee uur een volledig onderzoek krijg. Hoor je me, luitenant? Twee uur! Ik wil weten hoe de satelliet is geëxplodeerd en waarom.' Er viel een stilte, waarin hij op de onvermijdelijke reeks verontschuldigingen wachtte. 'En als ik terugkom, zal er een aantal radicale reorganisaties komen. Wij zijn het VBL, luitenant. Wij maken dit soort fouten niet.'

Jian hing op en wachtte een poosje voordat hij uit zijn stoel opstond. Hij deed zijn ogen dicht en nam systematisch elk detail in zijn hoofd door. Hij had opzettelijk een onbeveiligde lijn gebruikt, omdat hij zeker wist dat het Gilde alle communicatie vanuit zijn kantoor zou afluisteren. Het vertoon van verontwaardiging was voor hen bedoeld. Achteroverleunend in de gevoerde stoel masseerde hij zijn slapen, tamelijk tevreden over zijn optreden. Maar nu wisten ze het, en uit deze ene gebeurtenis zou al het andere voortvloeien.

Hij had al een mannetje paraat om te zorgen dat het onderzoeksteam geen enkel bewijs zou vinden van de explosieven die ze hadden gebruikt. Inmiddels zouden de wrakstukken over een paar kilometer verspreid liggen en het zou ze dagen kosten om alles uit te pluizen. Eén ding, echter, was van vitaal belang – ze moesten geloven dat de explosie was veroorzaakt door een technische fout en niet het resultaat van opzettelijke sabotage was.

De waarheid was dat er geen echte satelliet was gelanceerd. De raketten, brandstof en geleidingssystemen hadden weinig meer dan een leeg omhulsel de ruimte in gebracht voordat Jians explosie ze allemaal weer naar beneden had doen storten. Ze hadden een nepsatelliet vervaardigd van laagwaardig aluminium dat, wanneer het in duizend stukken uiteenspatte, overtuigend genoeg zou zijn om het onderzoeksteam voor de gek te houden.

Hij nam een serieus risico. Het was te openbaar en kwetsbaar naar zijn smaak, maar het was de enige manier geweest waarop hij het feit kon verhullen dat er maar twintig satellieten waren gebouwd, terwijl het Gilde er eigenlijk eenentwintig had gefinancierd. Zesendertig miljoen dollar van het budget was niet besteed, wat, na een voorzichtige herberekening, meer dan genoeg was om hem op weg te helpen.

Vanaf het allereerste begin wist Jian dat een samenwerkingsverband tussen het VBL en het Gilde tot een massa complicaties en, belangrijker, miscommunicaties zou leiden. Alles moest via omslachtige commandoketens gaan en verzandde in een eindeloze bureaucratie. Uiteindelijk was het een betrekkelijk eenvoudige taak geweest om twee tegenstrijdige orders door te geven aan het bouwbedrijf in Guangdong. Vanwege alle verschillende prototypes en herontwerpen die er werden gebouwd, wisten ze algauw niet meer zeker hoeveel satellieten er precies in de definitieve order stonden. Generaal Jian had zijn persoonlijke tussenkomst aangeboden om de verwarring op te helderen... en was erin geslaagd om het water zelfs nog modderiger te maken.

Het was echter niet zo gemakkelijk geweest om de boekhoudverschillen te verbergen en het lege omhulsel van de nepsatelliet te laden zonder dat een technicus besefte dat er iets mis was. Maar zoals met alle beveiligingskwesties op hoog niveau was alles onderverdeeld, waarbij iedere technicus op welk moment dan ook maar één klein deel van de puzzel zag. Door zulke protocollen had Jian net genoeg manoeuvreerruimte overgehouden.

Na acht maanden was hij er eindelijk in geslaagd om het geld China uit te krijgen. Door gebruik te maken van drie afzonderlijke exportbedrijven die in twee verschillende provincies waren gevestigd, had hij om de paar weken kleine hoeveelheden geld doorgesluisd en het hele saldo uiteindelijk op een Libanese rekening opgehoopt. De bankiers daar waren het wel gewend om als bemiddelaars voor de Saudi's op te treden en stonden erom bekend dat ze de anonimiteit van hun klanten bewaarden. De Libanezen waren ook geboren handelaars. Het kon ze niets schelen waar het geld vandaan kwam of hoe. Alleen hun aandeel was belangrijk voor hen. Zoals men in het centrum van Beiroet placht te zeggen: moraliteit was voor de filosofen in Byblos.

Jian haalde diep adem en liep vervolgens langzaam naar zijn zitplaats terug. Hij installeerde zich tegen de bruinlederen bekleding, staarde naar de man tegenover hem en wierp hem een korte glimlach toe die vriendelijk bedoeld was.

'Alles in orde, generaal?' vroeg zijn disgenoot.

Jian knikte, lichtjes geamuseerd omdat Hao hem als 'generaal' aansprak hoewel ze elkaar al sinds de universiteit kenden, achttien jaar eerder. Sindsdien had Hao een onspectaculaire carrière in de elektronica doorlopen, ondanks de bliksemsnelle groei van die industrie in het laatste decennium. Die middelmatigheid was in zijn hele voorkomen te zien: in zijn diepliggende ogen, omringd met wallen van vermoeide huid; in zijn neus, rood van de drank.

Ze hadden elkaar meer dan twaalf jaar niet gezien en waren ogenschijnlijk nog steeds vrienden, maar toen Hao in Peking aan boord van het vliegtuig klauterde, had Jian moeite moeten doen om zijn minachting te verhullen. Hao's jasje had versleten ellebogen en er liep een vetvlek over één mouw. Hier waren ze dan, vliegend in een jet van vijftig miljoen dollar, en die idioot had niet eens een fatsoenlijk pak kunnen vinden om te dragen.

Jian ontdekte algauw dat Hao's drankprobleem net zo erg was als zijn onderzoek had gesuggereerd. Hao had kort na het opstijgen een wodka-tonic achterovergeslagen en hoewel hij er duidelijk wanhopig graag nog een wilde, was hij te verlegen geweest om erom te vragen. In plaats daarvan wipte zijn rechterknie nerveus trekkend op en neer en schoof hij continu in zijn stoel heen en weer, in een poging om niet naar het lege glas te staren. Jian vond bijna elk facet van de man uitermate weerzinwekkend.

'Denk je... dat we misschien nog een drankje kunnen krijgen?' vroeg Hao uiteindelijk, strak glimlachend.

'Sorry, oude vriend,' zei Jian, met zijn vingers naar de stewardess klikkend. 'Ik dacht dat je dat spul had opgegeven.'

Hao schudde opgewekt zijn hoofd; de opluchting omdat hem iets anders te drinken werd aangeboden was veel groter dan zijn verbazing omdat Jian had geloofd dat hij geheelonthouder was.

'Generaal,' begon Hao, even wachtend om een diepe teug van zijn drankje te nemen, 'ik voel me gevleid dat je me gevraagd hebt om jou op een van je reizen te vergezellen, maar toen je belde wist ik niet zeker wat je eigenlijk nodig had.'

'Vertrouwen,' zei Jian, zijn lippen tot een glimlach krullend. Hij liet het woord iets langer in de lucht hangen, voordat hij zich samenzweerderig in zijn stoel vooroverboog. 'Ik heb iemand nodig die ik kan vertrouwen bij een uiterst belangrijke missie. Dit is een geval van nationale veiligheid.'

Hao's ogen puilden uit. Hij voelde zich opeens onmiskenbaar gespannen. De laatste vijf jaar was hij binnen zijn eigen bedrijf in een positie gemanoeuvreerd die bijna geen dagelijkse verantwoordelijkheid inhield. En nu had de generaal het over nationale veiligheid.

'Een missie?' herhaalde Hao, zijn glas iets optillend om de aandacht van de stewardess te trekken. Ze kwam vlug naar hem toe en schonk nog een dubbele bel in.

'Ja, een missie, maar hiervoor heb ik iemand buiten het VBL nodig... zelfs buiten de regering. Dit moet compleet onopgemerkt blijven, Hao. Daarvoor reken ik op jou.'

Hao ging rechtop zitten; hij voelde een vreemde mengeling van verbazing, ongeschiktheid en trots omdat iemand hem misschien echt ergens voor nodig had. Hij liet zijn ogen rondgaan in het weelderige interieur van de Gulfstream; het hele ontwerp riekte naar welgestelde elegantie. Dit was een van de slechts twee types privéjets die van Peking naar Londen konden vliegen zonder bij te tanken. Het was voor de elite, en hier zat hij dan, tegenover een man die in die levensstijl thuishoorde... en die man vroeg hém om een gunst.

'Natuurlijk, generaal. Maar wat heb je van me nodig?'

'Dat jij mij bent,' zei Jian, inwendig glimlachend om de ironie van zijn verzoek. Hij vroeg zich af of het pak van vierduizend dollar en de Rolex Daytona die hij voor Hao had meegebracht om te dragen genoeg zouden zijn om de bankiers voor de gek te houden.

Hao fronste zwaar, terwijl zijn kaak heel lichtjes trilde.

'Het is simpel,' vervolgde Jian, in een poging geruststellend te klinken. 'Ik heb een storting gedaan bij de Credit Libana Bank in het centrum van Beiroet. Jij moet toegang tot het fonds krijgen en daarna op de beurs shorten met een lijst van acht telecombedrijven.'

'Shorten?' stamelde hij. 'Dat is niet echt mijn terrein... Ik bedoel, dat hele effecten-en-aandelengebeuren.'

Jian glimlachte opnieuw, maar zijn ogen waren verhard. Hij had een absolute bloedhekel aan dwazen. 'Shorten betekent dat je belooft om iemand in de toekomst aandelen te verkopen tegen een bepaalde prijs. Je spreekt bijvoorbeeld af om over één maand Vodafone-aandelen voor negen dollar per stuk aan een koper te verkopen. Hij zal je aandelen, wat er ook gebeurt, tegen die prijs afnemen. Welnu, als de markt neerwaarts beweegt en Vodafone-aandelen in waarde dalen, kun je ze wanneer je die aandelen gaat kopen, goedkoper dan negen dollar krijgen, toch? Je kunt ze voor, laten we zeggen, zes dollar kopen, maar je verkoopt ze nog steeds voor negen dollar, omdat de koper jou die prijs heeft gegarandeerd. Begrijp je?'

Hao wierp hem een blik van verstandhouding toe. 'Shorten,' herhaalde hij, heftig knikkend. 'Ik dacht al dat het dat was.' Hij leunde een beetje achterover in zijn stoel, een denkbeeldig stofje van het tafelkleed vegend. 'Over hoeveel geld hebben we het hier dan?'

Jian staarde hem aan. Ondanks alle voorzorg aarzelde hij nog om zo'n detail te onthullen, maar er zat niets anders op. Hao zou er gauw genoeg achter komen als ze in Beiroet waren.

'Door optiecontracten te gebruiken, zullen we een aanvangsinvestering van zesendertig miljoen Amerikaanse dollars opkrikken tot een som die bijna twintig keer groter is.'

Jian had zijn rekenwerk gedaan en schatte voorzichtig dat de aandelenmarkt aanvankelijk vijf procent zou zakken met de aankondiging dat hun bedrijf, ChinaCell, een standaardformaat telefoon met globale satellietvermogens lanceerde. Zodra de volledige implicaties van deze lancering over de hele linie doordrongen, zouden alle topbedrijven, van Apple tot Verizon, LG tot Vodafone, instorten. Van de ene dag op de andere zouden hun iPhones, BlackBerry's en Androids, ooit de trots van hun onderzoek- en ontwikkelingsafdelingen, naar het verleden worden verwezen. Het algemene gevoel van het Gilde was dat ze in minder dan twee jaar nagenoeg verouderd zouden zijn.

Als de markt reageerde zoals ze voorspelden, zou Jian met zijn aanvangsinvestering van zesendertig miljoen dollar een nettowinst van meer dan een half miljard opstrijken. Over minder dan een maand zou al dat geld van hem zijn.

Het zou binnenkort worden aangekondigd.

'Zesendertig miljoen dollar,' herhaalde Hao. Het getal ging zijn bevattingsvermogen te boven. 'Dat is veel,' zei hij vaag. Zijn voorhoofd rimpelde opnieuw. 'Maar ik weet nog steeds niet zeker wat mijn rol is. Waarom ben ik jou, zeg maar?'

'Omdat het van vitaal belang is dat mijn aanwezigheid bij niemand in Beiroet bekend is. Ik zal me onder een andere naam voordoen als jóúw assistent.'

'Word je mijn assistent?'

'Dat is correct.' Jian staarde Hao aan. 'Zoals je je wel kunt voorstellen,' zei hij langzaam, alsof hij tegen een buitenlander praatte, 'heeft mijn positie als generaal van het VBL bepaalde, laten we zeggen, beperkingen als ik in het buitenland ben. Dus heeft de regering mij andere papieren gegeven en zal ik Chen heten. Het is heel belangrijk dat jij eraan denkt om mij zo te noemen.'

'Chen?'

Jian staarde hem over de tafel aan, zich afvragend of hij zoiets belangrijks echt aan deze imbeciel kon toevertrouwen. Hij moest het idee op de een of andere manier versterken. Slechts één fout zou genoeg zijn om zijn dekmantel te verknallen. Hij tastte in de borstzak van zijn pak, trok zijn nieuwe paspoort eruit en schoof het over de tafel.

Hao pakte het voorzichtig op en bladerde de gefingeerde visumstempels door tot de foto op de laatste bladzij. Ze hadden goed werk verricht; zelfs het donkerrode omslag was vervaagd en gekreukt om het er ouder te laten uitzien dan het was.

In de laatste vier dagen had Jian een dunne snor gekweekt en de zijkanten van zijn gitzwarte haar extreem kort geknipt. Het effect was behoorlijk radicaal; zijn gezicht werd er langer door. Met een paar gekleurde contactlenzen had hij het zwart van zijn ogen afgezwakt tot een lichter grijs. Hij had terecht aangenomen dat Hao het verschil niet zou opmerken. Er was te veel tijd verstreken sinds de laatste keer dat ze elkaar hadden gezien.

'En hoe zit het met mij?' vroeg Hao, het paspoort langzaam sluitend.

'Jij zult onder je eigen naam reizen. Het enige wat je hoeft te doen is mij als je assistent behandelen en mij het woord laten doen.'

'Maar heb ik niet ook een of ander vals identiteitsbewijs nodig? En wat als ze het jouwe er bij de douane uit pikken? Wat als er iets misgaat... zoals...'

Hao verzonk in stilzwijgen, zijn lippen natmakend. Hij voelde zich opeens compleet verward. Valse paspoorten en miljoenen dollars van de ene rekening naar de andere overbrengen... Was dat geen spionage? Ongetwijfeld konden ze hen allebei zonder proces in de gevangenis zetten voor zoiets. Hij had gehoord waartoe die Arabieren in staat waren.

'Luister, generaal,' zei Hao zachtjes. 'Ik ben hier niet zeker van. Ik ben niet echt geknipt voor... nou ja, dat hele spionagegebeuren.'

'Niemand vraagt jou een spion te zijn. Doe niet zo melodramatisch.' Jian probeerde te glimlachen, maar slaagde er alleen in zijn tanden te laten zien. 'Ze kunnen in Libanon niet aan een Chinese staatsburger komen,' loog hij. 'In het slechtste geval zou je uitgezet worden, en we vliegen morgen sowieso terug.'

'Ik voel me gewoon echt niet erg op mijn gemak...'

'Geloof me, jij bewijst je land er een grote dienst mee. Denk eraan – dit is in het belang van de nationale veiligheid. Ik zal zeker mijn invloed aanwenden om te verzekeren dat jij hierna wordt voorgedragen voor een onderscheiding.'

'Een onderscheiding,' herhaalde Hao. Er verscheen een gloed op zijn wangen. Stel je voor wat zijn vrouw en zijn collega's daarop zouden zeggen! Hij zweeg even om het te overpeinzen. Zoals de generaal had gezegd, in het ergste geval zou hij uit een land worden gezet waar hij toch al niet van plan was naar terug te gaan. Na nog een poosje richtte Hao zich in zijn stoel op; voor het eerst in jaren voelde hij zijn borst zwellen. Stel je voor dat hij met een onderscheiding thuiskwam!

'Oké,' zei hij, knikkend op een manier die suggereerde dat Jian gelijk had gehad om zijn vertrouwen aan hem te schenken. 'Laten we het doen.' Glimlachend stak hij zijn hand over de tafel uit.

Jian aarzelde. Hao's tanden hadden een vuilgeel tintje met een opening tussen de voorste twee, terwijl zijn lippen met rouge besmeerd leken en er dik uitzagen. De man was gewoonweg weerzinwekkend, maar hij was nodig. Als de gefingeerde assistent zou het veel gemakkelijker voor Jian zijn om weer stilletjes in de obscuriteit te verdwijnen. Hij schudde hem de hand.

'Fijn om weer bij elkaar te zijn, hè?' zei Hao. 'Het is lang geleden, nietwaar? Ik zat te denken aan die keer op de universiteit dat we samen van de campus ontsnapten, pal voor de neus van de professor!'

Toen hij zijn glas opnieuw naar de stewardess optilde, stak Jian plotseling zijn hand uit en klemde hij zijn vingers om Hao's pols. 'Geen drank meer. Vanaf nu blijf je nuchter.'

13

De witte BMW 7-serie reed zo kalm mogelijk door de volslagen anarchie van Beiroets hoofdverkeersweg. Er liepen zes rijstroken in beide richtingen op de Hafez el Assad, met auto's die onvoorspelbaar van de ene strook naar de andere zwenkten. Een verduisterde Audi met nummerborden uit Dubai scheerde met luid brullende motor een paar centimeter langs de bumper van de BMW, in een poging hem in te halen en een meisje in bikini in een Porsche vlak voor hen te verslaan.

Langs het gloeiend hete asfalt stonden opzichtige reclameborden die cosmetische chirurgie, onroerendgoedtransacties en de kans om tegen een gereduceerde prijs je tanden te laten bleken aanboden. Daarachter stonden een heleboel appartementsblokken met uitzicht over de glinsterende blauwe zee, die zich helemaal tot aan de buitenwijken van de stad uitstrekte.

De BMW baande zich een weg door het verkeer en reed uiteindelijk de binnenstad in. Het centrale gedeelte van Beiroet was na de oorlog herbouwd. Na zestien jaar van bittere conflicten stond er nog maar een handjevol gebouwen overeind, elk pokdalig en met gapende gaten door mortierschoten en machinegeweervuur. Te midden van alle nieuwe constructies en de heersende sfeer van weelderigheid had men een paar van deze gebouwen laten staan als herinnering voor de voorstanders van de harde lijn dat Beiroet, ondanks de binnenstromende rijkdom, gemakkelijk weer ten prooi kon vallen aan moeilijke tijden.

De hoog oprijzende minaretten van de Mohammed Al-Amin-moskee met zijn turkooizen koepeldak kwamen in zicht en de auto reed langzaam om de achterkant heen voordat hij bij de ingang van de Credit Libana-privébank aankwam. De rolluiken gleden omhoog om zwaarbewapende soldaten te onthullen die in een radio stonden te praten, voordat ze hun gebaarden het gebouw binnen te gaan.

Ze werden een brede stenen trap op geleid naar een binnenplaats in de openlucht. Beschermd tegen het lawaai en de hitte van de stad door de zware stenen muren van het gebouw, straalde de binnenplaats een en al Arabische verfijning uit. Er liepen verbluffend mooi versierde mozaïeken van de vloer naar de bogen van het gewelfde plafond, terwijl er in de centrale fontein zachtjes water borrelde. Aan één kant waren cederhouten balies geplaatst en dichter bij de fontein bevond zich een lage zitruimte. Seconden later kwamen er muntthee en pistachenoten aan, gevolgd door een ronde man die een blauw maatpak droeg en met een goedverzorgd sikje pronkte. Hij had de zachte, aangename trekken van een man die zijn hele leven binnen had gewerkt, omhuld door geld en voorrechten.

'Ahlan wa sahlan, sharraftouna fi loubnan.' Welkom, u vereert ons door naar Libanon te komen, zei hij. En vervolgens in het Engels: 'Ik ben A'zam el Hussein.'

Generaal Jian kwam overeind en boog hoffelijk, voordat hij hem de hand schudde. 'Ik ben meneer Hao's privésecretaris en zal de kwesties van vandaag voor hem vertalen.'

A'zam knikte eerbiedig naar Hao, die onrustig met zijn vingers tegen de houten armleuning zat te roffelen. 'Wij hebben het papierwerk overeenkomstig uw verzoek voorbereid,' vervolgde A'zam, 'maar ik wilde u privé spreken, als u dat toestaat?'

Jian knikte, zichzelf eraan herinnerend dat hij de rol van assistent speelde. Hij deed een stap naar achteren zodat A'zam kon gaan zitten.

'Wij begrijpen dat u in de volgende bedrijven wilt investeren,' begon A'zam, met zijn vingers naar een jonge assistente gebarend, die een map van reliëfleer tegen haar borst geklemd hield. Er werd één blad A4-papier aan Jian overhandigd. Er stond een lijst op met de namen van alle westerse telecombedrijven die hij had bedongen en de hoeveelheden van ieder aandeel waarmee hij zou shorten. Jian liet zijn ogen langzaam over de lijst gaan, elke hoeveelheid dubbel controlerend.

'Dit is correct. Het is in overeenstemming met hetgeen waartoe meneer Hao mij heeft gemachtigd.'

'Zoals meneer Hao zich ongetwijfeld bewust is, wedt u in elk van deze gevallen tegen de markt. Hier en daar zelfs zwaar. Telecom-aandelen zijn de laatste vijf jaar gemiddeld acht procent gestegen; sommige daarvan doen het aanzienlijk beter.' A'zam wachtte even, met een welwillende uitdrukking. 'Ik zou mijn werk niet doen als ik u niet waarschuwde wat betreft dit feit en de substantiële verliezen die u zult lijden als de markt niet beweegt zoals u hoopt.'

Iets in zijn stoel achteroverleunend, stak hij zijn handen omhoog. 'Zoals u zich kunt voorstellen, behandelen wij hier bij Credit Libana veel klantportfolio's en het zou ons een groot genoegen zijn om enig advies te geven.'

Jian draaide zich naar Hao om en praatte zachtjes in het Mandarijn. Even later zei hij tegen A'zam: 'Meneer Hao is zich bewust van de situatie en dankt u voor uw waarschuwing. Als we nu het papierwerk kunnen regelen?'

Hao kreeg een gouden Mont Blanc-vulpen aangeboden om de noodzakelijke documenten mee te tekenen, terwijl A'zam aangaf dat het een klein teken van waardering van de bank was. Aan Jian werd nog een leren map overhandigd, waar de ontvangstbewijzen in waren gestopt, en daarop werden ze weer naar hun auto geleid.

De BMW mengde zich opnieuw in de drukte van de stad en reed westwaarts naar de jachthaven van Beiroet, waar een lange rij verblindend witte superjachten langs de kade gemeerd lag. Bemanningsleden in bij elkaar passende kleren struikelden gejaagd over elkaar heen, ondanks het feit dat deze zeeschepen, die miljoenen dollars waard waren, zelden de buitenkant van de havenmuren zagen. Jian en Hao liepen de loopplank op en installeerden zich op het pluchen achterdek van een Princess 78-motorjacht, terwijl een paar bemanningsleden de meertros losten. De dekbemanning bleef op de kade toen het jacht langzaam de haven uit en langs de promenade gleed, net op het moment dat de zon achter de betonnen skyline van Beiroet begon onder te gaan.

Jian maakte een fles champagne open, vulde hun glazen en trok de huishoudfolie los van een zilveren dienblad met canapés dat op de tafel stond.

'Is deze boot ook van jou?' vroeg Hao, en hij nam een flinke slok champagne. 'Hij is enorm.'

'Ik charter hem,' antwoordde Jian, hem voorzichtig bekijkend. 'Ik vond dat jij een gepast bedankje verdiende voor je hulp.'

Hao hief glimlachend zijn glas om te proosten. 'Ik weet niet zeker of ik echt iets heb gedaan. Maar bedankt.'

'Geen dank, jij hebt je rol goed gespeeld.'

Ze keken hoe de lichten van de grote stad langzaam weken naarmate het jacht verder de zee op voer. Ze volgden de koers van verschillende passagiersveerboten die de hoofdhaven van Beiroet verlieten; het jacht deinde op en neer toen ze door het kielwater voeren.

Jian bleef Hao's glas bijvullen, totdat hij twee flessen champagne had weggewerkt en aan zijn vijfde dubbele wodka-tonic toe was. Hij had nu een blos op zijn gezicht en zijn rode neus glom, terwijl hij voorstelde om samen een paar van hun oude universiteitsliedjes te zingen. Vrolijk glimlachend stond hij tegen de achterreling geleund; zijn haar werd door de bries in zijn gezicht geblazen.

'Universiteit...' wauwelde hij. 'Beste dagen van ons leven, verdomme. Hoop... dat ontbreekt er aan al deze moderniteit. We hebben meer...' Hij werd afgeleid en staarde naar het bezinksel in zijn glas. 'We hebben meer wodka nodig, dat hebben we nodig!'

Hao's ogen draaiden naar Jian, die rustig op het loungedek zat. Ze waren bloeddoorlopen, met door de sterke bries veroorzaakte tranen die de pupillen wazig maakten. Het was hem niet opgevallen dat Jian al ruim een uur niet meer dronk.

'Kun je me nog een borrel inschenken?' vroeg Hao. Jian stond op en schonk hem nog een enorme bel Smirnoff Black in. Gezien het alcoholgehalte van vijftig procent zou het waarschijnlijk Hao's laatste zijn voordat hij buiten westen raakte. Hij nam een paar enorme teugen, maar de kracht van de alcohol drong niet eens tot zijn verdoofde lippen door.

Jian zat hem nu te bekijken, volgde iedere beweging. Hij tastte in een kleine waterdichte tas die al op de boot was toen ze aan boord kwamen en begon een dun plastic koord door zijn handen te halen. Hij deed het telkens weer, toekijkend hoe Hao's bewegingen steeds onregelmatiger werden.

'Wat is dat?' vroeg Hao. Hij tilde zijn hand in de vage richting van het plastic koord.

'Het is heel bijzonder koord dat in zout water oplost,' antwoordde Jian op vlakke toon. 'Het is sterk maar heeft slechts een paar uur nodig om spoorloos te desintegreren.'

Hao knikte langzaam. 'Leuk,' mompelde hij. Zijn zicht begon te golven. Hij slingerde naar voren, er niet zeker van of het aan hem lag of aan het feit dat ze net door het kielwater van een ander schip waren gevaren. Met zijn linkerarm greep hij de reling vast; hij had het opeens vreselijk heet. Toen hij zijn hand naar zijn voorhoofd bracht, merkte hij dat het klam was van het zweet, en een golf van misselijkheid overspoelde hem. Hij deed zijn ogen dicht, in een poging zich ervoor af te sluiten, maar de hele boot leek weer te rollen. Zijn mond voelde droog aan ondanks alles wat hij had gedronken.

'Ik denk dat ik maar… even moet gaan liggen,' fluisterde hij, naar de brede sofa toe wankelend. 'Kan iemand van de bemanning me naar mijn bed brengen?'

Hij wankelde nog een paar stappen vooruit en bleef toen staan. 'Trouwens, waar is de bemanning in godsnaam? Heb niemand gezien sinds we aan boord kwamen.'

Jian gaf geen antwoord, zat alleen maar te kijken naar Hao die op de sofa neerzakte en met achteroverhangend hoofd tegen de dronkenschap probeerde te vechten. Hij hikte verscheidene keren, voordat hij met zijn handen voor zijn mond begon te kokhalzen. Hij zat daar een poosje met slappe kaken terwijl zijn hoofd zachtjes heen en weer zwaaide. Een paar minuten later had hij zich in de foetushouding opgerold, waarbij zijn knieën zijn borst bijna raakten. Hij snurkte luid, met zijn wang in de bekleding gedrukt en een speekselsliert die uit zijn ene mondhoek ontsnapte.

Jian stond op en boog zich over hem heen. Hij sloeg Hao hard in het gezicht, maar Hao mompelde alleen wat en draaide zich in zijn slaap om. Hij liet een luide snurk horen, met zijn voeten op elkaar gekruld als bij een kind.

Jian wond het plastic koord om zijn enkels en trok de knoop met een felle ruk strak. Vervolgens trok hij Hao's handen achter zijn rug en deed hetzelfde. Hij pakte zijn paspoort en zijn portemonnee uit de borstzak van zijn jasje en haalde de Rolex van zijn pols. Met zijn handen onder zijn oksels sleepte Jian hem naar de zijreling zonder dat Hao ook maar zijn ogen opendeed. Daarna duwde hij hem achteruit zodat hij dubbelgeklapt over de rand heen en in het zwarte water viel. Er klonk een vage plons en de afdruk van zijn lichaam tegen het zilverkleurige kielzog ging snel verloren in de duisternis. Jian nam niet de moeite om achterom te kijken maar liep, zijn handpalmen afvegend, simpelweg naar zijn zitplaats terug.

De Libanese schipper was de enige andere persoon aan boord en hij had strikte instructies om tijdens de hele duur van de cruise bij het bedieningspaneel te blijven. Jian wierp een blik op de hordeuren die naar het interieur van het jacht leidden. Ze waren nog steeds stevig afgesloten.

Twee dagen later spoelde het lichaam van een onbekende Chinese man op het strand van Khalde aan. Er werd een oppervlakkig onderzoek uitgevoerd door de patholoog, die algauw concludeerde dat hij van het achterdek van een van de vele veerboten die in de haven kwamen moest zijn gevallen. Het was een paar keer eerder gebeurd met stomdronken passagiers. Zonder ook maar één kenmerk om het te identificeren, werd het lichaam prompt verbrand en een dag later werd er opdracht gegeven om het dossier in het archief op te bergen.

14

Beer Makuru hurkte neer in het rietgras naast de startbaan. Ze tuurde langs de lange rij stilstaande VN-vliegtuigen, waarvan de glanzend witte rompen grijs in het maanlicht leken, op zoek naar de lage vleugeltippen van haar Cessna 206. Uiteindelijk ontwaarde ze de omtrek van het vliegtuig tegen een hoge wirwar van prikkeldraad. Het stond pal tegen de zijkant van de MONUC-compound geparkeerd, aan het einde van de startbaan.

'Zie je het?' fluisterde Luca, die naast haar neerhurkte. Met de mouw van zijn zwarte T-shirt met V-hals veegde hij het zweet van zijn voorhoofd. Hij had een enorme rugzak op zijn rug en in het lange gras naast hem stonden twee extra grote metalen jerrycans gedrukt, waarvan de doppen nog nat van de Avgas waren.

'Ja. De verste hoek, achter die oude Antonov,' antwoordde Beer.

'Shit. Pal naast de compound.'

Beer draaide zich om toen ze René door het lange gras hoorde naderen. Hij hield twee jerrycans tegen zijn tonronde borst geklemd, maar slingerde door de moeite die het kostte om ze te dragen. Hij stopte en liet ze opgelucht in het gras vallen voordat hij zijn handen op zijn knieën liet rusten. Zijn hele borst ging op en neer terwijl de lucht door zijn longen floot, en in de hitte van de nacht liep er een parelende zweetlijn vanaf zijn voorhoofd naar de brug van zijn neus.

Beer wierp een zijdelingse blik op Luca. 'Zeg tegen het nijlpaard dat hij zachter moet ademen, anders zorgt hij ervoor dat we allemaal worden gepakt.'

Renés voorhoofd rimpelde van de pijn. 'Dit was niet bepaald wat ik in gedachten had...' zei hij, worstelend om weer op adem te komen '... toen we twee zitplaatsen in het vliegtuig kochten van Fabrice. Ik dacht eigenlijk dat er al brandstof in zat.'

'Sleep me maar voor de rechter.'

Beer hees een van de veertig kilo zware jerrycans op haar hoofd en ging breder staan toen het gewicht op haar nek drukte.

'Als we uit onze dekking tevoorschijn komen, moeten we gebukt en snel lopen.' Ze wierp een blik achterom naar René. 'Of wat je ook maar kunt klaarspelen.'

De rand van de startbaan was versleten, met verbleekte stukken asfalt die waren opgebroken door kwaadaardig onkruid dat meer dan een meter hoog was opgeschoten. Beer liep er voorzichtig doorheen, erop lettend dat ze zich niet verstapte, op de voet gevolgd door Luca. Ze bereikten de enorme staartvinnen van de VN-vliegtuigen, en van schaduw naar schaduw kwamen ze langzaam dichter bij de geconfisqueerde Cessna. Beer kon Luca zachtjes horen kreunen van de inspanning om in elke hand een veertig kilo zware jerrycan te dragen. Zijn schouders waren gekromd en zijn dijen bij de knieën gebogen van de spanning, maar doordat hij maandenlang ladingen had gesjouwd bij de sherpa's was zijn lichaam gehard.

Ze bereikten het landingsgestel van een oud Antonov-vrachtvliegtuig dat ergens in het verre verleden met een bulldozer aan de kant was geschoven en lag weg te rotten. De buitenkant was zwartverbrand en aangekoekt met roet, terwijl lange klimplanten de leeggelopen banden hadden overwoekerd en tot in de buik van het vliegtuig waren gegroeid. Beer bleef staan, nam een moment om haar ademhaling te stabiliseren en staarde de muur van prikkeldraad af, op zoek naar een van de bemande uitkijkposten die erlangs verspreid stonden. Ze hadden geluk gehad. De dichtstbijzijnde stond meer dan tweehonderd meter verderop.

'Laten we gaan,' fluisterde ze.

De Cessna zag er piepklein uit vergeleken met de andere vliegtuigen. Beer zwaaide één voet op het opstapje bij de motorbehuizing en trok haar hele lichaam op de vleugel. Met haar linkerhand draaide ze de brandstofdop eraf, stak de trechter erin en begon de Avgas over te gieten; haar armen spanden zich in om de jerrycan stabiel te houden. Er gutste brandstof in de tank, met een gorgelend geluid dat afschuwelijk luid leek in de stille nachtlucht. Luca, die de rij prikkeldraad afspeurde naar de geringste beweging, reikte de volgende jerrycan aan nadat hij het deksel met een doffe metalige klik had geopend. Net toen ze de tweede hadden leeggegoten, kwam René eraan, knarsetandend en met opengesperde neusgaten van de inspanning om zijn ademhaling te beheersen. Hij stond even stil voordat hij naar Beer opkeek.

'Maak het vliegtuig klaar. Wij werken deze wel af.'

Ze gleed van de vleugel af, landde zacht op de grond en deed de deur van de Cessna open. Ze sprong in de linkerstoel, drukte de hoofdschakelaar omlaag en trok de koptelefoon ruw over haar nek. De elektronica jengelde zacht terwijl de kleppen geleidelijk tot tien procent zakten. Ze rukte de stuurkolom opzij en liet de rolroeren uitslaan voordat ze het roer controleerde. Met een zacht gerammel legde Luca de laatste jerrycan op zijn zijkant, waarna hij zijn rugzak achter in het vliegtuig naast René zette en in de stoel naast haar schoof.

'Zodra ik deze motor start, zal de hel losbarsten,' zei Beer, met haar linkerhand op de sleutel. Luca knikte met wijdopen ogen in de schemering. Ze keek naar hem en zag speldenprikken van zweet op de bovenkant van zijn wangen.

'Doe het,' zei hij.

Er klonk een plotseling lawaai toen de motoronderdelen tegen elkaar knarsten. De propeller draaide volledig rond en kwam vervolgens met een ruk tot stilstand. Terwijl Beer herhaaldelijke pogingen deed om de motor te starten, hoorden ze plotseling geschreeuw in de verte en scheen de lange straal van een zoeklicht over het open asfalt, in lange, vegende bogen van het ene vliegtuig naar het andere springend.

'Nog een keer,' schreeuwde Luca, toen Beer de sleutel omdraaide en met de gashendel pompte. De motor sloeg aan, en nog eens, maar de propeller kwam wederom trillend tot stilstand.

'Kom op, oud kreng,' schreeuwde Beer, terwijl de straal van het zoeklicht in hun richting kwam. Door de sleutel omgedraaid te houden, dwong ze de motor toeren te maken en liet ze de propeller in een continue cirkel ronddraaien. Ze konden al horen hoe de accu leeg begon te raken.

'Niet verzuipen. Niet verzuipen, verdomme,' smeekte Beer, terwijl ze de gashendel weer dichtduwde. De propeller draaide één keer rond, twee keer, sloeg toen plotseling aan en kwam ronkend tot leven. De luchtstroom die daardoor ontstond deed de open deuren aan hun scharnieren klapperen; Beer trok vlug haar voeten van de remmen, zodat het vliegtuig met een ruk vooruitging. Ze taxieden naar de startbaan toen het rondzwenkende zoeklicht de beweging oppikte en hen volop bescheen. Elke centimeter van de kleine cockpit werd gevuld met verblindend wit licht.

'Ik kan geen zak zien,' schreeuwde Beer, haar hand optillend om haar ogen te beschermen. Ze trok instinctief de gashendel terug en tastte blindelings naar het bedieningspaneel.

'Gewoon vooruit!' schreeuwde Luca. 'Vooruit!'

Beer smeet de gashendel weer open en greep de stuurkolom vast om zichzelf in evenwicht te houden toen het vliegtuig vaart begon te maken. De straal verdween plotseling, verduisterd door de brede romp van de Antonov, en toen ze zich omdraaiden zagen ze de vleugeltip van de Cessna maar een meter langs het landingsgestel van een van de andere VN-vliegtuigen scheren. Luca zag het als eerste en voordat Beer tijd kreeg om te reageren, trapte hij het linkerroer aan zijn kant van het vliegtuig naar beneden, zodat ze naar de hoofdstrook van de startbaan zwenkten.

Er klonk een sirene, gevolgd door het geluid van motoren. De hoofdpoort van de compound werd opengegooid en er reden twee legerjeeps naar hen toe. Ze konden de voertuigen slechts in kortstondige flitsen zien, elke keer dat ze een opening in de rij geparkeerde vliegtuigen passeerden, maar het silhouet van een soldaat die een op de achterkant gemonteerd machinegeweer vasthield was overduidelijk. Terwijl de voorste jeep versnelde en de motor bij elke schakeling terugzakte, draaide de soldaat het 7.62mm-geweer rond.

Beer controleerde de luchtsnelheidsmeter toen de naald zich omhoogklauwde tot over de vijfenvijftig knopen. Ze was bijna op rotatiesnelheid en trok aan de stuurkolom, zodat de neus van de Cessna van het asfalt werd getild. Het wiel kwam van de grond los, maar klapte weer neer, waardoor Luca en René ruw in hun stoelen naar voren werden gesmeten. Vloekend probeerde Beer het vliegtuig met de roerpedalen horizontaal te houden terwijl haar hand de gashendel stevig ingedrukt hield.

'Te snel,' zei ze, haar eigen ongeduld vervloekend. 'Kom op, nog maar een paar seconden.'

Langzaam steeg het vliegtuig opnieuw op, door zijn eigen vaart de lucht in gebracht. In plaats van op te trekken en hoogte te winnen, hield Beer hen maar een meter boven de grond, onder de lange rij staartvinnen van de VN-vliegtuigen door scherend.

Ze zette de klep omhoog en hield de daalsnelheid bekwaam in balans, wachtend tot de naald over de honderd knopen kwam voordat ze het vliegtuig optrok in een steile hellende bocht in de tegengestelde richting van de jeeps. Ze hoorden het gedreun van machinegeweervuur en zagen een fluorescerende lijn van lichtspoorkogels vlak boven hen door de nachthemel snijden. Rode vonken werden de duisternis in gespuwd en trokken een dunne vuurlijn die in een strakke boog naar de voorkant van de Cessna zwaaide. Beer liet het vliegtuig een nog steilere bocht maken, zodat ze wijd over een met dicht struikgewas bedekt gebied en verder de nacht in zwenkten. In een lange, continue uitbarsting van kogels probeerde het machinegeweer hun traject te volgen, voordat het gedreun plotseling ophield. Het werd snel vervangen door de scherpe straal van het zoeklicht, die de hemel boven hen kriskras doorsneed.

'Zijn we geraakt?' schreeuwde Luca, zich naar Beer toe draaiend, maar ze had haar hoofd gebogen en keek langs hem heen naar de onderkant van iedere vleugel. Vervolgens zette ze voorzichtig de rolroeren schuin, zodat het vliegtuig heen en weer slingerde, en controleerde ze dubbel of alles naar behoren functioneerde. Uiteindelijk keek ze Luca aan, ademde langzaam uit en schudde haar hoofd. Hij wilde nog iets zeggen, maar ze tikte op haar koptelefoon om aan te geven dat zij de hunne ook moesten opzetten.

'Alles oké met jullie?' zei haar stem lichtjes krakend over de intercom.

'Ja,' zei Luca langzaam, met zijn hand nog steeds om de handgreep boven het raam geklemd.

Er viel een stilte voordat Renés stem plotseling door de microfoon dreunde. 'Doodsbang verdomme!' schreeuwde hij. 'Altijd al een hekel aan vliegen gehad, laat staan beschoten worden tijdens het vliegen.' Daarna stak hij zijn hand uit en gaf hij een lichte klap op Beers schouder. 'Maar goed gedaan daarnet, meid. Je was geweldig.'

'Het scheelde weinig. Heel erg weinig. Niet te geloven dat ze zomaar het vuur op ons openden.'

'Het zijn klootzakken,' zei René, in zijn zakken friemelend en een sigaret opstekend. Er golfde een rookpluim de cockpit in; zijn gezicht gloeide rood bij de vuurpunt en er trok een scheve glimlach door zijn dikke zwarte baard. 'Beloof me alleen dat je nooit meer zo'n bocht als die laatste maakt,' voegde hij eraan toe. 'Mijn maag ging verdomme bijna door mijn ruggengraat heen.'

Beer keek naar de sigaret en de rookwolk die René omringde. Ze begon iets te zeggen, richtte zich vervolgens weer op het bedieningspaneel en trok de ventilatoren wat verder open. Ze haalde een kaart uit de zijkant van haar stoel, scheen met een zaklampje over het gelamineerde oppervlak ervan en vergeleek hun koers met het kompas. Daarna stelde ze de trimpositie nog iets bij en leunde ze achterover in haar stoel.

'Wat is jullie verhaal eigenlijk?' vroeg ze, eindelijk de stilte verbrekend. 'Fabrice heeft niet bepaald veel over jullie gezegd.'

Luca staarde uit het raam naar de open uitgestrektheid van het Edwardmeer, pal onder hen. Het water was doorschijnend zilverkleurig in het maanlicht en strekte zich kilometerslang naar de horizon uit.

'We zoeken een vriend die ongeveer een halfjaar geleden verdwenen is.'

'Een halfjaar? Dat is een hele tijd om vermist te worden in een oord als de Congo. Waarom denken jullie dat hij nog leeft?'

Luca haalde zijn schouders op.

'Wat is jullie plan dan? Gewoon naar Ituri gaan en beginnen te zoeken?'

'Zoiets.'

'Het is een behoorlijk groot gebied en jullie lijken niet veel spullen te hebben ingepakt. Denken jullie niet dat er iets meer voor nodig zal zijn dan een rugzak en een paar flessen Deet?'

'We weten waar de vrachtwagen werd geraakt. Dat is alles wat we nodig hebben, om mee te beginnen.'

'Dat is alles?'

Luca knikte langzaam.

'Maar jullie hebben ervaring met zulke gebieden, toch? Jullie zijn al eerder in de rimboe geweest.'

'Nee. Eigenlijk niet.'

Beer wachtte even en keek hem vervolgens weer aan. 'Luister, vat dit niet verkeerd op, maar hebben jullie enig idee hoe idioot het klinkt om in LRA-gebied te gaan zoeken naar een of andere gozer die een halfjaar geleden verdwenen is? Weten jullie wel waar je aan begint?'

'Laat ons nou maar gewoon meeliften. Daarna zullen we onze eigen weg gaan.'

'Daar kun je donder op zeggen! En jullie moeten allebei één ding begrijpen – de afspraak was om jullie naar Epulu te brengen. Dat is alles. Het kan me geen zak schelen wat Fabrice jullie verteld heeft, want nadat we daar geland zijn, staan jullie er alleen voor.'

Ze gluurde naar Luca en haar stem verhardde.

'En als het slecht gaat, verwacht dan niet dat jullie je om de vijf minuten tot mij kunnen wenden voor hulp. Daar staan jullie er alleen voor.'

Luca's hoofd draaide zich met een ruk om en hij staarde haar met vijandig glanzende ogen aan. Beer staarde terug, zich opeens afvragend wat hij ging doen. Hij was op slag veranderd. Zijn linkerhand reikte naar de console en trok met een felle ruk de kabels van zijn koptelefoon los, zodat de microfoon werd uitgeschakeld. Hij staarde naar buiten, de nacht in, het profiel van zijn gezicht verlicht door de doffe gloed van de cabinelichten. Ze bekeek hem nog iets langer en herkende zijn woede en verbittering. Die had ze zelf ook allebei gevoeld, vele jaren geleden.

'Hij is momenteel niet bepaald spraakzaam,' zei Renés stem over de intercom. 'Maar maak je geen zorgen, hij fleurt wel op als we op de grond zijn. En, even officieel, we wisten altijd al dat het maar tot Epulu was. Vanaf daar zullen we onze eigen weg gaan.'

Beer knikte. 'Is hij altijd zo prikkelbaar?' vroeg ze, heel goed wetend dat ze zonder de koptelefoon niet boven het geluid van de motor kon worden gehoord.

'Luca?' De microfoon kraakte toen René zwaar uitademde. 'Nee, hij was nooit zo. Geloof het of niet, hij was ooit een van de beste klimmers ter wereld, een echt genie. Die jongen kon spiegelgladde rotsen beklimmen. Maar een paar jaar terug is er iets gebeurd in de Himalaya en hij is er nooit echt overheen gekomen. Sindsdien knaagt het aan hem.'

'Iets?'

René wachtte even, vond het opeens moeilijk om de woorden uit te spreken. 'Wil je het echt weten?'

Beer gaf geen antwoord, wachtte alleen.

'Er was een grote lawine en toen werd zijn beste vriend pal voor zijn ogen vermoord. Tussen de ogen geschoten.'

'Jezus,' mompelde ze.

Er viel opnieuw een stilte, waarin ze naar de maan keek, die boven de lijn van het water opkwam. Hij was al half gerezen en deed de rest van de nachthemel verbleken. Beer bleef een poosje zo zitten, in gedachten verzonken, voordat ze achterom gluurde naar René. Zelfs in het flauwe licht van de cockpit kon hij de intensiteit in haar ogen zien.

'Weet je, ik heb veel oorlogen meegemaakt en iedereen wordt er op zijn eigen manier door beïnvloed. Sommige mensen kunnen niet eens praten als het allemaal voorbij is, anderen gaan gewoon weer verder met het leven, en dan zijn er weer anderen die zo'n blik hebben – van die wezenloze, lege ogen, met vlak daarachter een smeulende woede. Het is net een onbedwingbaar dier dat uit hen barst.' Met een betrokken uitdrukking keek ze even naar het bedieningspaneel. 'Ik denk dat het komt doordat ze gewoon te veel hebben gezien. En hier gebeuren elke dag rotdingen.'

'Wat wil je nou eigenlijk zeggen?'

'Ik wil zeggen dat dit beschadigde mensen zijn, René. Echt beschadigd. En zulke mensen zijn gevaarlijk om bij in de buurt te zijn.' Haar ogen schoten onwillekeurig naar Luca.

René schudde automatisch zijn hoofd. 'Kom op, Luca is helemaal niet zo. Hij maakt alleen een slechte periode door, dat is alles.'

'Weet je dat zeker? Hoe goed ken je hem eigenlijk?'

'Al heel lang. Geloof me, het enige wat hij nodig heeft is iets meer tijd om eroverheen te komen. Het komt echt wel goed met hem.'

'Als jij het zegt.'

René keek naar Beer terwijl ze zich vooroverboog in haar stoel, de kaart opnieuw op haar schoot trok en ieder instrument en de koers controleerde. Vervolgens drukte hij zichzelf tegen de oncomfortabele achterstoelen van het vliegtuig, doofde hij het restant van de sigaret en propte de peuk in een oude kantelasbak in de deur.

Hij vroeg zich af hoeveel van wat ze had gezegd voor Luca gold. Was hij echt zo beschadigd? Had Bills dood hem zo kapotgemaakt? Er waren flitsen, korte momenten, waarin de oude Luca naar de oppervlakte leek te borrelen, maar net zo snel leek hij in een zelfgemaakte bitterheid te verdwalen. Die woede waar ze over had gesproken was er. Die had hij al in de bergen gezien. Maar René kon niet geloven dat het alles was wat er van Luca was overgebleven. Er moest nog iets zijn.

René wilde weer een sigaret opsteken, maar stopte; zijn keel was te droog om hem op te roken. Hij wreef zijn handen verstrooid tegen elkaar, voelde dat zijn palmen klam werden van prikkend zweet. Over een paar uur zouden ze landen in een van de gevaarlijkste oorden op de planeet en Luca zou de enige persoon in de wereld zijn op wie hij kon vertrouwen.

15

René werd wakker toen het vliegtuig met een ruk in een luchtzak terechtkwam. Alles schokte; Luca's rugzak kantelde langzaam opzij en op zijn schoot. Renés handen schoten uit toen hij zich in evenwicht probeerde te houden. Hij had een vreselijke hoofdpijn en er liep een muffe speekselsliert vanuit zijn mondhoek over de lijn van zijn baard.

De ochtendzon stroomde de cockpit van het vliegtuig in. Het licht was schel, met een felle intensiteit die de kleuren om hem heen leek te verhevigen en pijn deed aan zijn ogen. Hij voelde zich ziekelijk heet en uitgedroogd, met in zijn mond nog steeds de vieze smaak van de sigaret die hij een paar uur geleden had gerookt.

Het vliegtuig schokte opnieuw en draaide vervolgens in een steile hellende bocht, waardoor Renés maag onmiddellijk verkrampte. Er steeg zure kots in zijn mond op en hij kreunde zachtjes toen hij het weer inslikte. Hij zocht een fles water in de rommel op de achterstoel, maar gaf het na een paar seconden op. Zijn hoofd was te pijnlijk om zich voorover te kunnen buigen. In plaats daarvan pakte hij de koptelefoon en draaide de microfoon voorzichtig naar zijn mond toe.

'Waar zijn we in godsnaam?'

Luca's hoofd draaide zich met een ruk om. 'We hebben de afdaling naar Epulu ingezet. Jij bent een paar uur niet bij kennis geweest.'

'Goed zo,' antwoordde René knikkend.

'Hoe voel je je?' vroeg Luca, die de spanning op zijn gezicht zag.

'Ik zit te popelen.'

Hij drukte zijn hoofd tegen het raam en tuurde naar buiten. Het bladergewelf van het Ituriwoud strekte zich in elke richting uit.

Miljoenen en miljoenen bomen stonden dicht opeengepakt in een van de laatste grote wildernissen op de planeet. Ze vormden een gigantisch glanzend groen blok tegen de felle zon, terwijl wolken die bewegingloos in de lucht erboven hingen schaduwen op het oppervlak wierpen, als gemorste inktvlekken.

Meanderende zijrivieren met bruin water baanden zich tussen de bomen door naar een of andere samenvloeiing met de hoofdstroom van de Congorivier. Ze kronkelden kilometerslang voort, als tranen over een naadloze stof.

'Fenomenaal,' fluisterde René, het gebons in zijn hoofd even vergetend.

'Dat is nogal wat, hè?' zei Beer over haar schouder. Ze boog zich weer voorover in haar stoel en met een van de concentratie gerimpeld voorhoofd liet ze het vliegtuig nog een wijde hellende bocht maken.

'Toen Stanley dwars door Afrika trok, noemde hij dit het "zwarte hart",' zei René, bijna tegen zichzelf. 'Nooit gedacht dat ik het te zien zou krijgen.'

Beer gluurde achterom naar hem.

'Dat is het echte werk daar, dat is zeker.'

Ze keek weer op de kaart en controleerde hun koers nog een keer. Ze zouden nu boven de landingsplaats moeten zijn, maar er waren alleen maar bomen. Ze minderde de snelheid van het vliegtuig tot zeventig knopen, zette de kleppen omlaag en liet de Cessna om zijn as draaien; terwijl ze door Luca's raam naar beneden staarde, leek de grond in een trage boog rond te tollen. Opeens zag ze het matte grijs van een strodak, en toen nog een. Het dorp Epulu lag pal onder hen, genesteld in de schaduw van een groep brede *bouma*-bomen.

'Ik zie het dorp,' zei Luca, zijn vinger tegen het glas drukkend.

'Ja, ik ook.'

Beer zette de vleugels horizontaal en begon het vliegtuig klaar te maken voor de landing. Terwijl ze de controles uitvoerde, praatte ze op zakelijke toon in de microfoon tegen hen.

'Volgens het laatste bericht is het LRA zo'n dertig kilometer ten noorden van dit dorp gezien. Ze hebben een van de pygmeeënnederzettingen ergens in het woud in de fik gestoken, maar daarna hebben we niets meer gehoord. Ze lijken zich stil te houden.'

'Waar is hun hoofdbasis?' vroeg René.

'Dat weet niemand. Ze hebben ze niet met de satellieten kunnen oppikken. Ze lijken gewoon overal van hier tot de Soedanese grens als verdomde spoken op te duiken.'

Luca volgde haar starende blik naar de horizon, begrijpend hoe gemakkelijk een heel leger verstopt kon worden in zo'n enorm uitgestrekt gebied. Afgezien van een paar nederzettingen dicht bij de rivieren, was Ituri voor het overgrote deel niet in kaart gebracht; alleen de grootste zijrivieren kwamen op Beers luchtkaarten voor. Geleidelijk focuste hij op een serie rotsuitstulpingen die in verticale zuilen uit het bladergewelf van het woud oprezen. Er lagen reusachtige rode rotsplaten op elkaar gestapeld, de meeste daarvan bedekt door een net van klimplanten, met onderontwikkelde struiken die zich onzeker aan de zijkanten vastklampten. De zuilen liepen in een bijna symmetrische lijn bij ze vandaan, als de knoestige ruggengraat van een dinosaurus.

'Wat zijn dat?'

Beer strekte haar hals uit om te zien waar hij naar wees. 'Ze worden *inselbergen* genoemd. Ze lopen vanaf hier helemaal oostwaarts naar de vulkanenrand aan de Ugandese grens. Regelrecht naar de Bergen van de Maan.'

Luca's starende blik ging van de ene inselberg naar de andere, totdat hij aan de horizon net kon onderscheiden hoe de grond uitpuilde in een serie conische vormen. Boven elk daarvan hingen rooksporen lui in de lucht. Dat waren de vulkanen, allemaal actief, met af en toe lavastromen die over de kraterranden vloeiden.

'Hoe ver denk je dat ze...' begon Luca, toen vlak voor het vliegtuig de lucht explodeerde. Het was een ongelooflijke knal, die zware schokgolven door het toestel heen deed trillen en de voorruit in lange verticale barsten versplinterde. Luca's deur werd losgeblazen, bleef slap aan het onderste scharnier hangen terwijl de cockpit vol lucht stroomde. Hij zag de grond vlak naast hem opdoemen, wazig door de afstand.

Hij draaide zich om, probeerde te begrijpen wat er zojuist was gebeurd. Alles werd stil, gedempt door het intense gesuis in zijn oren. Het vliegtuig helde omhoog en begon vaart te minderen. Luca bleef een paar seconden verstijfd zitten, zich erover verbazend hoe langzaam ze leken te gaan, totdat er een schuddende beweging door het vliegtuig schokte doordat de beschadigde luchtinlaten van de motor de carburators van zuurstof begonnen te beroven. Na een paar gedempte kuchen gaf de motor de geest en kwam de propeller vlak voor hem met een ruk tot stilstand.

Een schel, hoog gejengel vulde de cockpit en werd steeds luider toen het overtrekalarm afging. Het lawaai werd nog luider, gillend, toen het vliegtuig geleidelijk slagzij maakte en als een dood gewicht ter aarde stortte.

Beer greep het bedieningspaneel terwijl ze steil naar beneden doken. Met het roer hield ze het vliegtuig in evenwicht en probeerde ze wanhopig te voorkomen dat ze gingen tollen. Met haar ogen op de luchtsnelheidsmeter gericht zag ze de naald langzaam op de wijzerplaat omhoog kruipen; ze kregen weer vaart en kwamen eindelijk uit de overtrek, maar met iedere seconde die er verstreek waren ze vijfhonderd voet dichter naar de grond gevallen, waarbij de hoogtemeter volledig ronddraaide.

De grond leek de hele voorruit te vullen en kwam dreigend op hen af toen ze onder de driehonderd voet kwamen. Luca kon duidelijk zien dat er soldaten naar de open ruimte voor hen renden, die geweren vasthielden en ze naar de hemel richtten. Ze hoorden het geknetter van machinegeweervuur en zagen de rookslierten van een raketgranaat langs hun rechtervleugel schieten voordat die ergens achter hen in de lucht ontplofte.

'Shit!' gilde Beer, toen het vliegtuig door de explosie naar voren slingerde. 'Ze hebben raketgranaten.'

'Haal ons hier weg!' schreeuwde Luca toen ze weer aan de stuurkolom sjorde en het vliegtuig uit de duikvlucht trok. De vleugeltippen gingen verloren in een waas van groen en boomtoppen toen ze over het bladergewelf scheerden en door de G-kracht achterover in hun stoelen werden gedrukt.

Net toen ze enige hoogte begonnen terug te winnen, klonk er een schel, metalig gehamer tegen de linkervleugel. Beer draaide zich om en zag de hele klep afbreken en draaiend in de wind naar de aarde vallen. In een lang, krullend spoor liepen er gaten van de kogelinslagen pal over de onderkant van de vleugel.

'Die vleugel is verdomme gewoon...' schreeuwde René, met zijn ogen op de gapende gaten gefixeerd. Beer voelde het vliegtuig hevig opzij hellen toen de beschadigde vleugel hen rondsleurde. Ze zette het andere roer omhoog om hun koers recht te trekken, maar zonder de motor begonnen ze de snelheid die ze in de duikvlucht hadden gewonnen al te verliezen.

Beer greep Luca's handen en trok ze naar de stuurkolom.

'Hou gewoon deze lijn aan,' zei ze op effen toon over de microfoon. Hij keek naar haar voordat hij zich vooroverboog en met gespannen onderarmen het bedieningspaneel zo stevig mogelijk vastkneep.

Beer pakte de sleutel met haar linkerhand en controleerde eerst de ene magneetontsteker en daarna de andere. Met haar rechterhand pompte ze de gashendel op en neer, in een wanhopige poging om de motor weer tot leven te brengen. Elke keer als ze de sleutel in het contact stak knarste de motor, maar het leverde niets op.

Hun snelheid ebde snel weg, ging van zeventig naar zestig knopen. Luca liet zijn greep op het bedieningspaneel instinctief verslappen, in een poging om hen verder bij de grond vandaan te trekken.

'Nee, nee,' zei Beer, naar voren reikend om zijn handen stabiel te houden. 'Dan krijgen we weer overtrek. Draai naar de grond toe.'

'Maar we zijn vlak boven de bomen.'

'Doe het nou maar.'

Luca schoof een stukje naar voren, liet de neus langzaam zakken en verruilde hoogte voor snelheid, terwijl Beer de sleutel telkens weer omdraaide. De motor gaf nog steeds geen kik. Ze konden het geluid van machinegeweervuur weer horen, maar nu was het ver weg, bijna irrelevant. In slechts een paar seconden waren ze ver buiten het bereik van de soldaten en naar een zijriviertje van de hoofdrivier gevlogen. In de hitte van de ochtend zag het water er vredig en zwaar uit.

Het vliegtuig gleed omlaag; de snelheid daalde tot vijftig knopen en vervolgens tot veertig. Beers hand streek langs die van Luca op de stuurkolom toen ze de leiding nam.

'We gaan landen,' fluisterde ze. 'Maak jullie gordels vast.'

Er viel een stilte waarin René en Luca haar allebei aanstaarden, alsof ze niet helemaal begrepen wat ze had gezegd. Toen grepen ze gejaagd de riemen van hun veiligheidsgordels en sjorden ze zo strak mogelijk aan. Luca hield de handgreep boven het raam vast en zette zijn linkerarm schrap tegen het dashboard voorin.

'We halen het wel. We halen het wel,' herhaalde hij. 'Land gewoon zo dicht als je kunt bij de rivieroever.'

'Jezusmina,' fluisterde René; zijn borst ging op en neer toen hij langs Beers schouder door de barsten in de voorruit staarde. De bomen rezen hun tegemoet en zagen er plotseling enorm uit.

Beer stak haar hand uit, zette de transponder op 7800 en controleerde hun positie op het gps.

'Mayday, mayday, mayday,' riep ze, waarna ze op vlakke toon het protocol doorliep. 'Dit is Golf Hotel Juliett. 02.16.52 noordwaarde 28.13.35 oostwaarde. Motorstoring. Drie aan boord in een Cessna 206. We gaan neer in een...'

Ze kapte af door haar duim van de communicatieschakelaar te tillen.

'Wat heeft het voor zin?' fluisterde ze tegen zichzelf. 'Er komt niemand.'

Het vliegtuig gleed stil onder een enorme tak door die over de rivier hing. Met haar hoofd schuin omhoog keek ze ongelovig hoe hij boven hen voorbijtrok. Ze waren nu maar zes meter boven het water; de rivier was zo dichtbij dat het leek alsof hij zou oprijzen en hun vleugeltippen zou aanraken.

'Dit is het dan,' schreeuwde Luca.

Terwijl ze zich allebei schrap zetten tegen de schok, kwam Renés stem door via de intercom.

'Zorg voor elkaar,' zei hij, voordat hij plotseling werd overstemd door het gegil van het overtrekalarm. Het vliegtuig scheerde een poosje over het oppervlak van het water, bijna alsof het erboven zweefde. Toen zwaaide het gewicht van de motor de neus omlaag waardoor ze in de rivier werden geworpen. Door de kracht van de schok klapten hun lichamen naar voren en sneden de gordels in hun huid, toen een muur van water het hele frame van het vliegtuig overspoelde. De ramen braken meteen; het plexiglas knalde tegen hun armen en gezichten terwijl een stortvloed van bruin water de cockpit in stroomde.

Ze voelden de staartvin achter hen oprijzen, zodat ze verticaal in hun stoelen werden gedraaid en in een langzame salto vooroverbogen. Met een holle bons stortte hij plat op het water neer; het momentum van de crash nam uiteindelijk af toen het vliegtuig op zijn linkerkant in het water kwam te liggen, met de cockpit al half ondergedompeld.

Luca deed zijn ogen open en draaide langzaam zijn hoofd om. Hij zag Beers lichaam tegen het dashboard gedrukt met haar lange haar verward over haar wangen en gezicht. Ze was totaal bewegingloos. Haar hele stoel was op de een of andere manier losgebroken door de schok, zodat haar lichaam naar voren tegen het bedieningspaneel was geslagen.

Luca's vingers friemelden verwoed met de metalen gesp van zijn gordel voordat ze er eindelijk in slaagden hem open te wrikken. Hij viel voorover in de poel van bruin water aan hun voeten en probeerde zich in evenwicht te houden. Er liep water in zijn ogen en toen hij zijn hand omhoogbracht om het weg te vegen, merkte hij dat zijn palm rood glansde. Een open snijwond boven zijn oog pompte bloed naar buiten.

Hij stak zijn hand uit en veegde de haarlokken uit Beers gezicht, een spoor van zijn eigen bloed op haar wang achterlatend. Haar ogen waren dicht. Hij bracht zijn oor naar haar mond, in de hoop haar te horen ademen. Er klonk een zacht gekreun, waarna haar hand langzaam in een reflex naar haar schouder ging. Luca zag dat de korte steel van de gashendel haar schouder vlak boven haar linkerarm had doorboord. Het metaal was afgebroken en puilde uit de huid op haar rug.

Luca maakte haar gordel los, pakte haar goede schouder vast en trok haar langzaam van het bedieningspaneel af. Beers mond verwijdde in een wanhoopsgil toen haar beschadigde schouder door de beweging samentrok. Ze gilde nogmaals, met haar kaken stijf op elkaar geklemd, toen hij haar helemaal van het bedieningspaneel hees. Haar lichaam zwaaide naar achteren, maar haar benen bleven aan de stoel vastzitten.

'Zijn je benen gebroken?' vroeg Luca, maar Beer staarde hem alleen aan. Ze leek totaal gedesoriënteerd.

'Je... bloedt,' fluisterde ze, proberend haar hand op te tillen om te wijzen. 'Er is bloed.'

'Ik weet het. Het is oké. Je benen. Kun je ze bewegen?'

Beers oogleden zakten langzaam dicht toen ze bewusteloos begon te raken. Luca streek haar haar van haar wangen.

'Beer, luister naar me,' zei hij, zijn stem verheffend. 'Beer, je moet je concentreren. Kun je je benen voelen?'

Haar ogen gingen weer open, en knipperend probeerde ze haar zicht helder te maken. Na een poosje knikte ze. 'Ik kan mijn...' fluisterde ze met samengetrokken lippen '... mijn voeten bewegen.'

'Oké,' zei Luca. 'Blijf gewoon bij me. Blijf wakker.'

Hij draaide zich om te controleren hoe het met René was. Vlak achter de twee voorstoelen liep een enorme scheur door het dak van het vliegtuig, die het interieur met daglicht overspoelde. De versplinterde randen van het metaal waren omgekruld, waardoor er water via het laagste gedeelte in het hoofdgedeelte van de cabine kon stromen. René lag met zijn hoofd opzij pal onder het gescheurde dak. Zijn ogen waren dicht, de huid eromheen slap, terwijl zijn lippen lichtjes uit elkaar stonden boven zijn baard. Zijn zware lijf was kletsnat van het water; het zwarte haar op zijn borst en armen glinsterde van het vocht.

'René,' riep Luca, zijn lichaam door de nauwe opening tussen de voorstoelen wringend.

'Kom op, René,' riep hij nogmaals, hem bij de revers van zijn doorweekte katoenen shirt vastpakkend. Toen hij Renés hoofd van de zijwand trok, hing het onnatuurlijk achterover; het gewicht werd niet door zijn nek gedragen. Luca liet hem geschokt los en staarde ontzet.

'Nee... nee,' fluisterde hij, met een gevoel van groeiende paniek. Hij stak twee vingers in de basis van Renés keel en zocht naar een hartslag door hard tegen het zachte vlees naast zijn adamsappel te drukken. Hij dwong zichzelf om zich doodstil te houden, terwijl zijn zintuigen zich gespannen op de zwakste klopping of trilling richtten. Er was niets.

'Kom op, René,' schreeuwde Luca plotseling; het geluid van zijn stem kaatste in de kleine cockpit rond. 'Kom op!'

Luca drukte lager op de hals van zijn vriend, wachtte een paar seconden en ging weer hoger met zijn vingers, tevergeefs een hartslag zoekend. Hij kon de warmte van Renés lichaam voelen, de huid nog klam en glimmend van het zweet. Hij boog het hoofd voorzichtig voorover en zag een diepe kneuzing helemaal van zijn schouderblad naar zijn haargrens lopen. De huid was wasachtig en dof, zwartgekneusd in het midden, en vervaagde verder naar beneden tot matpaars met gele vlekken. Wat de wand van het vliegtuig ook had opengereten, het had Renés nek met zo'n kracht geknakt dat hij bijna was onthoofd.

Luca pakte Renés wangen in zijn handpalmen en wenste met alles wat hij in zich had dat de ogen van zijn vriend zouden opengaan, dat zijn borst op en neer zou gaan, en dat alles was zoals het was. Het was onmogelijk dat hij er niet meer was, dat hij zo stierf midden in een godverlaten oerwoud in Afrika. René was een beer van een vent, onverwoestbaar. Hij vloekte oneerbiedig op elk levend, ademend wezen en kon grappen maken wanneer alles verloren leek. Hoe kon dit ooit gebeurd zijn?

Luca voelde een vlaag van hitte in zijn keel en naar zijn slapen opstijgen. Zijn gezichtsveld begon aan de randen tot zwart te vervagen. Hij ging breder staan in een poging zijn evenwicht te bewaren, maar kokhalsde plotseling, stuiptrekkend door de onverwachte reflex. Hij deed zijn ogen dicht en liet de tranen over zijn gezicht vloeien terwijl de enorme emotievoorraad, afgestompt en onderdrukt door die eindeloze maanden in de Himalaya, uit hem stroomde.

'Nee,' bracht hij hijgend uit. 'O god, nee.'

'Luca!'

Hij bleef bewegingloos naar het gezicht van zijn vriend staren.

'Luca!' Beers stem klonk luider, een schrille gil waardoor hij zich naar haar omdraaide. 'Het water stijgt. We zinken.'

De hoek van het vliegtuig was veranderd en nu stroomde er water door de gebroken ramen de cockpit in. Stromen bruin water gutsten naar binnen, drukten de voorkant van het vliegtuig naar beneden en dompelden het nog verder onder de oppervlakte. Luca draaide zich om, baande zich een weg terug naar Beer en zag dat het water al tot boven haar middel stond en gestaag langs haar buik omhoog kroop. Hij snoof en veegde met één arm over zijn ogen in een poging zich te concentreren. Ze moesten eruit.

'Daar,' zei ze, naar de kapotte deur gebarend. Die hing al aan één scharnier boven de diepten van de rivier. Het water dat door de opening stroomde was ondoorschijnend en onheilspellend.

'Hoe zit het met die van jou?' vroeg Luca.

'Die zit klem.'

Beer schommelde naar voren in haar stoel, ineenkrimpend van de pijn in haar schouder. Ze probeerde zichzelf met haar goede arm uit de stoel te trekken, maar haar benen werden bekneld door iets onder de waterlijn. Luca friemelde met de achterkant van zijn riem, op zoek naar het overlevingsmes dat in het leer was vastgehaakt. Hij trok het matte lemmet met zijn gekartelde rand tevoorschijn.

'Hiermee kan ik de deur openwrikken.'

'Daar is geen tijd voor. We zullen onder het vliegtuig door moeten zwemmen.'

Luca pakte haar onder haar armen vast; zijn krachtige vingers drongen zich in haar huid. Hij wachtte even, zich bewust van de pijn die hij zou veroorzaken.

'Vooruit,' fluisterde ze.

Door alle kracht in zijn bovenbenen te gebruiken wrikte hij haar lichaam opzij. De aders in zijn hals zwollen op toen hij Beer langzaam bevrijdde; haar benen schraapten tegen de verwrongen stuurkolom, waardoor er een lange kronkelige scheur in de stof van haar broek ontstond. Beers schouder was onnatuurlijk hoog opgetrokken tegen de metalen pin van de gashendel. Ergens diep vanuit haar longen kwam een vreselijk gorgelend geluid toen Luca opnieuw hees, waarbij elke spier in zijn rug zich spande. Plotseling kwamen haar benen vrij, zodat ze allebei naar de andere kant van het vliegtuig tuimelden.

Beer lag tegen hem aan gedrukt, oppervlakkig ademend door de pijn. Ze deed langzaam haar ogen open en volgde Luca's starende blik naar de open scheur in de cockpit naast René, waar het water doorheen gutste. Het plensde op zijn forse hoofd neer, plette zijn dikke bos haar en vulde zijn open mond. Het stroomde met zo'n kracht over zijn gezicht dat het zijn trekken wazig leek te maken, en Luca staarde alleen, als verlamd.

'We moeten hem achterlaten,' fluisterde Beer. 'Hij is er niet meer.'

Luca knipperde met zijn ogen. Hij wist dat ze gelijk had. Maar toen het water tot boven Renés brede schouders en tot aan zijn hals steeg, wist hij dat dit de laatste glimp zou zijn die hij ooit nog van zijn vriend zou opvangen. Plotseling voelde hij een vreselijke drang om bij hem te blijven, alsof hij het allemaal op de een of andere manier weer wilde goedmaken.

'Kom op, Luca!' schreeuwde Beer, hem naar voren trekkend.

Hij pakte haar hand en voelde zijn vingers om de hare krullen, voordat hij zo diep mogelijk inademde en naar voren dook, het vuile water in.

16

De achterwielen van de MK2 Oryx-helikopter landden met een gedempte bons. Terwijl de motoren met een laag gejengel langzaam afsloegen, overspoelde de neerwaartse luchtstroom van de rotoren het gloeiend hete asfalt en verspreidde een fata morgana van hittegolven.

Jean-Luc klom uit de voorste passagiersstoel en sloeg de deur met een wijde armzwaai dicht. Met zijn vuist tegen zijn voorhoofd gedrukt om zijn ogen tegen de verblindende middagzon te beschermen stapte hij over het open asfalt van het internationale vliegveld van Kigali. Het was tweeënveertig graden in de schaduw en de stof van zijn witte T-shirt plakte aan zijn rug en oksels.

Hij stak een sigaret in zijn mondhoek, streek een lucifer af en schrok abrupt terug toen de zwavel meer dan gewoonlijk opvlamde. Hij kreeg een rooksliert in zijn oog, waardoor hij het hele stuk naar het terminalgebouw vloekte.

'Welkom in Rwanda, meneer,' zei de jonge beambte, zijn arm ter begroeting opstekend. 'Uw paspoort, alstublieft.'

Jean-Luc tastte in de bovenste zak van zijn overhemd en smeet zijn paspoort op de balie neer. Hij staarde met onverholen ergernis en een vervaarlijk uitgestoken kin naar de beambte, die naar het paspoort en weer naar Jean-Lucs gezicht keek. Hij begon te praten, pakte het beduimelde paspoort op en liet zijn wijsvingers subtiel over het oppervlak van het gekreukelde leer gaan, alsof hij een of ander soort braille probeerde te ontcijferen.

'Hoe lang zult u...' – hij aarzelde toen zijn ogen de volle woede van Jean-Lucs starende blik opvingen – '... hier verblijven... hier in Kigali, bedoel ik.'

Jean-Luc schudde langzaam met zijn hoofd. 'Lees verdomme wat er bovenaan staat,' zei hij sissend tussen nicotinebevlekte tanden. De beambte keek weer omlaag. Het woord DIPLOMAAT was er met zulke vervaagde letters op gestempeld dat hij er op de een of andere manier in was geslaagd om het de eerste keer over het hoofd te zien.

'Dat is alles, meneer.'

Jean-Luc griste zijn paspoort terug en stak de marmeren vloer over naar de rij taxi's die netjes buiten geparkeerd stonden. Hij stond even stil en schudde langzaam zijn hoofd. Het was ongelooflijk hoe anders dit vliegveld dan dat van Goma was, hoewel ze bij elkaar in de buurt lagen. Hier waren geen dringende meutes die om een plek in een bus vochten, of dikke beambten die de passagiers als vee aanloerden als ze hen door de draaihekken leidden en naar de gemakkelijkste steekpenningen zochten. Rwanda was herboren onder de ijzeren vuist van president Kagame en nu waren zelfs plastic tassen verboden, zodat het land van duizend heuvels in een pas witgewassen toeristenbestemming was veranderd.

Jean-Luc gebaarde naar de eerste taxi en wilde net het achterportier openen, toen er een witte Toyota Land Cruiser voor de wagen stopte. De letters VN waren er vet op gestempeld.

Er dook een man op uit de bestuurdersstoel. 'Meneer Étienne, als u wilt.'

Toen de motor startte en de Toyota de drie rijstroken met jachtend verkeer in de richting van het stadscentrum op reed, draaide Jean-Luc zich in zijn stoel om naar de andere passagier. 'Kon de CIA niets originelers bedenken dan een VN-voertuig?'

'Ouwe maar gouwe,' antwoordde de man met een scheve glimlach die de kraaienpootjes om zijn ogen accentueerde. Hij had een licht accent van ergens in het Diepe Zuiden en een gezonde, op-en-top Amerikaanse kaaklijn die vaag bezoedeld werd door stoppels. Zijn blonde haar begon bij de slapen te grijzen en er liepen diepe bruine rimpels over zijn voorhoofd, doordat hij zijn hele leven in de zon had doorgebracht.

'Waar gaan we heen?' vroeg Jean-Luc.

'Maakt dat wat uit?' antwoordde de man.

Jean-Luc bromde, opmerkend dat de glimlach nog steeds flauwtjes om de lippen van de andere man speelde. Het was alsof hij een paar minuten geleden een mop had gehoord maar zich nu de clou niet meer helemaal kon herinneren.

Ze zwegen terwijl de Toyota zich over de rijstroken slingerde en een stofpad insloeg naar de hoofdmarkt. Langzaam in de tweede versnelling over de pokdalige weg stuiterend, passeerden ze rijen stalletjes, gemaakt van dunne houten stokken die door de zon grijs waren gebleekt. Elk daarvan werd bemand door een in heldere kleuren geklede vrouw die stapels groentes verkocht en met engelengeduld op haar volgende klant stond te wachten. Ze passeerden de ene rij na de andere en de mensenmassa werd dichter naarmate ze het hoofdcentrum van de markt naderden.

Jean-Luc stak nog een sigaret op. 'Nou, hoe moet ik je dan noemen?'

'Noem me maar Devlin.'

'Putain,' spuwde Jean-Luc. 'Devlin? Denk je soms dat dit een of andere grap is? Wat ga je doen? Deze president ook vermoorden?'

Devlins glimlach werd een beetje breder. 'Wij hebben Lumumba niet vermoord in de Congo. Dat hebben de Belgen gedaan.'

'Tuurlijk.'

Door twee niet meer gebruikte hekken die achterover aan hun scharnieren hingen reden ze de hoofdingang van de markt in.

Devlin bracht de auto tot stilstand bij een van de stille kroegen aan de kant van de weg, waar een paar plaatselijke bewoners met flessen bier in hun handen geklemd uit de open luiken leunden.

'Waar ik vandaan kom drinken we alleen in de weekends. We moeten hier het beste van maken.' Devlin stapte uit en sloeg het autoportier dicht. 'Hoewel ik een donkerbruin vermoeden heb dat ze jouw pastisdrank hier niet zullen hebben.'

Achter in de kroeg stond een lage tafel, een klein stukje bij de rest vandaan. Ze gingen zitten en Devlin bestelde twee biertjes.

'Weet je,' begon hij, zijn handen lichtjes op de tafel leggend, 'een paar maanden terug kregen we een soortgelijk bericht als dat van jou, waarin meer informatie over die "Mordecai" werd aangeboden. Ik heb zelf de informant ontmoet, in de hoop dat we iemand binnen het LRA konden inschakelen. Jonge vent, was een van de luitenanten die met Kony uit Uganda werden geknikkerd, maar behoorde nog steeds tot Mordecais kring van vertrouwelingen.'

Toen de biertjes eenmaal waren geopend, wachtte Devlin tot de barman wegging alvorens verder te gaan.

'Hij werd een paar weken later dood aangetroffen met afgehakte armen en benen. Hij lag helemaal opgekruld in een grote dennenhouten kist.' Hij wachtte even, met concentratierimpels in zijn voorhoofd. 'Nee, dat klopt niet. Het was geen dennenhout. Eiken, misschien.'

'Dus?'

'Nou, we zaten eigenlijk te denken: als een van zijn eigen luitenanten geen informatie aan ons kan doorspelen, hoe kom je er dan bij dat jij dat wel kunt?'

Jean-Luc pakte zijn bier, nam een slok en veegde zijn mond met de rug van zijn hand af. 'Omdat ik niet een of andere idiote kindsoldaat ben met een hoofd dat volgepompt is met amfetaminen. Ik smokkel nu al maanden vrachtjes voor Mordecai.'

'Vrachtjes?'

'Een mineraal dat iedereen geheim wil houden. Heel geheim. Zelfs de afhandelaars zijn Chinezen.' Jean-Luc schoof een plastic zakje over de tafel, waarvan één kant dicht was gelijmd om de inhoud te verzegelen.

Devlin staarde er een paar seconden naar voordat hij het van de tafel pakte en op de naburige stoel neerlegde. 'Wat is dit mysterieuze vrachtje dan?'

'Laat je mannetjes in het lab er maar naar kijken. Het is de prijs wel waard.'

'Dat mag verdomme ook wel, Étienne. Heb je enig idee door hoeveel gezeik je heen moet om aan zoveel geld te komen?'

Jean-Luc staarde over de tafel. 'Jij vroeg om bewijs. Daar is het. Dus twijfel nooit meer aan mij.' Hij wachtte even, inhalerend. 'Ik kan tot Mordecai doordringen omdat ik dat al heb gedaan.'

'Heb je hem echt ontmoet?' vroeg Devlin, in een poging om de verbazing in zijn stem te verhullen.

'Geen enkele buitenstaander heeft hem ontmoet. Maar ik weet waar hij zich schuilhoudt.'

Devlin ademde diep uit, met zijn vingers door zijn blonde haar strijkend. 'Oké, oké. Het is wel goed zo. Ik moet weten wat voor contact jij met hem hebt gehad. We weten dat hij in Ituri is, maar dat is een verdomd groot gebied en we hebben wat leemtes die opgevuld moeten worden.'

'Leemtes? Ik zou zeggen dat jullie verdomme geen flauw idee hebben wat er zich ten noorden van de rivier afspeelt. Jullie zijn al die tijd hier in Kigali gestationeerd geweest, te schijtbenauwd om iets anders te doen dan om de paar minuten een rapport naar Langley sturen.'

Devlin staarde over de tafel, met dezelfde afstandelijke glimlach op zijn lippen. 'Langley is dol op die rapporten,' zei hij, zich schijnbaar niet bewust van de belediging. 'Kijk, de prioriteit is de relatie met de Chinezen. We weten dat ze zich als de schurft over heel de Congo verspreid hebben, maar we willen weten waarom ze bij die Mordecai rondhangen. We moeten gedetailleerde rapporten zien te krijgen van hun bewegingen, exacte zendingen en waar ze dit nieuwe mineraal in godsnaam voor gebruiken. Als je ons dat bezorgt, heb je een deal.'

Vervolgens haalde hij zijn schouders op. 'Wat de man zelf betreft, Mordecai is een van die prutserige militieleiders. Daar zijn er hier dertien in een dozijn van. We zijn alleen maar in hem geïnteresseerd vanwege zijn relatie met de spleetogen. Laat hem ondertussen maar een paar dorpelingen in het noorden afslachten, als hij daar opgewonden van raakt.'

Jean-Luc wierp hem een verbeten glimlach toe en sloeg zijn ogen neer naar de tafel, waar de sigaret die hij tot aan het filter had opgerookt in de asbak lag. 'Je onderschat hem,' zei hij met zachtere stem. 'Hij is een leger aan het opbouwen dat heel andere koek is dan de Mai-Mai of de FDLR. Hij is hier niet om een paar diamantmijnen uit te kammen of enkele goudafzettingen in handen te krijgen. Mordecai heeft iets groters, veel groters op het oog.' Jean-Luc staarde naar zijn handen, klemde de knokkels met een zacht gekraak tegen elkaar. 'Ik ben mijn hele leven een huurling geweest, maar ik heb nooit zulke fanatieke soldaten gezien. Ze doen alles wat hij zegt, zelfs als het een zelfmoordmissie is. Een man met zo'n leger kan veel doen in Afrika.'

Devlin leunde achterover in de stoel, zijn armen over zijn borst vouwend. 'Klinkt alsof de verdomde boeman daar zit,' zei hij. 'Als Mordecai het groter wil spelen, hebben we nog steeds contacten. Het zou ons niet veel moeite kosten om een paar zendingen naar de Mai-Mai te sturen en ze ertoe aan te zetten om hem met een leuk oorlogje bezig te houden. Maar kom op, Étienne. Jij zou dit toch niet een beetje opkloppen alleen maar om een betere prijs te krijgen, hè?'

'Als je zo blijft praten, verdubbel ik mijn prijs,' wierp Jean-Luc tegen, zich met een donkere blik over de tafel heen buigend.

'Nou, het zit zo, *mon ami*. Ik heb zelf een onderzoekje gedaan en dacht dat jij misschien iets anders dan geld zou willen.' Devlin glimlachte en stak toen zijn hand uit. 'Heb je er trouwens bezwaar tegen als ik een van die sigaretten neem? Ben jaren geleden gestopt, maar lijk er niet vanaf te komen.'

Jean-Luc schoof een donkerblauw pakje met een paar lucifers erop over de tafel. Even later trok Devlin aan de sigaret. 'Wauw, deze zijn sterk. Wat zijn het?'

'Het geld,' zei Jean-Luc op vlakke toon; een ader aan de zijkant van zijn hals klopte geërgerd.

'Nou, ik heb het een en ander nagetrokken en jouw naam dook op in een IGH-onderzoek. Alleen maar een vermelding, natuurlijk, maar niemand wil het IGH achter zich aan, toch?' Devlin inhaleerde nog een keer, lichtjes tegen zichzelf knikkend. 'Ik zal je zeggen hoe deze deal in zijn werk gaat. Wij betalen jou niets, maar jij geeft ons alle informatie die je over Mordecai en de Chinezen hebt. Als dat gebeurt, zal ik er persoonlijk voor zorgen dat jouw naam uit het geheugen van het Internationaal Gerechtshof verdwijnt.' Devlin hief zijn glas om te proosten. 'Hebben we een deal? Het heeft geen zin om zoiets tot het graf met je mee te dragen.'

Jean-Luc hield zich stil.

'Het zou fijn zijn om ooit naar Frankrijk terug te gaan, toch? Teruggaan terwijl je nog een beetje pit in je pielemuis hebt.' Devlins blik draaide naar de rookwolk die hij net had uitgeblazen. 'Je moet iets onthouden, Étienne; ik weet precies wat je in Sierra Leone hebt gedaan. Ik kan je zomaar laten arresteren.' Hij klikte zijn vingers tegen elkaar en nam een slokje van zijn bier; hij liet de fles tegen zijn lippen rusten terwijl hij over de tafel naar Jean-Luc staarde. Zijn ogen glinsterden van medeplichtigheid, maar zagen niet dat Jean-Lucs rechterhand omhoogschoot en het bierflesje hard tegen zijn mond sloeg. Het knalde tegen zijn tanden; de glazen hals brak af en kletterde luidruchtig op het tafelblad neer. Er spatte bloed over Devlins rechterwang, samen met de versplinterde restanten van een van zijn voortanden.

Zijn handen maaiden wijd toen hij achterover in zijn stoel viel, maar Jean-Luc stond al over hem heen gebogen en hield zijn hoofd met zijn linkerhand in een ijzeren greep. 'Gewoon ontspannen,' fluisterde hij in het oor van de Amerikaan. 'Rustig aan en ademhalen.'

Devlins ogen waren dichtgeknepen van de pijn. Hij kreunde zachtjes toen Jean-Luc hem losliet, een zwikje goedkope papieren servetten van de bar pakte en ze hem toestopte. Devlin drukte ze tegen zijn mond, voelde het bloed door het wasachtige papier opwellen en langs zijn keel omlaag sijpelen. Hij staarde ongelovig naar zijn aanvaller, met een uitdrukking die wezenloos was van de schok.

'Noem die plek nooit meer,' zei Jean-Luc zachtjes. 'Het zijn jouw zaken niet.' Hij nam een slokje van zijn eigen bier en keek Devlin met oppervlakkige belangstelling aan. 'We hadden het over een deal,' bracht hij hem in herinnering. 'Jij ging me net mijn geld aanbieden.'

'Jij hebt net... verdomme...' stamelde Devlin, bloed tussen de vouwen van de servetten uitspuwend. '... mijn tand...'

'Focus. Concentreer je op de deal. Jij gaat nu meteen naar Langley terug en bezorgt me mijn geld. Je vertelt ze dat ik de tussenpersoon voor de Chinezen en Mordecai ben, en als ze in de Congo willen meespelen, regelen ze het met mij.'

Devlins hele gezicht werd rood. Hij trok de servetten bij zijn mond vandaan en staarde naar het bloed alsof hij niet helemaal geloofde dat het van hem was. In het midden lag een halve tand, waar nog een stuk van zijn tandvlees aan vastzat.

Hij voelde een wanhopige behoefte om aan Jean-Luc te ontsnappen. Die man was godverdomme een beest.

'Ik zal het ze zeggen,' wist hij snel knikkend uit te brengen. 'Ik zal ze zeggen dat jij het geld wilt... dat jij de man bent met wie ze het moeten regelen.'

Jean-Luc stak zijn hand over de tafel uit en sloeg hem speels op zijn schouder. *'Bien, mon ami,'* zei hij, zichzelf uit zijn stoel hijsend. 'Ik zal wachten tot ik iets van je hoor.'

Toen hij zich omdraaide om weg te gaan, zag hij het pakje sigaretten dat nog op de tafel lag.

'Hou die maar. En het zijn Gitanes Brunes. De sterkste sigaretten die je in Frankrijk kunt kopen.' Hij gaf Devlin een vriendelijke knipoog. 'Als je ze lekker vindt, zal ik zorgen dat mijn mannetje er nog wat meer voor je opstuurt.'

17

Luca trok Beer verder het woud in. Vijftig meter boven hun hoofd onttrok het bomengewelf de hemel aan het zicht, zodat er alleen een vaag schemerlicht bij de grond overbleef. Het was dicht en claustrofobisch, de hitte van de dag gevangen in de windstille lucht. Naast iedere machtige boomstam worstelden ontelbare struiken en jonge boompjes om licht, zich door elkaar heen windend en knopend in hun onverbiddelijke strijd.

Luca worstelde een lichte helling op, zijn vrije arm gebruikend om zich een weg door de muur van mapani-struiken te banen. Er kleefden dunne sporen van een spinnenweb aan zijn voorhoofd; fijn grijs stof bedekte zijn gezicht. De snee boven zijn rechteroog was dichtgegaan, zodat er een rood smeersel over zijn wang en rondom de oogkas zelf achterbleef, dat het wit van zijn oog omringde en het onnatuurlijk helder deed lijken.

Hij bleef staan, heen en weer kijkend om een gemakkelijker doorgang te vinden, maar het woud leek in elke richting hetzelfde. Volgens zijn berekening konden ze maar een paar kilometer bij de rivier vandaan zijn gegaan, maar toch raakte hij al gedesoriënteerd.

'Gewoon doorgaan,' zei Beer, met haar rechterhand tegen de wond in haar schouder gedrukt. Ze liep vlak achter Luca en probeerde op zijn voetstappen te focussen en gelijke tred te houden. Door de pijn in haar schouder voelde ze zich zwak, een zweterige misselijkheid die alleen maar erger werd met de groeiende hitte van de dag. Ze boog zich voorover, liet één arm op haar knie rusten en trok de onderkant van haar vest omhoog om het zweet van haar voorhoofd te vegen. Het witte katoen was nu groezelig bruin, met een roestkleurige vlek onder haar linkeroksel waar bloed van haar schouder naar beneden was gesijpeld. 'We moeten de afstand tussen ons en de plek waar we zijn neergestort zo groot mogelijk maken,' voegde ze eraan toe. 'Ze zullen direct zien dat René niet de enige in het vliegtuig was. Ze zullen ons gaan zoeken.'

Luca leek het niet gehoord te hebben en ploeterde voort, de takken van de jonge boompjes in het voorbijgaan brekend. Met onregelmatige en klungelige bewegingen vocht hij zich een weg door de rimboe; de takken trokken aan zijn haar en kleren, frustreerden hem steeds meer. In meer dan vier uur was hij niet langer dan een paar seconden gestopt.

Luca boog een van de lagere takken en gebruikte de hak van zijn schoen om hem in de modder te trappen. Toen hij eroverheen stapte, klonk er een dof gekraak.

'Luca, je moet niet zo'n duidelijk spoor achterlaten. Zo kunnen ze ons volgen.'

'Hierin?' snauwde hij, zijn armen heffend alsof hij het hele woud wilde omvatten. 'Ik kan verdomme mijn handen niet eens voor mijn gezicht zien. Hoe kunnen ze ons in godsnaam hierin opsporen?' Hij pakte een stuk dood hout van de grond en smeet het naar de struik voor hem. Het ketste tegen de bladeren en tuimelde weer op de grond; één uiteinde zakte in de zachte modder.

'Entends-moi.' Luister naar me, zei Beer, zijn arm vastpakkend. 'Dat doet het LRA, Luca. Ze leven hier in het woud, elke dag van hun leven, en geloof me, ze kunnen ons hierin opsporen. Iedere gebroken tak of voetafdruk is als een wegwijzer voor ze.'

Luca draaide zich om en staarde haar aan, oppervlakkig ademend door de inspanning en frustratie. Hij wilde nog iets zeggen, maar zijn schouders kromden zich langzaam en zijn hele lichaam leek te verzakken.

'Ik kan zijn gezicht niet uit mijn hoofd zetten,' fluisterde hij. 'Het water dat er zomaar overheen stroomt. En wij hebben hem gewoon achtergelaten om in die verdomde rivier weg te rotten...'

Beer kneep zachtjes in zijn arm en voelde de zachte hartslag in de aders die over zijn onderarm liepen. 'We moeten doorgaan, Luca, en dit later een plek geven.'

Met een blik vol overtuiging staarde hij voor zich uit. 'Het is alsof er iets mis met me is. Een of andere klotevloek. Iedereen behalve ik lijkt door het kwaad getroffen te worden.'

'Mis met jou? Luca, het was zijn keus om in het vliegtuig te stappen. *Zijn* keus. Niemand heeft hem ertoe gedwongen, dus je hoeft je niet zo te voelen.'

Luca rukte zijn arm plotseling los uit haar greep. 'Zeg me niet hoe ik me moet voelen! Jij weet verdomme niks over mij.'

Beer deed een stap achteruit en telde de seconden af. Zijn hele lichaam leek woede uit te stralen; zijn vuisten balden en ontspanden zich, zodat de spierbundels van zijn armen werden geaccentueerd. Er schoot Beer weer iets te binnen, maar ze kon het niet thuisbrengen. Ze keek achterom in de richting waar ze vandaan waren gekomen. Ze hadden hier geen tijd voor.

'Luca, kijk me aan,' zei ze zachtjes. Zijn gezicht bleef van haar afgewend. '*Eh, regarde-moi!*' Kijk me aan!

Toen hij zich langzaam naar haar omdraaide, probeerde ze het ongeduld in haar stem te verhullen. 'Jij bent niet de eerste die zich zo voelt.' Ze wees naar de grond bij hun voeten. 'Maar we moeten aan hier denken, Luca. Hier! We moeten ons erop concentreren dat we zo ver bij die klootzakken vandaan komen als we kunnen. Want als ze ons pakken, vergis je niet... dan vermoorden ze ons.'

Luca ademde diep uit, met zijn handen op zijn heupen. Even later knikte hij langzaam. 'Oké,' zei hij, zich in zijn volle lengte oprichtend. Hij knipperde met zijn ogen, in een poging zijn emoties te beheersen zoals hij zo vaak eerder in de Himalaya had gedaan, maar hij zag hetzelfde beeld van René steeds weer voor zich flitsen. Hij moest zijn ademhaling stabiliseren, moest zich erop concentreren om hen uit deze rimboe te halen.

'Oké,' zei hij nogmaals, zich naar Beer omdraaiend. Er stroomde een dun nieuw straaltje bloed uit haar schouder. 'Je bloedt weer.'

'Dat weet ik. Ik zal het moeten verzorgen als we stoppen om ons kamp op te slaan.'

Het licht werd zwakker, vervaagde zo langzaam dat de nacht zonder waarschuwing op hen leek neer te dalen. Vormen die ooit gevarieerde grijstinten waren geweest, waren tot zwart verduisterd; ze strompelden voorwaarts, struikelend over kniehoge wortels terwijl er takken tegen hun gezicht sloegen.

Beer trok Luca zachtjes tot stilstand. 'Ik moet stoppen,' zei ze.

Hij knikte. Hij had de hele dag paden gebaand en was uitgeput, maar pas in het laatste uur waren zijn bewegingen vermoeid en mechanisch geworden. 'Ik heb nog wat water nodig,' zei hij.

Beer haalde een multifunctioneel Leatherman-mes uit haar broekzak en liep vooruit door de struiken, de vage silhouetten van de boomstammen afspeurend. Luca sleepte zich achter haar aan. Zo'n honderd meter verder reikte ze naar een liaan die aan een tak hing en zaagde hem doormidden. Er sijpelde water uit en ze dronk er gretig van, voordat ze de vloeistof met haar duim tegenhield.

'Smaakt niet al te best, maar het kan ermee door,' zei ze. Toen Luca de liaan uit haar greep pakte en hem uitdronk, opende Beer de zijzak van haar broek en haalde ze twee energierepen tevoorschijn die ze erin had gestopt. Ze wierp hem er een toe. 'Ik heb nog maar een paar van deze over. Geniet er dus van.'

Nadat ze de reep in een paar happen had verslonden, zonk Beer op de grond neer, liet haar rug tegen de boom rusten en kromp ineen toen ze haar schouder voelde protesteren. De pin van de gashendel stak nog steeds uit de huid op haar rug. Ze was nu hevig aan het zweten en met haar ogen halfdicht vocht ze tegen de bonzende pijn.

'Ik moet dit verzorgen,' zei ze. 'En daarvoor hebben we wat licht nodig. Heb jij lucifers?'

Luca schudde zijn hoofd, stopte plotseling en trok het overlevingsmes van de achterkant van zijn riem. Hij schroefde het handvat los. Daarin zaten vier waterbestendige lucifers, waarvan de lange zwavelkoppen zorgvuldig in cellofaan waren verpakt.

'Ik zal iets droogs proberen te vinden om in brand te steken.'

'Wacht,' riep Beer, terwijl ze een sprayflesje Deet uit de dijzak van haar broek haalde. Ze legde een paar twijgen en wat vochtig mos op een hoop naast haar uitgestrekte benen en sproeide het chemische product erop. Er klonk een gesuis toen de gelig-blauwe vlam hen plotseling verlichtte.

'Geen wonder dat de muggen er niet van houden,' zei Beer tegen zichzelf, terwijl ze nog wat twijgen aan de hoop toevoegde en ze nog een paar keer besproeide. Er speelde een grimmige glimlach om haar lippen. 'Aan kanker doodgaan door deze rotzooi of gepakt worden door het LRA. Geweldige keus.'

Ze ging iets hoger rechtop tegen de boom zitten, trok het vest voorzichtig over haar schouder en vouwde het een paar keer voordat ze de stof onder haar arm stopte. Luca kon haar hele torso zien glanzen van het zweet. Haar zwarte huid glom als geolied leer. Haar haar was aan weerszijden van haar schouders gevallen, plakte aan haar huid en verhulde de wond. Met een handveeg streek ze het weg en ze trok haar linker behabandje over haar schouder omlaag om een beter zicht te krijgen, maar de wond was te dichtbij om hem duidelijk te kunnen zien. 'Jij zult moeten helpen. We moeten het uiteinde van het metaal vinden en het eruit trekken.'

Toen Luca bij haar neerknielde, gaf ze hem de Leatherman, waarvan ze de heften omdraaide om de buigtang tevoorschijn te halen.

Luca tuurde nauwkeuriger, het oppervlak van het opgedroogde bloed voorzichtig met zijn wijsvinger deppend. 'Ik kan het metaal niet zien. Het moet er een stukje in begraven zijn.'

Beer knikte, met haar mond wijdopen toen ze zwaar inademde. 'Ik weet het. Ik hoop verdomme dat je niet teergevoelig bent, want je zult het eruit moeten graven.'

'Weet je zeker dat je wilt dat ik dit doe?'

'Heb ik een keus?'

Luca gaf geen antwoord, maar drukte zijn linkerpalm tegen haar schouder om haar te steunen. 'Wil je iets om op te bijten?'

'Haal dat verdomde ding gewoon uit me.'

Met haar goede hand pakte ze zijn pols. Haar vingers klemden zich stevig vast. 'Vlug, voordat ik me bedenk.'

Luca stak de punt van de buigtang onder het vochtige bloedstolsel en drukte hem dieper de open wond in. Er sijpelde een mengsel van heldere pus en donkerrood bloed uit, dat over haar borst en in de stof van het vest liep. Beers lichaam rukte zich weg, maar Luca drukte harder en duwde haar rug tegen de schors van de boom. Hij draaide de scherpe uiteinden van de buigtang rond, in een poging om de metalen pin die in haar was begraven te vinden. Toen hij de tang wijder opensperde, kermde Beer luid en trapten haar benen krampachtig.

'Wacht!' gilde ze, maar hij drukte nog dieper door en de punten van de tang hadden eindelijk beet.

'Kom op,' siste Luca, die met zijn pols de tang omdraaide terwijl er nog een gulp bloed uit de wond gutste. De punten pakten het metaal nogmaals vast, maar glipten eraf toen hij ze achteruit probeerde te trekken.

Beer gilde opnieuw; haar blik boorde zich in de zijne terwijl ze hem smeekte op te houden. 'Stop,' hijgde ze. 'Alsjeblieft, stop.'

Luca trok de tang er zo netjes mogelijk uit. Toen Beers hoofd tegen zijn borst viel, hield hij haar stevig vast, met zijn rechterhand om haar nek gekruld.

'*Salope!* Smeerlap! Dat deed pijn.' Ze deed haar ogen open; haar pupillen waren door de pijn verwijd. 'Je zult je mes moeten gebruiken om het er aan de andere kant uit te drukken.'

'Jezus christus,' fluisterde Luca, starend naar de plek waar de huid op haar rug uitpuilde. Zelfs in het licht van het vuur kon hij de mauve verkleuring rondom het gezwel zien. 'Ik tel tot drie,' zei hij, in een poging moed te verzamelen. 'Een...'

'Doe het gewoon!' ontplofte Beer, haar hele lichaam stijf van verwachting. Luca liet het heft van het mes achter op haar deltaspier neerbonzen, zodat de metalen pin er aan de andere kant uit werd geslagen. Terwijl Beers hele lijf terugsloeg, greep hij de pin en trok hem uit haar lichaam.

Beer viel tegen de boom en bleef doodstil liggen met haar ogen dichtgeknepen. In haar ooghoeken welden tranen op, maar haar ademhaling werd geleidelijk trager naarmate de intensiteit van de pijn afnam. Luca hurkte naast haar neer, in stilte wachtend tot ze haar ogen weer zou openen.

'Ik denk dat ik je zou moeten bedanken,' zei ze uiteindelijk, 'maar op dit moment kan ik je wel vermoorden.'

Glimlachend legde Luca het metalen stompje in de open palm van haar hand. 'Een souvenir.'

Beer keek ernaar, voordat ze het zijwaarts in het kreupelhout smeet. Met de stof van haar vest veegde ze het bloed van haar borst, waarna ze het vest voorzichtig weer over haar lichaam naar beneden trok. Ze zaten naast elkaar naar de lage vlam van het vuur te staren.

'Je moet uitkijken dat dat niet geïnfecteerd raakt,' zei Luca met een sluipende vermoeidheid in zijn stem.

Beer knikte. 'Er is hier spul dat ik erop kan doen. Ik moet alleen mijn ogen openhouden als we morgen door de rimboe trekken.'

Ergens buiten de lichtkring fladderde een grote mot naar beneden en cirkelde dichter naar de vlam toe. Hij had het formaat van een mannenhand, met prachtige witgestipte ogen op de achterkant van zijn bruine vleugels. Hij kwam dichterbij, zweefde net buiten het bereik van de likkende vlammen en danste in het licht. Ze staarden er allebei naar, afgeleid door de beweging.

Nu boog Beer zich langzaam voorover en met de hak van haar schoen maakte ze het vuurtje uit. Het verspreidde een paar dovende vonken voordat het voor de duisternis bezweek en alleen de vage rode gloed van de sintels overbleef om in de nacht te branden. Zij en Luca werden in volslagen zwartheid gedompeld, wat de geluiden van het oerwoud overal om hen heen versterkte.

'Dacht dat ik het maar beter uit kon maken voordat het iets anders zou aantrekken.'

Luca bromde. Hij voelde zich bijna onmiddellijk in slaap glijden; de warmte van Beers schouder die tegen de zijne was gedrukt en de zachte geur van haar haar drongen maar half tot zijn geest door.

Beer luisterde naar zijn ademhaling, die trager, dieper en regelmatiger werd. Ze deed zelf ook haar ogen dicht, voelde de uitputting haar overmannen en wachtte op de slaap, maar net op dat moment kwam er een vaag beeld van haar vader in haar op. Ze zag zijn vuisten die zich balden en ontspanden buiten een nachtclub in Kaapstad, jaren geleden. De laatste nacht dat ze hem had gezien. Het was wat Luca die ochtend had gedaan.

Toen ze zich opzij draaide tegen de boom om haar beschadigde schouder te beschermen, was ze maar een paar centimeter bij zijn slapende gezicht vandaan. 'Het is niet waar dat ik jou niet ken,' fluisterde ze. 'Ik ken jou mijn hele leven al.'

Na wat maar een paar minuten leek werd Luca weer wakker. Hij verplaatste zijn gewicht, waardoor de boomschors in zijn rug drong. Hij kon Beer vlak naast hem horen ademen. Ze had zich gedurende de nacht omgedraaid en haar gezicht was maar een duimbreed bij zijn wang vandaan.

Door zich op zijn zij te draaien probeerde hij een gemakkelijke houding te vinden, terwijl zijn ogen de matte fluorescerende gloed van zijn horloge zochten. Het was even na twee uur en ze hadden een paar uur geslapen. Luca deed zijn ogen weer dicht en probeerde zijn geest leeg te maken voor de slaap, toen hij geleidelijk besefte waardoor hij wakker was geworden. Het was een geluid, ergens in de verte, aan de andere kant van het oerwoud leek het wel, maar het was anders dan de andere nachtgeluiden. Het had een ritme, gestaag en niet-aflatend, een bastoon die maar door en door en door bleef dreunen. Luca staarde in de duisternis, probeerde te begrijpen wat hij hoorde.

'Beer,' fluisterde hij. 'Word wakker.' Hij schudde aan haar knie. 'Hé, Beer, word wakker.'

Hij voelde haar been onder zijn hand verstijven toen ze plotseling uit haar slaap opschrok. Ze bleef een paar seconden doodstil liggen.

'*Putain!* Shit!' siste Beer. 'Kom op. Kom op. Vlug!'

Luca bleef waar hij was, probeerde haar silhouet in de duisternis te onderscheiden. 'Wat is er in godsnaam aan de hand? Wat is dat?'

Beer stond al overeind en trok haar haar uit haar gezicht. 'Dat zijn trommen, Luca.'

'Trommen?'

'Het is het LRA. Ze hebben ons spoor gevonden. Kom op, we moeten ervandoor. Nu!'

Luca schoot overeind, met zijn hand rondtastend om te controleren of hij zijn overlevingsmes in de schede had teruggestoken. 'Ze kunnen ons 's nachts niet opsporen, godsamme. Dat is onmogelijk.'

'Zeg dat maar tegen hen,' zei Beer, terwijl ze zijn hand vastgreep en hem meetrok. Luca strompelde een paar stappen, met één uitgestoken hand tastend om zijn gezicht te beschermen. Zijn vingers streken tegen het dichte gebladerte, niet gewend het oerwoud aan te raken. Na een paar seconden bleef hij staan, en in de plotselinge stilte hoorden ze het trage ritme van de trom nogmaals.

'Beer, dit is waanzin. Ik weet niet eens welke richting we op gaan.'

Ze was vlak achter hem, met haar hand in de zijne geklemd om te voorkomen dat ze elkaar kwijt zouden raken. 'Dat doet er nu niet toe. Ga gewoon de tegengestelde richting van de trommen op. We moeten ze tot zonsopgang voorblijven.'

Luca wachtte even voordat hij haar hand vastkneep. 'Ze zullen ons niet te pakken krijgen,' zei hij. 'Dat beloof ik je.'

18

Toen het eerste licht van de dageraad boven het bekken van het Ituriwoud verrees, kwamen Luca en Beer in de open ruimte. Te midden van de eindeloze bomen en struiken waren ze plotseling gestuit op een breed, uitstekend rotsplateau boven op een kleine heuvel. Ze wankelden naar het midden ervan en bleven verwonderd staan kijken naar de openheid van de hemel boven hen. Het voelde eindelijk alsof ze uit de klauwen van het woud waren bevrijd, ook al was het maar een moment.

Beer ging op het rode gesteente zitten en trok haar knieën tot haar borst op. Ze staarde over het grijze landschap, kijkend hoe de kleur langzaam terugkeerde terwijl het daglicht over de horizon stroomde. Ze knipperde met haar ogen om ze te beletten van uitputting dicht te vallen.

De hele nacht hadden ze de trommen gehoord. Eerst hadden ze in de verte geklonken, waarbij het ritme gewoon boven het gezoem van het woud dreef, en ze hadden doodstil en met ingehouden adem moeten blijven staan om ze duidelijk te kunnen horen. Maar naarmate de nacht vorderde, werd het ritme harder en dreunde het aanhoudend.

Ze verdubbelden hun inspanningen toen het geluid luider werd, maar wat ze ook deden en hoezeer ze zich ook haastten, de trommen waren er altijd en haalden hen in. Nog maar een uur geleden hadden ze zelfs stemmen gehoord. Het waren lage schreeuwen, bijna grommen, gevolgd door huiltonen die gezamenlijk in een of ander wild koor opstegen.

Luca stapte naar de rand van de rots en tuurde in de verte. 'We moeten uitvogelen waar we in godsnaam zijn. En snel ook,' zei hij. 'Dat is de rivier waarin we zijn neergestort. Dat moet wel.'

Hij oriënteerde zich aan de hand van de opkomende zon. 'Dat betekent dus dat we sindsdien voornamelijk naar het westen zijn gegaan.'

Beer probeerde zich te concentreren. Berekeningen die haar normaal gesproken instinctief te binnen schoten leken vast te blijven zitten in haar hersenen; door de vermoeidheid leek zelfs de simpelste som onmogelijk. 'Kom op,' mompelde ze tegen zichzelf, in een poging zich de contouren van de luchtkaart voor de geest te halen. Na een paar seconden keek ze op. 'We zijn twaalf kilometer ten noordnoordoosten van Epulu neergestort. Dan moeten we dus zo'n twintig kilometer bij de dichtstbijzijnde MONUC-basis vandaan zijn. Vanaf hier moet het ongeveer honderdzestig graden zijn, bijna pal naar het zuiden tot we de andere kant van de rivier bereiken.'

'Twintig kilometer?' vroeg Luca, zich van het uitzicht afwendend. Beer knikte, niet in staat hem aan te kijken. Ze wisten allebei dat ze, gezien het tempo waarin het LRA terrein aan het winnen was, geluk moesten hebben om ze de rest van de ochtend voor te blijven, laat staan twintig kilometer af te leggen. Terwijl de woorden nog in de lucht hingen, stak Luca zijn hand uit om haar overeind te trekken.

Net toen ze opstond, hoorden ze opnieuw geschreeuw, dat over het bladergewelf heen echode, en boven het gedreun van de trom uit waren zelfs delen van woorden te onderscheiden.

'Begrijp je wat ze zeggen?' vroeg Luca.

Beer knikte langzaam.

'Wat dan?'

'Dat ga ik niet vertalen. Je zou nooit willen horen wat ze zeggen.'

Luca kon haar zien huiveren; ze kreeg kippenvel op de bovenkant van haar armen. Toen hij haar weer vooruit wilde trekken, zag hij een opening in de struiken aan de andere kant van de open plek. Hij sprintte erheen en hurkte op de grond neer. Langs de rand van de rots zaten slijtplekken. Hij staarde dieper het woud in. Het was beslist een of ander pad.

'Kom mee!' zei hij, met hernieuwde energie in zijn ledematen.

Beer rende achter hem aan. Ze zag Luca naar links en naar rechts zwenken naarmate het pad zich door de struiken slingerde.

'Het is een pad!' schreeuwde hij over zijn schouder. 'Een pad, verdomme! Ergens aan het eind ervan zal wel een dorp liggen.'

Beer worstelde om hem bij te houden, stak haar hand omhoog om een terugzwiepende tak af te weren.

'Luca!' riep ze. 'Het is een olifantspad. Die lopen kriskras door het woud heen.'

Ze rende in volle vaart, voelde haar borst opzwellen van de inspanning en de vermoeidheid plotseling wegebben door de adrenalinestoot. Vlak voor haar had Luca licht vaart geminderd. Ze namen een snel drafje aan, renden met hun voetstappen in de maat.

De minuten verstreken; tien, twintig en vervolgens dertig, zonder dat het tempo varieerde. Af en toe moesten ze over een gevallen boomstam springen, of zijwaarts zwenken als het pad om een door klimplanten overwoekerd rotsblok heen draaide, maar Luca zorgde er altijd voor dat ze bleven rennen. Beer voelde haar schouder met elke armzwaai pijn doen en met de aanvankelijke opwinding over de ontdekking ebde ook de adrenaline weg.

'Gebruiken alleen olifanten dit?' vroeg Luca over zijn schouder.

Beer bromde als reactie, te zeer buiten adem om antwoord te geven. Ze wist dat haar schouder haar een beetje afremde, maar toch had ze nooit iemand ontmoet die zo volhardend was als Luca. Hij leek maar door te gaan, baande continu een weg en stopte zelfs amper om water te drinken. Ze was er altijd prat op gegaan dat ze extreem fit bleef, maar in vergelijking met hem stelde ze niets voor.

Na een uur rennen hield Luca plotseling halt. Hij hurkte neer en trok aan een streng gevlochten jute die aan een doornstruik bij hun voeten was blijven haken. Het was het schimmelige restant van een handgevlochten net, waarvan de draad ruw versleten was aan de randen.

'Er is hier iemand geweest,' zei hij triomfantelijk. 'En ik durf te wedden dat het LRA dit soort spul niet gebruikt.'

Beer knikte; haar neusgaten sperden zich wijd open toen ze haar handen op haar heupen liet rusten. 'Het zijn de... Maputi-pygmeeën,' zei ze, in een poging weer op adem te komen. 'Zij jagen met netten over... deze olifantspaden.'

'Nou, ze moeten dichtbij zijn.'

'Misschien. Maar dat ziet eruit alsof het er al een tijdje ligt.'

'Oké. Laten we gaan.'

Ze hadden het net weer op een drafje gezet toen het pad zich vertakte. Op het linkerpad stond een duidelijke teenafdruk in de modder en Luca rende daarlangs, voor Beer uit, naar het midden van een kleine open plek met hutten die in een halve cirkel onder grote bomen waren opgesteld.

De hutten waren gemaakt van jonge boompjes die in een koepel waren rondgebogen, met samengevlochten en doorstoken brede, wasachtige bladeren. Iedere hut was niet hoger dan borsthoogte en had een ingang die zo klein was dat iemand op handen en knieën zou moeten kruipen om zich erdoor te wurmen. Luca draaide zich langzaam om, ze een voor een in zich opnemend terwijl zonnestralen het bladergewelf hoog boven hen doorboorden en gespikkeld licht over de open plek verspreidden.

'Pygmeeën?'

'Ja,' zei Beer, die naar een van de hutten liep en neerhurkte om naar binnen te gluren. Toen haar ogen aan het donker gewend raakten, zag ze het ruwe frame van een bed, gemaakt van zorgvuldig afgesneden takken die met lianen aan elkaar waren geknoopt. Aan één kant stonden een paar netjes opgestapelde metalen potten en een kleine dichtgebonden zak graan. Ze wees naar de verkoolde resten van een vuur.

'Dit klopt niet. Sommige van deze hutten hebben verse bladeren, wat betekent dat zij ze kortgeleden gerepareerd moeten hebben. Maar pygmeeën laten nooit hun vuren uitgaan.' Ze staarde naar de andere vuren. De as was droog en oud. 'En als ze een paar dagen ergens dieper in het woud een grote jachtpartij hielden, zouden ze een aantal van de jongere kinderen bij een van de ouderen hebben achtergelaten.'

Ze stak haar vingers diep in de as om te voelen of er nog een greintje warmte was. Het was al dagenlang uitgedoofd.

'Er is hier niemand.'

Luca veegde zijn haar uit zijn ogen en staarde wezenloos naar de ingang van een van de hutten. Er welde een mengeling van ongeloof en wanhoop in hem op. De plotselinge vlaag van optimisme die hij had gevoeld toen hij het dorp vond was al vervangen door de vreselijke zekerheid dat er *niets* was veranderd. Het LRA volgde hen nog steeds, en wat hij en Beer ook deden, ze waren hen met de minuut aan het inhalen.

Hij kreeg een beklemmend gevoel in zijn borst, alsof de lucht door het rennen uit hem was gehaald, maar hij wist al dat het niets met de lichamelijke inspanning te maken had. Ze werden als dieren opgejaagd door de rimboe en er was niets wat hij kon doen om het te voorkomen. Hij probeerde te bedenken wat hij moest doen, maar de echo van de trommen leek onafgebroken in zijn hoofd te dreunen. Het waren de trommen. Ze maakten hem gek.

'Gaat het wel?' vroeg Beer toen ze zijn asgrauwe kleur zag. Luca zag eruit alsof hij elk moment kon overgeven.

'We zullen gewoon zo goed als we kunnen moeten blijven rennen,' zei hij op vlakke toon, en hij hoorde de wanhoop in zijn eigen stem. 'Dat is alles wat we kunnen doen.'

Beer gaf niet meteen antwoord, maar keerde hem de rug toe en staarde de rimboe in. Na een paar seconden stak ze haar handen omhoog, met de palmen open. Ze boog haar hoofd achterover en schreeuwde. *'Jambo! Tunaleta madawa kwenye kabila lenu.'* Hallo! Wij brengen medicijnen voor jullie stam.

Ze schreeuwde het nog een keer, zich langzaam omdraaiend terwijl haar ogen de muur van struiken afspeurden, die zo dicht was dat het onmogelijk was om er verder dan een meter in te kijken. Plotseling klonk er, recht voor haar, een geritsel van takken en stapten er simpelweg twee jongens in de open ruimte. Ze hadden amper zes meter bij haar vandaan gestaan, absoluut roerloos en volslagen verborgen tussen de bomen.

Ze waren allebei naakt, afgezien van een geknoopte streng die om hun middel was gewikkeld en in een gordel over hun kruis hing maar hun achterwerk bloot liet. Hun haar was tot op de huid geschoren, terwijl er oude witte verf, gebarsten en verkleurd aan de randen, in een band over de bovenkant van hun armen liep, als een of ander stammenteken. Elk van hen hield een speer losjes in zijn rechterhand, met brandtekens die vanaf de punt naar beneden liepen. Daarbij had de tweede jongen ook een pijl-en-boog, die aan een liaanband over zijn schouder hing. Op het hoofd van de dichtstbijzijnde jongen balanceerde een enorm bruin net, dat zorgvuldig was opgerold en waarvan de touwen langs zijn rug naar zijn middel vielen.

'Jambo,' zei Beer op zachtere toon terwijl ze de jongens met een glimlach begroette. Op basis van hun lengte was het moeilijk te zeggen, maar ze schatte dat ze allebei in het begin van hun tienerjaren waren.

Ze staarden haar met grote bruine ogen aan, maar zonder angst of bezorgdheid. Ze staarden gewoon, afwachtend.

'Naitwa kina nani?' Hoe heten jullie?

De twee jongens wisselden vluchtige blikken met elkaar voordat de eerste zijn rug rechtte en begon te praten. Zijn stem was zo zacht dat die nauwelijks over de open plek reikte. *'Lanso,'* fluisterde hij. Hij wees met zijn speer naar de jongen. *'Abasi.'*

'Na vijiji vyenu vingine viko wapi?' En waar is de rest van jullie dorp?

De stem van de jongen werd zelfs nog zachter. *'Yingi ni kwa moyo.'* De meesten zijn bij de geesten.

'Na wengine?' En de anderen?

'Ilienda kutoka hapa. Ni parefu.' Hier weggegaan. Een heel eind.

Lanso knipperde een paar keer met zijn ogen, voordat zijn starende blik zich op Luca richtte. *'Tunawajua wazungu! Mwambie atupe dawa,'* zei Lanso. Wij hebben al eerder blanken gezien. Zeg tegen hem dat hij ons de medicijnen moet geven. *'Kaka yangu anahitaji pia!'* Mijn broer heeft medicijnen nodig.

'Tutakupatia dawa sasa hivi.' Wij zullen jullie medicijnen nu halen, antwoordde Beer.

'Spreek je hun dialect?' vroeg Luca.

'Nee, maar veel Maputi's spreken een soort van Swahili dat behoorlijk dicht in de buurt komt van de taal waarmee ik ben opgegroeid.' Ze duwde een losse haarlok terug. 'Hij vertelde me dat de rest van het dorp dood of weggegaan is.'

'Wat is er dan met hen gebeurd? Waarom zijn de jongens de enigen die zijn overgebleven?'

Beer wendde zich weer tot hen, langzaam sprekend terwijl ze neerhurkte, zodat haar hoofd zich net onder de hoogte van hun borst bevond. Lanso aarzelde een paar seconden, haar argwanend aanstarend, voordat hij een stap dichterbij deed. Terwijl Beer praatte, leek hij gefascineerd door haar rechteroog, waar het tekort aan pigmentatie het witte vlekje op haar iris had gebleekt.

Na een woordenwisseling die een paar minuten duurde en waarin Lanso steeds meer zelfvertrouwen leek te krijgen, richtte Beer zich weer tot Luca.

'Oké, hij zegt eigenlijk dat ze hier zijn omdat dit hun dorp is en ze nergens anders heen kunnen gaan. Wat de rest van hen betreft: de mannen zijn enige tijd geleden meegenomen. Ik weet niet hoe lang geleden, omdat de Maputi's maar tot zeven tellen; daarna is het gewoon "veel". Ze hebben het spoor een poosje gevolgd, voordat ze bang werden en omkeerden.'

'En de vrouwen en kinderen?'

Beer ademde zwaar uit. 'Het ziet er niet goed uit.'

'Denk je dat dit het LRA was?'

'Wie anders?'

Luca gluurde achterom naar de ingang van het dorp. 'We verspillen te veel tijd,' mompelde hij, en toen Beer verder ging praten met de jongens gebaarde hij haar te zwijgen. De trom was er weer; het gedreun drong tussen de bomen door en golfde over de open plek heen. Toen de jongens het geluid opvingen, verstijfden ze allebei.

'We moeten zorgen dat ze ons hier wegleiden,' fluisterde Beer, die zich naar Lanso omdraaide en hem bij zijn schouders pakte. *'Unajua kituo cha MONUC? Kituo cha wazungu kusini mwa ha.'* Kennen jullie de MONUC-basis? De basis van de blanke ten zuiden van hier?

Luca schudde zijn hoofd. 'We moeten hen er niet bij betrekken. We moeten ze gewoon achterlaten en hopen dat die klootzakken ons spoor volgen en niet het hunne.'

Beer staarde hem aan. 'We houden het niet vol om nog een uur zo te rennen! En deze jongens kunnen ons een uitweg laten zien. Waar heb je het in godsnaam over?'

'Ze kunnen gedood worden als ze ons proberen te helpen.'

'Ben je gek?' schreeuwde ze tegen hem. 'Als ze ons hier weg kunnen halen, dan gaan we ervoor. Punt uit.'

'Denk aan...' begon Luca, maar Beer stak haar hand op.

'Assez!' Genoeg, schreeuwde ze. 'Er is hier geen plek voor dat gelul. We willen overleven. Dat is alles.'

Lanso en Abasi werden allebei bang van de plotselinge verandering bij de buitenlanders. Lanso stak zijn arm opeens omhoog en rukte aan Beers hand om haar aandacht te trekken. Hij mompelde snel iets in het Swahili.

'Ze willen ons een schuilplaats laten zien,' vertaalde ze. 'Moraliteit bestaat hier niet. Jij weet net zo goed als ik dat het onze enige kans is.'

19

Ze klauterden een steile heuvel af naar een stroom die door het kreupelhout borrelde en in heldere plassen water overliep alvorens weer breder te worden. Luca kon kleurflitsen door de struiken zien toen Beer Lanso volgde en ze zo snel als ze konden stroomopwaarts sprintten. Er spatte water over zijn broek en sijpelde door het stiksel van zijn leren schoenen heen. De stroom zou tenminste nog hun sporen verhullen.

Abasi bewoog snel; al duikend en buigend draaide hij om de struiken en takken heen. Zijn lichaam was lenig en vlug, terwijl hij dankzij zijn lengte met een simpele buiging van zijn hoofd of schouders onder lage takken door kon duiken. Zijn blote tenen hadden geen moeite met de gladde modder en stenen, terwijl achter hem Luca door het kreupelhout ragde en aan de doornstruiken bleef haken. Hij had het er alleen al druk mee om bij te blijven, laat staan te zien waar ze naartoe gingen. En pas op het laatste moment merkte hij dat Abasi uit de stroom op een rotsuitstulping sprong.

De jongen stond aandachtig naar iets te staren. Toen Luca naast hem kwam staan, probeerde hij te zien wat het was.

Ineens zag hij het. Vingers van een ondersteboven gekeerde hand staken door de wirwar van bladeren. Ze waren onnatuurlijk achterovergebogen en de polsen waren met een oude touwstreng aan elkaar gebonden. Net boven de vingers kon hij de vorm van een arm zien, en verder omhoog een bobbel in de bladeren, waar zich misschien een hoofd bevond.

Luca staarde als verlamd naar het lichaam, en besefte vervolgens dat er meer waren. De grond was bezaaid met een verwrongen hoop ledematen, waarvan de gewrichten hoekig en verdraaid waren. Tientallen lichamen lagen half verzonken in de modder en de bladeren. Ze lagen in verschillende richtingen, alsof ze achteloos als afval waren weggegooid. Toen hij zijn blik van het ene lichaam naar het andere liet gaan, zag hij één hand die zich vastklampte aan het restant van een gescheurd, ooit felgekleurd stuk stof. Zelfs in de dood klemde hij nog stevig; de mollige vingers hadden kleine halvemaanvormige nagels met rouwrandjes. Het was een kleuter die in de houding lag waarin hij was gestorven, zich vastklampend aan de zoom van zijn moeders rok.

'Jezus,' fluisterde Luca, die zijn maag voelde samenknijpen toen hij de stank rook. Vliegen deden zich te goed aan de rottende lichamen.

Hij legde zachtjes zijn hand op Abasi's schouder. 'Het spijt me zo,' fluisterde hij. De jongen staarde hem aan, keek Luca diep in de ogen, voordat hij zijn onderarm vastpakte en hem meetrok achter de anderen aan.

Ze vervolgden hun weg over de rots, gestaag hoger klimmend. Ergens in het verre verleden was er een primitieve touwbrug door de pygmeeën gebouwd, die twee van de grotere uitstulpingen overspande. Toen hij daar aankwam, aarzelde Luca even, naar het oude, door de regen en zon verweerde vlechtwerk starend. Het ding was gebouwd voor mensen die amper langer waren dan anderhalve meter en de helft minder wogen dan hij. Hij vroeg zich af of het iemand van zijn postuur kon dragen, maar toen hij achterom de helling afkeek, was het duidelijk dat er geen andere optie was.

Met Abasi vlak voor hem werkten ze zich over de brug heen, de zijkanten van het heen en weer slingerende bouwsel vastgrijpend. Iedere draad en knoop leek te kraken als Luca passeerde en de brug zakte onder zijn gewicht dieper de kloof in. Ze klauterden voort en kwamen algauw in een breed, open gebied.

Hier waren de struiken uitgedund en wisten alleen dwergbomen enige grip op de ruige grond te krijgen. Er hadden zich op natuurlijke wijze plassen stilstaand water verzameld, bezaaid met algen, terwijl Luca hogerop het begin van een steile rots voor hen kon zien oprijzen. Hij verrees ongeveer twintig meter in een bijna glad verticaal vlak, als het voetstuk van een machtige zuil. Helemaal bovenaan liep hij taps toe in een vlakke sectie die met verstrengelde lianen en gebladerte was bedekt. Het moest een van de inselbergen zijn die ze vanuit het vliegtuig hadden gezien.

Beer en Lanso stonden aan de voet van de rots te wachten.

'Lanso zegt dat we hier veilig zullen zijn,' zei Beer, haar ogen samenknijpend tegen de zon. 'Het is een van de heilige plekken van het dorp en, op zijn allerminst, een goed uitkijkpunt, van waaruit we ze kunnen zien aankomen.'

Na een poosje schudde Luca zijn hoofd. 'Dit gaat niet werken, Beer,' fluisterde hij. 'Ze hebben ons de hele nacht gevolgd. En ze hebben ons niet alleen gevolgd, maar ook terrein op ons gewonnen. De stroom en de rotsen zullen ze maar een tijdje om de tuin leiden.'

Ze ademde zwaar uit en liet haar schouders tegen de rots zakken. 'We kunnen nergens meer naartoe gaan,' zei ze, zich naar hem omdraaiend. 'En ik kan niet zo blijven rennen.'

Hij had zijn hoofd achterovergebogen en zijn handen voor zijn mond geklemd alsof hij ze warm blies. Zijn starende blik ging langs de inkepingen in de wand, en toen die op de overhang bleef rusten, bewoog zijn rechterhand zich bij zijn lichaam vandaan en krulden zijn vingers zich in positie alsof ze de rots al aanraakten.

Vanaf deze afstand leek het een technische route, maar hij wist dat hij de barst die helemaal naar de top liep kon hebben. Behalve het gebrek aan touwen was er het gevaar van het *on sight* klimmen, waarbij hij de route nog niet kende en onmogelijk kon weten hoe goed de ankerpunten waren totdat hij ze daadwerkelijk zou belasten. Maar ondanks dat alles wist hij dat hij het kon halen. Als tiener had hij veel zwaardere routes in de Alpen beklommen, laat staan het soort competitieterreinen waaraan hij gewend was voordat hij naar Tibet vertrok.

Beer duwde zichzelf van de rots af.

'Je kunt het halen,' fluisterde ze, zijn starende blik volgend. 'Het is perfect. Ze zouden ons daarboven nooit vinden.'

Luca bleef naar de overhang staren.

'Nog één beklimming, Luca,' fluisterde Beer. 'Eén maar, en je kunt ons allemaal redden.'

Luca's ogen versmalden zich toen hij in de verte tuurde. Opeens stapte hij bij de rots vandaan.

'De overhang,' fluisterde hij. 'Het zal me niet lukken om voorbij de overhang te komen.'

Beer stak haar hand uit en drukte haar vingers tegen zijn schouder. 'Je kunt het, Luca. René zei dat je een van de beste klimmers ter wereld was. Dus kom op, laten we dit doen.'

Hij staarde met strak gebalde vuisten naar de toppen van de bomen. Ze kon zien dat de huid langs de brug van zijn knokkels wit was geworden.

'Nee,' zei hij op vlakke toon. 'Ik ben geen klimmer meer. Bedenk maar iets anders.'

Beer hief haar armen naar de rots aan weerskanten van hen, die hen inkapselde in een smal ravijn, wat zou betekenen dat ze weer helemaal naar de stroom zouden moeten afdalen als ze zich naar de andere kant van de inselberg wilden proberen te werken.

'Iets anders?' vroeg ze, uit frustratie haar stem verheffend. 'Als we geen schuilplaats vinden, zullen ze ons vermoorden, Luca. Begrijp je dat? En ze zullen de tijd nemen voor de jongens omdat zij ons hebben geholpen. Vergis je daar niet in.'

Luca staarde voor zich uit.

'Kom op, Luca!' gilde ze. 'Dit is onze enige kans!' Ze duwde hem tegen zijn schouder een stap naar voren. 'Wees niet zo'n lafaard!'

Luca greep plotseling de voorkant van haar vest en trok haar hele lichaam naar zich toe. Beer werd op haar tenen gehesen toen hij haar bijna van de grond tilde. 'Als jij zo'n haast hebt om daarboven te komen,' snauwde hij, 'waarom klim je er dan verdomme niet heen?'

Schreeuwend van frustratie duwde hij haar weg. Vervolgens draaide hij zich naar de rots om en begon hij erlangs te stappen. De hele tijd mompelde hij in zichzelf en af en toe ging zijn starende blik omhoog om de oplopende lijn van de barst in de flank van de inselberg te volgen. Twintig meter bij de anderen vandaan bleef hij staan. Een serie dikke, aan de rots vastgehechte lianen reikte naar een smalle geul die ononderbroken helemaal naar de top leidde. Luca rukte daar een paar keer aan om hun sterkte te testen, voordat zijn hoofd langzaam weer zakte en hij verder liep.

Lanso en Abasi hielden hem nauwlettend in de gaten. Een paar seconden later volgden ze, snel met elkaar pratend, Luca naar dezelfde plek. Lanso gooide het net neer en begon meteen met snelle, goed geoefende bewegingen in de liaan te klauteren. Zijn blote tenen krulden in iedere inkeping van de pezige stam, terwijl zijn lichaam zo licht was dat hij zichzelf binnen een paar seconden bijna vijf meter van de grond had opgewerkt. Hij stopte en schreeuwde met een glimlach op zijn gezicht naar Beer.

'Hij zegt dat hij de top kan halen,' vertaalde Beer. 'Hij zegt dat het niet hoger is dan sommige mapani-bomen in de buurt van het dorp.'

Luca staarde naar Lanso. 'Is hij daar zeker van?'

Beer knikte. 'Maar hoe komen wij in godsnaam boven? Die liaan kan ons gewicht onmogelijk houden.'

Luca trok zijn overlevingsmes van zijn riem, hurkte neer en pakte met zijn vrije hand Lanso's net op. Met een paar polsdraaien ontrafelde hij de touwen op de kale rots, en zijn mes werkte zich gestaag door het net heen.

'Snij het aan de andere kant net zo door,' zei hij, naar Beer gebarend. Ze vouwde haar Leatherman open en sneed soortgelijke stroken, terwijl hij met felle rukken van zijn hand de vezels van het net uit elkaar trok. Het was stevig genoeg gevlochten om een op volle snelheid rennende antilope te vangen. Voor hen zou het meer dan sterk genoeg zijn.

'Bind ze zo af,' zei Luca, die de uiteinden aan elkaar knoopte en er een aan Lanso aanreikte. 'En vraag hem of hij met dit om zijn middel gebonden kan klimmen. Als hij de top bereikt, zal hij de lijn ergens aan moeten vastmaken.'

Zonder ook maar een moment te aarzelen begon Lanso te klimmen. Terwijl hij hand over hand met zijn gekromde vingers in de liaanstam omhoog klom, schreeuwde hij tussen zijn benen door naar zijn broer. Op de grond was Abasi met zijn hoofd achterovergebogen in een constante woordenwisseling verwikkeld die zich tussen hen beiden afspeelde. Algauw bereikte Lanso het uiteinde van de liaan en begon hij zijn lichaam in de smalle geul te wurmen. Hij boog zijn rug, slaagde erin zichzelf de rots in te trekken, en door zijn ellebogen en knieën te gebruiken drukte hij zijn hele lichaam tegen de zijkant van de geul. Centimeter voor centimeter werkte hij zich omhoog.

Toen hij de overhang bereikte, konden ze Lanso's arm over het oppervlak van de rots zien maaien, in een poging iets te vinden om zich aan vast te klampen.

'Voorzichtig,' fluisterde Luca toen de jongen zich te ver uitstrekte, waardoor zijn rechtervoet uitgleed en hij uit balans raakte. Hij schokte naar beneden. Slechts een klein stukje, maar het was genoeg om hem te doen schrikken.

Ze zagen Lanso een paar keer snel achter elkaar inademen, in een poging zijn zenuwen te kalmeren, voordat hij zijn knieën iets hoger in de geul klemde. De extra hoogte gaf hem genoeg reikwijdte en met een laatste schreeuw naar zijn broer trok hij zichzelf over de rots heen en verdween hij uit het zicht.

'*Incroyable*.' Ongelooflijk, fluisterde Beer.

Abasi schreeuwde een paar keer voordat hij de netsliert vastgreep. Toen hij zichzelf boven Beers hoofd zwaaide en omhoogklom, kon ze een lelijke wond aan de onderkant van zijn dij zien. Er was aarde in gestopt, en er zaten dikke, gezwollen randen omheen. Maar ondanks de duidelijke pijn die hij had, klom Abasi snel.

'Nu ga jij,' zei Luca, Beer het net aanreikend. Ze staarde hem aan, maar hij beantwoordde haar blik niet.

Beer klom met één beweging tegelijk, tegen de pijn in haar schouder vechtend. Als ze haar rechterarm optilde, werd er druk op de wond gezet en schoot er een intense pijn haar nek in. Knarsetandend dwong ze zichzelf door te gaan, luisterend naar het trage gekraak van het net dat elke keer als ze haar gewicht verplaatste te horen was. Er verstreken seconden met alleen het geluid van haar ademhaling, haar ogen op de aanblik van haar eigen handen gefixeerd als ze de geknoopte draden moeizaam vastgreep.

Toen ze eindelijk op gelijke hoogte met de overhang kwam, staarde ze tussen haar benen omlaag en kon ze Luca ver beneden zich zien. Vanaf dit uitkijkpunt leek de rots veel hoger, terwijl ze overal om haar heen kon zien hoe het woud zich in elke richting uitstrekte. Net achter de top kon ze de jongens al horen praten.

Beer sleepte zichzelf de top van de inselberg op en stopte. Ze was buiten adem van de pijn en de inspanning en stond voorovergebogen, met haar handen op haar knieën. Toen ze haar hoofd optilde, kon ze zien dat de inselberg verbazingwekkend ver terugliep. Er gedijde een heel ecosysteem op de top, met kleine bomen die om ruimte wedijverden te midden van de wirwar van lianen, en waartussen af en toe een rotsplas verscheen.

Hiervandaan kon ze helemaal naar de plek kijken waar ze in de rivier waren neergestort, terwijl verder naar het oosten de dichtstbijzijnde vulkaan de horizon domineerde. De enorme flanken daarvan rezen boven het bladergewelf op en reikten naar een hol punt in de top. Er kringelde één rookzuil omhoog, die de volmaakte, kobaltblauwe hemel bezoedelde.

Voordat Beer weer op adem had kunnen komen, was Lanso naast haar op de rotsrand komen staan. Al pratend wees hij naar de vulkaan. Met zachte stem praatte hij in een bijna continue stroom, terwijl zijn ogen naar de horizon tuurden. Tegen de tijd dat hij was uitgepraat, stond Luca op de top het laatste stuk van het net op te rollen. Hij stond met zijn rug naar hen toe.

'Hij zegt dat alle dorpelingen weg zijn,' riep Beer naar hem. 'Zegt dat er niemand meer is in de nederzettingen langs de rivier.'

Luca reageerde niet en Beer vroeg zich af of hij nog steeds verbitterd was over de klim. Wat er ook gebeurde, ze moest hem te vriend proberen te houden.

'En het zijn niet alleen de Maputi's die getroffen zijn. Er zijn ook andere stammen.'

Luca draaide zich om. 'Waarom doen ze het dan?'

'Dat weet hij niet, maar het LRA zit alleen achter de mannen aan. Je hebt al gezien wat ze met de vrouwen en kinderen doen.' Beer stapte dichter naar hem toe. 'Lanso zei dat hij het de ouderen heel vaak heeft horen bespreken. Iedereen die in de buurt van de vulkaan kwam verdween gewoon. Alsof ze door de grond werden opgeslokt.'

'Dat moet de LRA-basis zijn waar iedereen naar op zoek is. Bij de vulkaan, bedoel ik.' Luca schudde langzaam zijn hoofd. 'Maar wat doen ze in godsnaam met iedereen?'

Beer wachtte even. Er was geen reden waarom ze hem haar vermoedens niet zou vertellen, maar toch aarzelde ze nog. Ze voelde zich niet altijd op haar gemak als ze informatie deelde. Maar ze zaten in hetzelfde schuitje. Dat zag ze nu wel in. Hoewel Luca het nog niet wist, waren ze op zoek naar hetzelfde, al was het om verschillende redenen. Ze tastte in de dijzak van haar broek, haalde er een hersluitbaar plastic zakje uit en wierp het naar hem toe. 'Ik denk dat het allemaal hierom gaat.'

Er zat een donkergrijs rotsbrokje in. Het leek op het verkoolde restant van oude vulkanische lava, maar toen Luca het tegen het licht hield, zag hij een bloedrode streep door het midden ervan lopen.

'Het LRA ontvoert mensen om dit spul uit de grond te halen,' vervolgde Beer.

'Een mijn? Een mijn voor wat precies?'

'De plaatselijke bewoners noemen het vuurcoltan. Wij denken dat het een of andere hoog geconcentreerde vorm van tantaliet is.'

'Tantaliet?'

Beer knikte. 'Ja. Tantaliet wordt gebruikt in elke computer en mobiele telefoon op de planeet. Het is een van de weinige sleutelcomponenten. Op die manier kunnen ze de toestellen zo klein maken. Als er geen tantaliet was, zouden we allemaal rondlopen met mobiele telefoons ter grootte van bakstenen.' Beer stak haar vinger omhoog en wees naar het rotsbrokje dat Luca vasthield. 'Maar dat spul is anders. Het is een of andere zuiverder, krachtiger vorm. Niemand heeft ooit zoiets gezien.'

'Ben je daarom hier?' vroeg hij, het pakje vol minachting naar haar teruggooiend.

'Fabrice vertelde me dat de Chinezen dit spul in enorme hoeveelheden hebben gekocht in ruil voor wapens. Ik dacht dat ik Epulu binnen kon komen en kon rondvragen zonder opgemerkt te worden.' Zwaar uitademend haalde ze haar schouders op. 'Maar niemand vermoedde dat het LRA al zo ver in het zuiden was.'

Luca veegde zijn haar uit zijn gezicht en richtte zijn starende blik op de vulkaan. 'Nou, als iedereen daarnaartoe is gebracht, moet er een goede kans zijn dat Joshua daar ook is.' Hij stapte bij de rand van de overhang vandaan en liet zijn hand op Lanso's schouder rusten. 'Vraag hem of hij de weg naar de vulkaan weet. Vraag hem of hij die mijn ooit heeft gezien.'

Beer praatte een paar minuten met Lanso, die met snelle stootbewegingen van zijn hand naar de vulkaan gesticuleerde.

'Hij zegt dat hun jagers soms scholen in tunnels die om de flank van de vulkaan heen lopen, maar dat deden ze niet zo graag vanwege de geur. Afgezien daarvan weet hij niet...'

Beer hield midden in de zin op. Daar waren de trommen weer, die in een traag dreunend ritme tegen de rots weerkaatsten. Ze gingen allemaal instinctief platliggen en er verstreken een paar seconden voordat Beer langzaam naar de rand van het rotsplateau kroop.

'Voorzichtig,' fluisterde Luca.

De trommen werden luider en werden algauw gevolgd door geschreeuw. Door een opening in de bomen zagen ze de eerste tekenen van beweging, figuren die verwoed de grond afspeurden en zich schreeuwend door de rimboe heen werkten. Het lawaai werd luider; de trommen spoorden hen aan als het ritme van de roeispanen van een boot.

Luca sloop over het rotsgesteente naar Beer toe. Er klonk een hoge kreet en de soldaten begonnen zich te groeperen, baanden zich een weg door het kreupelhout naar een centrale open plek op de rots vlak onder hen. Ze zagen er slordig en uitgeput uit en droegen een mengelmoes van kleren. Sommigen droegen legeruniformen met rode baretten die roze gebleekt waren door de zon, terwijl anderen gescheurde T-shirts aanhadden met kogelriemen die over oude foto's van Bob Marley waren gedrapeerd en enkelhoge rubberschoenen aan hun voeten droegen. Iemand had een crèmekleurige stropdas om zijn voorhoofd geknoopt, vuilbruin van het zweet, waarvan het uiteinde over zijn smalle schouders hing, en iedereen hield een AK-47 vastgeklemd en had een assortiment granaten en waterflessen met touwtjes om zich heen gebonden. De meesten hadden het slungelige voorkomen van prille tienerkinderen, met een jonge, gladde huid die glansde van het zweet.

In het midden van hen stond een forse man met een geschoren hoofd en dikke bollende armen. Toen hij zich in het licht draaide en iedereen van zijn patrouille beurtelings aanstaarde, konden ze zien dat zijn voorhoofd getekend was door V-vormige littekens die vanaf zijn haargrens helemaal naar zijn ogen liepen. Ze deden de huid uitpuilen als de schubben van een hagedis. Zijn huid was zwarter dan die van de anderen, bijna blauwzwart, en hij was ook dertig centimeter langer dan zij en had de brede, krachtige schouders die typerend waren voor mannen van de Dinka-stam. Toen hij sprak, verhief zijn diepe stem zich vanzelf tot een geschreeuw en rekte zijn Soedanese accent de Franse woorden uit.

'Waar zijn jullie mee bezig?' siste hij. 'Waarom kunnen jullie die verdomde muzungos niet voor me vinden?'

Niemand gaf antwoord; iedereen ontweek de strakke blik van de kapitein. Hij liep dichter naar een van de soldaten toe, die met zijn benen plat voor zich uitgespreid zat, beukte zijn schoen op de huid van de jongen en draaide met zijn hak tegen het bot.

'Ik zei: waar zijn jullie verdomme mee bezig? De sporen kunnen niet zomaar verdwijnen!'

Hij denderde als een enorm everzwijn naar de andere kant van de kring.

'Slappe Congolese klootzakken. Ik walg van jullie!' brulde hij, zich omdraaiend. 'Jullie zullen hun spoor weer vinden en jullie zullen ze bij me brengen... of anders zullen jullie allemaal voor hem worden gesleept als we terugkeren. Ieder van jullie.'

Een paar jongens keken op, hun gezichten wezenloos van vermoeidheid en wanhoop. Ze krabbelden overeind en schuifelden met uitgestrekte handen naar de kapitein toe.

'Brave jongens,' zei hij met een lelijke glimlach op zijn gezicht. 'Brave jongens!'

Hij tastte in zijn borstzak, haalde er een dikke cellofaanzak uit en strooide een kleine hoeveelheid grijsgekleurd poeder in de hand van iedere jongen. Ze likten het uit hun palm en huiverden zelfs nauwelijks van de wrange smaak van de amfetaminen. De patrouille maakte zich klaar om te vertrekken. Nu begonnen de trommen weer; het geluid zwol geleidelijk tot een uitzinnig gedreun aan.

De soldaten waren al aan het aftaaien toen de kapitein plotseling schreeuwde dat ze moesten wachten. Hij trok het zware rubberen oorstuk van de radio van zijn schouder en klemde het tegen de zijkant van zijn hoofd. Hij knikte een paar keer voordat hij in de microfoon praatte.

'De helikopters komen eraan. Laat de rook los.'

Er rolde een granaat naar de rots, waaruit dikke rode rook golfde en op de zwakke bries door de lucht dreef. Een paar minuten later kondigde het zware gedreun van rotoren drie helikopters aan, die maar een meter of dertig boven het bladergewelf vlogen. Ze vlogen in een strakke tactische formatie, met een Rooivalk-aanvalshelikopter die hoog boven ze de wacht hield. Toen de Oryxen gonzend overvlogen, hun koers vervolgend, schoot de Rooivalk plotseling bij ze vandaan en zwenkte in een strakke bocht naar de rode rook. Hij ploegde er recht doorheen en de neerwaartse luchtstroom van de rotoren verspreidde de rook als een veeg van een verfkwast.

De Rooivalk vloog in een cirkelbaan over, bevelen aannemend van de kapitein die beneden in zijn koptelefoon stond te schreeuwen. Vervolgens liet hij zijn neus zakken en draaide in steeds wijdere cirkels rond, terwijl beide piloten reikhalzend in hun stoelen het ondoordringbare oerwoud beneden hen afzochten.

'Niet goed,' fluisterde Luca, die snel bij de rand van de rotswand vandaan ging. Voorovergebogen renden ze met de jongens naar de betrekkelijke beschutting van de struiken. Springend over de kleinere bomen en de lianen wegduwend, werkten ze zich dieper naar het midden van de inselberg.

De struiken en het kreupelhout begonnen te dunnen, zodat er kale rotsvlakken aan de hemel werden blootgesteld. Toen ze over een daarvan stoven, hoorden ze plotseling de motor van de Rooivalk achter hen oprijzen; de achterste boordschutter was het op de neus gemonteerde 20mm-kanon aan het instellen. De korte lopen draaiden toen de helikopter op de figuren beneden af dook.

De helikopter zwenkte horizontaal. Luca stak zijn hand uit en greep Abasi vast, in een poging de jongen met zijn lichaam te beschermen terwijl hij naar de andere kant van de inselberg sprintte. Om hen heen werden de lianen en struiken platgedrukt door de neerwaartse luchtstroom van de helikopter, waarvan de rotoren een oorverdovend lawaai maakten.

Een paar meter links van Luca rende Beer in volle vaart, met haar hoofd gebogen. Ze konden de andere kant van de inselberg nu zien; de top van de rots bevond zich op gelijke hoogte met de takken van een paar brede acaciabomen. Net toen Luca de rand bereikte, besefte hij opeens dat Lanso een meter achter hem was blijven staan. De jongen leek hopeloos klein op het kale rotsvlak en stond te staren naar de enorme machine die vlak boven zijn hoofd zweefde. Zijn linkerarm was geheven om zijn ogen te beschermen, terwijl zijn rechterarm zijn speer naar achteren trok. Hij wachtte een fractie van een seconde voordat hij richtte. De speer vloog omhoog en maakte een boog onder de buik van de Rooivalk alvorens weer in de rimboe te vallen.

'Lanso!' schreeuwde Luca, die Abasi op de grond liet glijden. Hij legde zijn handen als een kom om zijn mond tegen het oorverdovende lawaai van de helikopter. 'Lanso! Rennen!'

Abasi sprintte al naar zijn broer toe, met de boog in zijn linkerhand geklemd, toen de grond een zee van vuur en herrie werd. Het 20mm-kanon vuurde een reeks kogels over de rots af en reet Lanso in tweeën. De grond schudde toen het kanon van hoek veranderde en kogels naast Luca in de rots beukte. Hij zag de lichtspoorkogels afschampen in strepen fosforescerend licht, terwijl er om hem heen stofwolken met versplinterde takken in de lucht explodeerden.

Luca boog zich voorover in een instinctieve poging zijn gezicht te beschermen. Hij verloor zijn evenwicht en tuimelde over de rand van de rots, zijn handen omhoogstekend toen een boomtak tegen zijn maag zwiepte en de lucht uit hem sloeg. Bladeren striemden zijn rug en hoofd toen hij recht in een dichte struik belandde. Er klonk een broos knakkend geluid van takken, voordat hij uiteindelijk in aanraking kwam met de modderige grond beneden.

Luca lag stil te luisteren naar het holle gehijg van zijn eigen ademhaling toen hij lucht in zijn longen probeerde te zuigen. Zijn borst schokte krampachtig, terwijl hij zich vaag bewust was van het ritme van rotoren ergens veel hoger in het bladergewelf. Hij tuurde toen er licht door de boomtakken flikkerde en keek er even naar, totdat de randen van zijn gezichtsveld vertroebelden en alles zwart werd.

20

Xie stond bij de ingang van de vliegtuighangaar; de kolossale schuifdeuren deden hem nietig lijken. Hij keek op zijn horloge en nam met samengeknepen ogen de eindeloze wirwar van balken die het dak van de hangaar steunden in zich op. Alles was saai legergroen geverfd en de steunbalken strekten zich honderden meters uit, tot ze ergens hoog in de verte in de duisternis vervaagden.

Xie ademde diep in, de geur van machinevet en de verkoolde resten van het satellietwrak opsnuivend. In de afgelopen week was het wrak ijverig in stapels gesorteerd; hoekige pijpleidingen en ooit dure ultramoderne ruimtevaartmaterialen waren bijeengehoopt in zorgvuldig aangegeven type en soort. Er liepen nu een paar in labjassen geklede technici met klemborden en scanners tussen de stapels.

Een van de technici keek uiteindelijk even van zijn werk op en haastte zich onmiddellijk naar de plek waar Xie geduldig stond te wachten met een oude leren aktetas in één hand geklemd. Hij maakte een diepe buiging en leidde de bezoeker langs de gewapende bewakers.

'Ik had u niet gezien, meneer,' verontschuldigde hij zich. 'Het is nog geen elf uur en... nou ja, ik was net wat extra documentatie aan het voorbereiden... voor u, meneer.'

Xie toonde een vermoeide glimlach, waardoor de droge huid rond zijn ogen als oud papier kreukelde. 'Het is wel goed, kapitein. Ik ben iets te vroeg gekomen.'

'Ja, inderdaad, meneer,' antwoordde de kapitein, verbaasd dat hij zo hartelijk werd bejegend. Hij had eerder bevelen van generaal Jian aangenomen en had algauw geleerd dat hij geen man was die je moest laten wachten. 'Mag ik u een kopje thee aanbieden?'

Xie knikte dankbaar. Zijn bruine linnen pak was op de rug en schouders gekreukt, zodat het leek alsof hij er die ochtend in wakker was geworden, terwijl zijn das lichtjes scheef hing. Hij leek geen haast te hebben om te beginnen.

Hij was bijna de hele nacht wakker gebleven om het crashrapport van Jians onderzoeksteam door te lezen. Het was droge leesstof, met een enorme hoeveelheid technische details die hij niet volledig begreep, maar er was één ding duidelijk geworden en dat was de afwezigheid van een aantal sleutelmaterialen die bij de bouw van een satelliet werden gebruikt. Toen hij het rapport vergeleek met de inventaris van ruwe componenten die hij rechtstreeks van de fabrikanten had verkregen, was er een belangrijk hiaat. Hij vroeg zich af of dit simpelweg te wijten was aan het feit dat ze er niet in waren geslaagd om alle onderdelen terug te vinden op de plek van de crash. Met zo'n enorme explosie zou veel van de satelliet vermoedelijk voorgoed verloren zijn gegaan.

Een paar minuten later hield Xie een kommetje dampende thee vastgeklemd, verstrooid glimlachend terwijl de aromatische damp onder zijn neus zweefde. Hij nam een slokje en zijn glimlach werd breder, alsof het de eerste kop thee was die hij in jaren had gedronken.

'Kapitein,' zei hij zacht, 'ik begrijp dat u voortreffelijk werk hebt verricht door de brokstukken van de satelliet terug te vinden.' Hij wachtte even, de man tijd gunnend om van het compliment te genieten. 'Zeer gedetailleerd werk, en het lijkt dat u bijna alles hebt weten terug te vinden.'

De kapitein knikte enthousiast. 'Ja, meneer. Wij geloven dat we bijna vijfennegentig procent van de oorspronkelijke componenten hebben teruggevonden. Het was een uitputtend proces, maar we gaan er prat op dat we grondig zijn.'

'Zo is het.'

Xie keek naar de jonge kapitein, met zijn keurige voorkomen en open gezicht. Hij had iets natuurlijk oprechts over zich. Hij had een duidelijk verlangen om te behagen, gepaard met een genoegen in het kleinste greintje waardering. Zulke mensen verkondigden zelden leugens, behalve per ongeluk, en Xie liep bijna warm voor hem. In zijn vak kwam hij zulke types zelden tegen.

'Vijfennegentig procent,' herhaalde hij. 'Zeer indrukwekkend.

Maar het viel me op dat er nogal wat componenten op de inventarislijsten ontbraken. Kunnen die daar nog zoek zijn?'

De kapitein keek ongemakkelijk. 'Ik ben bang dat u er rekening mee moet houden dat er enkele onderdelen ontbreken, meneer. Maar we hebben de nog vermiste onderdelen al in het rapport gemarkeerd, en zoals ik zei is het maar vijf procent van het totaal.'

'En trekken jullie ieder onderdeel na? Weten jullie wat ieder deel oorspronkelijk was?'

'Ik ben bang van niet, meneer. Het was onze taak om alles op de inventaris van de fabrikant te vinden. Maar het is een enorm gedetailleerde lijst, meneer, en ik kan u verzekeren dat we ieder onderdeel dubbel hebben gecontroleerd.'

'Daar twijfel ik geen seconde aan, maar kan ik misschien een kopie van de lijst krijgen voor mijn dossiers? Routinezaak, maar iemand moet de ambtelijke rompslomp doorploeteren.'

De kapitein knikte welwillend. 'Volgt u mij alstublieft.'

Zodra Xie zijn laatste slokje thee had opgedronken, leidde de kapitein hem naar een ruimte aan de zijkant van de hangaar die als tijdelijk kantoor was ingericht. Een serie geavanceerd technische scanners was in nette rijen naast een grote weegschaal geplaatst. Daaromheen stond een verzameling schragentafels in een halve cirkel opgesteld, met op elk daarvan een geopende laptop.

'Hier, meneer,' bood de kapitein aan. Xie ging op een draaistoel zitten en haalde het dossier tevoorschijn dat hem rechtstreeks door de fabrikanten was toegezonden. Hij liep de lijst door en vergeleek die tegelijk met het Excel-bestand van de kapitein op de computer.

'Zeg eens, kapitein,' zei hij over zijn schouder, 'hoe is de eigenlijke satellietlancering misgegaan? En gebruik lekentaal, alstublieft. Ik word een beetje tureluurs van technologie.'

De kapitein richtte zich in zijn volle lengte op. 'Wij geloven dat de verzegeling van het rechter staartverbindingsstuk is weggeblazen, wat een verbrandingsgaslek heeft veroorzaakt, dat op zijn beurt de eenheid van de hoofdtanks heeft verbroken. De daaruit voortvloeiende explosie...'

Xie stak zijn hand omhoog. 'En wat was er de oorzaak van dat de verzegeling van het rechter staartverbindingsstuk is weggeblazen?'

'Ik ben bang dat we daar nog aan werken, meneer. We hebben de ontbrekende delen niet gevonden, maar de generaal zelf is tot die conclusie gekomen.'

'Is generaal Jian persóónlijk tot deze conclusie gekomen?'

'Dat is correct, meneer. Het is pas gisteren aan het rapport toegevoegd.'

Xie glimlachte peinzend. 'Ja, ik herinner me dat hij zoiets heeft gezegd. De verzegeling van het rechter staartverbindingsstuk.'

Hij richtte zich weer op het papier op het bureau. Hij had al twaalf onderdelen onderstreept die totaal afwezig waren op de lijst in de computer van de kapitein en hij kwam er nog meer tegen. Hij wachtte even, liet het grafiet van het potlood zachtjes tegen het computerscherm rusten.

Iemand had opzettelijk geknoeid met de lijst van het onderzoeksteam. Er waren te veel afwijkingen om een of andere administratieve fout te kunnen zijn. Maar wat moest er verborgen blijven?

Xie zweeg een poosje, terwijl zijn potlood boven een paar onderdelen in het bijzonder zweefde.

'Zeg eens, kapitein, hebben jullie ooit delen van de helixantenne of circuitelementen voor de transpondersystemen aangetroffen?'

De kapitein keek verbaasd op. 'Ik geloof van niet, meneer, maar het zou hier zeker op de lijst zijn gezet als er iets was.'

'En hoe zit het met sporen van lithium uit het accusysteem? Zouden die door de scanners zijn opgepikt?'

'Dat zou inderdaad zo zijn. Maar ik geloof niet dat we iets hebben gevonden, meneer.'

'Waar zijn die ontbrekende onderdelen dan?'

De kapitein keek plotseling ongemakkelijk. Zijn tong schoot een paar keer over zijn lippen voordat hij daadwerkelijk antwoord gaf. 'Ik ben bang dat wij een zeer specifieke instructie hebben. Het is niet toegestaan om zaken buiten onze taak te onderzoeken.'

'Maar vond u het niet vreemd dat er geen enkele component van de eigenlijke satelliet tussen de brokstukken is gevonden?'

De kapitein was wel gewend aan het venijnige temperament van de generaal en er was hem verteld dat hij kon verwachten dat een hooggeplaatst partijlid om een persoonlijk verslag van de situatie zou vragen. Hij was er zeker van dat zulke mannen ook niet tolereerden dat er geen antwoord op hun vragen werd gegeven. Hij wachtte op de onvermijdelijke uitbarsting, maar Xie hees zich alleen beminnelijk glimlachend voorzichtig uit zijn stoel op.

'Ik heb het vast over het hoofd gezien in uw rapport,' zei hij. 'Het maakt niet uit, kapitein. Ik zal er nog eens naar kijken. En ga ondertussen zo door.'

De gebogen, goudgerande daken van het theehuis in de Yuyuantuin wierpen een schaduw over het omringende meer. Het water was sinds lange tijd fosforescerend groen uitgeslagen door de zomeralgen, waar het helderrode houtwerk en de sierlijke steensculpturen van het gebouw tegen afstaken. Normaal gesproken was het theehuis het exclusieve domein van de Shanghaise elite, met lange wachttijden voor tafels, zelfs voor degenen met contacten in de partij.

Vandaag was het hele terrein afgegrendeld en was er een zorgvuldig geselecteerd team van Speciale Eenheden van het VBL in burgerkleding discreet aan beide uiteinden van het zigzaggende wandelpad langs het meer geplaatst. De algemeen secretaris van het politbureau van de partij, Kai Long Pi, huwelijkte zijn derde zoon uit aan de illustere dochter van de gouverneur van Chengdu, Li Lang, en versterkte zodoende weer een verbond binnen het Gilde. Het was nu al enige tijd een publiek geheim dat de gouverneur naar Kais positie als hoofd van het Gilde dong, maar met dit huwelijk zou de strijdbijl worden begraven en hun vete eindelijk worden gesust.

Kai was tot het besef gekomen dat het Gilde als collectieve entiteit zijn facties niet openlijk moest laten wedijveren in de laatste fasen van het Goma-project. Er stond gewoon te veel op het spel. En dus was er vlug een huwelijk geregeld. Een huwelijk, en in ruimere zin familie, was nog steeds de beste manier om een overeenkomst te bezegelen.

Kai zat in zijn rolstoel aan het hoofd van de tafel, met zijn armen over zijn schoot gevouwen, naar de parade van de pasgehuwden tussen de rijen gasten te kijken. Zijn zoon, Qingshan, had niet op een betere verbintenis kunnen hopen en Kai staarde strak naar de dochter van de gouverneur, zijn oude ogen vergroot door een zwaar omrande bril. Ze was inderdaad mooi en haar rode zijden trouwjurk niets minder dan het toppunt van verfijning en traditie. Ze zag er heel bevallig uit en babbelde zelfverzekerd met elk van de verzamelde gasten, terwijl Qingshan vaag knikkend naast haar stond, te verlegen om zijn gasten naar behoren zijn erkentelijkheid te betuigen. Het leek bijna alsof hij aan het worstelen was om de formaliteiten van de huwelijksceremonie te volgen.

Een groep van Kais kleinkinderen volgde de bruid en bruidegom, gerangschikt naar leeftijd en allemaal in bij elkaar passende kleding. Kai stond zichzelf een flauwe glimlach toe. Zijn jongere kleinkinderen waren zijn enige zwakke plek in het leven. Op zijn vijfenzeventigste, toen hij zijn benen niet meer kon gebruiken, had hij de balans van zijn leven opgemaakt. Hij zorgde er nu voor dat hij elke dag tijd in zijn rooster vrijmaakte voor hen. Slechts vijf minuten, maar dat was genoeg.

Toen Qingshan met een zucht van verlichting ging zitten, kwam Li Lang naar Kais tafel toe en schonk met een buiging subtiel één kop thee in. Ze deed het met het vloeiende gemak van een geritualiseerde gewoonte, haar ogen met gepaste eerbied neergeslagen. Kai pakte de aangeboden kop aan en aanvaardde haar daarmee formeel in zijn familie. Maar toen hij zijn eerste slokje nam, gluurde hij door de drukke zaal heen en zag hij een man tegen een van de zware houten pilaren geleund staan. De man viel onmiddellijk op door zijn slordige verschijning. Hij zag eruit alsof hij een week niet had geslapen. Kai kende Xies deemoedige gezicht goed, en met een zeer lichte hoofdbuiging gebaarde hij hem dichterbij te komen.

Zich gestaag een weg door de rijen goed geklede gasten banend, naderde Xie discreet en bleef hij naast een van de nabije serres hangen totdat Kai gebaarde dat zijn rolstoel bij de tafel vandaan moest worden geduwd.

'Veel felicitaties met het huwelijk van uw zoon,' zei Xie tegen hem, terwijl hij een diepe buiging maakte en hem met beide handen een kleine rode envelop aanreikte. Kais uitdrukking veranderde niet, maar inwendig was hij onder de indruk. Te veel jongelui veronachtzaamden de oude manieren en offerden alles uit het verleden voor het eigenbelang op. Maar Xie was anders, nam zelfs de oude huwelijksrituelen in acht. Het was een van de redenen waarom Kai op hem vertrouwde als zijn rechterhand.

'Je zei dat je een aantal onregelmatigheden hebt ontdekt?' merkte hij op.

Xie knikte langzaam en wendde zoals altijd zijn ogen af. Hij was zich ervan bewust dat hij hoog boven Kai uitstak en probeerde altijd een eerbiedige afstand tussen hen te bewaren, maar binnen de grenzen van het theehuis was dat moeilijk. Zelfs voordat hij de rolstoel moest gebruiken was Kai een man van matige lengte geweest, maar nu leek de leeftijd hem nog verder te hebben doen krimpen. Met zware, vermoeide oogleden keek hij naar Xie op.

Xie kuchte. 'We hebben een aantal dossiers doorgenomen en het lijkt erop dat de eigenlijke satelliet niet tussen de brokstukken is aangetroffen. Er is ook geknoeid met de inventaris die de technici gebruikten.'

Kai ademde diep in. 'Is generaal Jian hierover geïnformeerd?'

'Nog niet, meneer. Het leek me het beste om eerst naar u toe te komen.' Xie wachtte even. 'Het was Jian zelf die de oorzaak van de satellietcrash heeft bekendgemaakt. Niet een van onze technici, zoals ons werd wijsgemaakt.'

'Met welk doel?'

'Dat weten we nog niet, meneer, maar ik ben er bijna zeker van dat er helemaal geen satelliet was.'

Kais ogen versmalden zich. 'Als hij minder satellieten heeft geproduceerd dan er aanvankelijk waren gefinancierd, zou hij dat feit hebben moeten verhullen door de lancering te saboteren. Dan zou er ook ook een belangrijke hoeveelheid geld overblijven. Hebben jullie daar enig spoor van gevonden?'

Xie schudde zijn hoofd. 'Er is niets ongewoons in zijn boekhouding of die van zijn partners opgedoken. We hebben de budgetten uitgebreid doorgenomen, maar kunnen geen inconsistenties vinden. Als hij geld wegsluist, dan wordt dat uiterst subtiel gedaan.'

'En de surveillance?'

'Niets, meneer, maar ik ben er vrij zeker van dat Jian al vermoed zou hebben dat wij zijn bewegingen zouden volgen. We weten dat zijn vliegtuig onderweg naar Europa in Libanon is gestopt, maar moeten nog vaststellen waarom.'

Kai bleef in gedachten verzonken, met zijn dunne armen tegen de zijkanten van zijn rolstoel gelegd. Hij was er altijd terughoudend in geweest om mensen te veroordelen, en de bloedige jaren van de Culturele Revolutie en de eindeloze beschuldigingen onder voorzitter Mao hadden hem zelfs nog voorzichtiger gemaakt. Hij wist maar al te goed dat er hele levens konden worden weggevaagd bij de geringste verdenking, en was niet van plan dezelfde fout weer te maken.

Ook was hij niet bereid om het hele Goma-project op grond van Xies vermoedens in beroering te brengen in dit cruciale stadium, hoe goed gefundeerd ze misschien ook bleken te zijn. Er stond te veel op het spel om nu meteen een confrontatie met Jian te riskeren. Als hij inderdaad schuldig was, dan kon dat worden afgehandeld als de gemoederen eenmaal bedaard waren, rustig en voorgoed.

'Het alternatief is dat Jian onschuldig is,' zei Kai uiteindelijk. 'En dat anderen verantwoordelijk zijn.'

Xie boog zijn hoofd. 'Dat is natuurlijk mogelijk, meneer.'

Kai keek over zijn schouder naar de plek waar zijn gastheer bezig was de helling naar het podium voor de huwelijkstoespraken gereed te maken. Er werd van hem verwacht dat hij straks zou deelnemen.

'De vernietiging van de satelliet was zeer gênant en ik zal Jian verantwoordelijk houden voor het gezichtsverlies dat ik tegenover de andere families heb geleden. Maar tot het moment waarop jij me onweerlegbaar bewijs verschaft, blijft hij.'

'Ja, meneer.'

Kai trok de mouw van zijn pak omhoog en keek even op zijn horloge. Hij voelde zijn hartslag versnellen. De aankondiging zou over minder dan twee uur worden gedaan. ChinaCell ging de nieuwe satelliettelefoons openbaar maken in een lange serie wereldwijde perspublicaties en interviews. De mediastorm zou waanzinnig worden, terwijl de enorme pakhuizen in Guangdong gestaag door de miljoenen telefoons en laptops die ze al hadden geproduceerd heen raakten. Bijna twee derde van de totale productiefaciliteiten in Shenzhen was naar dit ene doel verlegd. Nooit eerder was China's equivalent van Silicon Valley zo gemonopoliseerd.

De producten hadden de pakhuizen al verlaten, werden door een vloot containerschepen naar de Europese en Amerikaanse winkels verzonden en zouden over drie dagen aankomen. 's Werelds telecommunicaties zouden onherstelbaar veranderen, en met de resulterende verkopen zou het Gilde zijn fortuinen enorm zien stijgen. Het was een immens risico geweest om iedere familie tot zo'n zware investering aan te zetten, maar nu zaten ze in de laatste fasen van het Goma-project en was alles eindelijk klaar.

Niets mocht het nu ontwrichten.

'Ik geloof dat generaal Jian persoonlijk toezicht houdt op de laatste betaling in de Congo,' zei Kai.

'Dat is correct, meneer. Hij vertrekt vanavond naar Goma en zal de betaling daar doen.'

Kai hief zijn hoofd om Xie door zijn dikke brillenglazen aan te staren. 'Het is een zeer belangrijke som en het is niet vertrouwd dat de generaal zo'n betaling alleen doet. Jij zult met hem meegaan, om ervoor te zorgen dat alles is zoals het moet zijn. En Xie... ik wil dat je hem als een havik in de gaten houdt.'

'Met hem meegaan? Naar de Congo, bedoelt u?' antwoordde Xie overrompeld.

De oude man gaf geen antwoord, maar rukte in plaats daarvan zijn hoofd opzij om aan te geven dat Xie uit de weg moest gaan. Vervolgens rolde hij zichzelf langzaam vooruit naar de menigte toe. De verzamelde gasten kwamen snel overeind en applaudisseerden luid toen hij het lage podium op werd gerold.

Xie verplaatste zijn gewicht van de ene voet naar de andere. 'De Congo,' zei hij tegen zichzelf, met zijn mond de woorden vormend. Hij was zelfs nog nooit in Afrika geweest, en nu waagde hij zich in een van de gevaarlijkste delen, om toezicht te houden op een generaal die hen, daar was hij zeker van, aan het belazeren was.

Toen hij de zaal rondkeek, nam hij de top van Shanghais hogere kringen in zich op, compleet met spectaculaire jurken en geritualiseerde tafelschikkingen, juwelencollecties en beleefde babbeltjes. Met maar één zin had Kai alles veranderd. Over een paar uur zou hij uit het vliegtuig in Afrika's zwarte hart stappen.

21

'Luca!'

Beer stond over hem heen gebogen, met beide handen in de hals van zijn T-shirt gewrongen. Elke keer als ze zijn naam schreeuwde, tilde ze zijn hele hoofd van de grond, met haar mond zo dichtbij dat die bijna zijn wang aanraakte. Ze liet zijn hoofd weer in de modder vallen en gaf hem een harde klap in het gezicht, die haar hand deed tintelen.

'Luca! Word wakker!'

Hij kreunde en knipperde een paar keer met zijn ogen, die hij langzaam opendeed. Beers gezicht vulde zijn hele blikveld. Ze stond pal over hem heen gebogen zijn hoofd in haar handen te wiegen.

'Kom op, Luca! Sta op.'

Met al haar kracht naar achteren rukkend, trok ze Luca's torso van de grond, maar zijn hoofd hing achterover. Hij bracht zijn rechterhand omhoog, in een vage poging om haar af te weren, maar Beer gaf hem nog een klap.

'Luca!'

Zijn ogen richtten zich op de hare en vielen vervolgens langzaam weer dicht, doordat het gewoon te veel inspanning kostte. Schreeuwend van frustratie hief Beer haar gezicht naar de hemel op. Ze kon de helikopter nu boven hen zien zweven; de luchtstroom van de rotoren deed de hoge takken van het bladergewelf schudden. Er dwarrelden langzaam bladeren uit de lucht neer, die in de lichtstralen draaiden voordat ze zachtjes op de woudvloer neerstreken.

Hellend in een wijde bocht vervolgde de helikopter zijn zoektocht. Beer ving glimpen op als hij openingen in het bladergewelf passeerde, maar het woud was hier te dicht voor de piloten om iets duidelijk te kunnen zien. Voorlopig, tenminste, waren ze veilig.

Ze had al meer dan twee minuten geprobeerd om Luca wakker te maken. De tijd leek zich in het ritme van iedere slag van de helikopterrotoren voort te slepen; de kostbare seconden tikten weg terwijl Luca bewusteloos op de grond lag. Ze staarde in zijn ogen. Zijn pupillen waren verwijd door de shock en het zou hem misschien wel uren kosten om weer volledig bij zijn positieven te komen. Nog één minuut, fluisterde ze tegen zichzelf. Nog één minuut en dan zou ze hem moeten achterlaten.

'Word wakker!' schreeuwde Beer nogmaals. 'Je moet opstaan en Joshua redden. Denk aan Joshua!'

Die naam leek een vonk in Luca's geheugen te ontsteken en hij knipperde opnieuw met zijn ogen, in een poging zijn hoofd op te tillen.

'Goed zo. Joshua,' herhaalde Beer. 'Sta op en help hem.'

Luca pakte haar arm vast en trok zichzelf met een verbazingwekkende kracht omhoog. Hij kreunde, terwijl zijn rechterarm omlaag naar zijn ribbenkast ging.

'Waar is... Joshua?' mompelde hij.

'Hij is deze kant op,' zei ze, bij de inselberg vandaan wijzend. 'Maar we moeten ons haasten om hem in te halen.'

Luca's ogen gingen in de richting die ze aanwees en vervolgens schuifelde hij onvast vooruit. Na slechts een paar stappen zakte hij op zijn knieën. Beer vloog naar hem toe en weerhield hem ervan op de grond te tuimelen, maar ze vertilde zich aan zijn dode gewicht. Na een poosje slaagde ze erin haar balans te herstellen en hem weer overeind te krijgen. Terwijl Luca daar stond te slingeren, wierp ze een blik op haar horloge. De minuut was om. Het was tijd om te beslissen.

'Shit,' fluisterde ze, haar dijen gespannen door het dragen van zijn gewicht. Ze moest een besluit nemen. En wel nú meteen. Ieder rationeel deel van haar hersenen schreeuwde dat ze onder zijn arm vandaan moest duiken en het oerwoud in moest sprinten, dat ze de afstand tussen haar en het LRA zo groot mogelijk moest maken. Maar iets hield haar tegen en ze stond daar, vechtend tegen haar instinct om te vluchten.

Net toen ze in beweging wilde komen, drukte Luca's rechtervuist op haar schouder en hield haar stil, alsof hij had gevoeld wat ze dacht. Hij hield haar stevig vast; zijn greep was ongelooflijk sterk.

'Leid jij me maar,' zei hij. 'Ik kan lopen als jij me leidt.'

Ze haastten zich voort, terwijl de geluiden van de helikopter met iedere minuut die er verstreek naar de achtergrond verdwenen. Af en toe hoorden ze de motor van toonhoogte veranderen en het geluid dichterbij komen, maar dan daalde het weer en stierf weg in het achtergrondgezoem van het woud. Luca liep nu sneller. Hij hield Beers schouder nog steeds vast, haar als een blinde volgend, maar zijn stappen waren minder onregelmatig en klungelig. Ze kon zijn ademhaling in haar oor horen en het zweet op zijn handpalm voelen. Zijn nabijheid had bijna iets troostends, alsof ze in al deze chaos één entiteit waren, in plaats van twee, die uit het eindeloze woud probeerde te ontsnappen.

Ze hadden zo'n twintig minuten gelopen, zich een weg door massa's jonge boompjes banend, toen Luca opeens begon te praten. 'De jongens,' zei hij met zachte stem. 'Wat is er met Abasi gebeurd?'

Beer draaide haar hoofd niet om. 'Geen van beiden heeft het gehaald.'

Er viel een stilte, met alleen het kletsende geluid van hun voeten die door het kreupelhout sleepten.

'Wat voor soort mensen schieten een jongen met een speer neer?' fluisterde Luca.

Beer voelde dat hij begon te vertragen, van zijn stuk gebracht door de verschrikking. Ze negeerde hem, in een poging om het laatste beeld van Abasi uit haar hoofd te verdrijven. Ze moesten praktisch zijn, met getallen en niet met emoties werken. Ze schatte dat ze in elk geval twee uur voorsprong op de LRA-patrouille zouden hebben, omdat ze nog helemaal naar de stroom moesten afdalen om rond de inselberg heen te komen. Ook klonk het alsof de helikopter het had opgegeven of te weinig brandstof had om door te gaan met zoeken, en naar zijn basis was teruggekeerd. Ze hadden een voorsprong, maar het was niet veel.

Ze sjokten nog een paar stappen verder; het kreupelhout werd dunner toen ze een lichte helling begonnen te beklimmen.

'Hij was nog maar een jochie,' fluisterde Luca weer, tot een wandeltempo vertragend. 'Wat voor soort mensen...'

'Hou op!' gilde Beer, die zich omdraaide en hem met haar handpalmen van zich af duwde. 'Hou ermee op om zo te denken!'

Luca staarde haar aan.

'Ze zijn dood. Snap je? Dóód. We moeten doorgaan.'

'Kan ik niet even...'

'Nee! Nee, dat kan niet!' schreeuwde Beer, die hem nog een duw gaf en hem dwong een stap naar achteren te doen. 'Wat mankeert jou?' raasde ze, haar vinger op zijn borst richtend. 'Begrijp het nou eens en word verdomme wat harder. Dit is niet het Westen. Hou op met: "Het spijt me voor hem... Het spijt me voor haar." Dit is Afrika, en het kan niemand een reet schelen wat jij voelt.'

Luca stond daar alleen maar, te geschokt om te reageren. Beer wendde zich van hem af en schraapte haar haar met zo'n kracht uit haar gezicht dat er een paar strengen in haar vingers verstrikt raakten.

'Miljoenen mensen zijn een vreselijke dood gestorven in de Congo,' vervolgde ze. 'Miljoenen! En geen enkel ander mens maalt erom. Dus waarom zouden wij dat in godsnaam wel doen?'

Luca keek haar dreigend aan. 'Omdat dat het enige is wat ons anders maakt,' snauwde hij. 'Praat niet tegen me alsof ik de dood nooit eerder heb ontmoet. Alsof ik een of andere klotetoerist ben.'

'Dat is precies wat jij hier bent – een toerist. Jij weet *niks* van dit alles.'

Luca's ogen werden kil terwijl hij haar aanstaarde. 'Denk jij dat je alles van de dood weet alleen maar omdat je het hebt meegemaakt? Nou, ik heb die grens overschreden.' Zijn stem beefde van woede. 'Je gaat niet gewoon verder en vergeet het hele gebeuren. Zo werkt het niet. Hun gezichten blijven je bij, staren je boven hun open monden aan...' Luca viel stil. Hij zag de lawine weer voor zich en de door de muur van sneeuw en ijs heen tuimelende gezichten van de mannen die hij had gedood.

'Hoe zit het dan met jou?' vervolgde hij. 'Net iets te veel oorlog meegemaakt, zodat een paar jochies je geen reet meer kunnen schelen?'

'Rot op,' spuwde Beer, haar armen over haar borst vouwend. 'Jij weet niks over mij.'

De wond op haar schouder was weer opengegaan en er liep een straaltje bloed haar vieze vest in. Ze merkte het niet eens.

'Overleven, dat kan me schelen,' zei ze met sissende stem. 'Dat is alles. Ik ben hier niet voor jou, de pygmeeën, of iemand anders.'

'Ja, dat zei je al vanaf het begin. In elk geval weet ik waar je staat.'

Ze stonden elkaar nog even dreigend aan te kijken, voordat Beer een blik op haar horloge wierp. Zonder nog een woord te zeggen draaide ze zich in de richting die ze op gingen en sprintte weg. Luca liet haar een paar passen vooruitrennen en zette het vervolgens zelf ook op een rennen, in haar voetstappen.

Ze hoorden een zachte donderslag toen de nacht naderde. Algauw begon het te regenen; de druppels sloegen tegen de bladeren hoog boven hun hoofd voordat ze hen uiteindelijk bereikten. Naarmate de nacht zwarter werd, werd de regen erger, deed de bladeren van het woud onder zijn gewicht buigen en veranderde de grond in grimmige, teerkleurige modder. Die sijpelde over hun leren schoenen en bereikte hun knieën op de diepste plekken.

Beer en Luca hadden allebei geen woord tegen elkaar gezegd sinds ze weer verder waren gerend. Ze stopten als ze langs een waterliaan kwamen, maar zelfs dan stonden ze slechts een paar seconden stil om snel en zonder te praten te drinken. Met het verstrijken van de uren hadden ze allebei hun pas versneld, in een geleidelijke poging de ander te overtreffen. Hoewel hij van nature sterker was, had Luca last van wat naar hij vermoedde twee gebroken ribben waren, en naarmate de dag zich voortsleepte werd de pijn erger. Hij probeerde zich ervoor af te sluiten, zich op de volgende stap te concentreren en daarna op de volgende, nooit te denken aan hoe lang ze al renden of wat ze nog voor de boeg hadden.

De regen werd intenser, kwam in verticale vlagen neer. Er flitsten witte bliksemschichten door de hemel, gevolgd door donderslagen. Ze waren allebei volkomen doorweekt; hun kleren plakten aan hun lichaam terwijl hun broeken de huid aan de binnenkant van hun dijen rauw schuurden.

Beer schreeuwde plotseling toen ze bij de afdaling in een steil ravijn haar evenwicht verloor op de verraderlijke grond en een paar meter op haar rug in de modder gleed. Haar knie botste tegen een blootliggende boomtak, waardoor ze het uitschreeuwde van de pijn, maar Luca stapte simpelweg over haar heen en rende verder. Ze staarde naar hem, binnensmonds vloekend, voordat ze zichzelf weer overeind trok en hard sprintte om hem in te halen.

Algauw stuitten ze op een kolossale gevallen boom. De wortels, met kluiten aarde bedekt, staken uit naar de hemel. Een enorme krater in de grond strekte zich in een halvemaanvorm rondom de stam uit. Beer stopte; haar borst ging in de maat met haar ademhaling omhoog. Ze waren zes uur lang doorgegaan en iedere spier in haar lichaam deed pijn.

'Daar is misschien een schuilplaats,' hijgde ze. Tegen het hoofdgedeelte van de stam kon ze net een plekje onderscheiden dat beschut was tegen de regen. Het was slechts een meter diep, maar breed genoeg om in te liggen.

'Ik stop,' zei ze. 'Ik moet rusten. In elk geval een paar uur.'

Ze liet Luca in de regen staan en kroop voorzichtig langs de wortels de droge opening in die zich iets dieper binnenin bevond. Met haar schouders tegen de zachte aarde gedrukt lag ze plat op haar rug en slaakte ze een lange, hortende zucht. Ze had zich nog nooit zo uitgeput gevoeld. Ze hadden in meer dan twee dagen nauwelijks gegeten en haar maag verkrampte door het gebrek aan voeding. De laatste twee uur van de renpartij was het zo erg geworden dat ze zich duizelig en misselijk begon te voelen. Ze had moeten stoppen en de laatste energiereep moeten aanbreken, maar zelfs toen had het misselijke gevoel van uitputting haar amper een moment verlaten.

Beer ademde weer uit en zakte dieper in de aarde weg. Ze was helemaal kapot. De wetenschap dat ze dit keer op keer, dag na dag, zouden moeten doen, als ze ooit levend uit het woud wilden komen, deed haar hele lichaam verslappen. Het leek zo onmogelijk, zo hopeloos.

Luca bleef buiten met zijn handen op zijn heupen. Zwaar ademend blies hij de waterdruppels van zijn neus de nacht in. De regen kletterde zo hard neer dat zijn haar plat tegen zijn wangen werd geplakt, terwijl zijn T-shirt zich uitrekte over de spieren van zijn onderrug.

Toen Beer haar hoofd opzijdraaide, kon ze de bovenste helft van zijn lichaam net onderscheiden achter de lijn van de wortels. Ze keek naar hem; de woede en frustratie van de ochtend waren allang vervangen door een wanhopige vermoeidheid. Er trok een zweem van een glimlach over haar lippen. Ze waren gewoon allebei even koppig.

'Je moet uit de regen gaan,' riep ze. 'Zelfs jij hebt op een gegeven moment rust nodig.'

Toch verroerde Luca zich niet.

'Kom op. Wij hebben allebei onze kracht nodig, dus laten we een paar uur rusten en daarna onze weg vervolgen.'

Hij draaide zich naar haar toe; zijn uitdrukking werd door de duisternis verborgen.

'Alsjeblieft, Luca.'

Zonder een woord te zeggen kwam hij dichterbij, kroop over de wortels heen en wurmde zich in de opening naast haar. Ze draaide haar lichaam opzij en drukte zich tegen de aarde om plaats voor hem te maken. Hij trok zijn doorweekte T-shirt uit en wrong het water eruit. Nadat hij het had opgepropt om het als kussen te gebruiken, ging hij met zijn rug naar haar toe liggen en staarde de nacht in.

Beer lag maar een paar centimeter bij zijn rug vandaan en voelde de vochtige warmte van zijn huid opstijgen. Ze liet haar ogen wazig worden in de duisternis, vechtend tegen de pijn in haar schouder. Die was weer erger geworden en verspreidde een dof gebons door haar hele rug.

Verscheidene minuten bleef Beer zo liggen, de nacht in starend terwijl ze zich probeerde te ontspannen. Maar er kwamen telkens weer herinneringen van de dag boven. Ze verschenen in een aanhoudende cyclus, totdat uiteindelijk één beeld de andere overschaduwde en als een zonnevlek in haar gezichtsveld bleef hangen. Eerst was het weinig meer dan een wazige omtrek zonder echte details of substantie, maar toen begreep ze wat het was. Het was de polaroidfoto van haar zoon, die in de cockpit van de Cessna was opgeprikt. Ze kon Nathans gezicht nu duidelijk zien, glimlachend, terwijl hij recht in de camera staarde.

Beer slikte en kromp ineen toen ze haar keel voelde verstrakken. Hem nog één keer zien, hem stevig tegen haar borst houden en haar neus diep in de krullen van zijn haar steken, dat was het enige wat ze nu wilde. Haar neusgaten sperden zich open toen ze zijn geur probeerde op te roepen. Die kende ze zo goed, maar nu kon ze hem niet vinden; er was niets dan de vochtige aardsheid overal om haar heen. Ze deed haar ogen dicht en probeerde zich zijn gezicht opnieuw voor de geest te halen, maar ditmaal was het scheefgetrokken en veranderde het in de gezichten van de pygmeeënjongens.

Beer snoof luid en voelde schaamte in haar opwellen. Voordat ze ook maar besefte wat er gebeurde, probeerde ze snikken te onderdrukken. Er liepen tranen over haar wangen, die haar ogen deden branden, en ze snoof opnieuw, in een poging om alles tegen te houden. Maar wat ze ook deed, ze kon zichzelf er niet van weerhouden zich voor te stellen hoe haar eigen zoon door kogels aan stukken werd gereten.

'Het spijt me,' fluisterde Beer, haar hand optillend om Luca's rug aan te raken. Er kwam geen antwoord, dus hield ze haar hand waar die was, haar vingertoppen millimeters bij zijn huid vandaan. 'Je verdiende niet wat ik vanmorgen zei. Je had gelijk. We hadden die jongens er niet bij moeten betrekken.'

Luca bleef star liggen met zijn gezicht naar buiten gericht. Inwendig smeekte Beer hem om antwoord te geven, om iets te zeggen om haar te troosten. De vermoeidheid en angst hadden haar gesloopt en nu voelde ze een fysieke behoefte aan Luca's bevestiging, dat hij simpelweg zou zeggen dat het allemaal goed ging komen en dat ze het wel zouden halen.

'Zeg iets, Luca.'

Hij draaide zich om totdat hij met zijn gezicht naar haar toe lag. Ze kon het profiel van zijn gezicht en de natte lokken van zijn haar net onderscheiden in het vage licht.

'Er is nog meer,' voegde Beer eraan toe, de woorden zo rustig uitsprekend dat ze in haar adem bleven steken. 'Meer wat mij betreft, bedoel ik. Het kan me wel schelen wat er met die jongens gebeurd is, maar ik kon het op dat moment gewoon niet aan. Kon niet onder ogen zien wat er gebeurd was.'

Ze wachtte, probeerde zijn uitdrukking te interpreteren, maar het was te donker. Ze probeerde te verhinderen dat ze zich zo voelde, zich in te houden, maar wist al dat ze meer van hem wilde. Het nodig had. Ze schoof haar lichaam voorzichtig dichterbij en haar lippen vonden de zijne in het donker. Ze drukten zich tegen elkaar aan, een zoen vol onzekerheid, en verscheidene seconden lagen ze daar alleen maar, met hun lippen als enige contactpunt tussen hen. Toen strekte Luca langzaam zijn arm over de grond uit zodat Beers hoofd op zijn biceps rustte. Ze schoof nog dichterbij en drukte haar hele lichaam tegen het zijne aan.

Beer duwde hem op zijn rug en zwaaide zichzelf met gespreide benen op zijn middel. Ze trok haar topje uit, maakte haar beha los en smeet die opzij, ineenkrimpend toen het bandje over haar beschadigde schouder ging.

'Waarom...' begon Luca, maar ze trok hem voorzichtig naar zich toe en bracht hem tot zwijgen met nog een zoen. Luca leunde achterover op zijn handen met zijn kin naar haar opgestoken. Even later voelde ze zijn handen langzaam over haar rug gaan en haar huid tot aan haar heupen gladstrijken. Ze bereikten haar riem en trokken het leer naar achteren om de gesp los te maken.

In de duisternis kreeg Beer alleen verwarde indrukken; de bewegingen vloeiden in elkaar over terwijl ze vrijden. Er was niets anders dan de plek waar ze op dat moment waren, en het ongelooflijke gevoel van verlangen vermengd met genot. Het ging maar door; geen van beiden wilde dat de sensatie eindigde, omdat ze ontsnapten aan de werkelijkheid van al het andere om hen heen. Uiteindelijk zakte Beer op hem neer en bleef stilliggen, haar huid glanzend van het zweet. Ze hijgde en toen ze zich vooroverboog om hem nog een keer te zoenen, kon hij een glimlach op haar lippen voelen.

Verscheidene minuten lagen ze zo; geen van beiden wilde praten of in ruimere zin te maken hebben met de implicaties van wat er zojuist was gebeurd. Ze luisterden alleen maar naar het geluid van de regen die tegen de bladeren kletterde, met hun benen verstrengeld en Beer die plat tegen Luca's borst lag. Hij bracht zijn rechterhand omhoog en liet die langzaam over haar rug omlaag gaan, iedere centimeter van haar soepele huid betastend. Toen hij haar middel bereikte, kwamen zijn vingers in aanraking met een dunne kralenketting die hem niet eerder was opgevallen ondanks het feit dat ze naakt was, en hij liet zijn vingers ermee spelen.

'Die heeft mijn moeder me gegeven,' fluisterde Beer, zonder haar hoofd van zijn borst te tillen. 'Het was het laatste wat zij me gaf voordat ze me in de straten van Bunia achterliet.'

'Hoe oud was je?'

'Ik was vier.'

Beer zuchtte zwaar, haar adem over Luca's borst blazend. 'Ze kwam een paar jaar later naar Bunia terug met een man die ik nooit eerder had gezien. Ik was daar nog, met luizen in mijn haar, en ik leefde van alles wat ik maar in het afval kon vinden. Dus schoor ze mijn hoofd en gaf me een enorme roze badjas en een paar sandalen die voor een jongen waren bedoeld. En dat was de laatste keer dat ik haar heb gezien.'

Luca bracht zijn hand naar haar hals en liet zijn vingers zachtjes met haar haar spelen.

'Dit land is gewoon helemaal verziekt,' fluisterde ze. 'Zulke verhalen gebeuren elke dag.'

Luca bleef stilliggen. 'Weet je, je had gelijk vanmorgen. Ik begrijp hier niets van en had jou niet zo moeten beoordelen. Het leven hier is totaal anders. Ik bedoel, waar ik vandaan kom heb je gewoon geen moeders die hun kinderen in de steek laten.'

Toen hij de laatste woorden uitsprak, kruiste Beer haar armen over haar borst, een plotselinge behoefte voelend om zich te bedekken. Het was alsof ze kon voelen hoe de werkelijkheid van hun situatie hen inhaalde en het moment uit elkaar scheurde. Al het andere in haar leven stroomde weer binnen, en het beeld van Nathan dat ze nu zo duidelijk in haar hoofd had en daarmee het verlangen om bij hem te zijn werden plotseling geloosd.

Ze sleepte het smerige vest van de grond en trok het over haar schouders.

'Jij gaat morgen de vulkaan proberen, hè?' zei ze, van onderwerp veranderend.

'Als dat een mijn is, dan denk ik dat er een goede kans bestaat dat Joshua nog leeft. Er is geen enkele reden om hem te doden als ze mannen aan het werk zetten. Maar je hoeft je geen zorgen te maken, Beer. Ik zal je hier niet in je eentje achterlaten.'

'Eh! Je peux prendre soin de moi.' Ik kan wel voor mezelf zorgen, snauwde Beer. 'Ik heb jouw hulp niet nodig in de rimboe.'

'Dat weet ik,' antwoordde Luca, zijn handen defensief opstekend. 'Geloof me, dat weet ik. Als we om de achterkant van de vulkaan heen kunnen en op de een of andere manier die tunnels die Lanso noemde kunnen vinden, kunnen we misschien ongezien in de mijn komen.'

'Dit is het LRA, Luca. Als we gepakt worden...'

'We worden niet gepakt. Dat beloof ik je.'

Beer ademde diep uit en sloot haar ogen in de duisternis. 'Doe geen beloftes die je niet kunt nakomen.'

Er viel een lange stilte, die Luca uiteindelijk verbrak. 'Het enige wat ik weet is dat ik mij de laatste twee jaar voor de wereld heb verstopt, en nu is er deze manier voor mij om het allemaal weer goed te maken. Ik moet zien of hij daarbinnen is, Beer. Ik móét dit doen. De vraag is – wat ga jij doen?'

'Ik?'

'Kom op, vertel het me.'

Een bittere glimlach kruiste haar lippen. 'Ik heb de enige echte belofte die ik ooit aan mijn man heb gedaan net gebroken, dus wat moet ik in godsnaam voelen?'

Ze ging met haar armen tegen haar borst gedrukt in de aarde zitten en staarde strak de duisternis in. Toen ze sprak, leek haar stem van elke emotie verstoken.

'Ik zal mijn klus afmaken en het proefmonster terugvoeren naar de mijn. Daarna ga ik zo ver als ik kan uit dit godverlaten oord weg.'

22

De piloot van de Oryx MK2-helikopter keek even naar het gps-navigatiesysteem op de console voordat hij over de bomen van het Ituriwoud staarde. Vervolgens stak hij zijn gehandschoende hand met twee uitgestrekte vingers omhoog. Xie staarde er wezenloos naar voordat de stem van generaal Jian in de koptelefoon klonk.

'We landen over twee minuten,' verklaarde hij op zakelijke toon in het Mandarijn. Hij zat in vol militair ornaat aan de andere kant van de open cabine, met onberispelijk gepoetste schoenen en een geperst groen jasje dat met fonkelende epauletten was versierd. Bij zijn voeten stond de metalen Pelican-koffer die hij zorgvuldig in de helikopter had geladen toen ze vertrokken.

Jian staarde even naar Xie; zijn pupillen gloeiden van ergernis. Kais aandrang dat Xie helemaal vanuit Shanghai moest vliegen om hem voor de laatste betaling te vergezellen, moest iets betekenen. Ook al waren ze niet zo ver gegaan om de lancering van de nepsatelliet in verband te brengen met vermiste fondsen, Xies aanwezigheid was veelbetekenend. Dat wist Jian zeker. Van nu af aan zou hij zijn greep op de situatie moeten verstevigen, ervoor zorgen dat er niets aan het toeval werd overgelaten.

Jians concentratie verslapte toen er weer een pijnsteek door zijn slapen schoot. De pijn was gewoon gekmakend. Hoewel hij alle pijnstillers die hem voor één dag waren voorgeschreven al had geslikt, had hij het gevoel alsof zijn schedel elk moment in tweeën kon scheuren met iedere bons van de rotoren. Hij had nooit eerder zo'n pijn meegemaakt, en met zijn ogen dicht krabde hij langzaam aan het droge stukje huid bij zijn kraag, wensend dat de vlucht zou eindigen.

Xie zat tegenover hem, met zijn ene been over het andere geslagen; hij droeg hetzelfde bruine linnen pak als de vorige dag. De stof was onder zijn oksels opgehoopt en werd geleidelijk donkerder naarmate de vlucht over het woud zich voortsleepte. Hij staarde naar het gezicht van de generaal; naar zijn dichtgeknepen ogen en zijn dunne, getuite lippen. Op zeker moment in het recente verleden moest Jian zijn snor hebben afgeschoren, want er was nog een subtiel spoor van een blekere lijn te zien. Zijn haar zag er ook anders uit en was nu keurig in militaire stijl geknipt, aan de zijkanten bijna tot op de huid geschoren. Het was niets voor Jian om er zo formeel uit te zien, en Xie vroeg zich af wat de reden voor de verandering was.

Hij keek naar de andere twee helikopters, die in strakke formatie om hen heen vlogen. Hoger in de lucht kon hij nog een helikopter zien die er anders uitzag, ruim voorzien van wapentuig en met maar twee mensen aan boord, die achter elkaar zaten. Opeens schoot het toestel omhoog en draaide in een strakke hellende bocht achter hen weg. Xie reikte naar een van de gordels, verwachtend dat ze zouden volgen, maar in plaats daarvan vervolgden ze hun rechte, vlakke koers.

Omlijst door het silhouet van het universele machinegeweer en de zijkant van de helikoptercabine, zag hij het begin van een uitgestrekte vulkaan langzaam in zicht komen. Eerst verscheen er een lange rookpluim die uit de krater oprees, en toen ze dichterbij kwamen kon hij de immense flanken van zwart poreus rotsgesteente zien, die het bladergewelf van het woud doorboorden en een paar honderd meter de lucht in staken.

De helikopters cirkelden naar de noordelijke kant van de vulkaan en daalden tot ze zo'n vijftig voet boven de grond zweefden. Toen Xie zijn hals uitstrekte om te kijken, leek het hele woud te bewegen. Er werden enorme camouflagenetten weggetrokken, zodat er plotseling een gebied ter grootte van een voetbalveld werd onthuld. Met een laatste jengel van de motoren landden alle drie de helikopters, terwijl de boordschutter vlak naast hen de veiligheidspal met zijn duim afzette.

Jian tastte in zijn broekzak en nam stiekem drie van de grote blauwe pillen, waarbij hij het plastic flesje met pijnstillers in zijn handpalm verborg. Zijn hals spande zich en zijn adamsappel ging omhoog toen hij ze met moeite doorslikte. Vervolgens gespte hij zijn gordel los en stapte uit de helikopter op de grond. Zich bukkend om zijn hoofd bij de rotoren vandaan te houden, liep hij een paar stappen weg voordat hij plotseling stopte. Er stonden honderden soldaten overal om hen heen, opeengedrukt in een dichte cirkel van zwarte ledematen en wapentuig, die helemaal naar de rand van de open plek waaierde. Niemand praatte. Ze stonden alleen maar zwijgend te staren, met hun ogen samengeknepen tegen de zon.

Jian voelde dat het zweet zich aan de basis van zijn ruggengraat verzamelde terwijl hij de er als een roversbende uitziende puberjongens en mannen langzaam in zich opnam. Ze waren bewapend met een assortiment kalasjnikovs, in China gemaakte QBZ-95-aanvalsgeweren en standaard AK-47's. De meesten hadden granaten aan hun singelbanden gebonden en lange munitieriemen over hun glinsterende borstkassen gehangen. Ze droegen verschoten rode baretten met een assortiment militaire kleren en versleten T-shirts, maar de meerderheid had eenvoudigweg een bloot bovenlijf. Hun lichamen zagen er lenig en broodmager uit, de onderbuiken gehard door de ontberingen van de rimboe.

Xie volgde, uit de helikopter klauterend en onvast met zijn ogen in de volle glans van de zon knipperend. Hij hield halt naast Jian, die zo dichtbij stond dat hun schouders elkaar bijna raakten. Xie voelde dat zijn hoofd leeg raakte. Het waren er zo veel, en ze stonden volkomen stil en volgden met hun ogen iedere beweging, als leeuwen die een prooi beslopen.

'Wat gebeurt er nu?' fluisterde Xie in het Mandarijn. Zijn starende blik bleef over de gezichten gaan, gemagnetiseerd door de donkere ogen, die barstten van de vijandigheid. Het had allemaal een apocalyptische woestheid, alsof ze op de een of andere manier de laatste mensen op aarde tegen het lijf waren gelopen.

'Jian,' fluisterde Xie, vechtend tegen de drang om naar de helikopters terug te gaan. Maar Jian gaf geen antwoord. In plaats daarvan stond hij met gezwollen borst en zijn armen stijf langs zijn zijden, bijna in de houding, alsof hij vastbesloten was om geen gezichtsverlies te lijden tegenover het leger dat voor hen stond.

Plotseling golfde er een beweging door de meute. De soldaten weken snel uiteen en creëerden één rij, die helemaal naar de rand van de open plek kronkelde. Er verscheen een enorme man van achter een van de bomen. Hij had dikke spierbundels op zijn borst en armen, en een enorm bolvormig hoofd. Hij stapte het licht in, zodat er een gezicht met rituele snijlittekens werd onthuld. Ze liepen vanaf de kruin van zijn hoofd recht over zijn wangen en tot voorbij zijn kaaklijn naar beneden.

Terwijl hij daar stond, met losjes langs zijn zijden hangende armen, volgde een andere man van dezelfde monsterachtige proporties hem op de open plek. Ineens barstte er een hoog gegil los. Iedereen in de meute schreeuwde en loeide, zwaaide met zijn wapen in de lucht. Het was alsof het hele woud tot leven was gekomen, en Xie en Jian waren opeens omringd door een stroom van slingerende armen en hoofden; de doordringende geur van de huid van de soldaten deed hun neusgaten verstoppen. Ze roken naar aarde en ingeworteld zweet, de geur van Afrika.

Het geschreeuw werd luider en bereikte een crescendo toen Joseph-Désiré Mordecai de open plek betrad.

Hij was een lange man, misschien nog maar vijfenveertig jaar oud, met een slank postuur en een lichtere huidskleur dan die van zijn lijfwachten. Hij droeg een smetteloos wit pak, dat bijna gloeide in het zonlicht.

Mordecai liep met een uitgestoken hand langs de rij mannen. De soldaten verdrongen zich om in zijn nabijheid te zijn, duwden zich met uitgestrekte handen en gespreide vingers naar voren, vechtend om de lichtste aanraking. Ondanks dit alles werd Mordecai op de een of andere manier niet beïnvloed door alle commotie. Hij liep langzaam, terwijl zijn hand van de ene persoon naar de andere gleed en amper over hun huid streek. Het was alsof hij een cirkel van licht om zich heen had die niemand durfde te betreden.

Mordecai hield halt voor Xie en Jian en staarde hen stilzwijgend aan. Ze konden zijn gezicht nu duidelijk zien, met zijn hoge jukbeenderen en smalle, gebeeldhouwde neus. De huid van zijn voorhoofd was glad, afgezien van één verticale plooi die tussen zijn wenkbrauwen naar beneden liep. Maar het waren de ogen waardoor beide mannen werden aangetrokken. Die waren helder, doorzichtig groen en gevuld met een gevoel van sympathie en kalmte, alsof Xie en Jian op de een of andere manier verantwoordelijk waren geweest voor een vreselijke tragedie maar hij al bereid was om hen te vergeven.

Het monster dat ze hadden verwacht was verdwenen. Voor hen

stond een man die aantrekkelijk en zelfverzekerd was en sereniteit uitstraalde.

'Mijn broeders,' zei Mordecai, zijn armen openslaand. 'Eindelijk ontmoeten wij elkaar.'

Jian reageerde als eerste, door een korte buiging te maken alvorens zijn hand ter begroeting uit te steken. Mordecai staarde er simpelweg naar; hij stopte zijn eigen handen achter zijn rug, maar toonde vervolgens een warme, grootmoedige glimlach.

'Jullie hebben veel gedaan om onze zaak te helpen,' zei hij. 'Het zijn jullie wapens die dit leger hebben opgebouwd. Met deze wapens zullen wij terugvechten tegen die honden in Kinshasa.' Mordecais stem werd luider toen hij zich tot de meute richtte. 'Zijn jullie klaar voor Kinshasa, mijn kinderen? Zijn jullie klaar voor de oorlog?'

De soldaten, die aan zijn lippen hingen, barstten opnieuw los. Mordecai liet zijn ogen heel even dichtgaan, volop genietend van de hysterie. Toen ze weer opengingen, staarden ze Jian direct aan.

'Zoals u kunt zien, zijn we klaar!' zei hij. Vervolgens schreeuwde hij ingespannen: 'Het moment is daar, mijn broeders! Morgen vertrekken we voor de lange opmars naar Kinshasa en onderweg zullen we de aarde verschroeien. Wij zijn de lichtsoldaten en elk van die muzungo-kakkerlakken zal onder onze laarzen verpletterd worden. Zijn jullie klaar om te vechten?'

De meute schreeuwde als antwoord.

'Zijn jullie klaar om in hun bloed te baden?'

Met een oorverdovend geraas drong de meute naar voren.

'Laat maar zien dan!' schreeuwde Mordecai.

Er werd een spreekkoor ingezet, eerst zacht maar aanzwellend in sterkte en toonhoogte. 'Mordecai! Mordecai! Mordecai!' Het had iets hols, bijna afstandelijk, alsof de naam alleen al genoeg was om schade aan te richten.

Mordecai knikte langzaam. Hij had ze de dood beloofd en daarom waren ze dol op hem.

23

Naar zijn lijfwachten gebarend, liep Mordecai met de Chinezen in zijn kielzog naar de rand van de open plek. Toen ze onder het bladergewelf door liepen, konden ze nog meer soldaten zien, wier lichamen half verhuld werden door dicht kreupelhout. Wat ze op de open plek hadden gezien was slechts de voorhoede. Mordecais leger was enorm.

Er slingerde zich een smal pad tussen de bomen door naar de voet van de vulkaan, waar ruwe treden in het zwarte rotsgesteente waren gehakt. Deze leidden naar een breed natuurlijk balkon. Onder een overhangende rotsplaat bevond zich een grot, waarin een tafel en vier leren safaristoelen waren opgesteld. Er lagen een paar okapihuiden over de vloer uitgestrekt, en er stond een oude koelkast met vriezer naast een metalen ventilator. Er verspreidde zich een zacht gezoem over het balkon terwijl de ventilator langzaam ronddraaide en de kurkdroge lucht liet circuleren.

De lijfwachten verdwenen dieper in de schaduw van de grot, Mordecai aan het ene uiteinde van de tafel achterlatend, tegenover Xie en Jian. Ze waren hoog genoeg geklommen om boven de bomen uit te komen en nu strekte een panorama van het Ituriwoud zich voor hen uit, waar elke voorstelbare groentint vibreerde.

Mordecai gebaarde naar de achterkant van de grot en er naderde een oude man, die een dienblad droeg met een grote draadgazen kooi erop. Hij kwakte het op de tafel neer; zijn magere armen waren onhandig en zwak. Mordecai glimlachte naar hem en pakte zachtjes zijn pols vast.

'Vous semblez fatigué, mon oncle. Reposez-vous.' U ziet er moe uit, oom. Ga maar rusten, fluisterde hij.

Mordecai draaide zich vervolgens naar generaal Jian toe, die al door het draadgaas zat te staren. Er zaten twee identiek gekleurde vlinders in, de ene iets groter dan de andere. Ze hadden roze tekeningen die vanaf de thorax liepen, en de tip van elke vleugel eindigde in gitzwarte vlekken. De vleugels zelf zagen er ongelooflijk delicaat uit, alsof ze waren gesponnen van het rag van een spinnenweb.

'*Salamis parhassus,*' fluisterde Jian, zonder met zijn ogen te knipperen naar de specimens starend. 'Ik dacht dat ze uitgestorven waren.'

'Er zijn nog vele kostbare dingen in de Congo overgebleven,' antwoordde Mordecai. 'En beschouw deze maar als een klein teken van onze vriendschap.'

Mordecai boog zijn hoofd naar Xie toe. 'Ik was me er niet van bewust dat u zou komen, anders zou ik een passend geschenk voor u hebben gevonden. Niemand verlaat mijn land met lege handen.'

'Naar uw land komen is... veel beloning,' zei Xie in gebroken Engels met een zwaar Chinees accent. 'Ik ben maar adviseur van generaal. Een administrateur.'

Xie toonde een beleefde glimlach, met zijn vingers over de huid bij één ooghoek wrijvend; hij oogde ineens extreem vermoeid. Met zijn verwarde haar en goedkope linnen pak leek hij bijna ongeïnteresseerd in de gebeurtenissen en na een korte overdenking scheen Mordecai hem buiten beschouwing te laten en richtte hij zijn volle aandacht weer op Jian.

'Deze specimens zijn in het uiterste noorden van het woud gevonden. Ik had mijn soldaten daar speciaal naartoe laten gaan.'

'Ze zijn perfect,' antwoordde Jian met een waarderende knik. 'Ze zullen de trots van mijn verzameling zijn.'

'De gulheid van de hemel is eindeloos,' verklaarde Mordecai, zijn handen ineenklemmend. 'En jullie verdienen er een aandeel in. Jullie hebben ons alles gebracht wat we nodig hebben om Kabila's regime omver te werpen. Daarvoor zullen jullie rijkelijk beloond worden.'

Jian trok een wenkbrauw op. 'Beloond? Ik denk dat júllie rijkelijk beloond worden. Wij betalen jullie drie miljard dollar voor deze mijn. Dat is geen geringe hoeveelheid geld.'

'Nee, dat klopt, maar de prijs is niettemin gerechtvaardigd. Jullie hebben miljoenen telefoons geproduceerd door ons vuurcoltan te gebruiken en dat zal jullie rijke mannen maken.' Hij richtte zijn vinger direct op Jian, en glimlachte alsof hij een mop deelde. 'U zult een héél rijke man worden.'

Er trok geen sprankje van een reactie over Jians gezicht, maar inwendig werd zijn wantrouwen gewekt. Doelde Mordecai erop dat het Gilde in het algemeen rijk zou worden, of wist hij op de een of andere manier van Jians eigen neventransacties in Libanon? Nee, dat was onmogelijk. Hoe kon hij daar iets van weten, aangezien hij hier in deze ellendige rimboe vastzat?

Mordecai verschoof in zijn stoel, terwijl de humor uit zijn ogen wegebde. 'En zeg eens, wanneer zullen de telefoons aan het Westen worden geleverd?'

'Ze hebben de pakhuizen al verlaten,' antwoordde Jian snel, blij om van onderwerp te kunnen veranderen. De aankondiging was veertien uur geleden gedaan en had een wereldwijde mediastorm teweeggebracht. Aandelen voor de hele bestaande telecommunicatiemarkt waren al aan het kelderen. 'Alles is op zijn plaats. En nu zijn we klaar om de vijftig procent aanbetaling over te maken en de leiding over deze mijn in handen te nemen.'

Mordecai knikte vaag, terwijl zijn ogen naar de vlinders op de tafel gingen. Het rijke bruisende roze van hun vleugels gloeide in het licht.

'Zoals afgesproken,' vervolgde Jian, 'zullen we bij de overdracht nog vijfentwintig procent overhandigen en het resterende bedrag na het eerste productiejaar. Een totaal van drie miljard dollar.'

Mordecai knikte langzaam, leek bijna onverschillig voor de geldsommen die er werden besproken. Hij draaide zich om en keek naar het uitzicht. Er verstreken seconden, waarin Mordecai ogenschijnlijk in gedachten was verzonken, totdat zijn uitdrukking plotseling veranderde en weer warm en innemend werd, alsof hij nu met verloren gewaande vrienden te maken had.

'De productie van vuurcoltan zal nog vele jaren doorgaan,' fluisterde hij, zijn lippen met zijn tong natmakend. 'Daar mogen jullie op vertrouwen. Maar wat als ik een betere deal met jullie zou maken?'

Jian haalde zijn schouders op, maar Xie zat nog steeds volkomen stil iedere nuance van Mordecais uitdrukking te observeren.

'Net als eerder, zullen jullie de leiding over deze mijn in handen nemen, maar ik zal jullie ook alle mijnconcessies toekennen voor de hele provincies Noord- en Zuid-Kivu.'

'Maar die kunt u niet geven, omdat ze niet van u zijn,' wierp Jian tegen.

Mordecai hief zijn armen naar de hemel. 'U hebt ons leger gezien. Er is niets wat ons tegenhoudt om de macht te grijpen; de milities zijn al verslagen en Kabila's leger is zielig en ongedisciplineerd.'

'En de MONUC?' vroeg Jian.

'De MONUC,' herhaalde Mordecai, met duidelijke walging in zijn stem. 'Die muzungos zullen als eersten doodgaan. Ze zijn laf en verdeeld, te bang zelfs om hun compounds te verlaten.' Hij boog zich voorover in zijn stoel en Xie keek hoe zijn ogen plotseling veranderden, een met haat vervulde energie uitstraalden die zijn hele gezicht transformeerde. Er zat een vreselijke zekerheid in die ogen, alsof er iets in beweging was gezet wat nooit gestopt kon worden.

'Iedere buitenlander die onze grond bezet zal onze reinigende vuren voelen; iedere man, vrouw en kind zal branden. Meer dan honderdvijftig jaar heeft het Westen ons onderdrukt, onze mensen vermoord en tot slaven gemaakt, en vervolgens met hulp op ons gespuugd. Maar nu is onze tijd gekomen en, dat beloof ik jullie, de reiniging zal wijd en zijd gevoeld worden.'

Hij stond op uit zijn stoel en liep vanuit de schaduw het daglicht in. Het stralende licht deed zijn witte pak gloeien. Het zag er detonerend uit tegen het zwarte rotsgesteente en de modderige groentinten van het woud. Toen Mordecai zich uiteindelijk weer naar hen toe draaide en sprak, was zijn stem monotoon geworden, alsof die gebeurtenissen van lang geleden opsomde.

'Eenmaal in Kinshasa, zal ik de Congo opdelen zoals mij goeddunkt. God heeft ons rijkdommen gegeven, variërend van koper tot goud, diamanten tot uranium. Het ligt allemaal hier, vlak onder onze voeten. Of jullie komen nu binnen of jullie gaan in de rij staan met elke andere natie die binnenkort voor mijn deur staat te smeken.'

Xie keek naar Jian, maar de generaal negeerde hem.

'Welke prijs heeft u in gedachten?'

'Jullie betalen de hele som voor de mijn. Alles vooraf.'

'Dat is drie miljard dollar...'

'Het is niks,' onderbrak Mordecai hem. 'Niks als je alles meerekent wat jullie al van mijn land stelen. U weet toch waar ik het over heb, generaal?'

Jian hield zich stil, heel goed wetend dat het Gilde een hele rits illegale mijnconcessies in de Congo steunde, variërend van kleinschalige dagbouw tot grote winningen van tin en diamanten. Alleen dat jaar al was er voor bijna een miljard dollar aan illegaal tin in neutrale vrachtwagens door Lubumbashi gegaan om buiten Zambia verkocht te worden, terwijl er bijna net zoveel aan ongeslepen diamanten over de grens heen naar Uganda was gegaan. Er waren nog meer van zulke praktijken. Veel meer.

'Jullie betalen alles vooraf en dan zal ik die claims wettigen. Zo niet, dan zal ik de hand die van mijn volk steelt afhakken.'

Jians uitdrukking bleef gefixeerd. De huidige president, Kabila, was niet sterk genoeg om een regeling af te dwingen, maar iemand als Mordecai zou in staat zijn om alle illegale mijnbouwactiviteiten van het Gilde in zijn greep te nemen, de concessies aan de hoogste bieder te verkopen en de prijzen hoog op te drijven.

Door de deal te tekenen en vroeg mee te doen, kon hij ervoor zorgen dat het Gilde een ongelooflijke slag zou slaan. En de prijs was slechts wat ze al voor deze ene mijn betaalden, een fractie van de ware waarde van al die andere mijncontracten. Door zo'n deal zou zijn invloed in het Gilde stijgen. Hij zou in het middelpunt van het hele gebeuren staan, als verbinding tussen Mordecai als de nieuwe leider van de Congo en aan de andere kant de mijnbedrijven in China, die wanhopig graag toegang tot de mineralen wilden.

Jian draaide zich langzaam naar Xie toe. 'Haal het extra geld onmiddellijk,' zei hij in het Mandarijn. 'Ik wil dat de deal vandaag wordt afgerond.'

Xie keek op, met zijn wenkbrauwen lichtjes gebogen, maar reageerde niet. Er klopte iets niet aan dit alles. Daar was hij zeker van. Ze werden gebruikt om een ander doel te dienen, maar wat het precies was kon hij niet helemaal zien. En Mordecai had iets verzwegen over het vuurcoltan. Elke keer als hij het woord ook maar noemde had hij zijn lippen gelikt.

'Hoorde je wat ik zei?' vroeg Jian, ongeduldig naar Xie starend.

Hij knipperde met zijn ogen. 'U zult dit moeten opnemen met Peking,' zei hij, zacht en onkarakteristiek snel sprekend. 'U hebt het gezag niet om dit soort beslissingen te nemen.'

Jians hele lichaam werd stijf toen hij zijn woede probeerde te beheersen en zijn ogen werden gitzwart. Hij masseerde langzaam zijn slapen, in een poging zichzelf ervan te weerhouden om over de tafel uit te halen naar deze verschrikkelijke wezel van een man. Zijn hartslag ging sneller en versterkte de pijn in zijn hoofd, totdat het voelde alsof zijn hersenen op de een of andere manier waren gezwollen en ondraaglijk tegen zijn schedel drukten. De pijn! Die was eindeloos! Hij moest deze deal rond krijgen. Er een einde aan maken zodat hij eindelijk vrij kon zijn van de hele zaak.

Jians stem zakte tot een gesis. 'Twijfel nooit meer aan mij, schijtventje. Ik leid deze operatie. Jij niet.'

Er verscheen een vreemde, bijna gepijnigde glimlach op Xies lippen. 'Ik ben er vrij zeker van dat u niet geïntimideerd wordt door mij, maar denk eraan wie ik vertegenwoordig.'

'Jij bent niets meer dan een parasiet. Ik zal deze deal leiden zoals ik wil. Denk maar niet dat jij hier een stem hebt.'

Jian staarde hem nog iets langer aan en ging vervolgens rechtop in zijn stoel zitten. Hij was degene geweest die het Goma-project had opgebouwd. En hij zou degene zijn die er de leiding over had.

'U hebt een deal,' zei hij tegen Mordecai, opzettelijk langs Xie heen starend. 'We doen de betaling zoals afgesproken en we maken het tweede deel van het geld over als we in Peking terugkomen.'

Mordecai schudde zijn hoofd, langzaam met zijn vinger zwaaiend. 'Wij hebben niet de luxe van tijd. Morgenavond verlaten we dit kamp en tegen die tijd moet het geld in onze handen zijn. Zo niet, dan zal ik nadenken over de vele andere opties die ik beschikbaar heb. We hebben al veel verzoeken van delegaties die willen langskomen.'

'U zult het geld tegen die tijd hebben,' antwoordde Jian kortaf. 'Houdt u zich gewoon aan uw kant van de afspraak.'

'Wij hebben elkaar tot dusver vertrouwd. Ik zie geen reden om nu dingen te veranderen.'

Xie bleef zitten met zijn armen over zijn borst gevouwen terwijl hij keek hoe Jian naar de metalen Pelican-koffer bij zijn voeten reikte.

'Waar doen we dit?'

Mordecai stak zijn arm omhoog om aan te geven dat hij moest volgen. Xie op zijn stoel achterlatend, liepen ze naar de trap. Beide lijfwachten kwamen van achter uit de grot op de beweging af en plaatsten zich tussen Mordecai en Jian in.

De trap leidde over de grotingang heen en verder langs de flank van de vulkaan naar een groene legerbarak die op de rotswand was gebouwd en met een camouflagenet was bedekt. Buiten waren grote ronde satellietschotels naar de hemel gedraaid, samen met een verzameling radioantennes, terwijl er in de keet zelf twee mannen voor een rij radioapparatuur en computers zaten.

'Het wonder van technologie,' zei Mordecai. 'Van hieruit zou ik een kleine regering kunnen leiden.'

Beide mannen sprongen overeind toen ze zijn stem hoorden en trokken zich saluerend tegen de zijwand terug. Op Mordecais gebaar maakten ze snel ruimte voor Jian vrij op de lage schragentafel en hij zette zijn Pelican-koffer erop. Hij klikte de sloten open en vouwde de twee helften uit elkaar, om een gloednieuwe zilverkleurige laptop te onthullen die in een laag beschermingsschuim nestelde. Toen hij die opstartte, snorde de harde schijf zachtjes en kwam met een flikkering op het scherm tot leven. In slechts een paar seconden was Jian rechtstreeks verbonden met de buitenwereld door de BNS-satellieten die al op hun plek waren. Hij boog zich over de computer en tikte het eerste wachtwoord in om de geldoverdracht te beginnen.

'Volg het,' beval Mordecai de dichtstbijzijnde operateur. De minuten verstreken; de droge hitte in de keet was ondraaglijk. Jian voelde zijn legerkleren aan zijn huid plakken, maar hij bleef absoluut beweginloos terwijl de overdracht plaatsvond. Dit moment betekende een enorme nieuwe bron van middelen voor het Gilde, en door zijn werk hier zou China exclusieve toegang tot het meest overvloedige land van Afrika krijgen. Dit was een cruciaal moment in zijn leven. Geen moment om Xies gebrek aan visie of moed te dulden.

Jian doorliep het volgende stadium van de veiligheidsprocedure, door de twaalfcijferige code zorgvuldig uit het hoofd in te voeren. Een paar seconden later gloeide het videovergaderingsicoon om een inkomend gesprek aan te geven, en het gezicht van een Chinese man in een keurig pak kwam in beeld.

'Inlogcode, alstublieft,' verzocht hij in het Mandarijn.

'Rood. Alfa. Chongquing. November,' dreunde Jian met militaire precisie articulerend op.

'Bevestigd. Dank u, generaal.'

Het gezicht verdween en Jian sloot het deksel van zijn laptop.

Een paar seconden later draaide de dichtstbijzijnde operateur zich weer naar Mordecai toe en knikte. Het geld was overgeboekt.

'De mijn is van jullie,' zei Mordecai met een lichte hoofdknik.

Daarop leidde hij Jian de keet uit. Toen ze op het punt stonden de trap weer af te dalen, wachtte Mordecai even en keek naar de kraaglijn van Jians overhemd. In het volle daglicht kon hij de droge huidschilfers en het vlees dat daaronder begon te zwellen duidelijk zien.

Toen Jian hem over het pad volgde, wikkelden zijn vingers zich om het leren bandje van zijn halssnoer. Hij voelde de natuurlijke warmte van het Hart van Vuur tegen zijn huid drukken en wreef het zachtjes heen en weer tussen zijn duim en wijsvinger. Met zoveel stress en de gekmakende hoofdpijnen waardoor hij werd geplaagd, vond hij de sensatie op een vreemde manier kalmerend. Hij was de steen nog steeds aan het betasten toen ze de ingang van de grot bereikten en Xie starend naar het uitzicht aantroffen.

Toen ze de rij bomen op de terugweg naar de open plek passeerden, zagen ze dat de menigte LRA-soldaten was verdwenen en dat alleen de huurlingen nog bij hun helikopters stonden. De laatste lading vuurcoltan was al aan boord gestouwd. Xie klauterde als eerste naar binnen terwijl de rotoren traag begonnen te zwiepen.

Vlak voordat hij instapte, draaide Jian zich naar Mordecai om. 'Het geld zal morgen worden overgemaakt. Ik geef u mijn woord.'

'Dan zullen jullie alle rechten erop krijgen,' antwoordde Mordecai glimlachend. Hij hief zijn armen hoog op alsof hij de hele wereld omvatte.

Toen Jian hem de hand wilde schudden, staarde Mordecai bewegingloos naar de uitgestrekte palm van de generaal, alsof het een of andere persoonlijke belediging was. Maar heel plotseling stak hij zijn hand uit, schudde die van Jian en toonde hem een geruststellende glimlach voordat hij aangaf dat Jian moest instappen. De helikopters stegen vervolgens eendrachtig op en snelden met ronkende motoren in formatie weg, laag over de boomtoppen scherend.

Verscheidene minuten nadat ze waren vertrokken bleef Mordecai stilstaan. Net toen zijn lijfwachten nerveuze blikken begonnen te wisselen, bracht hij zijn hand langzaam naar zijn gezicht en snuffelde. De geur van de hand van de buitenlander was er nog; de scherpe, bijna chirurgische reinheid, vermengd met ondertonen van een of andere dure eau de cologne.

Muzungos. Ze roken allemaal hetzelfde – westerlingen en oosterlingen. Ze hadden zich als een kanker over dit land uitgezaaid, maar vanaf morgen zou hij de Congo van hun stank ontdoen.

Hun vuren zouden voorwaar helder branden.

24

Beer en Luca hadden de hele ochtend door het dichte kreupelhout gesjokt. De regen van de vorige nacht was afgenomen tot gemiezer, maar de wolken zagen er nog steeds zwaar uit, alsof ze elk moment konden barsten, en deden de vochtigheid stijgen. Het was benauwd en heet, en daardoor voelden ze zich allebei slap.

Ze hadden een smalle rivier bereikt en stonden nu op de oever naar de flank van de vulkaan te staren. Ze konden de hitte al voelen die ervan afstraalde en zien waar het rotsgesteente vuilgeel was gevlekt door de zwavelwolken die van de flanken af dampten. Nog hoger slaagde slechts een handvol onderontwikkelde, askleurige bomen erin zich aan het hellende oppervlak vast te klampen; ze leidden hun blik naar de bollende rookzuil die uit de krater oprees en met een lage wolkenbank versmolt.

Ze liepen dichter naar de rivier toe en hurkten bij een rietbed neer. Het water zag er zo onbeschut uit dat geen van beiden het wilde wagen om de open ruimte in te gaan. Ze waren zo gewend geraakt aan de bomen en het kreupelhout dat het voelde alsof de geringste blootstelling het geronk van de helikopters zou aantrekken.

'Er is geen andere weg,' zei Luca uiteindelijk. 'We zullen moeten zwemmen. Denk je dat dat zal gaan met je schouder?'

Beer knikte voordat ze opnieuw naar de hemel gluurde. 'We zullen de hele tijd in de open ruimte zijn. Als er een helikopter overvliegt, zal die ons meteen oppikken.'

'Ik weet het,' zei Luca, langzaam knikkend. 'Maar we zullen het er gewoon op moeten wagen.'

Ze schudde haar hoofd. 'Dit is een slecht idee. We moeten aan deze kant van de rivier blijven, in de beschutting van de bomen.'

'We moeten dichterbij komen als we een kans willen maken om die tunnels te vinden. En het is of dat, of wachten tot de patrouille ons inhaalt.'

Beer staarde zwijgend over het water. Eerder die ochtend hadden ze de trommen weer gehoord. Ondanks het feit dat de regen de grond vloeibaar maakte en ondanks alles wat ze hadden gedaan om hun sporen te bedekken, had het LRA hen op de een of andere manier weer gevonden. Het was bijna onmogelijk te begrijpen hoe. De soldaten moesten de hele nacht zonder ook maar één pauze zijn doorgegaan en waren in de ochtend nog steeds terrein aan het winnen op hen. Het was bovenmenselijk.

Beer wendde zich uiteindelijk hoofdschuddend van het water af. '*C'est une vraie mauvaise idée.*' Dit is een heel slecht idee, bromde ze tegen zichzelf, voordat ze neerknielde en haar veters losmaakte.

Toen Luca opstond en zijn schoenen over zijn schouder slingerde, keken ze elkaar aan. Geen van beiden had zelfs maar erkend wat er de vorige nacht was voorgevallen en nu leek het hele gebeuren zo uit de context gerukt, zo zielig ongepast. Hoe kwam ze er in godsnaam bij, om zo seks te hebben?

'Klaar?' vroeg Luca.

Beer liep langs hem heen, waadde door het water en dook erin. Al borstcrawlend probeerden ze hun hoofd boven het oppervlak te houden. De rivier was lauw en smerig, doordat het regenwater van de vorige avond modder van de oevers naar de hoofdbedding spoelde.

Ze moesten hard werken, lucht naar binnen happend terwijl ze stroomafwaarts werden getrokken. De stroming was veel sterker dan ze hadden verwacht en toen ze eindelijk de andere oever op kropen, waren ze bijna de verste bocht in de rivier om gegaan, haast honderd meter bij de plek vandaan waar ze waren begonnen.

Ze werkten zich langzaam om de flank van de vulkaan heen naar een morenenveld vol enorme zwarte keien. Hier was de hitte intenser; de lucht heet en droog, doortrokken van de bittere stank van zwavel. Ze probeerden tegen het brandende gevoel in hun keel te vechten, maar alles werd door fijn zwart stof bedekt, waardoor ze bijna continu moesten hoesten. Het dwarrelde in de trage bries om hun enkels heen, plakte aan hun kleren en huid en maakte hun handpalmen zwart.

Ze hadden bijna een uur gelopen en waren langs verscheidene smalle tunnels gekomen die het rotsgesteente langs de rivier in leidden. Luca was naast elk daarvan gestopt en een meter naar binnen gekropen voordat de tunnel doodliep of te nauw voor hem werd om verder te gaan. Hij hurkte net neer bij de opening van een kleine grot, toen Beer opeens bleef staan. Honderd meter verderop kon ze het vage silhouet zien van een figuur die op de grond lag.

'Dat moet een van de bewakers zijn,' fluisterde ze.

Luca knikte. De figuur lag met zijn hoofd naar de zon en één knie lichtjes omhoog. Ze wachtten een paar minuten, maar er was geen enkele beweging.

'Het lijkt erop dat hij slaapt. We kunnen hoger klimmen en boven hem komen.'

Beer staarde hem aan; haar huid was donkerder geworden door het zwarte stof. Het deed het wit van haar ogen helderder lijken, terwijl haar ooit witte vest zo zwart was geworden dat het praktisch niet te onderscheiden was van de rest van haar lichaam.

'Dat is waanzin. Wat als hij wakker wordt en alarm slaat?' zei ze.

'We klimmen omhoog en gaan net boven hem langs. Maak je geen zorgen, hij zal ons niet zien.'

'Wat dacht ik in godsnaam wel niet? We hadden de rivier nooit moeten oversteken.'

Luca bracht zijn vinger naar zijn lippen om aan te geven dat ze zachter moest praten. 'Geef me tien minuten.'

Hij ging naar voren en beklom snel de rotsen direct boven hen. Vervolgens werkte hij zich horizontaal verder totdat hij zich boven de sluimerende figuur bevond, die echter nog steeds achter een van de vele keien verborgen was. Door zijn hals uit te strekken probeerde hij een beter zicht te krijgen toen de neus van zijn rechterschoen een steen loswrikte en de heuvel af deed kletteren. De steen tolde luidruchtig, deed met elke draai stofwolken opstuiven, alvorens in het ondiepe water naast de rivieroever te duiken. Hij had de figuur op slechts een meter gemist.

Luca kwam uit zijn dekking tevoorschijn en schoof de heuvel af totdat hij op maar drie meter afstand stond. Met een steen in zijn rechterhand om als wapen te gebruiken kroop hij dichterbij om het gezicht van de man te zien.

'Putain,' fluisterde Beer; ze wilde schreeuwen en hem tegenhou-

den. Ze zag hem recht op de man af gaan en zag vervolgens zijn hand langzaam zakken toen hij de steen weer op de grond wierp.

Beer rende erheen. Voor Luca's voeten lag een verstijfd lijk. Het gezicht was naar hen toe gedraaid, de palm van de rechterhand uitgestrekt alsof die naar iets greep, terwijl een laag stof de open ogen van de man bedekte en de dode pupillen dof maakte. Er liepen twee gestolde bloedstrepen vanaf zijn neus naar beneden en de hele linkerkant van zijn gezicht was afschuwelijk misvormd. Een dik gezwel verwrong zijn hals en de zijkant van zijn wang, waardoor zijn natuurlijke trekken verhuld werden en op de een of andere manier verdraaid en monsterlijk leken.

Net rechts van het lijk bevond zich een overhangende rotsplaat en daaronder de donkere ingang van een tunnel. Ergens in het verre verleden was er een oude lavastroom uit de flank van de vulkaan gebarsten en had een spoor van stollingsgesteente achtergelaten, dat zich als een opgedroogde rivier langs de helling naar beneden slingerde.

Beer hurkte neer, nauwkeuriger naar het gezicht van de man starend. 'Hij ziet er als een Bantu uit. Misschien uit een van de dorpen hier in de buurt. Maar als hij wist te ontsnappen, waarom probeerde hij dan niet te vluchten? Zich in het oerwoud te verstoppen of zo.'

'Misschien was hij te zwak om nog verder te kunnen gaan,' antwoordde Luca. Het lijf van de man zag er uitgehongerd en afgebeuld uit. 'Arme donder.'

'Wat is dat gezwel op de zijkant van zijn gezicht? Heb je ooit eerder zoiets gezien?'

Luca schudde zijn hoofd. 'Nee, maar we hebben in Goma een arts ontmoet die zei dat hij gezwellen had gezien op de lichamen die in de rivier waren gedumpt. Dat moet hetzelfde zijn.'

'Waardoor wordt het dan in godsnaam veroorzaakt?'

Luca gaf geen antwoord. Tot dat moment had hij zich alleen geconcentreerd op Joshua opsporen, zonder te piekeren over het soort toestand waarin hij kon verkeren als ze hem uiteindelijk vonden.

'Ik vraag me af of ze allemaal zo zijn,' fluisterde hij. 'De mijnwerkers, bedoel ik.'

Beer raadde zijn gedachten. 'Dat betekent niet dat jouw vriend er net zo aan toe is. We weten niet eens waardoor het wordt veroorzaakt en waarmee we hier te maken hebben.'

Luca's blik draaide naar de ingang van de tunnel. 'Ik denk dat er maar één manier is om erachter te komen.'

Hij hurkte neer en tuurde in de duisternis van de tunnel. Die was hooguit een meter hoog, en zo smal dat ze hun schouders erdoor zouden moeten wringen. Er blies een misselijkmakende luchtstroom, doortrokken van de geur van zwavel, tegen zijn gezicht. Even staarde hij alleen maar, tegen de hitte knipperend.

'Jij hoeft daar eigenlijk niet naar binnen te gaan,' zei hij. 'Als dit de mijn is, kan ik een monster voor je meenemen.'

'Ja, maar ik kan ook niet in de openlucht blijven. Het lijkt er dus op dat ik hoe dan ook de lul ben.'

Luca toonde een holle glimlach. Hij trok het overlevingsmes uit de schede en draaide de bovenkant los. Daarna trok hij zijn T-shirt uit, sneed de onderkant ervan in repen en wikkelde die zorgvuldig om het lemmet. Hij haalde een van de waterbestendige lucifers uit de cellofaanwikkel, streek hem op de rots aan en hield hem onder de stof. De likkende vlammen waaierden zijwaarts in de tocht.

'Blijf dicht in de buurt,' zei hij, waarna hij voorwaarts de duisternis in glibberde. Beer probeerde zichzelf ertoe te brengen hem te volgen, maar keek in plaats daarvan hoe het flakkerende licht van de fakkel geleidelijk dieper naar binnen verdween. Doordat ze mijnen inspecteerde voor het bedrijf was ze wel gewend aan ingesloten ruimtes, maar daar hadden ze lichten en machines; het was luidruchtig, met een massa arbeiders. Hier had je alleen het geschraap van Luca's schoenen tegen het rotsgesteente en de lange, lonkende duisternis.

Toen het laatste lichtschijnsel uit het zicht verdween, liet Beer zich op haar buik glijden en schoof vooruit. Een meter de tunnel in werd de zwavelgeur intenser en stroomde haar neus en ogen in. Ze hoestte, voelde zichzelf kokhalzen en probeerde al tijgerend haar mond met haar hand te bedekken. Vlak voor haar kon ze de kleine lichtkring van Luca's fakkel onderscheiden, waarvan de vlammen het lage plafond likten. Ze focuste op het licht, in een poging al het andere buiten te sluiten.

Ze gingen voort door de tunnel, die zo nauw werd dat Luca verscheidene keren moest stoppen en zich er met ruwe rukken van zijn schouders door moest wringen. Het rotsgesteente om hen heen werd met elke meter heter. Het was een doffe, tijdloze warmte die hen al een paar seconden nadat ze naar binnen waren gegaan deed zweten. Vlak voor haar hoorde Beer Luca vloeken, waarna de gele vlammen wankelden en hen in duisternis dompelden. Beer staarde vooruit, maar er was geen greintje grijs of schaduw te zien. Het was alleen maar zwart. Ze stak haar hand uit en haar vingers tastten over het rotsgesteente totdat ze in aanraking kwamen met de hak van Luca's schoen. Die greep ze stevig vast.

Ze voelde hem weer vooruit schuiven, zich dieper de tunnel in werkend. Ze waren nog maar vijf of tien minuten aan de gang, maar iedere seconde kroop voorbij; het enige geluid was dat van hun lichamen die over het kale rotsgesteente schraapten. Haar ellebogen en knieën brandden doordat ze tegen het hete oppervlak werden gedrukt, terwijl haar nekspieren zich inspanden om haar gezicht van de grond te houden. Haar mond raakte verstopt met stof, dat met haar speeksel stolde en haar dwong om iedere paar seconden te spugen om de vreselijke smaak kwijt te raken.

'Ik zie iets,' fluisterde Luca.

Beer kneep in zijn voet; de wetenschap dat het gauw voorbij zou zijn gaf haar een snelle energiestoot. Nu er opluchting door hen heen stroomde, gingen ze allebei sneller.

Ze begonnen geluiden te horen. Er klonk een bons, gevolgd door zachte hamerslagen. Ze hoorden een schreeuw en het gerammel van metalen kettingen. Vlak boven hen ontdekte Luca een kleine opening in het plafond van de tunnel. Hij draaide zich om zodat zijn gezicht naar boven was gericht en wrikte vervolgens zijn schouders er een voor een door, voordat hij zichzelf omhoog en de tunnel uit hees.

Beer, die zichzelf wanhopig graag van de claustrofobische hitte wilde bevrijden, volgde hem, maar de mijnschacht waarin ze opdoken was nauwelijks beter. Een oude elektrische lamp aan het uiteinde verlichtte een lange rij kromme houten stutten die naar één opening leidden. De zwarte wanden vertoonden aan beide kanten boorlittekens, en op de grond waren vergeten stapeltjes puin opgehoopt. Naast de tunnelopening lag een houten emmer, zwart van het stof, samen met een kleine koevoet en een moker die van de dode man buiten moesten zijn geweest.

Beer liep naar de dichtstbijzijnde puinhoop, hurkte neer en rommelde erin. Ze hield een paar brokken tegen het licht alvorens ze weer weg te gooien. Na een poosje stopte ze en hield ze een rotsbrokje voor haar gezicht. Ze tuurde er nauwkeuriger naar. In het matte elektrische licht kon ze de rode ader die erdoorheen liep net onderscheiden.

'Is het hetzelfde spul?' vroeg Luca, over haar heen gebogen.

Beer knikte. 'Ja. We hadden gelijk over deze plek. Hier komt het vuurcoltan vandaan.'

Laag gebukt slopen ze voorzichtig van de ene schaduw van een stut naar de andere door de lange mijnschacht naar het licht toe. De geluiden werden harder, hamerslag na hamerslag afgewisseld met het samengeperste gedreun van pneumatische drilboren. Ze zagen een figuur langs de opening voor hen schuifelen, niet meer dan zes meter bij hen vandaan, maar hij leek hun aanwezigheid niet op te merken. Hij was bezig een smerig stuk teerdoek met een hoop zwarte stenen erop naar een of andere onzichtbare bestemming te slepen.

Ze bereikten het einde van de schacht. Voor hen strekte zich een enorme spelonk uit met verschillende niveaus die in de zijkanten waren gehouwen. De niveaus liepen in ronde banden om een centraal atrium heen, als de contouren van een kaart, voordat ze naar een kolossaal koepeldak leidden, tientallen meters boven hun hoofd. Door één gat recht boven hen stroomde natuurlijk licht de mijn in, dat gestaag zwakker werd naarmate het lager in de zwevende stofwolken en donker, ondoorschijnend rotsgesteente daalde.

Er waren in totaal negen niveaus, elk omringd door een houten balkon en bezaaid met een massa metalen troggen die onafgebroken op en neer bewogen. De troggen waren door zware metalen kettingen verbonden met een katrollensysteem ergens verderop. Beer en Luca keken hoe er stenen van ieder niveau zorgvuldig in de troggen werden geschept alvorens weg te worden gehesen. Hij kon nu figuren zien, tientallen op ieder niveau, die met trage bewegingen in de verstikkende hitte hun ladingen aan het opstapelen waren.

'Jezus christus,' fluisterde Luca. Hij draaide zich naar Beer toe, maar ze stond recht vooruit te staren naar twee figuren die vlak voor hen aan de basis van de mijn aan het werk waren. Beiden waren uitgemergeld en bewogen zich lusteloos terwijl ze het rotsgesteente wegschraapten en het geleidelijk op een klaarliggend teerdoek stapelden. Ze leken op het punt van instorten te staan, en toen een van hen zich in het licht draaide, zag Luca dat hij dezelfde misvormde trekken en groteske schedelzwelling had als het lijk buiten. Er sijpelde bloed uit de oren van de man en hij schuifelde met trage, schokkerige bewegingen, kreupel van de uitputting. Zijn wezenloze ogen leken dwars door hen heen te kijken.

'Moet je die mensen zien,' fluisterde Luca, overstemd door het lawaai van de boren. De lucht was gevuld met het geluid van versplinterend rotsgesteente en het gerammel van metalen kettingen.

Beer drukte haar mond tegen zijn oor. 'Waar zijn de bewakers? Ik kan er geen een zien.'

Luca's ogen gingen gestaag van de ene figuur naar de andere en omhoog langs de niveaus. Iedereen schuifelde simpelweg vooruit en kiepte zijn lading in de wachtende troggen alvorens zich terug te trekken in een netwerk van mijnschachten die bij het centrale atrium vandaan liepen.

'Ik zie ook geen bewakers. Waar zijn ze in godsnaam?'

'Misschien komen ze niet hierbeneden. Zou jij dat doen, als je er uiteindelijk net zoals die mijnwerkers uit zou zien?'

Terwijl Beer de woorden uitsprak, besefte ze opeens dat er een mannenfiguur niet meer dan drie meter bij hen vandaan op de grond gezakt zat. Hij rustte tegen de wand, met zijn knieën tegen zijn borst opgetrokken en zijn hoofd gebogen. Zijn ledematen waren hoekig en gehavend, naar achteren gedrukt alsof ze met het rotsgesteente waren versmolten. Ze kon nauwelijks geloven dat ze zo dichtbij waren geweest zonder hem te zien, maar nu zag ze ook anderen, half verborgen in de duisternis; één opgeheven ledemaat of het silhouet van iemand die met het gezicht omlaag op de grond gezakt zat. De doden waren overal om hen heen, in de steek gelaten en genegeerd.

Beer voelde haar maag verkrampen. De hitte en de zwavelstank maakten haar misselijk. Ondanks alle door oorlog verscheurde helpoelen waar ze was geweest, had ze nooit een meedogenlozer en wanhopiger oord gezien.

'We kunnen hier niet blijven, Luca,' siste ze, hem met haar hand aanstotend. 'We moeten opschieten.'

Hij knikte aarzelend. 'Oké. We moeten vragen of ze Joshua hebben gezien. Iemand hier moet weten waar hij is.'

'Luca, kijk eens naar ze. Het zijn net spoken. Ze kunnen amper staan, laat staan vragen beantwoorden.'

'Dan proberen we een van de andere niveaus verderop. We moeten doorgaan tot we een antwoord krijgen.'

Beer pakte zijn schouder vast. 'Als we hoger gaan, zullen we gepakt worden. We moeten gaan, Luca. Hier als de bliksem weg, nu we de kans hebben.'

'Het spijt me, Beer, maar ik moet het proberen.'

Ze staarde in zijn ogen. Nu ze de oorsprong van het vuurcoltan had ontdekt, voelde ze een dringende behoefte om hier weg te gaan. De impuls onderdrukte elk gevoel van controle of zelfbeheersing, en ze draaide zich half naar de lavatunnel om. Ze moest weg van de claustrofobie en dood.

Voordat ze nog meer kon zeggen, kroop Luca uit de opening van de mijnschacht en liep hij langs de rand van het centrale atrium. De bodem van de mijn was donker, alleen verlicht door de restanten van natuurlijk licht dat van buiten naar beneden stroomde en af en toe een elektrische gloeilamp. Luca's hele bovenlichaam was zwart besmeurd van het stof in de tunnel, dat de glans van zijn witte huid grijs maakte en hem hielp om met de schaduwen te versmelten. Beer keek een poosje naar hem, terwijl ze langzaam hoofdschuddend een besluit probeerde te nemen.

Een paar meter verder was Luca naast een van de dikke houten stutten blijven staan. Hij probeerde uit te vogelen hoe hij die het best kon beklimmen. Binnensmonds vloekend keek Beer even naar hem. Toen stapte ze abrupt de mijnschacht uit en klauterde vlug in een van de metalen troggen. Terwijl Luca naast haar krabbelde, werd de trog met een ruk langzaam de lucht in gehesen.

Ze passeerden één niveau en daarna het volgende, waarbij ze hun rug in de metalen bak gebogen hielden en hun hoofd laag. Over de rand van de trog heen konden ze nu meer mensen zien werken in de lange rijen schachten die vanaf het centrale atrium uitwaaierden. Iedereen was zwijgend aan het graven, hameren of sjouwen. Allemaal hadden ze een overweldigende sfeer van droefheid over zich, alsof de rest van hun leven samen met de laatste spoortjes hoop was weggeveegd.

Luca kneep in Beers arm toen ze langzaam langs een volgend niveau rammelden. Ze sprongen allebei uit de trog en landden met een bons op het ruwhouten plateau. Ze hurkten neer, doodsbang dat iemand het had gehoord, maar met alle lawaai en commotie van de mijn had niemand het gemerkt.

'Blijf uit de buurt van het hoofdgedeelte,' waarschuwde Luca, die Beers arm vastpakte en haar de dichtstbijzijnde schacht in trok. Ze renden verder naar binnen, sloegen een hoek van negentig graden om en daarna nog een, voordat ze op een man stuitten die bezig was een kleine metalen pin in het rotsgesteente te hameren. Met trage bewegingen worstelde hij om de pin stabiel te houden. Beer raakte zijn schouder aan om zijn aandacht te trekken. Toen hij zich naar haar omdraaide, zag ze dat zijn ogen doorvlochten waren met bloeddoorlopen aders; er puilde een lelijk gezwel op zijn hals.

'Avez-vous vu un blanc?' Hebt u een blanke gezien, vroeg Beer, en toen zijn uitdrukking niet veranderde, probeerde ze het in het Hema en vervolgens in het Swahili. De mijnwerker staarde alleen niet-begrijpend.

'Kom mee, we moeten iemand anders proberen,' kwam Luca tussenbeide, haar terug door de mijnschacht trekkend.

Ze keerden op hun schreden terug en wachtten bij de ingang van het hoofdatrium, speurend naar bewakers. Er was nog steeds geen teken van ze en het leek er steeds meer op dat de mijnwerkers op zichzelf waren aangewezen. Ze klauterden aan boord van een andere trog en gingen twee niveaus hoger, hetzelfde proces herhalend. Hier viel het hun meteen op dat de hitte minder hevig was en dat de gezwellen van de mijnwerkers ook minder sterk ontwikkeld waren. Iedere man die ze ondervroegen reageerde sneller, beter in staat om zich te concentreren en zowaar te begrijpen wat Beer zei.

Maar desondanks was het resultaat altijd hetzelfde. Niemand van hen had ooit een andere blanke in de mijn gezien of daarvan gehoord.

Uiteindelijk pakte Beer Luca's arm vast. 'We zijn hier te lang geweest,' zei ze. 'We kunnen zo niet doorgaan.'

'Alleen nog een...'

'Non! Assez!' Genoeg, siste Beer, in een poging haar stem te beheersen. 'Luca...'

'We moeten Joshua vinden,' smeekte Luca. 'Hij... moet hier zijn.'

Beer schudde haar hoofd. 'Genoeg, Luca. We zitten midden in de LRA-basis en als we zo doorgaan, zullen we gepakt worden.'

'Alsjeblieft,' zei hij, haar hand vastgrijpend. 'Alsjeblieft, nog eentje.'

Beer deed haar ogen dicht; de situatie voelde opeens volslagen hopeloos. Het was pure waanzin waar Luca mee bezig was. Ze zouden Joshua hier nooit kunnen vinden.

Ze keerden naar het centrale atrium terug, en naast de opening gehurkt keken ze van het ene gezicht naar het andere. Terwijl ze zochten, werd Beer zich plotseling bewust van de aanwezigheid van een man vlak achter hen. Ze draaide zich om, en voor haar stond een mijnwerker die ze nog niet eerder hadden gezien, met een koevoet losjes in zijn hand. Verscheidene seconden verroerde hij zich niet, langzaam met zijn bloeddoorlopen ogen knipperend.

'Blanc.' Blanke, fluisterde hij met een knarsende, lang niet meer gebruikte stem. Vervolgens richtte hij zijn vinger met een ruk naar het balkon twee niveaus hoger aan de andere kant van het atrium.

'Oui, un blanc,' herhaalde Beer. *'Vous avez vu un blanc là-bas?'* Hebt u daar een blanke gezien?

De man knikte langzaam, voordat zijn ogen zich richtten op het verre licht dat door het natuurlijke koepeldak van de mijn scheen. Hij bleef zo staan kijken, met ogen die afwisselend scherp en wazig werden, alsof hij het licht jarenlang niet had gezien.

'Merci, merci,' stamelde Beer. Ze renden om de zijkant van het houten balkon heen en klommen in een halfvolle trog die omhooging. Ze lagen doodstil; de seconden kropen voorbij terwijl de trog met rammelende kettingen van de extra spanning naar boven schoof. Op het vierde niveau vanaf de top sprongen ze eruit en gingen de dichtstbijzijnde mijnschacht in, waar ze doorheen sprintten en al rennend over de lage stapels puin heen sprongen. Sommige mijnwerkers daar gebruikten pneumatische drilboren en de dichtstbijzijnde stopte toen ze naderden, terwijl zijn boor schokkend tot stilstand kwam in zijn handen.

'Où est le blanc?' Waar is de blanke? schreeuwde Beer boven de herrie uit. Een man stak langzaam zijn hand omhoog en wees verder door de mijnschacht. Om de tweede bocht bleef Luca plotseling staan; zijn schoenen kwamen slippend tot stilstand op de grindvloer. Er zat een blanke man met zijn rug naar hen toe. Hij was vreselijk mager, de wervels van zijn ruggengraat waren zichtbaar door het vervuilde en gescheurde T-shirt dat hij droeg. Met voorovergebogen hoofd sorteerde hij een kleine stapel stenen.

'Josh,' fluisterde Luca, dichterbij schuifelend. 'Josh, ben jij dat?'

Het hoofd van de man draaide zich langzaam naar het geluid om en zijn lichaam verwrong zich toen hij achter zich probeerde te kijken. Toen zijn gezicht in het licht kwam, herkende Luca onmiddellijk de bleekblauwe ogen van zijn oude vriend.

Op zijn knieën neervallend, sloot Luca hem in zijn armen. Hij perste bijna de lucht uit Joshua's broze lichaam terwijl hij hem stevig omhelsde.

Joshua's ogen waren wezenloos van de schok. Hij probeerde te praten, maar zijn gebarsten lippen gingen alleen een beetje uit elkaar. 'Luca?' wist hij uiteindelijk uit te brengen.

Luca leunde naar achteren en toen hij knikte, brak er een brede glimlach door de lagen stof op zijn gezicht. Zijn ogen glansden van geluk toen hij Joshua bij zijn schouders vastpakte en hem lichtjes heen en weer schudde alsof hij hem uit een droom wilde wekken.

'Wat?' stamelde Joshua, in een poging te begrijpen wat er gebeurde. 'Vertel me niet dat ze jou ook te pakken hebben gekregen?'

Luca's handen omklemden zijn schouders. 'Nee, Josh, we zijn binnengekomen door een tunnel aan de basis van de mijn. We zijn hier om jou te redden.'

Joshua's gezicht vertrok zich in verwarring toen hij zijn oude vriend aanstaarde. Hij gebaarde Luca hem te helpen opstaan en kwam wankelend overeind.

'Redden?' vroeg hij, zich aan Luca's onderarm vastklampend. 'Is er nog een uitgang?'

Luca knikte. 'We hebben de tunnel van buitenaf gevonden. Waarschijnlijk was een van de mijnwerkers aan het boren en is hij op een oude lavastroom gestoten, die hij naar buiten heeft gevolgd. We zijn door die hele verdomde mijn heen gerend om jou te zoeken.'

Joshua stond ongelovig zijn hoofd te schudden. 'Hebben jullie een uitgang gevonden?' hijgde hij.

'Ja, inderdaad,' zei Luca breed glimlachend. 'En wij halen jou hier als de bliksem uit.'

Joshua verstijfde bij het vooruitzicht om te ontsnappen. Hij gluurde langs Luca en Beer naar drie andere mijnwerkers, die hen door de tunnel waren gevolgd. Ze stonden vol verwachting te staren, hun hele lichaam gespannen van nerveuze opwinding.

'Dites aux autres, nous partirons d'ici.' Zeg tegen de anderen dat

we vertrekken, kondigde Joshua aan voordat Luca hem kon tegenhouden. Hij kwam alleen zijn vriend redden, maar het leek dat Joshua andere ideeën had.

25

Er arriveerden nog twee mannen aan het einde van de mijnschacht. Ze waren van top tot teen met vuil bedekt, iedere porie met stof verstopt en hun handpalmen houtskoolzwart. Ze stonden in een onbeholpen groep, ellendig en uitgemergeld, hun kleren niet meer dan vodden van oude stof.

Luca draaide zich om toen Beer dichterbij kwam.

'*C'est fou!*' Dit is waanzin, fluisterde ze. 'Hij wil verdomme de hele mijn meenemen. Snap je het dan niet? We zullen gepakt worden.'

Luca knikte en pakte Joshua's arm vast. 'We zijn hier al te lang geweest, Josh. We moeten gaan.'

Joshua keek vertwijfeld om zich heen. Er waren zoveel anderen, zoveel wanhopige anderen, die hij moest proberen te redden. In de laatste paar maanden hadden sommigen van hen vernomen dat hij arts was; ze hadden hem gevraagd hun wonden te behandelen. Meestal kon hij niets doen, maar toch beschouwden ze hem als hun leider en stapelden ze hun laatste restjes hoop op zijn schouders.

'Josh,' smeekte Luca. 'We kunnen er niet meer meenemen. We moeten nú vertrekken!'

Joshua aarzelde nog even en schuifelde toen naar Luca toe. Hij stak één arm uit voor het evenwicht en leunde met zijn hele gewicht op de schouder van zijn vriend. Zijn rechterbeen was totaal nutteloos, dat sleepte met de tenen over de grond achter hem aan.

'Wat is er in godsnaam met je gebeurd?' vroeg Luca.

'Mordecai,' antwoordde Joshua met zachte stem. 'Ik werd gepakt toen ik probeerde te ontsnappen en hij heeft mijn kniepees doorgesneden. Die klootzak heeft me voor het leven kreupel gemaakt.'

Hij keek in Luca's ogen. 'Dit keer gaat het ons lukken om weg te komen, toch?'

Luca knikte. 'Ja. Dit keer gaan we naar huis.'

'Naar huis,' herhaalde Joshua, de woorden uitrekkend.

'Ja, maar kom dan nu mee. We zijn er nog niet.'

Joshua ging naar een van de mijnwerkers die zojuist waren gearriveerd. De man vouwde zorgvuldig een smerige lap open. Er zat een oud metalen kompas in, waarvan de glazen voorkant verwijderd en de kompasroos door de zon verbleekt was. Daarnaast lagen een doosje lucifers, een klein mes met een ruwhouten handvat, bijeengebonden met draad, en een verzegelde cilindervormige kartonnen buis met Chinese karakters op de zijkant gestempeld. Het was een oude militaire lichtpijl die door een van de bewakers was achtergelaten.

'Ons ontsnappingspakket,' zei Joshua, naar de zielige verzameling bezittingen starend. Het was alles wat ze in vier maanden bijeen hadden kunnen schrapen. De mijnwerker overhandigde Joshua vervolgens een kleine, bolle plastic fles met water. Hij nam er een flinke slok uit, voordat hij hem aan Luca gaf.

'Kom op,' zei Luca, zijn mond met de rug van zijn hand afvegend. 'We moeten doorgaan.'

De groep vertrok door de mijnschacht met een van de mijnwerkers voorop om de weg te wijzen en Beer achter aan de stoet. Ze sloop met haar lichaam plat tegen het ruw gehouwen rotsgesteente gedrukt en haar ogen op het verre licht van het atrium gefixeerd. Naarmate ze dichterbij kwamen, hoorden ze het geluid van de metalen kettingen harder worden; de troggen gingen in een constante beweging op en neer.

'Waar zijn alle bewakers in godsnaam?' fluisterde Luca.

'Ze zijn te bang voor het vuurcoltan om naar beneden te komen,' hijgde Joshua; zijn ogen versmalden zich van de pijn terwijl hij zichzelf dwong vooruit te gaan. 'Ze hebben ons van buitenaf opgesloten en maar een paar van hen op het bovenste niveau achtergelaten om elke dag brood en water naar beneden te sturen. Maar om de paar weken komt de kapitein binnen, een ontzettende klootzak, en dan verjagen ze iedereen naar een lager niveau.'

'Hoe komt het dan dat jij nog steeds hierboven zit? Je wordt al maandenlang vermist.'

'Het is ons gelukt om een schuilplaats te graven en ze hebben ons bij de laatste drie roulaties niet opgemerkt.'

Joshua slikte, in een poging om wat vocht in zijn mond te krijgen. Hij had al in geen maanden meer zoveel gepraat.

'Mordecai zelf komt zelfs in de mijn. Hij preekt tegen ons, schreeuwt naar beneden als een of andere godverdomde messias, zegt dat we de negen niveaus moeten doorlopen om onze ziel te "reinigen" voordat ze ons zullen vrijlaten. Sommigen geloven hem zelfs, maar de meesten van ons weten dat daarbeneden...' – hij wachtte even, terwijl de lijnen om zijn ogen verstrakten – '... daarbeneden alleen maar dood is.'

'Wat gebeurt er dan in godsnaam met iedereen?' fluisterde Luca. 'Wat is hier aan de hand?'

'Hij laat ons allemaal hier graven, maar er gebeurt iets ergs als dit nieuwe coltan zich met warmte verbindt. Er beginnen zich tumoren te ontwikkelen en de kanker verspreidt zich sneller dan ik ooit eerder heb gezien. En hoe groter de warmte, hoe erger het wordt. Op de laagste niveaus houden die arme donders het maar een paar weken vol voordat het gezwel in hun hersenen komt.'

Beer en de voorste mijnwerker bereikten de ingang van het atrium. De anderen bleven uit het zicht in de mijnschacht wachten. Luca zag haar neerhurken, met haar gezicht omhoog naar bewakers speurend.

Joshua knikte grimmig. 'Het is net een of andere zieke klotedraaimolen. Verse arbeiders worden boven ingebracht en de doden worden van de bodem verwijderd. Dan gooien ze de lichamen gewoon in de rivier en laten ze stroomafwaarts wegdrijven.'

Hij zakte achterover tegen de wand; zijn borst deinde van de inspanning om zo snel te bewegen. Luca zag zijn sleutelbeenderen op- en neergaan boven de versleten hals van zijn T-shirt, zijn vlees ingevallen door ondervoeding. Joshua was zo zwak dat hij amper de kracht had om te staan.

'Het ergste is dat ik niet eens weet waar ze het voor gebruiken. We gaan hier allemaal dood... en waarvoor?'

Luca draaide zich weer naar hem toe en drukte zijn schouder onder Joshua's arm om hem overeind te houden. 'Het enige wat we weten is dat het hier per helikopter wordt weggebracht en dan aan de Chinezen in Goma wordt verkocht. We weten niet wat er daarna gebeurt, maar Beer denkt dat het iets te maken heeft met mobiele telefoons.'

'Mobiele telefoons? Gaan we allemaal dood zodat iemand verdomme een telefoontje kan plegen?'

Luca knikte langzaam. 'Daar ziet het wel naar uit.'

'Jezus,' fluisterde Joshua. 'Wat gaat er gebeuren als ze begonnen zijn om mobiele telefoons te maken met deze rotzooi? Als het net zoiets is als wat ons hier overkomt, dan zal iedereen die ze gebruikt eraan doodgaan. Snappen ze het niet? Dit spul reageert met warmte. En computers, telefoons... die dingen ontwikkelen allemaal warmte als ze worden ingeschakeld. Sinds ik hier ben, zijn er massa's vuurcoltan weggebracht. God mag weten hoeveel telefoons ze al hebben gemaakt. Er kunnen miljoenen mensen aan kapot gaan.'

'Beer dacht het alleen maar. Misschien valt het mee.'

'Als het iets te maken heeft met die klootzak van een Mordecai, dan zal het erger zijn, dat verzeker ik je.' Joshua deed zijn ogen dicht. 'We moeten iemand waarschuwen. Vertellen wat dit spul aanricht.'

'Wat er ook gebeurt, we moeten eerst hieruit komen,' antwoordde Luca. Beer zat nog steeds bij de ingang van het atrium gehurkt. Waar wachtte ze in godsnaam op?

'Ik denk dat het enige goede is dat er nauwelijks nog iets over is,' zei Joshua, bijna tegen zichzelf.

'Wat? Maar er zijn hier nog honderden van jullie.'

'Dat weet ik, maar de mijn raakt uitgeput. We moesten alle oude stenen die al waren afgedankt in stukken breken en genoeg van het spul bij elkaar proberen te schrapen voor de laatste zending. Iedereen was doodsbang voor Mordecais plannen met ons als het uiteindelijk opraakt.'

'Nou, dat gaat nu niet gebeuren,' zei Luca, die Joshua's arm weer over zijn schouder trok en hem verder langs de rij wachtende mijnwerkers naar Beer toe sleepte.

'Ik kan nog steeds geen bewakers zien,' fluisterde ze.

'Wacht maar. Ze zijn daarboven,' antwoordde Joshua, die zich op zijn handen en knieën liet vallen en vooruit schuifelde. Zijn gezicht werd beschenen door het zilverkleurige licht dat vanaf de top van de spelonk naar beneden sijpelde terwijl zijn ogen de bovenste balkons afspeurden. Hij wachtte; met het verstrijken van de seconden werd iedereen steeds ongeduldiger.

'Kijk!' fluisterde hij, langzaam met zijn vinger omhoog wijzend. Er was een broodmagere tiener naar de rand van het houten balkon gelopen, waar hij even overheen gluurde. Hij had een helderrode bandana over zijn mond en neus gebonden en was naakt vanaf het middel. Er hing een AK-47 over zijn rug en aan zijn broeksband was een kleine draagbare radio vastgeklemd.

'Hoeveel zijn er?' vroeg Beer.

'Dat weet ik niet zeker. Acht tot tien hooguit.'

'Is dat alles? Hoe houden ze jullie allemaal in het gareel?'

Joshua schudde moeizaam zijn hoofd. 'Kijk eens naar ons. De meesten hier hebben nauwelijks de kracht om te staan, laat staan te vechten.'

Beer trok hem de schaduw in toen de soldaat verder het balkon op kwam en met zijn rug naar hen toe tegen de reling leunde, nonchalant met een onzichtbaar iemand pratend.

'Laat iedereen in de metalen troggen stappen en probeer dan die tunnel daarbeneden te bereiken,' zei ze, wijzend naar de mijnschacht waarin ze waren opgedoken.

'Nous devons descendre au niveau le plus bas.' We moeten naar het laagste niveau afdalen, fluisterde Joshua. *'Puis, suivez-moi au tunnel.'* Volg mij daarna naar de tunnel.

Zodra hij het laagste niveau noemde, begonnen de mijnwerkers te protesteren. Ze hadden zo lang geprobeerd te vermijden om daarheen gestuurd te worden dat alleen al de gedachte eraan hen met afschuw vervulde. Hoofdschuddend stonden ze angstig bij elkaar te mompelen, terwijl de mijnwerker die het dichtst bij Beer stond langzaam zijn ogen dichtdeed en een traan vrijelijk over zijn groezelige wang liet lopen.

'Silence!' siste Joshua. *'Venez maintenant ou restez ici. Choisissez!'* Jullie komen nu mee of blijven hier. Kies maar.

Ze vielen stil, beseffend dat er geen alternatief was.

'Jij en Joshua zijn het langzaamst,' fluisterde Beer tegen Luca. 'Jullie gaan eerst.'

'Maar jij dan?'

'Er moet iemand blijven en deze andere mannen wegleiden.'

Luca kneep zachtjes in haar linkerschouder. 'Beer, dat hebben we nooit afgesproken. Jij gaat eerst. Wij wachten wel tot je veilig bent.'

'Nee, wij zullen sneller gaan dan jullie en kunnen jullie inhalen.' Ze keek recht in zijn ogen. 'En luister naar me, Luca. Voor het geval dat we gescheiden raken, moeten jullie pal zuidwaarts naar de MONUC-compound gaan. Op de kaart heb ik een houthakkersweg gezien die van het oosten naar het westen door het woud loopt. Het is hiervandaan ongeveer vijftien kilometer. Ga de weg op, sla dan naar het westen af en hij zal jullie regelrecht naar de compound voeren.'

'Beer, luister naar me... zover gaat het niet komen. We gaan hier allemaal samen weg.'

'Dat weet ik.' Ze wachtte even, met haar ogen op de zijne gefixeerd. 'Er is iets anders. Als jullie de MONUC bereiken en ze niet willen helpen, probeer dan op de een of andere manier mijn vader, Jean-Luc Étienne, te pakken te krijgen.'

'Jouw vader? Wat heeft hij hiermee te maken?'

'Hij is een oud-huurling die zich in Goma heeft gevestigd en een bevrachtingshandel over de grenzen leidt. Hij is een militair en kan misschien helpen als al het andere mislukt.'

Luca staarde haar wezenloos aan, zich verward afvragend waarom ze dit niet eerder ter sprake had gebracht, maar hij wist maar al te goed dat dit niet het moment voor verklaringen was.

'Ga hier nu als de bliksem weg!'

Luca staarde haar nog even aan en knikte vervolgens. 'Blijf vlak achter ons, oké?'

Beer duwde hem naar voren. *'Allez!'* Vooruit!

Luca schuifelde vooruit zodat hij op zijn hurken bij de ingang van de mijnschacht zat. Joshua kwam naast hem en samen wachtten ze, kijkend naar de bewaker en de rammelende metalen troggen die op en neer gingen. Rechts van hen daalde er langzaam een langs het eerste niveau en vervolgens het tweede; de kettingen zwaaiden en sloegen tegen het krakkemikkige houten balkon.

'Klaar?' fluisterde Luca. Hij voelde de spieren in zijn dijen zich spannen van verwachting. Toen de trog langs hun niveau kwam, dook hij naar voren, terwijl hij Joshua overeind rukte en hem over de lage reling wierp. Joshua's lichaam kwakte als een dood gewicht in de trog; de achterkant van zijn schouders en zijn achterhoofd smakten tegen het gebutste metaal. Met een snelle blik op de bewaker zwaaide Luca zijn benen behendig over de reling en landde met gebogen knieën aan de andere kant van de trog. Ze bleven allebei doodstil, met hun lichaam plat neergedrukt. Alleen hun ogen bewogen, keken rond.

De trog ging omlaag; de kettingen knarsten langzaam door de verre katrollen heen naarmate ze gestaag in de buik van de mijn afdaalden. Ze voelden de lucht heter worden, terwijl het natuurlijke licht langzaam tot diepgrijs vervaagde, verloren in de zwevende stofwolken. De vage elektrische gloeilampen waren het enige wat er nog over was; hun oranjegele licht wierp weinig meer dan schaduwen op de zwarte wanden.

Luca sprong eruit en trok Joshua overeind; ze liepen langs de zijkant van de centrale put naar de schacht waardoor ze waren binnengekomen. Hij keek op, kon Beer niet zien maar wist dat ze iedere beweging van hen in de gaten zou houden.

'Kom op,' fluisterde hij. 'Alsjeblieft, zorg dat je hieruit komt.'

'Maintenant!' Nu! siste Beer, haar hand naar voren zwaaiend. Twee van de mijnwerkers stapten achter elkaar met gebogen rug het houten balkon op. Allebei hielden ze hun ogen op het hoogste niveau gericht. De bewaker was verdwenen, maar ze waren doodsbang dat hij plotseling weer zou verschijnen.

'Vite!' Vlug, spoorde Beer hen aan toen de metalen trog langzaam op gelijke hoogte kwam. De eerste mijnwerker zwaaide onhandig zijn ene been op de reling, in een poging zijn lichaam eroverheen te manoeuvreren, maar hij was niet lang genoeg. Hij worstelde een paar kostbare seconden, terwijl zijn kompaan wachtte tot hij de doorgang vrij zou maken.

'Merde!' Shit! schold Beer, toekijkend hoe het debacle zich langzaam ontvouwde. Ze sprong naar voren en stak het balkon met slechts twee stappen over voordat ze tegen de mijnwerker botste en hem over de rand heen de trog in duwde. Ze hoorde een zachte metalige bons, pakte vervolgens de tweede mijnwerker vast en werkte hem over de reling heen, in de open armen van de container eronder.

Terwijl de trog langzaam naar beneden bleef gaan, rende ze onopvallend terug, hurkte in de schaduw neer en wachtte tot de volgende trog zou langskomen. Al wachtend, met de seconden die voorbijkropen, voelde ze haar hart in haar borst pompen. Toen ze gefrustreerd op haar horloge keek, besefte ze dat er al vier minuten waren verstreken zonder dat er een andere trog ook maar in de buurt was gekomen. Maar eindelijk kwam er, iets verder naar links, een op gelijke hoogte.

'N'arrêtez pas!' Niet stoppen! siste Beer toen de volgende twee mijnwerkers langs haar heen krabbelden en over de reling klauterden zonder achterom te kijken. Ze wierpen zich met zo'n overgave over de rand heen dat de eerste de trog bijna helemaal miste en zichzelf alleen met de hulp van de ander er weer in wist te trekken.

Beer wendde zich tot de laatst overgebleven mijnwerker, die naast haar gehurkt zat. Het was een kleine man, met lang haar dat zo vuil was dat het tot vuistdikke klonten was geklit. Toen ze elkaar aankeken, besefte ze dat hij doodsbang was. Beer pakte zijn hand vast en voelde zijn hele lichaam in haar greep beven.

'Il sera bien.' Het komt wel goed, fluisterde ze, met een poging tot een glimlach. *'Quel est votre nom?'* Hoe heet u?

De man staarde haar aan alsof het de eerste keer was dat iemand hem ooit had gevraagd hoe hij heette. 'Idi,' zei hij zacht. Zijn lippen krulden vervolgens lichtjes toen hij naar haar terug probeerde te glimlachen. *'Merci beaucoup de nous aider.'* Hartelijk dank dat u ons helpt.

Beer kneep als antwoord zachtjes in zijn hand en keek op naar een andere trog, die langzaam op gelijke hoogte kwam. 'Oké, Idi,' zei ze. *'Suivez-moi.'* Volg me.

Ze liet zijn hand los, holde over het balkon heen en sprong in één keer over de reling. Maar toen ze in de trog landde, boog haar rechterenkel scheef door de schok, zodat ze op haar rug tuimelde.

'Sautez!' Spring! zei ze tegen Idi, haar armen omhoogstekend alsof ze hem wilde opvangen, terwijl de afstand tussen hen met iedere seconde wijder gaapte. *'Sautez!'*

Zonder omlaag te kijken stortte Idi zich naar voren, de afstand zo verkeerd inschattend dat alleen de bovenste helft van zijn lichaam in de trog terechtkwam. Hij viel met een zware bons neer en zijn lichaam gleed omlaag naar de afgrond. Zijn ogen smeekten om hulp terwijl zijn benen wanhopig in de lucht rondtrapten, totdat Beer er uiteindelijk in slaagde naar voren te duiken en zijn polsen vast te pakken.

Ergens hogerop klonk geschreeuw, gevolgd door een salvo van machinegeweervuur. Het weergalmde door de mijn; het *tat-tat-tat* van kogels dat boven het zware gedreun van de pneumatische drilboren uit kwam. Ze schuurden langs de rotswand voordat ze tegen de metalen rand van de trog sloegen en in een regen van witte vonken afketsten.

Beer voelde Idi's lichaam plotseling in haar greep verstijven. Een fractie van een seconde later explodeerde zijn rechterschouder in een nevel van bloed en versplinterd bot, die over haar gezicht en in haar ogen spatte. Verstard hield ze zijn polsen vast met haar ogen dichtgeknepen tegen het bloed, en tijdelijk verblind. Ze wachtte op het volgende schotensalvo, maar er kwam niets. Hoog boven hun positie waren de soldaten aan het herladen.

Idi's polsen glipten uit haar greep. Opeens smakte de trog tegen een van de steunbalken van de mijn, zodat ze heftig opzij werden geworpen en hij werd weggerukt. Schreeuwend streek Beer met de rug van haar hand over haar gezicht om het bloed uit haar ogen te vegen, maar het was al te laat om te zien waar hij was gevallen. Hij was ergens onder haar, verloren in de duisternis van de mijn.

Er kwam nog een schotensalvo. Beer deinsde gillend bij de rand vandaan en rolde zich op in de foetushouding met haar handen over haar oren geklemd tegen het oorverdovende lawaai. Overal om haar heen hamerden kogels tegen het metaal en het hout, maar het was duidelijk dat de soldaten blind aan het schieten waren en zij was te ver weg voor hen om nauwkeurig te kunnen richten.

Beer rolde zich nog strakker op en bleef stilliggen, duizelend van de angst en de schok. Ze kon niets anders doen dan wachten tot ze de bodem van de mijn bereikte.

Haar trog stopte. De kettingen stuiterden op en neer, en spanden zich toen ze haar weer, langzaam, begonnen terug te brengen naar de oppervlakte.

'Aidez-moi!' Help me! schreeuwde ze, paniekerig door het atrium heen en weer kijkend. Maar er zat niets anders op. Ze zou moeten springen.

De ruwe metalen rand van de trog vastklemmend, hurkte ze zo laag als ze kon neer. Ze probeerde de afstand onder haar te schatten, maar alles was wazig in de duisternis. Het was onmogelijk te zeggen hoe hoog ze nog boven de grond was. Er was alleen de leegte, met zwarte stofwolken die in de ademloze lucht hingen.

Ze kon het gewoon niet doen – kon niet loslaten en in het niets vallen.

Er werd nog een salvo afgevuurd, en Beer verloor plotseling haar greep. Ze voelde zich een seconde gewichtloos, waarna haar hele lichaam tegen de grond sloeg. De kracht van de klap schokte van haar enkels naar haar knieën en vervolgens door haar ruggengraat heen, zodat ze werd dubbelgevouwen.

Ze lag daar met de lucht uit haar longen geslagen en het gevoel alsof haar ruggengraat op de een of andere manier doormidden was gedraaid. Ze probeerde nogmaals om hulp te schreeuwen, maar de woorden stierven op haar lippen weg. Al starend voelde ze dat haar gezichtsveld zich begon te vernauwen en aan de randen donkerder werd, totdat ze alleen nog maar één elektrische gloeilamp kon zien die vaag in de verte hing.

Handen pakten haar romp en armen vast en tilden haar van de grond. Het duurde verscheidene seconden voordat ze besefte dat het Joshua's mijnwerkers waren. Ze sleepten haar naar de mijnschacht en de tunnel daarachter.

Ondersteund door hun schouders strompelde Beer langs de lange rij houten stutten. Ze zag de koevoet van de mijnwerker en vervolgens de opening naar de lavastroom. Dit was het! Ze waren bij de tunnelingang. De mijnwerkers duwden haar onmiddellijk de tunnel in, zodat ze plat op haar buik op de harde grond lag. Ze kon het gepijnigde gegrom horen van een van de andere mijnwerkers, die zich al verder vooruit aan het werken was, maar kon niets zien in de duisternis.

Zachtjes kreunend dwong ze zichzelf vooruit te gaan, met het gevoel alsof iedere spier in haar lichaam door de val was gekneusd. Maar ze zette door, probeerde al schuivend buiten te komen, terwijl de hitte en stank steeds intenser werden. Het voelde alsof de tunnel zich om haar heen sloot en naarmate de minuten verstreken, kon ze zichzelf zwakker voelen worden. De adrenaline begon weg te ebben, waardoor ze volkomen uitgeput raakte. Er was niets meer over om te geven. Het enige wat ze wilde doen was stilliggen en het ten slotte allemaal laten eindigen.

Ze stopte, te uitgeblust om door te gaan, maar er duwden handen tegen haar voetzolen. Een van de mijnwerkers zat vlak achter haar en duwde haar voort, in zijn wanhopige verlangen om de afschuwelijke tunnel uit te komen.

Verderop kon ze een lichtschijnsel zien. De tunnelopening was maar vijftien meter bij haar vandaan, maar in plaats van zich opgetogen te voelen, voelde ze plotseling een koude angstgolf. Toen besefte ze waarom. Het licht was niet natuurlijk. Het kwam van een zaklamp.

Op de een of andere manier had het LRA hen al gevonden.

26

Fabrice ging het kantoor van de Soleil Club binnen en deed de deur achter zich op slot. Het was halfzeven in de ochtend. Hij snoof. De lucht was zwaar van de vertrouwde stank van gemorste drank en uitpuilende asbakken.

In een halve cirkel om de bar stonden tafels waar half gevulde glazen op waren gestapeld. Er was een tl-buis uiteengespat over een van de biljarttafels, zodat het rode vilt bezaaid was met glassplinters en een dun laagje neonpoeder. Vlak naast de tafel lag een van de biljartkeuen. Die was doormidden geknakt tijdens een vechtpartij, afgebroken tot een scherpe pin.

Zachtjes fluitend staarde Fabrice naar het slagveld. Hij voelde de zolen van zijn taankleurige instappers lichtjes aan de betonnen vloer kleven toen hij naar de bar liep. Hij had net gedoucht en zag er fris uit in een geperste witte sportpantalon en een gewassen en gestreken crèmekleurig overhemd. Voorzichtig om een gevallen barkruk heen lopend, trof hij de jongste van zijn barmannen in diepe slaap aan, met de zijkant van zijn hoofd tegen de bar gezakt. Fabrice trok hem bij de hals van zijn T-shirt omhoog.

'Hoeveel is hun rekening tot nu toe?' vroeg hij zonder inleiding. Hij gluurde naar de groep mensen die in de verste hoek bij de dansvloer zat. Sinds het begin van de vorige nacht hadden ze stevig zitten drinken.

De jonge barman knipperde verscheidene keren met zijn ogen, in een poging zijn hersenen tot actie aan te sporen. Hij zocht zijn notitieboekje, dat hij uiteindelijk half doordrenkt in alcohol naast zijn voeten op de vloer vond. Zijn ogen speurden de besmeurde potloodkrabbels af, in een poging te ontcijferen wat hij had opgeschreven.

'Ik weet het niet helemaal zeker, meneer,' stamelde hij, 'maar monsieur Étienne gaf me dit om de kosten te dekken.' Hij trok een zweterig bundeltje Amerikaanse dollarbiljetten uit zijn zak. 'Hier is vijfhonderd, meneer.'

Fabrice knikte langzaam. 'Oké,' zei hij. 'Smeer 'm nu maar.'

Toen hij naar de uitgang liep, riep Fabrice hem achterna: 'En zeg tegen iedereen dat ik deze rotzooi om twee uur vanmiddag opgeruimd wil hebben. Geen minuut later.'

Hij liet de biljetten liggen waar ze lagen en haalde een tien jaar oude single malt whisky uit een lage la. Met vier bekerglazen in zijn vingers liep hij langzaam naar de groep in de verste hoek toe.

Er lagen elf mannen samen met een paar meisjes van de club onderuitgezakt in de lage stoelen. Van de elf waren er maar drie nog wakker. Ze zaten over de lage tafel heen gebogen met sigarettenrook die uit een uitpuilende asbak in het midden omhoogkringelde. Hun laatste restjes drank stonden naast een halflege fles goedkope cognac, terwijl er aan het uiteinde van de tafel een opgerold Congolees biljet van vijftig frank en een afgedankte creditcard lagen. In het plastic oppervlak van de tafel zaten vage vlekken van wit poeder.

Toen Fabrice naderde, keken de mannen met bloeddoorlopen ogen op. 'Een rondje van de zaak?' vroeg hij, de fles omhoogstekend. Het waren allemaal huurlingen, met gezichten die gehard waren door jarenlange strijd. Ondanks hun vrijetijdskleding en lange haar, had de manier waarop ze zaten en bewogen toch iets militairs. Ze hadden het grootste deel van hun leven doorgebracht in de wreedste schijtgaten op de planeet, verscheurd door oorlog. En dat was te zien aan alles wat ze deden.

Jean-Luc Étienne was een van de drie mannen die nog wakker waren. Hij keek even naar Fabrice op. 'Jij bent een beste man,' fluisterde hij, met een rauwe stem van de sigaretten. 'Het is weer een mooie dag in Afrika en die wilden we doorbrengen door strontzat te worden.'

'Verstandige man,' antwoordde Fabrice, die twee glazen inschonk en er een aanreikte. 'Dit spul zal je wel op gang brengen. Een opkikkertje heeft nog nooit iemand kwaad gedaan.'

Hij keek hoe Jean-Luc zich hernam en vervolgens luid snoof. Hij grimaste toen de restanten van cocaïne zijn neusvleugels deden branden en hem weer een loopneus bezorgden. Naar Fabrice glimlachend veegde hij zijn neus met de rug van zijn hand af.

'Je verwent ons,' zei hij. 'Dit is het goeie spul. Ik dacht dat je het alleen voor de diplomaten tevoorschijn haalde.' Er zat humor in zijn ogen, maar Fabrice ontspande zich geen seconde. Hij kende die glimlach maar al te goed en wist hoe grillig die kon zijn. De dronken man die voor hem zat had een kort lontje, en nog kortere reflexen.

Fabrice hief zijn glas om te proosten voordat hij de whisky achteroversloeg. Gewoonlijk dronk hij niet zo vroeg in de ochtend, maar ditmaal was het de moeite waard om een uitzondering te maken. 'Alleen het goeie spul voor mijn maat. Heb je onlangs nog gevlogen of houden die MONUC-lullen je weer aan de grond?'

'Weet je, Fabrice, jij bent verdomme een klassegozer,' zei Jean-Luc, lichtjes slingerend. Hij hief zijn glas en Fabrice vulde het plichtsgetrouw bij, waarbij hij zijn uiterste best moest doen om te verhinderen dat de whisky door Jean-Lucs trillende hand over de rand heen stroomde. 'Als je gezeik met iemand hebt, kom je met mij praten. Hoor je me, Fabrice? En ik sta trouwens bij je in het krijt omdat we vannacht in de bar mochten blijven.'

'Wanneer je maar wilt.'

'Nee, ik meen het. Een paar van mijn jongens hadden echt een borrel nodig. Ik sta bij je in het krijt.' Jean-Luc wachtte even, terwijl elk spoortje jovialiteit uit zijn gezicht wegebde. 'En ik betaal mijn schulden altijd. Heb je dat begrepen?' Zijn wangen werden plotseling rood van woede. 'Hoor je wat ik zeg? Ik betaal verdomme mijn schulden.'

'Oui, je vous entends très bien.' Ja, ik hoor je heel goed, antwoordde Fabrice kalm. 'Waarom nemen jullie allemaal niet nog een borrel? Drink het goeie spul nu het kan.'

Hij draaide zich naar de andere twee toe die nog bij bewustzijn waren, en diep in gesprek aan de tafel zaten. Zij waren de piloten van de Rooivalk-helikopter en sinds ze waren teruggekeerd van hun laatste vlucht, had de jongste van de twee, Anton, weinig anders gedaan dan achter elkaar sigaretten roken en borrels achteroverslaan. Hij was pas vijf maanden geleden binnengekomen als de nieuwe achterste boordschutter-piloot, en op zijn zesentwintigste was het spel nog nieuw voor hem. Met kort donker haar en een slanke, pezige bouw zag hij er jonger uit dan hij was; hij had smalle bruine ogen die continu van het ene punt naar het andere schoten. Ondanks zijn stoere Israëlische erfenis werd hij er altijd mee geplaagd dat hij de gevoeligste van de groep was, die er meestal de voorkeur aan gaf om rustig te zitten kijken hoe de gebeurtenissen zich ontvouwden.

Aan de andere kant van de tafel herkende Fabrice Jean-Lucs rechterhand, Laurent. Hij praatte op zachte toon als een beschermende vader en liet af en toe een van zijn enorme armen op Antons schouder rusten. Met zijn een meter negentig en meer dan honderdtwintig kilo was hij een monster van een man, met dik zwart krulhaar, dat grijs werd aan de slapen, en bleekblauwe ogen die met een vernietigende intensiteit glansden.

Fabrice had één keer eerder een praatje met hem gemaakt en besefte algauw dat Laurent het soort man was dat bij een eerste ontmoeting zijn hele leven aan je zou vertellen. Hij was in de Karoowoestijn op de boerderij van zijn familie grootgebracht, voordat hij door het Zuid-Afrikaanse leger werd opgeroepen om bij de Angolese grens tegen de SWAPO-guerrilla's te vechten. Het was een smerige kleine oorlog, vol bloederig onrecht en ingewikkelde politiek, maar toch praatte Laurent er in absolute termen over; in zijn ogen was alles zwart of wit. Fabrice had algauw begrepen dat dit de manier was waarop hij zijn hele leven benaderde. Alles was star, gemechaniseerd. Je kreeg bevelen. Je volgde ze op.

Terwijl Fabrice geduldig wachtte tot een van beide piloten zou reageren op zijn aanbod om een borrel te drinken, schreeuwde Anton plotseling een serie krachttermen. Laurent reageerde niet, maar staarde in plaats daarvan naar het plafond en ademde zwaar uit, een grote wolk sigarettenrook uitblazend. Hij had de hele nacht met Antons explosieve uitbarstingen te maken gehad en werd moe van de verbijsterende reeks emoties die de jongen leek door te maken sinds de laatste vlucht.

Ze hadden het bevel gekregen voor een opsporings-en-vernietigingsactie, maar toen ze dichterbij kwamen, hadden ze beseft dat het doelwit niets meer dan twee pygmeeënjongens was, die met pijlen en bogen op hen schoten. Anton had via de radio om opheldering gevraagd, maar bevel was bevel. Seconden later had hij het vuur geopend met het 20mm-kanon.

Op de terugvlucht had Laurent nog voordat ze in Goma waren geland de geur van braaksel geroken. Tijdens de controles na de vlucht had hij het op de zijkant van Antons overall gezien en besefte hij hoezeer de knaap in de war was. Na tien uur drinken was Anton nog net zo opgefokt als hij was geweest op het moment dat ze in de club aankwamen.

'Hé!' schreeuwde Jean-Luc, met zijn vingers klikkend om hun aandacht te trekken. Anton en Laurent vielen stil en draaiden zich verbaasd naar hem toe. 'Als een man als Fabrice je een borrel aanbiedt, drink je die op,' gromde hij, met zijn ogen op Anton. 'Hoe dan ook, je zou inmiddels moeten weten dat drinken de enige manier is om door deze hele schijtzooi heen te komen.'

Allebei pakten ze de whisky aan en bedankten ze Fabrice, terwijl Jean-Luc gemakkelijk in zijn stoel ging zitten.

'Ik was al een poos van plan om eens met je te praten,' zei Fabrice nu. 'Mijn mannetje op het vliegveld vertelde me dat er iets aan de gang is.'

Jean-Lucs uitdrukking veranderde niet.

'Ja,' vervolgde Fabrice. 'Hij zei dat er vrachtjes binnenkomen en weggaan, maar het schijnt dat niemand mij deze keer bij de handel wil betrekken.'

Jean-Luc ademde langzaam in. 'Je moet tegen je mannetje op het vliegveld zeggen dat het gevaarlijk kan zijn om hier in de buurt je mond voorbij te praten.'

Fabrice toonde hem een stralende glimlach. 'Je weet hoe het is. Iedereen kent ieders zaken. Er wordt de hele tijd gepraat.'

'Wat een bezige bijtjes,' fluisterde Jean-Luc.

'Nou, aangezien ik die belangrijke vergunningen voor je heb geregeld, dacht ik dat je mij misschien een wederdienst wilt bewijzen? Ik vraag niet veel, maar je weet hoe het hier in de buurt is, Jean-Luc. Alles gaat via mij.'

Jean-Lucs ogen werden groter toen hij diep door zijn neus inhaleerde en zijn neusgaten opensperde. De drugs hadden zijn pupillen zozeer verwijd dat zijn ogen volledig zwart leken.

'Zorg dat ik fatsoenlijke brandstoftarieven van "je mannetje" op het vliegveld krijg en dan zal ik je erbij betrekken. Tien procent van mijn opbrengst.'

Fabrice hief zijn glas. Het was gemakkelijker gegaan dan hij had verwacht. Jean-Luc was kennelijk in een handelbare stemming. 'Dat is dan afgesproken.'

'Laat me nu verdomme met rust,' wauwelde Jean-Luc; de naakte agressie maakte zijn stem dieper.

De glimlach van Fabrice bleef strak op zijn plek toen hij zich vooroverboog en de rest van de fles malt zachtjes op de tafel zette. 'Helemaal voor jou,' zei hij. Toen hij half uit zijn stoel was opgestaan, wachtte hij even. 'Het gerucht gaat trouwens dat iemand op zoek is naar jou. Het schijnt dat een paar Amerikanen jou persoonlijk willen ontmoeten. Mijn jongens bij de grens zeiden dat ze gisteravond zijn overgestoken en vragen stelden. Heb je een schuilplaats nodig?'

Jean-Lucs kaken klemden zich op elkaar toen hij de informatie verwerkte. 'Zeg maar tegen ze dat ik hier ben. Ik zal op ze wachten.'

27

Er kwamen twee mannen binnen door de hoofdingang van de Soleil Club die bij de biljarttafel bleven staan. Ze wachtten, lieten hun ogen aan het donker wennen, voordat degene die het dichtst bij de deur stond rustig in de aan zijn revers vastgemaakte radiomicrofoon praatte. Even later stapten er nog vier mannen de bar in. Devlin was de laatste in de rij.

Laurent zag hen als eerste. Met de neus van zijn schoen schopte hij twee van de andere slapende huurlingen wakker, terwijl Jean-Luc langzaam zijn hoofd oprichtte. De Amerikanen waaiderden uit door de ruimte om dekkende posities in te nemen terwijl Devlin dichter naar hun tafel toe kwam. Allemaal hadden ze gespierde nekken en onderarmen, en kapsels die te kort leken om iets anders dan militair te kunnen zijn. Ze droegen bruine en taankleurige lichtgewichtbroeken, en safari-jassen die lichtjes bolden onder de linkerarm. Eensgezind stonden ze naar Jean-Luc te staren.

Toen Devlin verder het licht in stapte, gingen zijn lippen een stukje uit elkaar, om schone witte tanden te onthullen.

'Ik zie dat jij je mond hebt laten opknappen,' merkte Jean-Luc met een trage, knarsende stem op. 'Maar jullie yanks hebben altijd van grote tanden gehouden, toch? Ik hoorde dat jullie ze moeten afvijlen tot kleine punten om er van die glanzende kapjes op te zetten. *Mon Dieu, c'est dégueulasse!* Hoeveel hebben die leuke, grote tanden je gekost, Devlin? Of heeft de CIA ze betaald?'

Devlin reageerde niet, bleef stijf in het midden van de ruimte staan. 'Wij zijn hier voor de coördinaten van de mijn,' zei hij met zijn knauwende zuidelijke accent. 'Jij hebt je prijs voor het vuurcoltanmonster. Nu wil ik precies weten waar het vandaan komt.'

Jean-Luc boog zich voorover. 'Hebben wij iets te laag gevlogen voor jullie radar om ons te kunnen volgen? Dat is jammer.'

'Dit is niet het moment voor spelletjes, Franse klootzak. Vertel me wat ik wil weten.'

Jean-Luc gaapte, strekte zijn armen omhoog en boog zijn rug naar achteren. In de stilte verplaatste Devlin vol verwachting zijn gewicht. 'Nee,' zei Jean-Luc op een besliste toon.

'Belazer ons niet, Étienne, of anders zullen we jouw leven tot een hel maken. Je weet voor wie ik werk.'

Jean-Luc staarde hem nog even aan. 'Jij snapt het gewoon niet, hè? Je bent nu in de Congo, en je kunt niks doen aan wat er hier allemaal gebeurt. Dus, mannetje, als je nu eens ophoudt met proberen te bewijzen dat je kloten hebt en naar je vliegtuig teruggaat?'

'Verrek maar,' zei Devlin ziedend. 'Ik heb je gewaarschuwd. Geef me nu die coördinaten.' Devlin stak zijn hand uit alsof hij de informatie uit Jean-Lucs greep kon grissen. Toen hij bewoog, reageerden zijn mannen door naar hun wapens te grijpen. Laurent en de rest van Jean-Lucs mannen waren stijf van verwachting. Sommigen hadden hun handen al op hun eigen pistolen.

'Kijk nu eens wat je gedaan hebt,' zei Jean-Luc betuttelend. 'Iedereen is opgefokt, en het enige wat ik wilde doen was een paar dagen dronken worden. Zal ik je eens wat vertellen, Devlin? Jij bent mijn *chi* echt aan het verklooien.'

Devlin keek dreigend, probeerde zijn woede in te houden, maar bedacht hoe voorzichtig hij dit moest spelen. Er stond te veel op het spel om de situatie uit de hand te laten lopen. Er verstreken een paar seconden in absolute stilte, voordat Devlin langzaam zijn handen liet zakken. 'Oké, Étienne. Als je het zo wilt spelen. Hoeveel willen jullie om jezelf het volgende jaar in te drinken?'

Jean-Luc inhaleerde diep. 'Ik verkoop niet. Kom morgen maar terug.'

Devlin schudde ongelovig zijn hoofd, terwijl zijn wangen rood werden van woede. Maar hij mocht zijn kalmte niet verliezen. Hij moest zich inhouden en niet ingaan op de zielige spelletjes van deze klootzak. Sinds Langley het vuurcoltan had geïdentificeerd als de substantie die in de nieuwe generatie Chinese satelliettelefoons werd gebruikt, was de situatie verder geëscaleerd dan hij zich had kunnen voorstellen. Op dit moment moest hij zijn hoofd koel houden.

Nog maar twee dagen geleden had ChinaCell zijn lancering openbaar gemaakt, en sindsdien hadden Amerikaanse wetenschappers de klok rond gewerkt in een poging te begrijpen hoe ze een gewone telefoon konden produceren die klein genoeg was om met lagebaansatellieten te communiceren. Die dingen stroomden de winkels binnen en verzwakten de westerse telecommerken terwijl er tot om de hoek van het blok klanten in de rij stonden te wachten tot de telefoons in de verkoop kwamen.

Pas toen ze hadden ontdekt dat vuurcoltan cruciaal was voor de condensatoren en de antennes, doordat het de hogefrequentiegolven naar de satellieten mogelijk maakte, waren ze begonnen om het allemaal in elkaar te zetten. Vuurcoltan verhitte de circuitelementen meer dan normaal, maar afgezien daarvan was de technologie feilloos.

Opeens was Devlins onderzoek geëscaleerd van een minder belangrijke provinciale aangelegenheid tot een zaak van nationale veiligheid. Het hele westerse communicatieplatform werd onder de voet gelopen, en het mineraal vuurcoltan was het middelpunt van alles. De richtlijn was eenvoudig – ze moesten hun eigen voorraad bemachtigen en de leiding over die mijn in handen nemen.

Maar er moest geschipperd worden. Iedereen wist dat ze nooit een ander vetolid van de VN-Veiligheidsraad openlijk konden uitdagen. Ze konden zich niet in het openbaar bemoeien met Chinese belangen in Afrika, en dus was dit van meet af aan een oorlog die met bemiddelaars zou worden uitgevochten.

Er was al een speciale eenheid uitgezonden om met de Mai-Mai ten zuiden van Bukavu te onderhandelen. De rebellen daar waren berucht wegens hun wreedheid, overtraden bijna iedere regelgeving tijdens de bloedige jaren van de Congolese burgeroorlog, maar ondanks hun pariastatus waren ze de enige overgebleven rebellenmacht in de Congo die wellicht een kans had om het LRA te verslaan. Ondanks het feit dat de VN bijna een decennium lang had geprobeerd om ze te ontwapenen, zou dat nu allemaal veranderen.

Een Amerikaanse C-130 Hercules had een enorme zending wapens gedropt bij een buitenpost van de Mai-Mai in de buurt van de Rwandese grens en inmiddels trokken de rebellen al noordwaarts in de richting van Ituri. Ze wisten dat de mijn ergens in het woud lag, maar moesten de exacte coördinaten nog krijgen.

En nu was Devlin hier, midden in de rotzooi. Totdat de speciale hoofdeenheid uit Langley aankwam, was hij de man ter plekke in een situatie die snel steeg in de rangen van belangrijke kwesties in het Amerikaanse buitenlandbeleid. Alle ogen richtten zich op de Congo. En voor de komende acht uur was hij de man die de leiding had.

Devlin staarde naar Jean-Luc, zag zijn hoofd zwaaien van de drank. De Fransman was een strijdlustig beest zonder besef van de waarde van de informatie die hij bezat. Het zou te veel tijd kosten om te proberen het uit hem te slaan. Maar er was een andere manier.

'Weet je, sinds jullie hier in de buurt door de lucht zoeven, hebben we wat geklets opgevangen. De gebruikelijke dingen, niks bijzonders, maar toen hoorden we een noodroep van een Cessna 206. Zendercode Golf Hotel Juliett. Zegt dat je iets?'

Jean-Luc staarde Devlin wezenloos aan. Devlin stak zijn hand terloops in de zak van zijn safari-jas en haalde er een iPod en een zwart luidsprekertje uit. Terwijl hij ze op de tafel neerzette, staarde hij Jean-Luc aan.

'Gaat er nog steeds geen lampje branden?'

Ze luisterden allemaal naar een vrouwenstem die zachtjes door de ruimte klonk. Ze was duidelijk in nood, aangezien ze de protocols van een noodroep doorliep, maar toen ze aan de coördinaten van haar crashlocatie toekwam, was de opname opzettelijk schoongewist. Het was verscheidene seconden stil voordat Devlin weer sprak. Ditmaal glimlachte hij.

'We hebben het een en ander nagetrokken en het vliegtuig staat op naam van ene Beatrice Makuru. Verdomd jammer, maar het lijkt erop dat ze boven Ituri werd neergeschoten...'

'Wat deed Beer hier in godsnaam?' onderbrak Laurent hem, bijna fluisterend.

'Zij en twee blanke mannen hebben haar vliegtuig drie dagen geleden uit de MONUC-quarantaine gehaald.'

'Wie waren dat?'

Devlin haalde zijn schouders op. 'Alsof mij dat een reet kan schelen. Nu moet je goed luisteren, Étienne, want je krijgt deze deal maar één keer. Jij geeft mij de coördinaten van Mordecais mijn en ik zal jou precies vertellen waar haar vliegtuig is neergestort.'

Jean-Lucs ogen werden glazig toen hij voelde hoe een golf van emotie hem trof. Hij kon het niet helemaal geloven. Beer was met haar vliegtuig neergestort. Het nieuws dat ze misschien pijn had of gewond was vervulde hem met een gevoel van vaderlijke verontwaardiging; iets waarvan hij niet eens had gedacht dat het nog in hem bestond. Maar het was er, diepgeworteld en onbeheersbaar, en deed hem plotseling koken van woede.

De jaren leken terug te gaan en hij kon hetzelfde gedempte geruis in haar stem horen als toen hij haar voor het eerst had geleerd om te vliegen, door laag over de savanne te duiken. Er was zoveel tijd verstreken, zoveel spijt. Hij had aangenomen dat de herinneringen nagenoeg begraven waren. Maar toch dacht hij terug aan die nacht in Kaapstad... de nacht dat hij haar voor het laatst had gezien, al die jaren geleden.

Laurent volgde de richting van Devlins starende blik, wetend hoeveel Jean-Lucs kleine meid voor hem betekende. In zekere mate was ze door hen allemaal grootgebracht, aangezien ze met de groep van de ene missie naar de andere, van het ene land naar het andere had getoerd. En nu was Beer het enige waar ze nooit over praatten.

Devlin knipte met zijn vingers voor Jean-Lucs gezicht. 'Het lijkt erop dat jij me die coördinaten toch zult geven,' zei hij, zonder moeite te doen zijn vreugde te verbergen.

'Hoe weet ik of ze de crash heeft overleefd?' fluisterde Jean-Luc. 'Wat als ik jou de informatie geef en ze blijkt al dood te zijn?'

'Dat weet je niet. Ze kan nog leven of dood zijn, maar raad eens? Je hebt verdomme geen opties. Maar je moet wel vlug tot een besluit komen, want als ze nog leeft, kun je maar beter bidden dat jij eerder dan het LRA bij haar komt.' Devlins glimlach werd breder. 'Ik heb een dossierfoto van je kleine meid gezien. Knap. Ik wed dat ze precies het type van het LRA is.'

Laurent schudde vol ontzetting zijn hoofd. Speel niet met Jean-Luc, wilde hij zeggen. Vooral niet als het om zijn dochter gaat.

'Dus,' vervolgde Devlin. 'Hebben we een deal?'

'Je krijgt de coördinaten van de mijn,' zei Jean-Luc. 'Ga nu maar weg.'

Devlins glimlach verwrong zich in onzekerheid, wilde het momentum van deze confrontatie niet kwijtraken. 'Ik denk niet dat jullie echt begrijpen hoe het werkt,' begon hij, maar Jean-Luc sprong plotseling van de sofa en greep Devlins keel met zijn rechterhand vast. De snelheid waarmee het gebeurde overrompelde iedereen. Het duurde even voordat er een vlaag van beweging losbarstte, toen beide partijen naar hun wapens grepen.

'Wacht!' schreeuwde Devlin met een gesmoord gepiep uit. 'Niet... schieten!'

Jean-Luc bracht zijn gezicht dicht bij dat van de Amerikaan. 'Jij krijgt je coördinaten en je verdomde oorlogje. Nu... vertel je mij waar ze is neergestort voordat ik je strot eruit ruk.'

Devlin worstelde in zijn greep, boog zijn kin omlaag om de druk op zijn luchtpijp te proberen verlichten. Hij kon de sterke alcoholgeur in Jean-Lucs adem en huid ruiken, en staarde doodsbang in zijn bloeddoorlopen ogen. Met een malend hoofd probeerde hij wanhopig grip op de situatie te krijgen.

'Oké... oké,' piepte hij, naar een van zijn mannen gebarend om een stuk papier te overhandigen. Laurent griste het uit zijn hand.

Jean-Luc hield hem nog iets langer vast voordat hij zijn greep losliet. Devlin wankelde achteruit naar zijn eigen mannen toe, alvorens zich voorover te buigen met zijn handen op zijn knieën.

'De Mai-Mai rukken al naar het noorden op,' piepte hij. 'Je kunt maar beter opschieten... omdat ze morgen voor zonsopgang voorbij die positie zullen zijn. Geef me nu godverdomme die coördinaten.'

Jean-Luc gaf geen antwoord, draaide zich alleen naar Laurent toe. 'Kapitein, ik wil een complete wapencontrole van de Rooivalk. Haal de antitankraketten weg en neem een volledige bezetting van MK4's met het kanon afgesteld op salvo's van vijf kogels.' Zijn strakke blik gleed over de andere mannen. 'Neem zoveel 7.62mm-kogels mee als je kunt dragen en ik wil dat iedere Oryx wordt uitgerust met een volledige EHBO-doos en gerei voor ondergrondse reddingsacties – tweehonderd meter lange touwen en goed functionerende liersystemen.'

Zijn mannen namen de informatie met snelle hoofdknikken in zich op, terwijl de dronken lethargie vervloog. Ze hadden Jean-Luc sinds de dagen van weleer niet zo horen praten.

'We vertrekken over een uur. En kapitein, ik wil volledige warmtebeeldopnamen in de Rooivalk.'

Laurent knikte heftig. 'Ja, majoor.'

'Geef ze nu wat ze willen.'

Laurent krabbelde de coördinaten van de mijn op de achterkant van een papieren servet en reikte het Devlin aan. Vervolgens leidde hij Jean-Lucs mannen naar de uitgang.

'Als dit maar klopt, Étienne,' waarschuwde Devlin, met het servet voor zijn neus zwaaiend. 'Anders verzeker ik je dat wij je komen halen.'

Jean-Luc staarde naar hem terug. 'Maak je geen zorgen,' fluisterde hij. 'Ik zal je een speciaal bezoek brengen als ik terugkom.'

28

Luca lag op zijn rug naast Joshua naar de openlucht te staren. Er liep zweet over zijn voorhoofd, dat zich met het rivierwater vermengde en zijn haar doorweekte. Hij was te uitgeput om zich te verroeren. Het was slopend geweest om de rivier over te zwemmen; ze waren veel verder stroomafwaarts getrokken dan ze hadden verwacht. Nu lagen ze op hun rug in de zwarte modder van de rivieroever, die om hun schouders heen omhoogkwam, en probeerden ze de kracht te verzamelen om in beweging te komen.

'We moeten wachten...' hijgde Joshua, '... wachten op de anderen, bedoel ik.' Zijn stem was weinig meer dan een fluistertoon en hij zag er finaal kapot uit. Toen ze het laatste stuk zwommen, had hij zich alleen maar aan Luca's schouders kunnen vastklampen. Het extra gewicht had Luca bijna onder het oppervlak getrokken, zodat hij voor elke long vol lucht had moeten vechten.

'Ik weet het,' antwoordde Luca, te moe om nog meer te zeggen. Met een zacht gekreun hees hij zichzelf moeizaam op zijn knieën en stak een hand uit. De palm was zwart en Joshua staarde er verscheidene seconden naar voordat hij hem vastpakte.

'Ik had nooit gedacht dat ik dit allemaal weer zou zien,' fluisterde hij, terwijl zijn ogen van de rivier naar de lucht gingen. 'Ik heb de lucht zo lang niet meer gezien. Je vergeet hoe die is. Hoe groot die is.'

'Neem hem helemaal in je op, want als we eenmaal in het woud komen, krijg je hem lange tijd niet meer te zien.'

'Daar kan ik mee leven,' antwoordde Joshua, eindelijk overeind krabbelend. 'Neem me alleen nooit weer mee naar die mijn.'

Zij aan zij gleden ze door de dikke modder, de lange stiergrashalmen gebruikend om zichzelf vooruit en de beschutting van het woud in te trekken. Toen ze de bomen bereikten, sloegen ze links af en liepen ze stroomopwaarts terug in de richting van de tunnelingang. Ze hadden bijna tien minuten gelopen, toen Luca plotseling bleef staan en hen allebei naar de grond trok.

Daar in de modder, op maar een meter afstand van de plek waar ze lagen, stond de duidelijke afdruk van een legerschoen. Die was vers, mogelijk een paar minuten oud, en in de hakafdruk verzamelden zich nog straaltjes water.

Joshua bleef stilliggen, zijn hele wezen verlamd door een ongelooflijk gevoel van teleurstelling. Wat had hij wel niet gedacht, om te durven geloven dat ze zouden ontkomen? Hij had moeten weten dat ze nooit aan Mordecais greep zouden ontsnappen. De mijn was het enige wat er was. De totaalsom van het bestaan. Naar de voetafdruk starend, liet hij zijn ogen langzaam dichtgaan. Het was gewoon onmogelijk dat ze zo snel gevonden waren.

Luca keek op, controlerend of er niemand in de buurt was, en schoof vervolgens dichter naar Joshua toe. 'Een LRA-patrouille heeft ons spoor helemaal hierheen gevolgd,' fluisterde hij. 'Dit moet een van hun afdrukken zijn.'

Met zijn ogen knipperend verwerkte Joshua de informatie, terwijl Luca behoedzaam overeind kwam. Hij stond over de voetafdruk gebogen de struiken in te staren en probeerde zich te concentreren op wat hij moest doen. Maar zijn hoofd dacht al vooruit aan de tunnel. Zodra de anderen er één stap buiten zetten, zou de patrouille zich op hen storten.

Joshua wankelde naar hem toe, zo stil sprekend dat Luca zijn adem moest inhouden om te kunnen horen wat hij zei. 'Als het de patrouille is en niet de bewakers van de mijn, dan weten ze misschien niet van de tunnel. Misschien zijn ze verder langs de rivieroever gegaan. Uit het zicht.'

Luca kroop naar voren, heen en weer kijkend tussen de voetafdruk en de struiken voor hem. Ze konden hooguit een paar meter vooruitkijken. Het was waanzin om ze zo te volgen. Het LRA kon wel op een halve meter afstand liggen zonder dat ze het wisten.

In absolute stilte gingen ze verder in de richting van de rivieroever. Ze hielden hun adem in, met hun zintuigen op het geringste geluid gespitst. Er waren nog meer voetafdrukken, en vervolgens waren er een heleboel verspreid vanaf de plek waar de patrouille kennelijk in één groep was samengekomen. De voetafdrukken leidden naar een gedeelte met hoog rivierriet en Luca haalde het gebladerte uit elkaar om het open water erachter te onthullen.

Daar, op de andere oever, waren de LRA-soldaten. Ze stonden in een groep met hun geweren in hun handen, terwijl een van hen met een zaklamp neerhurkte en ermee in de diepten van de tunnel scheen.

'O god nee,' kreunde Luca, van de ene soldaat naar de andere kijkend. Er steeg een schreeuw op toen Beer uit de duisternis werd gerukt; haar lange haar viel voor haar gezicht terwijl ze met haar ogen in het verblindende licht knipperde.

Joshua legde zijn hand op Luca's schouder. 'Je kunt nu niks voor haar doen,' zei hij.

Beer struikelde en viel op één knie neer. Ze zag de kring soldaten overal om haar heen, die schreeuwend hun geweren de lucht in staken. Een paar meter voor haar stond de kapitein, met zijn rug naar haar toe. Zijn enorme, logge schouders bewogen toen hij lachte. Het was een diep, resonerend en wreed geluid, dat zijn hele lichaam deed schudden. Ze kon de zweterige huidplooien zien die vanaf zijn nek naar beneden liepen, en toen hij zich omdraaide, zijn gezicht.

Hij staarde met glinsterende pretogen naar haar. Met een lik over zijn lippen onthulde hij zijn tanden. Elk daarvan was afgevijld tot een punt, zodat er alleen maar zwarte stompjes over waren. Zijn tong streek eroverheen terwijl zijn strakke blik langzaam over Beers lichaam gleed. Toen hij dichterbij stapte, ging er een gejuich op.

Beer liep achteruit, met haar rug katachtig gebogen. Haar armen waren defensief over haar borst gekruist, maar toen ze de rand van de kring mannen bereikte werd ze naar hem teruggeduwd. De kapitein pakte haar met zijn ene arm terwijl de andere de voorkant van haar vest naar beneden rukte en de stof in tweeën scheurde.

Zijn hoofd boog langzaam omlaag en zijn ogen gleden over elke centimeter van haar borsten. Hij greep er een en kneedde het vlees ruw in de kussentjes van zijn hand. Glimlachend staarde hij in haar ogen alsof hij haar uitdaagde te protesteren, waarna hij een van zijn brede dijen omhoogbracht en die tussen de hare drukte.

'*Vous l'aimez.*' Je vindt het lekker, fluisterde hij in haar gezicht. '*Vous êtes une vraie pute, n'est-ce pas?*' Je bent een echt hoertje, hè?

Beer deed haar ogen dicht; haar hele lichaam verslapte in zijn greep. Het LRA stond erom bekend vrouwen en kinderen te verkrachten, en ze wist dat zodra de kapitein aan zijn trekken was gekomen, de anderen hun beurt zouden opeisen. Er begonnen tranen over haar gezicht te stromen toen ze probeerde om zichzelf los te maken van wat er gebeurde, om alles buiten te sluiten. Ze kneep haar ogen stijver dicht, zich er vaag van bewust dat de kapitein zijn hand langs de gesp van haar riem drong en zijn vingers hongerig in haar kruis krulden.

Opeens stopte hij. Beer wachtte, te bang om haar ogen open te doen, maar in de geladen stilte hoorde ze het zachte gezoem van een benzinemotor. Echoënd over het uitgestrekte water achter hen kwam het geluid dichterbij.

Om de bocht in de rivier verscheen een lange prauw. Die was zo'n twaalf meter lang, uit één hardhouten boomstam gesneden en met soldaten gevuld. De prauw vocht tegen de rivierstroom en kwam met hoger ronkende motor langzaam dichterbij. Voorin, afgezonderd van de anderen, zat een man in een wit pak. Zijn armen waren nonchalant over zijn borst gevouwen in een houding van absoluut geduld.

Beer keek op in het gezicht van de kapitein. Zijn blik was op de rivier gefixeerd, zijn ogen groot van angst.

'Mordecai,' fluisterde hij; het woord ontsnapte als een vieze ademstoot uit hem.

De kapitein richtte zich plotseling op en duwde Beer zo krachtig van zich af dat ze op de grond stuiterde en schuivend in de modder tot stilstand kwam. Hij schreeuwde naar zijn mannen dat ze zich in een rij moesten opstellen, maar zijn stem kraakte lichtjes toen hij het bevel gaf. Ze zag hem verscheidene keren slikken en zijn blik weer naar de rivier gaan voordat hij het bevel herhaalde.

Mordecai kwam eraan.

Iedereen keek hoe de prauw de oever op schoot en met een schok tot stilstand kwam in de modder. Mordecai stapte langzaam uit het vaartuig, de teerzwarte modder in. Die steeg langs zijn enkels op en bevlekte de broek van zijn volmaakt witte pak, maar hij leek het niet te merken. In het midden van de groep hield hij halt en staarde naar Beer, die op de grond lag met de verscheurde stof van haar vest over haar borst geklemd.

'En jij bent?' vroeg hij op zachte, bijna onderhoudende toon.

Beer staarde alleen naar hem, gemagnetiseerd door het doorschijnende groen van zijn ogen. Het was alsof ze recht door ze heen kon kijken. 'Beatrice,' wist ze uit te brengen, ineenkrimpend toen ze zichzelf op haar ellebogen trok. 'Beatrice Makuru.'

Mordecai knikte, alsof hij de naam eerder ergens had gehoord maar hem niet helemaal kon thuisbrengen. 'Weet je, Beatrice,' fluisterde hij, 'jij bent het niet over wie ik misnoegd ben. Nee, helemaal niet. Wie kan het iemand kwalijk nemen dat ze een vriend probeert te redden?' Hij gebaarde naar de prauw en zijn twee lijfwachten. Ze stapten de modder in, drie LRA-soldaten voor zich uit duwend. De soldaten waren jong en hadden rode bandana's om hun hals gebonden. Hun geweren waren van hen afgenomen en met nauwelijks werkende benen wankelden ze naar voren, dichter naar hun noodlot toe.

'Deze bewakers waren verantwoordelijk voor de ontsnapping uit de mijn,' legde Mordecai uit. Hij toonde een glimlach die warm en oprecht was. 'Ik geloof dat zulk onverstandig gedrag niet ongestraft moet blijven. Plichtsverzuim is een zonde. Maar vanaf nu zullen zij zulk kwaad niet weer zien, horen of spreken.'

De tienersoldaten wierpen zich in de modder neer, om genade smekend met hun handen ineengevouwen voor hun lichaam. Ze kronkelden in de greep van de lijfwacht; hun benen gleden onder hen vandaan toen ze in elkaar zakten in de modder.

'Kom, mijn kinderen,' zei Mordecai zachtjes, zijn handen heffend alsof hij ze allemaal wilde omhelzen. 'Als jullie zondigen, moeten jullie gereinigd worden.'

De dichtstbijzijnde lijfwacht trok de soldaat overeind en naar het midden van de halve cirkel van mannen. Mordecai bukte zich en legde zijn handen als een kom om het open gezicht van de jongen. Hij glimlachte opnieuw; zijn ogen knipperden met ongehaaste kalmte. De jongen stamelde een of andere verontschuldiging, maar er ontsnapten geen verstaanbare woorden aan zijn lippen.

'Jij zult geen kwaad meer spreken,' fluisterde Mordecai.

De lijfwacht die achter hem stond trok een oud zwart mes uit zijn riem en pakte het hoofd van de jongen vast. Terwijl zijn hele arm zich om zijn gezicht wikkelde, drukten de enorme, bollende spieren van zijn onderarm en biceps tegen zijn schedel. Met zijn andere hand greep de lijfwacht vervolgens de lippen van de jongen vast en zaagde het zachte vlees door, tegelijkertijd met zijn vingers trekkend zodat het in stukken werd verscheurd. Er sproeide bloed over zijn hand en arm, dat de gitzwarte huid van zijn onderarm in het zonlicht deed glinsteren, voordat hij zich uiteindelijk oprichtte en de haveloze restanten van de lippen als inwendige organen van een kip aan de kant gooide.

Mordecai knikte tevreden, voordat zijn ogen zich op de volgende van de drie richtten. 'En jij zult geen kwaad horen,' zei hij.

Niemand bewoog of praatte terwijl ze er getuige van waren hoe de oren van de volgende soldaat werden afgehakt en de ander op ruwe wijze blind werd gemaakt. Er heerste absolute stilte toen het werk werd gedaan; elke getuige werd tot zwijgen gebracht door de verschrikking.

'Het bedroeft mij om zo'n gebrek aan geloof te zien,' zei Mordecai uiteindelijk. 'Maar alleen door vuur kan de Heer vergeven.'

Hij gebaarde dat Beer overeind gezet moest worden. Met een flauwe glimlach keek Mordecai hoe ze de hakken van haar schoenen in de grond drukte, in een poging het trillen van haar benen te doen ophouden. Zijn hoofd boog opzij, terwijl zijn ogen van haar schouders, over haar armen, naar haar buik gleden.

'God heeft jou voorwaar gezegend,' zei hij. 'Jou met zo'n schoonheid gezegend. En toch ben je hier, een Afrikaanse vrouw die zich tegen haar eigen broeders keert.' Hij bracht zijn hand omhoog, liet de achterkant van zijn vingers zachtjes over haar wang strijken en wachtte even bij haar lippen. 'Ik ben geen monster,' fluisterde hij. 'Helemaal niet. Ik doe alleen wat gedaan moet worden.' De verticale plooi in zijn voorhoofd werd dieper. 'Het móét gedaan worden, begrijp je dat niet?'

Beers blik volgde zijn vingers en ging naar zijn ogen terug. Er bekroop haar een vreemd gevoel van apathie dat de verstikkende angst leek te dempen. Het was alsof ze zich had neergelegd bij het feit dat ze ging sterven, en vanuit dat ene punt besefte dat er niets meer was om bang voor te zijn. Toen Mordecai voelde dat ze niet meer trilde, keek hij in haar ogen.

'Jij bent niets meer dan een zieke klootzak die kinderen vermoordt,' siste Beer, zich van zijn hand afwendend. 'Jij zult branden in de hel.'

Mordecai stak plotseling zijn armen omhoog. 'Maar dit ís de hel!' schreeuwde hij met donderende stem over de dodelijke stilte van de meute uit. 'Begrijp je het niet? Dit is de hel! En ik moet erdoorheen. Doen wat gedaan moet worden.' Hij wachtte even, zijn hoofd schuddend alsof hij gepijnigd werd door zijn eigen overtuiging. 'Ik moet erdoorheen, en ik líjd dag in, dag uit. Wat líjd ik.'

Toen Beer hem wezenloos aanstaarde, stapte hij opeens naar voren, greep haar schouder vast en stak zijn duim in de pas gesloten wond. Ze gilde van de pijn, door haar knieën zakkend terwijl Mordecai zijn duim er dieper in wrong. Er sijpelde bloed naar buiten, dat de manchet van zijn witte pak besmeurde.

'Hoeveel anderen zijn er?' vroeg hij, ieder woord langzaam articulerend.

Beer gilde nogmaals. Mordecais ogen gloeiden toen hij zijn duim opnieuw omdraaide, waardoor haar hele lichaam sidderde alsof het door een elektrische schok werd getroffen.

'Hoeveel zijn er bij je?' herhaalde hij.

Terwijl Beers rug zich kromde van de pijn, krulden haar vingers zich tot een vuist. Plotseling zwaaide ze haar hele arm omhoog en sloeg ze Mordecai recht op de mond. Door de klap spleet de bovenkant van zijn lip en er klonk een ellendig geluid toen het kraakbeen in zijn neus brak. Van schrik terugdeinzend liet hij haar uit zijn greep vallen. Hij wankelde achteruit, zijn neus en lippen met zijn vingers deppend.

Mordecai staarde naar zijn hand, als verbijsterd door de aanblik van zijn eigen bloed, terwijl zijn hele lichaam leek te stuiptrekken van sprakeloze woede. Beer probeerde weer overeind te komen, maar de dichtstbijzijnde lijfwacht sprong naar voren en knalde zijn vuist tegen de zijkant van haar slaap, zodat ze languit op de grond viel.

Mordecais woedende blik richtte zich op de lijfwacht. 'Ik wilde haar in bewuste toestand!' zei hij ziedend, spatjes van zijn eigen bloed de lucht in spuwend. Terwijl de man onmiddellijk achteruitdeinsde, staarde Mordecai strak naar de grond. Er verscheen langzaam een glimlach op zijn lippen, die met bloed bespatte witte tanden onthulde.

'Dit is Gods wil,' fluisterde Mordecai. 'Hij werkt op manieren die zo moeilijk te zien zijn. Zo moeilijk! Maar ik weet het nu zeker. Hij wil dat ze langzaam sterft, zodat ze kan nadenken over wat ze gedaan heeft. Hij wil dat ze lijdt.' Hij wachtte even, wendde zich toen tot de soldaten. 'Breng haar de mijn in bij alle anderen. Blaas daarna de ingang op zodat er geen levend wezen in of uit kan, en sluit deze tunnel af. Ze zullen allemaal omkomen van de dorst. Er langzaam door sterven, terwijl wij onze glorieuze opmars naar Kinshasa volbrengen!'

De soldaten bogen hun hoofd toen Mordecai naar de prauw terug beende, naar de bestuurder gebarend dat hij de motor moest starten.

De kapitein liep naar Beers bewusteloze lichaam en tilde haar van de grond. Haar hoofd hing slap over de rand van zijn arm en haar haar viel naar de grond. Toen hij naar haar naakte borsten en de fijne lijn van haar lippen staarde, trok zijn dikke gezicht een grimas vanwege de verloren kans. Vervolgens liep hij naar de boeg van de prauw, legde haar tussen twee zitbankjes en klemde haar lichaam in de holte van de kano.

Hij draaide zich om met een laatste blik op de oever terwijl de motor weer hoger ronkte. De prauw voer de hoofdstroom in en ging snel stroomafwaarts, alleen de geur van benzine en de wegstervende vibratie van zijn motor achterlatend.

29

Generaal Jian keek naar zijn reflectie in de spiegel, die langzaam vervaagde toen de oude elektrische lampen flikkerden en vervolgens uitgingen. Hij wachtte, in de duisternis starend, terwijl alle lichten in de villa een voor een doofden. Het was stil. De seconden verstreken en Jian bleef doodstil staan, voelend hoe de duisternis hem omsloot.

Sinds ze waren teruggekeerd van de mijn, verbleven ze in een van de oude koloniale huizen op de oevers van het Kivu-meer. Overdag hadden de kolossale zuilenrijen en hoge, sierlijke plafonds bijna bekoorlijk geleken, een gevoel van verbleekte grootsheid en de verfijning van een voorbij tijdperk uitstralend. Maar 's nachts had het huis een veel sinisterder sfeer aangenomen. Het lag niet zozeer aan de kreunende loden buizen of de stijgende vochtigheid, als wel aan het blijvende besef van wat ooit was geweest. Het huis riekte naar vroeger, alsof de verschrikkingen van het Belgische bewind nog steeds in iedere kamer waren gegrift.

Er klonk een zacht zoemend geluid voordat de antieke lampen opnieuw begonnen te gloeien. Jian knipperde met zijn ogen, het zojuist in de enorme, vergulde spiegel onthulde beeld van zichzelf in zich opnemend. Hij staarde in zijn eigen ogen en probeerde langzaam knipperend te focussen. Ze zagen er doffer uit, het zwart van zijn pupillen op de een of andere manier verbleekt en minder levendig. Iedere dag voelde hij zich slechter; de hoofdpijnen verlieten hem geen seconde.

Wat gebeurde er in godsnaam met hem?

Op het badkamerblad voor hem stonden een fles single malt whisky en een glas. Hij schepte een handvol pijnstillers uit zijn jaszak, brak ze in stukjes en strooide het poeder in het glas. Vervolgens voegde hij er een enorme bel whisky aan toe en slikte hij de hele inhoud van het glas in één keer door. Hij wankelde een stap achteruit en wierp het glas aan de kant, zodat het op de verbleekte marmeren vloer kapotviel.

Jian greep zijn hoofd met beide handen vast. Hij gilde. Het geluid kwam als een lange, ellendige jammertoon naar buiten en echode binnen de nauwe grenzen van de badkamer. Jian schraapte met zijn vingernagels over de zijkanten van zijn gezicht, zodat er dunne, sliertige rode sporen achterbleven, en staarde met wilde, wanhopige ogen weer in de spiegel. De pijn! De pijn was ondraaglijk!

Het was alsof er een bankschroef om zijn slapen was geklemd, die met elke verstrijkende seconde strakker werd aangedraaid. Iedere gedachte, ieder gevoel werd erdoor onderdrukt; 's nachts werd hij erdoor van zijn slaap beroofd en overdag was hij volkomen uitgeput. De pijnstillers leken alleen de felste steken te verdoven, maar altijd was er die verlammende onderstroom.

Jian liet zijn ogen langzaam over de ene zijkant van zijn gezicht gaan. Vlak boven de kraag van zijn overhemd puilde een hard gezwel uit. Het werd groter. Hij wist het zeker. Het moest er de oorzaak van zijn dat hij zulke martelende hoofdpijnen kreeg. Maar wat gebeurde er met hem?

Het Gilde. Het moest het Gilde zijn. Ze waren er op de een of andere manier achter gekomen hoe het zat met de satellietlancering en het geld dat hij had gepakt. Ze probeerden hem te vergiftigen.

Jian stak zijn arm uit om zich staande te houden; zijn gezichtsveld werd donker aan de randen. Hij had de hele dag door hetzelfde mengsel van whisky en pijnstillers gedronken; de laatste paar glazen had hij met ritalin gecombineerd om de vermoeidheid af te wenden. Alles begon wazig te worden; het licht van de flikkerende gloeilampen slierde als een zonnevlek over zijn gezichtsveld.

Het was Xie. Die klootzak was gestuurd om hem te vergiftigen. Waarom zouden die laffe bureaucraten van het Gilde hem anders op het laatste moment naar de Congo mee sturen? Plotseling klopte het allemaal. Ze hielden Jian in Goma op, verhinderden hem elke vorm van behoorlijke medische hulp te bereiken, terwijl het gif dat Xie toediende aansloeg.

Hij moest hier weg, moest een of andere manier vinden om aan hen allemaal te ontsnappen!

Er klonk het vage geluid van een gong die door het huis echode en Jian wierp een blik op zijn horloge. Het was acht uur en het avondeten zou zo worden opgediend. Hij plensde diepe handen vol water in zijn gezicht en depte het met een handdoek weg voordat hij eindelijk de badkamer verliet. Toen hij door de gang liep, dwong hij zichzelf geen uitwendig teken te geven dat hij pijn had. Hij wilde geen gezichtsverlies lijden tegenover Xie, en hem ook niet de geringste gelegenheid geven om te zien dat zijn gif werkte.

De gang kwam uit op een brede veranda met een eettafel aan het ene uiteinde. Aan het andere uiteinde waren comfortabele stoelen in een halve cirkel geplaatst, uitkijkend over de glooiende gazons die naar de rand van het meer leidden. Het donkere water en de omringende heuvels die naar de nachthemel oprezen waren net zichtbaar in het maanlicht.

Op een lage tafel voor de stoelen stond de kooi die Mordecai hem had gegeven. De vlinders zaten erin, deden hun vleugels langzaam open en dicht; hun delicate roze werd door het matte licht verdiept. Jian strekte zijn hals dichterbij om iedere beweging te bekijken. Ze zouden het niet lang uithouden in dit soort gevangenschap, misschien hooguit nog een paar dagen. Hij moest ze snel naar Peking brengen en ze aan zijn verzameling toevoegen nu ze nog vers waren. Zo'n ongelooflijk zeldzame vlinder als de *Salamis parhassus* mocht niet in de Congo verwelken en doodgaan. Hij moest ze hier weghalen.

De ironie van de situatie ontlokte een zweem van een glimlach op Jians gezicht. Hij en de vlinders hadden dezelfde behoefte aan redding.

Naast de kooi lag zijn laptop. Toen het scherm oplichtte en zijn gezicht met zijn kunstmatige gloed overspoelde, maakte hij verbinding met de beurs van New York. Die was nog maar net geopend, maar de telecomaandelen waren al gekelderd tot een nieuw absoluut dieptepunt. Sinds de aankondiging van de Chinese satelliettelefoon waren ze in een vrije val geraakt en werden alle bestaande grote merken verlamd door devaluaties van aandelen. Hij was al 230 miljoen dollar rijker door de deal. Het enige wat nu nog te bezien stond was hoeveel verder de aandelen konden dalen.

Aan de verste kant van de veranda klonk een schuifelend geluid; Jian draaide zich om en zag Xie. Hij had eindelijk het gekreukte linnen pak voor schone kleren verruild, maar slaagde er op de een of andere manier toch in om er vermoeid en slonzig uit te zien, met donkere kringen om de ogen en haar dat in onwaarschijnlijke hoeken uitstak.

Ze gingen aan de door een kaars verlichte tafel zitten. Jian pakte de fles wijn die in het midden stond te koelen en schonk zichzelf een groot glas in. De wijn smaakte azijnachtig en scherp. Jian staarde over de rand van zijn glas naar Xie, zonder moeite te doen het venijn in zijn ogen te verbergen. Hij wist wat zijn klerk in zijn schild voerde – tijdrekken met het geld terwijl het Gilde wachtte tot het gif zou werken.

'We moeten dus nog steeds wachten,' begon Jian, maar Xie haalde alleen zijn schouders op en glimlachte flauwtjes toen de obers met hun eten kwamen.

'Met elk uur dat er verstrijkt wordt het waarschijnlijker dat Mordecai zich zal terugtrekken uit de deal. En toch doe jij niets. Zeg eens, Xie, wat is de echte reden voor jouw uitstel?' Jian spuwde de woorden uit; de toon van zijn stem was honend en agressief, maar aan de andere kant van de tafel leek Xie zich niet bewust van dit alles. Hij genoot van zijn eten, zo nu en dan zijn mondhoeken beleefd met zijn servet deppend. Jian boog zich plotseling dichter naar hem toe over de tafel. 'Wat? Praat je opeens niet meer?'

Xie legde zijn vork en vervolgens zijn mes op de zijkant van het bord. Iedere beweging was ongehaast en weloverwogen. 'Meneer Kai heeft specifiek verklaard dat zulke grote geldsommen goed besproken moeten worden. Dat we moeten wachten tot...'

'Wat weet Kai in godsnaam van dit alles?' brulde Jian, lichtjes wauwelend doordat de pijnstillers en de alcohol begonnen aan te slaan. 'Een miljard... zoveel kost het om alle toekomstige claims te wettigen. Dus, geef me antwoord! Waarom het uitstel?'

'Meneer Kai opperde dat het verstandig zou zijn om dingen grondiger te evalueren,' antwoordde Xie, zijn mond nogmaals deppend. 'Dat er misschien meer achter zat dan je op het oog zou denken.'

'Op het oog?' herhaalde Jian, met zijn vuist op de tafel slaand. 'Wat kan die oude kreupele Kai überhaupt achter die dikke glazen van hem zien?'

Xie keek op, oprecht verbaasd over zo'n brutale belediging. 'Misschien zou het beter zijn als u zelf met meneer Kai hierover sprak. Het kan een poosje duren, natuurlijk, maar het kan geregeld worden.'

'Dat zou je wel willen, hè? Je zou het wel willen om mij hier zo lang mogelijk te zien wachten.'

Xie haalde zijn schouders op. 'Wat ik zou wíllen is van weinig belang. Ik zal mijn rapport indienen, en dat is alles.'

Jian toonde een bittere glimlach; zijn hoofd zwaaide lichtjes. 'Je weet dat Kai niet de enige is. Er zijn anderen in het Gilde die het geld hebben om dit te financieren, en als hij me geen antwoord wil geven, dan zal ik misschien ergens anders kijken. De gouverneur van Chengdu is er misschien in geïnteresseerd te horen wat er aan de hand is.'

'Ik zou gedacht hebben dat geld niet het probleem was. Dat u daar al genoeg van had,' zei Xie zachtjes, zonder oogcontact te maken. 'Satellietlanceringen kunnen zo voordelig zijn.'

Jian verstijfde. 'Is dat een beschuldiging, of gewoon weer een van je slappe insinuaties?'

Xie hield zijn strakke blik afgewend toen Jian zich nog iets dichter naar hem toe boog over de tafel. Het flakkerende licht van de kaars scheen onder zijn kin, waardoor zijn gezicht een griezelige aanblik kreeg.

'Je denkt dat je het allemaal uitgekiend hebt, hè? Mij zo laten wachten. Maar weet je wat echt interessant is? Dat je zomaar uit Shanghai bent vertrokken, zonder ook maar één gedachte aan waar je naartoe ging. Dit is het zwartste hart van de hele verdomde planeet. Hier gebeuren erge dingen, heel simpel.' Hij klikte zijn vingers tegen elkaar, vlak voor Xies gezicht. 'Vooral als je helemaal alleen bent.' Jian knikte in de richting van het meer, nog steeds zichtbaar in de duisternis achter het einde van de glooiende gazons. 'Weet je dat er in de loop der jaren talloze lichamen in dat water zijn gedumpt? Duizenden en duizenden: Tutsi, Hutu, Hema, Lendu. Het deed er niet toe welke stam het was, ze bleven elkaar gewoon vermoorden totdat het water rood werd. Ze zeggen dat er op een gegeven moment zoveel lijken in het water dreven dat de vissersboten de haven niet eens konden verlaten.' Jian sprak nog zachter. 'Denk je dat iemand nog een lichaam zou opmerken of erom zou malen als er ook maar één meer daar werd achtergelaten om weg te rotten?' Hij trok zijn stoel bij de tafel vandaan en sloeg de inhoud van zijn wijnglas achterover zonder zijn ogen van Xie af te wenden. 'Zorg dat ik mijn geld krijg,' siste hij. 'Of anders zullen die nikkers morgenavond niet de enigen zijn die in het meer drijven.'

30

Beer schrok wakker toen er een explosie door de mijn knalde. Het was een immens lawaai, dat in een serie golvende naschokken tegen de rotswanden weerkaatste. Er klonk een laag krakend geluid toen er rotsfragmenten van de hoofdboog van de ingangstunnel splinterden, voordat die uiteindelijk onder zijn eigen gewicht bezweek in een massa steen en puin. De rotsbrokken bleven maar komen, waaierden over de bovenste gedeeltes van de houten balkons uit en kieperden het centrale atrium in. Toen ze eindelijk tot stilstand kwamen, begonnen de hoog door de explosie opgeblazen gruiswolken te bezinken en alles met een dikke, ongezonde stoflaag te bedekken.

De mijnwerkers vielen stil toen het besef langzaam tot hen allemaal doordrong. Ze waren ingesloten.

Beer had haar ogen dicht toen een nieuw geluid de mijn begon te vullen. Het was een hoog geloei, dat overal om haar heen echode. Met haar handen over haar oren geklemd en heen en weer draaiend probeerde ze zich ervoor af te sluiten, maar het geluid leek uit elke richting te komen. Toen besefte ze wat het was. Het waren de mijnwerkers. Ze gilden.

Mordecai had de mijn afgesloten. De gedachte leek abstract, van weinig belang voor haar, alsof het iets was waarop ergens in de toekomst teruggekomen moest worden. Ze had meer dan twee uur bewusteloos in de kano gelegen en worstelde nu om wijs uit de hele situatie te kunnen worden. Een wervelende mist van stof omgaf haar, plakte aan haar huid en gezicht en smoorde haar longen terwijl ze probeerde te ademen. Toen ze naar de reling vlak voor haar reikte, miste haar hand de houten stang. Ze deed nog een poging, maar haar hand greep nog steeds in het luchtledige. Wat mankeerde haar? Waarom greep ze telkens mis?

Ze bracht haar hand langzaam naar de zijkant van haar hoofd en drukte hem op haar slaap. Er was een open snee die nog steeds bloedde, terwijl haar oor opgezwollen en heet aanvoelde. Vanuit het oor zelf, waar de lijfwacht haar had geslagen, sijpelde een dun sliertje bloed naar beneden. Daarom was haar evenwicht verstoord. Die klootzak moest haar trommelvlies hebben gescheurd.

Hand over hand hees ze haar lichaam bij de reling op en kwam lichtjes slingerend overeind. Haar armen over haar borst vouwend, nam ze de deinende massabeweging onder haar in zich op. De mijnwerkers stonden in rijen op de balkons hysterisch boven haar te wijzen naar de plek waar de ingangstunnel was ingestort.

Pas toen begreep ze de betekenis. Pas toen voelde ze dezelfde golf van absolute angst als de anderen. Ze zaten hier allemaal in de val, zonder hoop op ontsnapping.

Beer verroerde zich niet, liet haar ogen van het ene gezicht naar het andere glijden in de hordes mensen onder haar. Op de lagere niveaus waren al gevechten uitgebroken en sommige mijnwerkers grepen waterzakken en hompen brood in de beginnende overlevingsstrijd.

Aan de verste kant van het atrium, op het niveau direct onder haar, zag ze twee mannen die anderen aanvielen. Ze hadden al verscheidene plastic flessen met water over hun schouders gehangen en klauterden in de metalen kettingen alsof ze aan het bovenste niveau probeerden te ontsnappen. Beer zag het koepeldak dat zich hoog boven hen uitstrekte. Het laatste licht van de avondzon schemerde door de barst, maar ze wist al dat er geen ontsnapping mogelijk was. De enige twee uitgangen waren afgesloten door duizenden tonnen rotsgesteente. Ze konden nergens meer heen.

Terwijl ze de chaos in zich opnam, besefte ze plotseling dat er maar zo'n twintig meter rechts van haar een kleine houten hut was. Het hele bouwsel was scheefgetrokken door de kracht van de explosie en zag eruit alsof het elk moment kon instorten. Toen ze erheen wankelde en de krakkemikkige deur opentrok, besefte ze dat het het oude wachthuisje van het LRA was. Binnenin bevonden zich een paar basisdingen: een tafel, stoelen, een rij haken waar nog jassen aan hingen. Maar toen ze verder naar binnen liep, zag ze een metalen emmer die voor driekwart met water was gevuld, met een stuk zeep ernaast. Het water was vervuild door zwart stof, maar dat kon haar niets schelen. Het was water. Ze klokte zoveel door haar keel naar binnen dat haar maag begon op te zwellen.

Ze bleef drinken, slikte elk laatste slokje moeizaam door, totdat ze de emmer eindelijk uit haar greep liet vallen. Ze had het gevoel alsof ze moest braken en stak haar hand uit om zich staande te houden terwijl haar ogen over de rijen scheve planken gleden en de spullen die van de bewakers waren geweest vaag in zich opnamen. Alles lag er onaangeroerd bij, zonder teken van een gevecht. Ze waren stilletjes vertrokken toen Mordecai hen had ontboden.

Toen zag ze het. Het lag opzij, vergeten. De korte loop van een pistool glansde in het schemerlicht; Beer pakte het op en voelde het gewicht ervan in haar hand. Ze had dit type eerder gezien – een Norinco. Het was een standaardwapen voor het Chinese leger. Toen ze de ontspanner indrukte, zag ze dat alle negen kogels nog netjes in het magazijn zaten. Met het pistool in haar rechterhand laadde ze de eerste kogel in de kamer en liep ze naar de jassen die bij de deur hingen. Ze trok er een over haar gescheurde vest aan. Hij zat strak. De LRA-soldaat die de jas had gedragen kon amper meer dan een jongen zijn geweest.

Net toen ze op het punt stond naar het centrale deel van de mijn terug te gaan, stopte ze. Er was daar alleen maar herrie en verwarring. Een verlammende golf van uitputting overspoelde haar. Ze had geen adrenaline meer in zich, geen sprankje hoop om haar erdoorheen te helpen. Zo zou het allemaal eindigen – in een mijn midden in de Congo.

Het vuurcoltan… daarom was ze hier. Haar lippen krulden in een bittere, humorloze glimlach vanwege de futiliteit van de hele situatie. Ze zou sterven omdat ze te nieuwsgierig was geweest naar een of ander nieuw mineraal. Iedereen, van haar man tot Fabrice, had haar voor de gevaren gewaarschuwd, maar ze was toch gegaan, had zichzelf uitgedaagd om elke stap van de weg te vervolgen. En nu had diezelfde stijfkoppige vasthoudendheid haar hier gebracht – naar een eenzame dood, diep in de rimboe.

Beer kneep haar ogen dicht, voelde zich overspoeld worden door een misselijkmakende mengeling van zelfmedelijden en spijt. Waarom moest ze altijd zo hard doordrammen en bond ze nooit in?

Waarom moest ze altijd zo stom zijn? Ze tastte in de dijzak van haar broek, haalde het hersluitbare zakje eruit en hield het brokje vuurcoltan dat ze bij zich had gedragen omhoog. Ze liet haar ogen rusten op de ader van gesmolten rood in het midden, terwijl haar gezichtsveld langzaam mistig werd van de tranen.

Dit was hetgeen waarnaar ze allemaal op zoek waren. En dit was de reden waarom ze zou sterven.

De deur van de hut vloog plotseling open en er verschenen twee mannen. Ze zagen er uitzinnig en agressief uit, op zoek naar alles wat ze maar konden pakken. Degene aan de rechterkant sprong op haar af en in die fractie van een seconde reageerde Beer door het pistool om te draaien en te schieten. Het schot weergalmde oorverdovend luid in het hutje, terwijl de kracht van de inslag de man deed rondtollen.

Zijn handlanger draaide zich abrupt om en sprintte zo snel als hij kon weg. Beer keek hem na, met suizende oren van de knal, terwijl de deur langzaam krakend weer dichtging.

Ze stond niet op maar liet haar hand vallen, zodat de loop van het pistool over de ruwhouten vloer schraapte. Ze voelde geen berouw of zelfs maar spijt voor wat er zojuist was gebeurd. Ze wist heel goed dat die mannen haar in een oogwenk zouden hebben vermoord. Ze hoorde een zacht gekerm toen de gewonde man zichzelf bij de deur vandaan sleepte, en zat naar het geluid te luisteren. Het was alsof haar allerlaatste emotie was weggeëbd en ze geen gevoel meer overhad.

'Luca,' fluisterde Beer. Haar enige hoop was dat hij en Joshua langs de LRA-patrouille hadden weten te komen en op de een of andere manier op weg waren naar de MONUC-compound.

'Ga naar de weg toe,' mompelde Beer.

'Naar de weg,' herhaalde ze, en langzaam liet ze haar ogen dichtgaan.

31

Joshua's vingers schraapten over Luca's rug om niet te vallen. Luca draaide zich om, maar was niet snel genoeg om hem op te vangen. Hij keek hoe zijn vriend kreunend van uitputting in de modder zakte. Zo was het de afgelopen twee uur geweest – ze vorderden steeds langzamer.

'Ik moet... stoppen,' fluisterde Joshua; zijn keel was zo droog dat hij de woorden amper kon uitspreken.

Luca boog zich naar hem toe. 'Kom op, Josh! Sta op! We moeten doorgaan!'

Joshua staarde smekend in zijn ogen. Zijn slechte been sleepte over de grond, bleef aan elke wortel en tak haken en trok hem voortdurend uit balans. Er waren bijna vier uren verstreken sinds ze bij de rivier waren weggegaan en het kreupelhout leek eindeloos. De grond was verzadigd met plassen stilstaand water en het laatste uur waren ze pijnlijk langzaam gegaan. Tot hun knieën in de modder wegzakkend, probeerden ze er kruipend doorheen te komen, waarbij Luca Joshua bij zijn schouders vooruit trok, stukje voor stukje, en ze allebei steeds wanhopiger en vermoeider werden.

De grond verslechterde, werd één uitgestrekt moeras. Ze zaten onder de teerzwarte modder, hun kleren plakten aan hun lichaam en hun haar was aan de zijkanten van hun hoofd gepleisterd.

'Ik kan niet meer,' fluisterde Joshua, maar Luca stak zijn hand uit. Joshua staarde er verscheidene seconden naar voordat hij hem vastpakte. Toen Luca hem nogmaals ophees, schreeuwde hij het uit van de pijn. Zijn been begon al te zwellen en zijn gezichtsveld werd zwart aan de randen. Hij kon elk moment flauwvallen.

Terwijl hij om het volgende van een lange rij kreupelbosjes heen ging, probeerde Luca het kompas stabiel te houden, maar doordat hun voortgang onregelmatig was, zwaaide de naald heen en weer over de verbleekte wijzerplaat. Ze gingen pal naar het zuiden, in een poging de oude houthakkersweg die Beer had genoemd te bereiken, maar naarmate er meer tijd verstreek zonder ook maar de geringste onderbreking in het woud, was Luca begonnen te twijfelen of de weg wel bestond. De rest van het ontsnappingspakket was vrijwel nutteloos, met de mogelijke uitzondering van de Chinese lichtpijl.

Er zwiepte een boomtak terug, die Joshua recht tegen zijn borst raakte en hem de modder in sloeg. Hij bleef op zijn handen en knieën zitten, terwijl hij met zwoegende borst de kracht probeerde te verzamelen om in beweging te komen. Zijn armen trilden van de spanning en er hing een dunne spuugsliert uit zijn ene mondhoek. 'Ik kan niet verder,' wist hij uit te brengen.

Luca liep met woeste ogen om hem heen. 'Sta op!' schreeuwde hij. 'We gaan door. De ene stap na de andere!'

Maar hij kon de zieke uitputting in Joshua's ogen zien. Op dat moment wist hij al dat het voorbij was. Zijn vriend had gewoon niets meer over om te geven.

'Ik kan niet…' begon Joshua, maar hij verzonk in stilzwijgen. Ze wisten allebei wat hij ging zeggen.

'Het is oké,' zei Luca, in een poging weer op adem te komen. 'We wachten gewoon af. We bekijken het per uur; één uur lopen, één uur stoppen. Gewoon doorgaan tot we de MONUC bereiken.'

Joshua schudde langzaam zijn hoofd. 'We weten allebei dat dat niet gaat werken. Er is niet genoeg tijd.'

'Dat weten we niet. We moeten ons op het hier en nu concentreren, jou uit deze verdomde rimboe halen.'

'Nee,' fluisterde Joshua, 'het draait hier niet alleen om jou en mij. Jij moet hulp halen voordat hun water opraakt. Dat is de enige manier.' Hij wachtte even; er kwam een beeld bij hem op van de mijnwerkers die wanhopig een uitweg aan het zoeken waren, wetend dat de klok tikte. 'En Luca, dit is nog maar het topje van de ijsberg. We moeten de boodschap naar buiten brengen. Iedereen vertellen wat deze rotzooi met mensen doet.'

Joshua's kin ging omhoog terwijl hij Luca aanstaarde. 'Het enige wat ik over Mordecai weet is dat hij buitenlanders haat. Hij haat ons zoals je nooit eerder hebt meegemaakt.'

Luca staarde verward naar hem terug.

'Begrijp je het dan niet?' vervolgde Joshua. 'Als dit spul in mobiele telefoons over de hele wereld wordt gestopt, stel je dan eens voor hoeveel mensen er zullen doodgaan. Ik weet hoe die zieke klootzak is. Voor Mordecai zou het een of andere goddelijke vergelding zijn; een apocalyps om het Westen te straffen voor god weet wat.'

'We weten niet of het in telefoons wordt gebruikt,' merkte Luca op. 'Beer dacht het alleen maar.'

'Waar het in godsnaam ook voor gebruikt wordt, we weten één ding – als het warm wordt, gaan er mensen aan dood. Dat zou genoeg moeten zijn. We moeten de boodschap naar buiten brengen, Luca. Ze vertellen hoe gevaarlijk deze rotzooi is.'

Luca gaf geen antwoord, liet alleen zijn hoofd vooroverzakken in de stilte. Zo bleef hij verscheidene seconden staan, plotseling totaal verslagen. Het was de eerste keer ooit dat Joshua hem zo zag.

'Luca?'

Toen hij opkeek, kon Joshua onmiddellijk de pijn in zijn ogen zien.

'Ik heb er zo lang over gedaan om jou te vinden,' zei Luca. 'Om hier te komen. En nu vraag jij me om je weer in het woud achter te laten. Dat kan ik niet doen, Josh. Ik kan niet weer iemand achterlaten.'

'Kom op, Luca, doe dit jezelf niet aan.'

'Het is verdomme hetzelfde. Telkens weer.'

'Nee!' schreeuwde Joshua. 'Dat ging over een berg. Dit gaat godverdomme over het redden van elke persoon in die mijn. Geloof me, ik wil hier niet in mijn eentje worden achtergelaten, maar jij bent de enige die dit kan doen.'

Luca staarde naar de struiken.

'Het komt wel goed. Ik ga gewoon zitten wachten tot jij me weer komt redden.' Joshua wachtte even, deed een poging tot een glimlach. 'Jij hebt me uit een LRA-mijn gered, godsamme. Dit zou een makkie moeten zijn.'

Joshua staarde naar Luca's achterhoofd, wachtend op een antwoord. De seconden verstreken, maar Luca bleef waar hij was, in het waas van kreupelhout starend.

'Hoe zijn we in godsnaam midden in deze hele schijtzooi verzeild geraakt?' zei hij rustig.

'Weet je het niet meer? Al sinds we jochies waren, kwamen we in de problemen als we samen waren.' Joshua wachtte even. 'Dit keer zit jouw ouweheer ons tenminste niet met een golfclub over het veld achterna omdat jij zijn auto in de prak hebt gereden.'

Er ontsnapte een piepende lach aan Luca's lippen.

'Niet te geloven dat jij me daarvoor liet opdraaien,' vervolgde Joshua. 'En ik ben die nacht niet eens van bil gegaan!'

Met een lichte glimlach op zijn gezicht draaide Luca zich naar hem toe. 'Ja, die meisjes waren niet erg onder de indruk van ons, hè?'

Ze lachten allebei om de herinnering en vielen vervolgens langzaam stil. Er verstreken seconden, waarin geen van beiden wilde toegeven dat hun tijd samen voorbij was. Uiteindelijk verbrak Joshua de betovering. Hij trok zichzelf uit de modder en kroop naar de beschutting van een paar nabije struiken. Luca kwam hem helpen, hurkte neer zodat hun hoofden bijna op dezelfde hoogte waren. Zonder enige waarschuwing pakte Joshua zijn schouders vast en omhelsde hem.

'Als je mij maar niet vergeet,' zei hij schertsend, maar zijn glimlach vervaagde snel.

Luca kon de angst in zijn ogen zien en drukte hem stevig tegen zich aan, in een poging enige geruststelling te bieden. 'Jij hebt die rode lichtpijl,' zei hij, 'dus als je iets hoort, steek je hem af. Hoor je me?'

Joshua knikte. 'Ja, begrepen.' In de groeiende duisternis staarde hij Luca strak aan. 'Ik zal wachten.'

32

Jean-Luc staarde uit de open deur van de Oryx-helikopter. Het interieurlicht van de cabine wierp een matrode gloed op zijn gezicht. Slechts vijftien meter onder hem schoten de bomen in een continu waas voorbij, hun contouren gitzwart tegen de ondergaande zon. Het enige wat er nog over was van de dag was een vage oranje gloed in het westen terwijl de nacht snel inviel.

Er waren geen wolken. De hemel was helder maar donker, met een dun halvemaantje langs de horizon. Jean-Luc voelde de luchttemperatuur gestaag dalen. Hij trok een pakje Gitanes uit zijn bovenste zak, stak een sigaret aan met een windbestendige aansteker en zoog aan het filter. De rook ging diep zijn longen in, vulde ze met de geruststellende warmte ervan, en zijn ogen speurden het uitgestrekte landschap beneden af, het allemaal in zich opnemend. Er verscheen een lichte glimlach op zijn lippen. Dit was het Afrika dat hij kende.

Plotseling helde de helikopter naar rechts, zodat hij werd gedwongen de deurgreep vast te pakken om zijn evenwicht te bewaren. Slechts tien meter links van hen rezen de takken van een enorme boom boven de gekartelde omtrek van het bladergewelf op. Hij had tegen de piloten gezegd dat ze laag moesten blijven vliegen en dat deden ze ook, hun P-15-nachtkijkers met dubbele lenzen gebruikend om de boomgrens af te speuren.

Ze waren al naar de coördinaten geweest die Devlin hun had gegeven, en na bijna een uur te hebben gezocht, hadden ze de restanten van het vliegtuig gevonden. Alleen de rechtervleugel van de Cessna 206 stak nog boven het water uit; de rest van het vliegtuig was volledig ondergedompeld. Ze hadden een van de mannen met de lier naar beneden getakeld. Hij was met een waterdichte zaklamp het water in gedoken en had de kleine cockpit doorzocht naar sporen van Beer. Uiteindelijk was hij met de resten van een half opgevreten lijk weer opgedoken. De krokodillen waren er het eerst bij geweest.

Maar het lijk was niet van Beer. Het moest een van de blanke mannen zijn geweest over wie Devlin had gesproken. Dat betekende ofwel dat ze op de vlucht was, in welk geval ze haar met behulp van warmtebeelden zouden moeten proberen op te pikken, ofwel dat het LRA haar al had opgespoord.

Jean-Luc trok diep aan zijn sigaret. Als het LRA haar te pakken had gekregen, was er maar één oplossing. Een gespreide aanval op de vulkaan, gebruikmakend van de MK4-raketten op de Rooivalk met steunvuur van de universele machinegeweren van de Oryx. Als de hel vanuit de lucht losbrak, zou hij een reddingsteam naar de grond sturen om in de chaos naar haar te zoeken. Het was een gok, maar het was het enige wat ze hadden. Mordecai was geen man met wie onderhandeld kon worden.

Jean-Luc zette zijn koptelefoon op en verwachtte half het gebruikelijke geklets tussen de piloten te horen, maar vanavond was het stil. Hij wist waarom. Ze verwachtten allemaal dat Beer al was gepakt, en hoewel niemand van hen het durfde toe te geven, geloofden ze dat een aanval op de vulkaan onvermijdelijk was. Nu waren ze zich stilzwijgend aan het pantseren voor het gevecht van hun leven.

De afgelopen acht maanden hadden ze de ene kist na de andere met standaard AK-47-geweren aan de LRA-basis geleverd. Twee weken geleden hadden ze de teerdoeken opzijgeslagen en een zending Chinese HQ-7 SAM-grondluchtraketten gezien. Er waren ook nog andere kisten; W-89-langeafstandsmortieren, raketgranaten en een hele massa veldwapens. Iemand in het Chinese leger steunde het LRA met alles wat ze nodig hadden om zichzelf van een provinciaalse rebellengroep tot een behoorlijke militaire macht te transformeren.

Maar de wapens waren nog niet het ergst, dat was het grote aantal LRA-soldaten. Het waren er duizenden, die in een uitgestrekte tentenstad diep in het woud woonden, en ieder van hen was onvoorwaardelijk toegewijd aan hun leider.

Jean-Luc had de groeiende cultus van Mordecai met eigen ogen gezien. Nieuwe rekruten werden afgeranseld totdat er niets meer over was, gedwongen om telkens weer onbeschrijfelijke dingen te doen totdat ze verlamd waren door de verschrikking. Het was allemaal bedoeld om elk ingeworteld gevoel van moraliteit te vernietigen, zodat ze tegen de tijd dat ze klaar waren om weer 'opgebouwd' te worden alles geloofden wat Mordecai zei, ongeacht hoe bizar het was.

Mordecai liet hen geloven dat als ze hun voorhoofd met wijwater zalfden, ze ongevoelig voor kogels zouden zijn, of dat ze alleen al door zijn aanraking genezen konden worden. De cultus was een perverse kruising van christendom en voodoomagie, en werd steeds verwrongener door de cocktails van hallucinogenen en amfetaminen die ze allemaal gebruikten. Maar van één ding was Jean-Luc zeker – de cultus werkte. Mordecai had voor zichzelf een leger opgebouwd dat even onverschrokken als loyaal was.

Terwijl het gedreun van de helikopterrotoren doorging, staarde Jean-Luc met samengeknepen ogen tegen de luchtstroom naar buiten. Hij dacht terug aan alle keren dat hij ten strijde was getrokken, waarbij de tocht naar de frontlinie zich voortsleepte als de stilte voor een storm. Er waren zoveel campagnes geweest, zoveel smerige oorlogen waarin hij van de ene grens naar de volgende was getrokken. Hij was zijn hele leven een huurling geweest, en nu was er niets anders. Dat was hij. De totaalsom van hém. Zoals een oude roker die werd gevraagd om de jaren van zijn verslaving te tellen, was er altijd oorlog geweest en had altijd deel van hem uitgemaakt.

Maar voor het eerst in zijn leven was de reden ervoor veranderd. Ditmaal ging hij niet omdat iemand hem daarvoor betaalde. Hij ging omdat zijn kleine meid hem nodig had.

Jean-Luc wendde zich van de open deur af en klopte de boordschutter, Louis, zachtjes op de schouder toen hij langs hem heen naar de piloot liep. Hij knikte tevreden, wetend dat zijn mannen er klaar voor waren. Ieder van hen had de vinger aan de trekker en speurde stilzwijgend met zijn nachtkijker de grond af naar het geringste teken van beweging. Er sprak moed uit hun zwijgen. Ze hadden allemaal zijn bevel opgevolgd, door zonder aarzelen in Goma in de helikopters te stappen. Toch wisten ze allemaal dat als ze Beer niet in het woud opspoorden, ze naar de vulkaan zouden vliegen en echt ongelooflijk in de stront terecht zouden komen.

Jean-Luc boog zich over de piloot, Thierry. Hij was een kleine, gedrongen man met een kaal hoofd en een diep gebruind gezicht. Jean-Luc keek langs hem naar het gps op het scherm en wierp een blik op zijn horloge. Ze hadden genoeg brandstof om vijf uur lang naar Beer te blijven zoeken.

'Majoor, we hebben net iets opgevangen in de warmtebeelden,' zei Laurents stem over de radio. 'Het is één warmtebron die langs de oude houthakkersweg naar het westen beweegt.'

'Weet je zeker dat het menselijk is?'

'Nee, majoor.'

Jean-Luc knikte, zijn hand uitstekend om zich staande te houden. Ze zouden elke aanwijzing volgen totdat hij zijn dochter vond. 'Ga erheen.'

Alle vier helikopters maakten een scherpe bocht westwaarts naar de vage omtrek van het kronkelige onverharde pad, waarbij ze in formatie bleven vliegen. De oude houthakkersweg was allang onbegaanbaar voor grondvoertuigen, doordat het woud bijna het hele vrijgemaakte pad had teruggewonnen, maar vanuit de lucht was het nog steeds zichtbaar.

'Doelwit beweegt van de weg af, majoor. Gaat nu zuidwaarts.'

'Ga naar voren. Ik wil een viermansteam op het dek.'

De leidende helikopter minderde vaart; de piloot bracht de neus omhoog en liet de tuimelschijf zakken om de torsie op de rotoren te verminderen. Er werden touwen uitgeworpen terwijl er vier mannen naar de rand liepen, zich klaarmakend om de duisternis in te abseilen.

De touwen zoemden toen de soldaten snel afdaalden en maar een meter boven het grondoppervlak met een ruk tot stilstand kwamen. Ze trokken de losse touwen door hun gordels, zwaaiden hun M4-karabijnen van hun rug af en drongen voorwaarts over de grond.

'Doelwit is gestopt,' zei Laurents stem. 'Noord. Twintig meter.'

Met hun geweren stevig tegen hun schouders rukten de vier mannen op. Ze bewogen zich stil in hun zwarte gevechtsuniformen, die met de achtergrond versmolten. Hun gezichten waren verduisterd door camouflagecrème. Vijf meter verder kwamen ze samen op één punt, maar toch kon niemand van hen het doelwit zien. Het struikgewas was te dicht.

'Doelwit vlak vooruit. Drie meter.'

Alle mannen stopten, met hun geweren op de grond gericht. Plotseling herkende een van hen de omtrek van een mannenbeen, zijn rug, en ten slotte zijn hoofd. Hij lag doodstil, opgerold in de basis van een dichte struik.

'Ne bougez pas!' Geen beweging! schreeuwde de soldaat. Terwijl de drie anderen hun wapens op het doelwit gericht hielden, zwaaide hij zijn geweer over zijn rug, pakte de schoenen van de man vast en trok hem aan zijn voeten uit de struik. Met een felle trap draaide hij hem om, in dezelfde beweging naar zijn wapen grijpend en de loop van zijn geweer tegen zijn borst duwend.

'Qui êtes-vous?' Wie ben jij? schreeuwde hij, naar het bemodderde gezicht en de bleekblauwe ogen van de man starend. De man was halfnaakt en had zijn handen iets omhooggestoken, met de zwarte palmen naar de soldaten toe alsof ze hen probeerden weg te duwen.

'Niet schieten! Niet schieten!'

'Wie ben jij?' brulde de soldaat, naar het Engels overschakelend terwijl hij de geweerloop dieper in zijn borst draaide.

'Ik heet Luca. We hebben… hulp nodig.'

De soldaat greep hem bij zijn nek en hees hem overeind. 'Je hebt mazzel dat de majoor je levend wil hebben,' zei hij, waarna hij hem vooruitduwde naar de wachtende helikopters.

Twee van de drie Oryx-helikopters waren geland op een open plek aan weerskanten van de oude houthakkersweg. Ze stonden stil, afgezien van het lage gezwiep van hun rotoren terwijl de piloten de motoren stationair lieten draaien om direct te kunnen opstijgen. De witte straal van hun zoeklichten zwaaide rond en onthulde de vier soldaten bij Luca. Hij had zijn handen omhoog, maar het licht had al zijn trekken verbleekt, en er was alleen een wazige omtrek zichtbaar.

Jean-Luc stond op de grond, in vol gevechtsornaat met zijn G3-geweer met korte loop over zijn rug. Zijn borst stond bol van een rij voorzakken, elk gevuld met munitie en granaten, en hij had de lenzen van zijn nachtkijker verwijderd, zodat alleen het bandje om zijn voorhoofd overbleef. Het drukte als een zweetband op zijn verwarde haarbos en hoopte de huid bij zijn ooghoeken op. Toen het grondteam naderde, liep hij het tegemoet, zijn sigaret wegwerpend.

'Hij heet Luca...' begon de eerste soldaat, maar de laag overscherende Rooivalk overstemde hem. Ze keken allemaal op toen hij door de halo van lichten vloog. Luca herkende onmiddellijk de kenmerkende getrapte cockpit en de romp vol raketten. Er was geen vergissing mogelijk. Dat was de helikopter die Lanso en Abasi had omgebracht. Dit waren de klootzakken die op de inselberg jacht op hen hadden gemaakt!

Hij draaide zich om en haalde wijd met zijn vuist uit naar de man achter hem. Meer door geluk dan enig gevoel voor timing trof zijn vuist doel; de nachtkijker van de soldaat werd afgeslagen en zijn hoofd klapte opzij. Toen de soldaat zijwaarts struikelde, stapte Luca naar voren en duwde hem met zijn handpalmen achteruit, zodat hij tegen de man achter hem botste.

In de verwarring dook hij uit de felle gloed van de zoeklichten en sprintte naar de boomgrens. De andere twee soldaten gingen hem achterna, maar hun geweren en gordels maakten hen langzamer. Luca kreeg een voorsprong. Nog maar tien meter en hij zou de open plek voorbij zijn, en zich weer in de beschutting van de bomen bevinden.

Jean-Luc vloekte, bracht zijn geweer omhoog en schoot. Er vlogen drie kogels rakelings langs Luca's lichaam en sloegen snel achter elkaar in de boom vlak voor hem. Luca bleef verscheidene seconden stokstijf naar de versplinterde boomschors staan staren voordat hij zich langzaam naar de helikopters omdraaide, met zijn ogen samengeknepen tegen het licht.

Plotseling werd hij naar voren gesmeten toen de dichtstbijzijnde soldaat tegen hem op knalde, zodat ze allebei op de grond vielen. De man worstelde onmiddellijk Luca's armen achter zijn rug en probeerde zijn handen door een lange plastic bindstrip te wringen. Luca weerde hem af, maar er kwam een tweede soldaat aan, die zijn knieën op Luca's borst plantte en hem neerdrukte. Ze sjorden de diep snijdende bindstrip strak om zijn polsen.

De gevangene werd voor Jean-Luc tot stilstand gebracht. 'Waarom ben je hier?' riep hij, om het geluid van de rotoren te overstemmen.

Luca gaf geen antwoord.

'Ik ben geen geduldige man. Zeg het me, nu meteen.'

Hij wachtte een paar seconden, maar Luca hield zich stil. Met zijn bemodderde torso en zijn aan de zijkant van zijn gezicht geplakte haar zag hij er wild en opgejaagd uit. Hij was bijna een kop groter dan Jean-Luc en staarde met onverholen venijn op hem neer.

'Ik begin het vragen zat te worden,' siste Jean-Luc. 'Laatste keer.'

'Krijg de pleuris.'

Jean-Luc knikte naar de soldaat die vlak achter Luca stond. Hij beukte de kolf van zijn geweer tegen de achterkant van Luca's knieën, zodat hij op de grond viel. Luca kreunde, ineengekrompen tegen de pijn vechtend. Toen de soldaat zijn geweer omhoogbracht om opnieuw toe te slaan, vloog de Rooivalk over. Ditmaal fixeerde Luca's blik zich erop, met uitgesproken haat in zijn ogen.

'Je hebt die helikopter eerder gezien, toch?' vroeg Jean-Luc. 'Wanneer?'

Luca staarde hem vanaf de grond aan. 'Wat voor lafaard doodt nou een paar jongens?' spuwde hij. 'Het waren pygmeeën, godsamme. Met pijlen en bogen!'

Jean-Luc knikte langzaam. 'Jij was dus op de inselberg, op de vlucht voor het LRA. Had jij iets te maken met de vliegtuigcrash in de rivier?'

Luca viel opnieuw stil.

'Want we hebben daar een vent gevonden, helemaal afgekauwd door krokodillen. Nare zaak.'

Luca sloot zijn ogen voor het beeld van René.

'Het is dus waar,' zei Jean-Luc. 'Jij bent een van de mannen die samen met mijn dochter, Beatrice, op de vlucht zijn.'

Luca deed zijn ogen open. 'Beatrice?' zei hij ongelovig. 'Bent u Beers vader? Maar... ze zei dat ik u moest proberen te vinden.'

Jean-Luc knikte naar zijn mannen. Ze omsingelden Luca, sjorden hem door de open deur van de Oryx aan boord en smeten hem neer op het vastgenagelde metalen bankje achterin.

'Het lijkt erop dat wij jou eerst hebben gevonden,' zei Jean-Luc bij zichzelf. Vervolgens gebaarde hij met een draaiende vingerbeweging naar de piloten dat ze moesten opstijgen. Hij zette zijn koptelefoon op, boog zich naar voren en plaatste de reservekoptelefoon op Luca's oren, voordat hij een dun, delicaat ogend werpmes van zijn riem trok. Er liep een zilverkleurige slijplijn in de lengte van het vlijmscherpe lemmet.

'Nu,' zei Jean-Luc, de punt van het mes op Luca's borst richtend, 'ga jij me helpen mijn dochter te vinden. En als je ook maar...'

'... we hebben hetzelfde doel!' onderbrak Luca hem, zijn polsen achter zijn rug omhoog rukkend. 'Haal deze klotedingen nu van me af!'

Jean-Luc staarde hem verscheidene seconden aan voordat hij zijn schouders vastpakte en Luca op zijn zitplaats naar voren draaide. Hij zaagde de plastic bindstrips met een paar halen door.

'Als mijn dochter ook maar een haar...' begon Jean-Luc, maar Luca viel hem opnieuw in de rede.

'Kop dicht en luister naar me,' zei hij. 'We hebben geen tijd voor dit gelul.'

Jean-Lucs ogen versmalden zich, maar hij hield zich stil.

'Beer wordt vastgehouden in een mijn niet ver van hier. Maar het LRA is van plan om alle mijnwerkers binnen op te sluiten. We moeten daarheen gaan en haar er als de bliksem uit halen.'

'Wanneer was dat?'

Luca haalde zijn schouders op en probeerde zich te herinneren wanneer ze bij de rivier waren weggegaan. 'Het was laat in de middag. Vier, misschien vijf uur.'

Jean-Luc wist al hoe laat het was, maar keek toch even op zijn horloge. Dat was bijna vier uur geleden.

'En in welke toestand was ze?'

Luca aarzelde.

'Ik zei: in welke toestand was ze?'

'Ze was bewusteloos. Dat is alles wat ik kon zien vanaf de plek waar ik was.'

Jean-Luc wist dat er meer was, maar dwong zichzelf de informatie voorlopig te accepteren. Over iets minder dan tweeëntwintig minuten zouden ze boven de vulkaan zijn.

'Hoe was Mordecai dan van plan om de mijn af te sluiten? Door gewoon zijn mannen te posteren of heeft hij ze binnen gebarricadeerd?'

'Dat hebben we eigenlijk niet gezien. Maar toen we op de vlucht waren, hoorden we een paar explosies.'

'Shit!' siste Jean-Luc, met zijn vuist op de zijkant van het bankje slaand. 'Als ze de ingangstunnel hebben laten instorten kunnen we met geen mogelijkheid binnenkomen.'

'Nee, er is een andere manier. Aan de bovenkant van de mijn zag ik een barst die het natuurlijke licht binnenlaat. Maar die moet minstens honderd meter boven de mijnwerkers zitten.'

'We kunnen erboven hangen en dan zullen mijn mannen erin abseilen.'

'Misschien. Maar zelfs als je er vlak boven zit, zul je verdomd veel touw nodig hebben.'

Jean-Luc wendde zich van hem af, de microfoon dichter naar zijn mond buigend. 'Kapitein, hoeveel touw hebben we?'

Er viel een stilte voordat Laurents stem over de radio klonk. 'Iedere Oryx heeft een vijfenzeventig meter lange lijn aan de lier, majoor. En er liggen twee honderdtwintig meter lange statische lijnen in het ruim van uw vliegtuig.'

'Kun je de lierlijnen aan elkaar binden?'

'Dat zal niet makkelijk worden, majoor, want de boel blijft steken als we ze vastknopen.' Terwijl Laurent sprak, schoof Luca naar voren en pakte Jean-Lucs pols vast.

'Ik ben een klimmer,' zei hij. 'Ik kan ze vastmaken. Geef me dat verdomde touw maar.'

Jean-Luc staarde in zijn ogen. 'Oké, klimmer. Je mag het touw prepareren. Maar daarna zit je stil achter in deze helikopter en loop je ons verdomme niet in de weg.'

Luca knikte. 'Er is nog iets. Ik ben samen met een vriend ontsnapt. Hij is op dit moment daar in het woud, zo'n zes kilometer pal ten zuiden van de mijn. We moeten onderweg stoppen en hem oppikken.'

Jean-Lucs uitdrukking veranderde niet.

'Je hoeft alleen maar een paar seconden te blijven hangen...' voegde Luca eraan toe, maar Jean-Luc kapte hem af.

'Iedere minuut die we verspillen is weer een minuut waarin Beatrice in gevaar is,' zei hij. 'Je vriend blijft daar. Als alles goed gaat, zullen we hem op de terugweg oppikken.'

Luca wilde protesteren, maar Jean-Luc stak een waarschuwende vinger op.

Zich langzaam omdraaiend naar de open deur van de helikopter, keek Luca naar het woud dat onder hen voorbijschoot. 'Volhouden, Josh,' mompelde hij bij zichzelf. 'Gewoon volhouden.'

33

Jean-Luc zat voorovergebogen op zijn zitplaats in de helikopter. Zijn brede onderarmen waren over zijn borst gevouwen, rustend op de voorzakken. Met een blik van grimmige vastberadenheid wachtte hij tot de minuten voorbijkropen.

'Geschatte aankomsttijd over zestien minuten,' klonk Laurents stem over de radio.

Waarop de boordschutter, Louis, die vlak links van Jean-Luc stond, onrustig van de ene voet naar de andere begon te schuiven en zijn nachtkijker nauwkeurig scherp stelde. Vervolgens boog hij zich voorover, klikte de munitieband met 7.62mm-patronen los en herschikte die iets.

'Heb je het al gecontroleerd?' vroeg Jean-Luc over de radio. Louis draaide zich naar hem toe en knikte. 'Blijf er dan af.'

Jean-Luc haalde nog een sigaret uit zijn bovenste zak en stak hem aan, met zijn ogen op Luca gefixeerd. 'Wat deed Beer hier eigenlijk?' vroeg hij.

Luca had zijn armen ook over zijn borst gevouwen. Zonder T-shirt en half onder de vochtige modder kreeg hij het koud van de neerwaartse luchtstroom van de rotoren, maar hij was te trots om te vragen om iets waarmee hij zich kon bedekken. Ook was hij verschrikkelijk dorstig en sinds ze aan boord van de helikopter waren gegaan, had hij naar de waterfles aan de zijkant van de riem van de boordschutter gekeken.

'Ze was op zoek naar een nieuw mineraal,' antwoordde hij op vlakke toon. 'Spul dat vuurcoltan wordt genoemd.'

Jean-Luc reageerde niet, maar inwendig voelde hij zijn hart verzakken. Als ze nog contact met elkaar hadden gehad, had Beer hem alleen maar hoeven op te bellen. Hij zou haar alles verteld hebben, haar zelfs wat van dat verdomde spul bezorgd hebben als ze dat wilde. Hij wist nu dat hij elke professionele gedragscode zou hebben verbroken en al zijn contacten zou hebben overgeleverd als ze erom had gevraagd.

'Dat is het dus,' zei Jean-Luc met een duistere blik in zijn ogen. 'Jullie tweeën stappen in een Cessna en gaan rondzoeven op zoek naar coltan. Wat voor verdomde idioten zijn jullie? Ik heb in mijn tijd wel wat roekeloze dingen gedaan, *mais putain, ça c'est fou!* Weet je wel wat voor lui er in het LRA zitten?'

Luca's ogen bleven op de zijne gefixeerd. 'Ja, ik weet precies wat voor lui dat zijn. U bent degene die niet weet op wie hij verdomme schiet.'

'*Peut-être,*' misschien, gaf Jean-Luc toe. 'Maar dat verandert nog steeds niets aan het feit dat jullie beiden als een stel klotetoeristen naar Ituri zijn gegaan. Het LRA is de gevaarlijkste militiegroep in de hele Congo. Ze hebben duizenden soldaten. Duizenden! En jullie dachten...' Hij wachtte even toen hij plotseling zichzelf op de radio hoorde en besefte dat de andere mannen naar hun gesprek zouden luisteren.

In de stilte wendde Luca zich af en trok hij de aandacht van Louis, die over zijn machinegeweer gebogen stond. Luca wees naar de waterfles. 'Ik heb wat water nodig.'

Louis keek achterom naar Jean-Luc voor toestemming voordat hij de fles overhandigde.

'Luister,' zei Luca, zijn mond met de rug van zijn hand afvegend, 'we hebben zestien minuten om te praten over wat er gaat gebeuren, niet wat er gebeurd is. Ik heb de vulkaan vanaf de zuidkant gezien en neem aan dat als je naar de krater vliegt, de dakopening ergens ten westen daarvan moet zijn.'

Jean-Luc dwong zichzelf om zich op de planning te concentreren. 'Hoe ver is de opening bij de rook vandaan?'

Luca haalde lichtjes zijn schouders op. 'Dat weet ik niet zeker. Ik heb hem alleen vanaf de grond gezien, maar hij moet dichtbij zijn.'

'Nou, als hij te dichtbij is, zal de as onze inlaten blokkeren. Dan zullen we als een baksteen uit de lucht vallen.'

'Als hij te dichtbij is, bedenken we wel wat anders. Ik ga op welke manier dan ook die mijn in.'

Jean-Luc kon op Luca's gezicht dezelfde verbeten vastberadenheid zien die hijzelf ooit had gekend, en voelde plotseling een beroering van zijn eigen zintuigen. Te lang had hij alleen maar ambivalentie en het verlangen om te vergeten gevoeld, terwijl de ene missie overvloeide in de andere. In Luca kon hij iets anders zien. En hoe vreselijk hij het ook vond om het toe te geven, het voelde als een elixer voor hem.

'Majoor, we hebben een probleem,' interrumpeerde een stem.

Jean-Luc draaide zich om naar de piloten. 'Zeg het maar.'

Er viel een stilte waarin Laurent probeerde te verwoorden wat hij zag, verscheidene keren met zijn vinger op de communicatieschakelaar drukkend voordat hij daadwerkelijk iets zei.

'Ik krijg overal uit het woud signalen, majoor,' wist hij uit te brengen.

'Wat is het?'

'Ik weet het niet, majoor, maar het zijn er duizenden. De hele console is geel geworden van de warmtebronnen. Het is alsof dat verdomde woud tot leven is gekomen.'

'Start het systeem opnieuw op. Controleer of het correct afleest.'

'Majoor, het ligt niet aan het systeem. Ik verzeker u dat er duizenden mensen in het woud beneden ons zijn.'

Luca begreep het ineens. 'Zeg tegen uw piloten dat ze moeten optrekken!' schreeuwde hij. 'Mordecai zei dat zijn leger naar de MONUC-compound oprukte voordat het naar Kinshasa zou trekken. Dat zijn de signalen die die warmtebeelden laten zien.'

Jean-Luc staarde hem even aan voordat hij zacht en snel in de microfoon zei: 'Verbreek formatie. Klim naar vierduizend voet.'

De Rooivalk reageerde als eerste, door in een bijna verticale lijn te klimmen. De Oryxen vlogen er in sliertformatie achteraan, als één lichaam, terwijl ze met zwoegende motoren de snelheid van hun klimtocht opvoerden. Luca werd achterover tegen de zijkant van de metalen cabine geworpen en probeerde met maaiende armen zijn evenwicht te herstellen, voordat hij erin slaagde een vrachtnet vast te grijpen en zich staande te houden. De motoren werden luider en verspreidden weerkaatsingen door de hele romp van de helikopter naarmate de piloten ze steeds hoger opdreven.

Jean-Lucs stem klonk egaal en kalm over de radio. 'Als iemand gevolgd wordt door die luchtdoelraketten, vuur dan het magnesium in clustersalvo's af.'

Door de voorruit zag Luca de Rooivalk nog steeds klimmen, terwijl de twee andere Oryx-helikopters achter hen uit het zicht waren verdwenen. Over de radio hoorden ze plotseling de waarschuwingssirene van de radar en vervolgens een lange, aanhoudende toon. Een van de andere helikopters was door een raket gevolgd.

De piloot schreeuwde in de microfoon, maar Luca kon niet horen wat er werd gezegd. Toen lichtte de hemel ergens onder hen in een witte gloed op. Het siste in lange, strepende bogen zo fel als de bliksem en er bleven dikke rooksporen hangen toen de M-206-lichtpijlen achter elkaar afgingen.

Een paar seconden later kwamen ze op vierduizend voet en stabiliseerden ze met een misselijkmakende slingerbeweging. Luca bleef op precies dezelfde plek waar hij was, naar Jean-Lucs gezicht starend terwijl ze allebei luisterden of er een explosie te horen was. Maar er klonk niets. Om de een of andere reden had het LRA zijn luchtdoelraketten niet afgevuurd.

Een voor een trokken de helikopters zich in formatie terug en de piloten begonnen het rustiger aan te doen met de bedieningspanelen. In slechts een paar seconden waren ze over de grondtroepen van het LRA gevlogen en nu waren ze buiten bereik.

'Oké,' zei Jean-Luc. 'De show is voorlopig voorbij.'

'Wacht even,' zei Luca. 'Als dat het LRA was, wie bewaakt dan in godsnaam de mijn? Dat kan betekenen dat ze allemaal vertrokken zijn.'

Jean-Luc nam de moeite niet om zich om te draaien. 'Raak niet te opgewonden,' zei hij. 'Het kunnen er maar een paar duizend zijn, en dan is de rest nog in het kamp.'

Luca staarde ongelovig naar hem. Máár een paar duizend! Hij wist niets van wapens en geschut, maar hoe konden vier helikopters opgewassen zijn tegen zoveel soldaten?

Jean-Luc keek even achterom en ving de uitdrukking op zijn gezicht op. 'Hé, begrijp me niet verkeerd,' zei hij met een sluwe glimlach op zijn lippen. 'Een paar duizend is een goed begin.'

De Rooivalk leidde de aanval. Er werd eerst één en vervolgens een hele stroom van zijn MK4-raketten in de richting van de LRA-basis afgevuurd, die hun gele schroeisporen in de lucht achterlieten. Ze sloegen in met een serie enorme, paddenstoelvormige explosies die over de hele flank van de vulkaan trillingen verspreidden, als de naschok van een aardbeving.

Toen hoorden ze het 20mm-kanon het vuur openen. In een zee van witte vonken hamerde het door de bomen en het kreupelhout heen. De piloot van de Rooivalk, Laurent, richtte handmatig op alles terwijl hij een serie lage beschietingsvluchten maakte, die de natuurlijke ronding van de vulkaan volgden. Ze keken hoe hij de helikopter met gierende motoren heen en weer draaide en alles op zijn pad wegvaagde.

De brandende bomen verlichtten de grond in een matte, oranje gloed en stuurden lange rookpluimen als schoorstenen de lucht in. Tussen de brokstukken van gebroken hout en verkoolde struiken kon Luca de vage silhouetten zien van rennende figuren die dekking zochten. Tot dat moment had hij geloofd dat hun aanval weinig meer dan zelfmoord was, maar nu leek het alsof niets de Rooivalk ervan kon weerhouden om de LRA-basis aan flarden te schieten.

Ergens aan de rand van de boomgrens klonk het geknal van handvuurwapens toen soldaten hun AK-47's blind in de lucht afvuurden, maar het duurde verscheidene minuten voordat ze de eerste salvo's van luchtafweergeschut hoorden. Het geluid was lager, een dof gedreun dat de 25mm-kogels scheurend de nachthemel in stuurde. De aanval had het LRA kennelijk compleet overrompeld en er renden mannen alle kanten op, in een wanhopige poging zich te hergroeperen en het vuur te beantwoorden.

De Rooivalk maakte een steile bocht en kwam laag over de bomen aangevlogen toen hij een gecamoufleerde geschutsbatterij ontweek die diep in de flank van de vulkaan stond. Terwijl de LRA-soldaten verwoed de tweelingmonden van de Type 87-batterij draaiden, stuurde Laurent zijn laatste overgebleven MK4-raket recht op hen af. Het was een voltreffer, die de hele combinatie van mannen en machinerie in een oranje vuurbal uiteen deed vallen.

'Geen raketten meer... bijna door de twintig millimeter heen,' klonk Laurents stem over de radio.

'Terugtrekken, kapitein. Bewaar er een paar,' beval Jean-Luc. 'Bravo en Delta-team, geef onderdrukkingsvuur aan de noordkant. Wij gaan naar de top om te proberen met de lier in de mijn af te dalen.'

Toen de andere twee Oryxen naar hun positie vertrokken, maakte die van Jean-Luc een bocht en begon langs de flank van de vulkaan te klimmen. Het zwarte rotsgesteente onder hen strekte zich in één lange, continue helling omhoog totdat ze eindelijk, ver boven hen, de vage gloed van de kraterrand konden zien. Terwijl de helikopter omhoog werd gestuwd, zag Luca plotseling een hutje op een natuurlijke rotsrand. Het stond op ongeveer een derde van de flank en was bezaaid met satellietschotels. Bij de deur stonden twee mannen te kijken hoe ze over hen heen ronkten.

Ze vlogen hoger en met elk moment dat er verstreek werd de hellingshoek steiler. Vlak onder de top rezen de flanken van de vulkaan in een verticale rotswand op, meer dan honderd meter hoog en met diepe barsten erin. Deze liepen als klauwsporen vanaf de top naar beneden, en de rook en as uit de krater hingen daartussen.

De motoren veranderden van toonhoogte toen de piloten stabiliseerden, niet in staat om dichterbij te komen. De avondbries had de grootste rookzuil naar het westen gedreven, zodat hun weg werd versperd en elk spoor van de opening naar de mijn werd bedekt. Het was stil. Iedereen wachtte op Jean-Lucs volgende bevel.

'*Merde!*' brulde hij, met zijn vuist tegen de metalen wand van de cabine beukend. '*Putain de merde!*'

Er kon verder niets worden gedaan. Ze konden niet hoog genoeg komen om hun lieren te gebruiken en hun raketten zouden de flank van de vulkaan niet kunnen doordringen. Aangezien de ingangstunnels waren ingestort, was graven de enige optie die overbleef. Maar dat zou weken duren.

Jean-Lucs hele lijf leek woede uit te stralen; de spieren van zijn rechterarm bolden op toen hij de band boven de deur vastgreep. Hij leek op een in het nauw gedreven dier, zoals hij van de ene richting naar de andere draaide terwijl hij wanhopig een oplossing probeerde te bedenken. Hij kneep zijn ogen dicht en vloekte nogmaals, niet in staat zijn accepteren dat hij had gefaald.

Toen hij zijn ogen weer opendeed, zag hij Luca op de vloer liggen met zijn hele bovenlichaam uit de open deur van de helikopter gebogen. Hij had zijn rechterhand in het vrachtnet gewikkeld om stabiel te liggen, terwijl zijn ogen de flank van de vulkaan afspeurden en iedere barst en geul in zich opnamen.

Jean-Luc boog zich voorover en volgde de richting van zijn starende blik. De helling leek onbegaanbaar, met solide rotsplaten die helemaal omhoog tot in de nevel van vulkanische rook reikten. 'Je maakt verdomme een geintje,' fluisterde hij.

'Bezorg me gewoon die touwen en een paar gordels,' antwoordde Luca zonder achterom te kijken. 'En drop me bij die hut die we zijn gepasseerd. Ik heb een of andere route gezien die daarvandaan liep.'

'Ik ga niet mijn mannen verspillen of mijn helikopters in gevaar brengen...'

'Ik heb niet om hulp gevraagd,' zei Luca, zich naar hem omdraaiend. 'Ik ga in mijn eentje.'

Jean-Luc gaf verscheidene seconden geen antwoord, maar staarde alleen in zijn ogen.

'Kom op!' schreeuwde Luca. 'Welke andere optie heb je? Dit is de enige manier om binnen te komen.'

Jean-Luc wist dat Luca gelijk had. Hij vroeg zich af of zo'n klim 's nachts wel mogelijk was, maar het feit bleef dat dit de enige manier was. Hij stak zijn handen uit en trok Luca weer overeind. 'We zullen lager op de helling een blokkade opzetten en het LRA belemmeren om jou af te snijden.'

'Als ze ook maar halverwege de helling komen, zullen wij hier met geen mogelijkheid weg kunnen.'

'Laat mij daar maar over piekeren,' zei Jean-Luc. 'Concentreer jij je er maar op om daar binnen te komen en Beer eruit te halen.'

De helikopter leek uit de lucht te vallen toen de piloot een steile duikvlucht maakte. Toen ze de communicatiehut bereikten, opende de boordschutter het vuur met een gericht salvo, gevolgd door een lange, onregelmatige hagel van kanonvuur dat door de scheve wanden van de hut drong en de mannen binnenin doodde. Vervolgens stuurde de piloot de helikopter behendig zijwaarts naar de vlakke rotsrand terwijl Jean-Luc eruit sprong.

'Ik wil de blokkade hier hebben,' schreeuwde hij over zijn radio. 'Iedereen de helikopter uit! Laat de rotoren gewoon draaien.'

Luca stond naast de open deur toen Louis naar beneden sprong, het achtercompartiment openmaakte en er een paar seconden in tastte. Hij haalde twee zware trossen zwart touw tevoorschijn, die in een achtfiguur waren opgevouwen en keurig waren afgebonden.

Hij overhandigde ze aan Luca, sprintte vervolgens naar de helikopter terug, haalde het universele machinegeweer van het deurscharnier en bracht het op de rand van de rots in stelling. Seconden later voegde de piloot, Thierry, zich bij hem, met zijn M4-karabijn omlaag naar de bomen gericht.

Luca bond de twee uiteinden van de touwen aan elkaar en wikkelde ze over zijn schouder, zodat hij ze als een rugzak droeg. Hij deed het met vloeiende, goed geoefende polsbewegingen, stopte de reservegordel in de vouwen van het touw en maakte zich in slechts een paar seconden gereed.

'Ik zou iemand meesturen om je rugdekking te geven,' zei Jean-Luc, 'maar ik krijg het gevoel dat je dan alleen maar zou worden opgehouden.'

Luca gaf geen antwoord; zijn ogen richtten zich op de rotswand. In het vage licht kon hij zien hoe die zich in onregelmatige lijnen uitstrekte, terwijl de bovenste regionen compleet aan het zicht waren onttrokken. Zijn handpalmen waren al vochtig geworden van verwachting en hij voelde zijn hart gestaag in zijn keel kloppen. In de duisternis zou hij blind klimmen.

Net toen hij van start wilde gaan, pakte Jean-Luc zijn arm vast. 'Neem dit mee,' zei hij, een klein zwart pistool aanbiedend dat hij van zijn riem had gehaald. 'Het zal wel een soort hel in die mijn zijn en iedereen zal er aan dat touw uit willen komen.'

Luca staarde naar het wapen; hij had er nooit eerder zelfs een vastgehouden. Jean-Luc zag zijn verwarring. 'Dat is de veiligheidspal. Je richt op iemands borst en drukt de pal in. Wat er ook gebeurt, je legt je man neer.'

Luca liet zijn vingers om de greep van het verrassend zware pistool krullen. Hij stak het achter zijn riem op zijn rug.

'Hoe lang naar de top?' vroeg Jean-Luc.

'Een uur, misschien minder. Het hangt er allemaal van af of ik een fatsoenlijke route op het laatste stuk vind. De kwaliteit van de rots is niet goed.'

'Nou, de anderen hebben nog iets minder dan twee uur over in hun tanks. Daarna zal er geen luchtsteun meer zijn.'

Luca knikte. 'Hou die klootzakken gewoon zo lang als jullie kunnen op afstand. Ik zal Beer eruit halen.'

Hij trok zijn voeten door de beenriemen van de gordel en haalde de gesp aan, waarna hij naar de andere kant van de rots draafde en langs de eerste keien en puinstenen begon te klauteren, zich in een soepel, niet-aflatend ritme omhoogwerkend. Jean-Luc bleef staan kijken naar de vage omtrek van zijn lichaam, die steeds hoger sloop, totdat hij uiteindelijk uit het zicht verdween.

Er echode een lang salvo van machinegeweervuur over het woud. Hij kon niet zien waar het precies vandaan kwam, maar wist dat het een van zijn universele machinegeweren was. De Oryxen waren aan het schieten en dat kon maar één ding betekenen: de tegenaanvallen van het LRA waren begonnen.

34

Luca liet zijn blik over de kale rotswand dwalen, die als een levend, ademend wezen boven hem opdoemde. De wand zag er onheilspellend en onverbiddelijk uit, terwijl de barsten die vanaf de top naar beneden liepen als een doolhof van doodlopende gangen waren samengesmolten. In de helikopter had hij gedacht een geschikte route te kunnen zien. Nu was dat allemaal veranderd.

Hij draaide zich met zijn rug naar de berg toe en veegde met zijn hand over zijn voorhoofd om het zweet weg te wissen. Toen hij zijn arm weer omlaag bracht, besefte hij dat zijn handen trilden. Hij staarde ernaar, geschrokken van de aanblik. In al die jaren dat hij klom waren ze nooit zo geweest. Hij moest het rustiger aan doen, voorzichtiger klimmen. Vanaf hier zou er, zonder touwen, maar één schuiver nodig zijn om dit avontuur fataal te laten eindigen.

Ver beneden zag hij iets van beweging waar de helikopters met hun ratelde machinegeweren langs de rand van de vulkaan patrouilleerden. Het geluid rolde als verre donder naar hem toe, elke keer gevolgd door het geknal van de terugschietende LRA-geweren.

De strijd woedde, maar voor hem voelde het ver, bijna irrelevant. Hierboven had je geen bloed en hysterie, geen schoten en explosies. Hij was los van dat alles.

Luca keek op toen het rookspoor van een raket langs een van de helikopters scheerde en de rotoren op maar een paar centimeter leek te missen. Het vloog als een stuk vuurwerk verder de lucht in voordat er een diep dreunende explosie klonk en een fractie van een seconde later weergalmde er een schokgolf door de hemel. Zelfs vanaf de plek waar hij stond kon hij zien dat de strijd intenser werd. Er moesten daarbeneden honderden LRA-soldaten zijn.

Luca vloekte, zichzelf straffend omdat hij zoveel tijd verspilde. De strijd had niets met hem te maken. Hij was hier, en hij moest zich concentreren.

Hij stapte naar de rots toe, stak beide handen uit en klampte het gesteente vast. Het voelde warm aan onder zijn vingertoppen, maar zo broos dat hij hele stukken in zijn hand kon afbreken. Hij wist al dat het te onstabiel voor hem zou zijn om normaal te klimmen, dat hij constant in beweging zou moeten blijven en nooit te veel gewicht op een steunpunt zou mogen zetten.

Luca blies het stof van zijn vingertoppen en begon zich omhoog te werken door lichtjes een houvast te pakken en daarna het volgende, waarbij hij zich nooit te stevig vasthield of zijn volle gewicht eraan toevertrouwde. Hele rotsbrokken versplinterden in zijn handen en Luca wierp ze over zijn schouder, luisterend hoe ze langs de flank van de vulkaan kletterden voordat ze ergens beneden in de duisternis verloren gingen.

Hij klom door, steeds hoger; de minuten vlogen als seconden voorbij toen hij volledig verdiept raakte in de beklimming. De tijd leek te condenseren, niet langer gemeten in tellen maar door de strekking van zijn arm of de buiging van zijn been. Hij klom met vloeiende, precieze bewegingen, zijn schoenen heen en weer draaiend en met zijn heup plat tegen de rots gedrukt. Maar toen hij zich langs een kleine rand uitstrekte, verbrokkelde zijn voetsteun. Luca schreeuwde. Zijn handen schraapten over de rotswand terwijl hij wanhopig probeerde grip te krijgen.

Toevallig gleed zijn linkervoet in een lichte inkeping in de rotswand, en ditmaal hield het. Hij bleef stokstijf staan, durfde geen centimeter te bewegen, en kneep zijn ogen dicht. Zijn ademhaling ging met snelle, oppervlakkige stoten en toen hij zijn vingers langzaam openvouwde, glipten er kleine rotsfragmenten uit zijn greep.

Hij had het gevoel alsof hij elk moment zijn evenwicht kon verliezen. Door angst waren zijn spieren zo verstrakt dat ze op knappen stonden en hij voelde paniek in zijn borst opkomen. Hij moest zorgen dat het ophield, moest tegen de angst vechten. Hij probeerde het allemaal buiten te sluiten en zijn gedachten op Beer te richten.

Hij stelde zich de vorm van haar gezicht voor, de geur van haar huid, wat dan ook. Maar elke keer als er zich een beeld in zijn geest vormde, loste het op. Er was niets dan de rots en de lonkende duisternis beneden.

'Ademen,' fluisterde hij tegen zichzelf. 'Gewoon ademen...'

Er verstreken een paar seconden voordat het hem lukte zijn ogen weer te openen. Hij rukte zijn hoofd omhoog en staarde naar de top, omdat hij weigerde naar beneden te kijken. Hij kon de grijze rookvlek in de lucht zien uitwaaieren en schatte dat hij al halverwege was. Halverwege, herhaalde hij bij zichzelf. Halverwege. Hij moest gewoon doorzetten.

Hij verschoof het gewicht van de touwen op zijn rug en liet zijn vingers verscheidene seconden over de rotswand spelen, in een poging een solide houvast te vinden voordat hij verder klom. Zijn lichaam voelde loodzwaar en weerspannig, maar hij dwong zijn armen en benen te reageren. Hij volgde een spleet die ononderbroken helemaal naar de top leidde. Maar een meter hoger werd die breder, zodat hij zijn hele lichaam erin kon persen. Met zijn rug tegen de rots gedrukt voelde hij zich veel veiliger. Langzaam begon zijn zelfvertrouwen terug te komen.

Luca rook een bittere zwavelgeur; hij keek op en zag dat er maar acht meter boven zijn hoofd rook boven de top werd uitgebraakt. Die verrees in een immense zuil van as en damp, diep oranje in de kern en aan de randen tot een nicotineachtig geel vervagend. Daar was de top... nog maar een paar meter te gaan.

Luca beklom het allerlaatste stuk van de rots, stak zijn rechterhand uit en sleepte zijn lichaam naar het plateau.

Verscheidene minuten lag hij op zijn rug en liet hij zich door de opluchting overspoelen. Hij had het gehaald. De beklimming was voorbij.

Hij hees zich weer overeind en wankelde vooruit. Er was overal rook, die zijn zicht vertroebelde en hem als een blinde met uitgestrekte handen deed lopen. Zijn ogen gingen van de ene schaduw naar de andere over de oneffen grond, alsof hij verwachtte dat de opening van de mijn plotseling zou verschijnen en hem geheel zou opslokken. Hij zigzagde om een kei heen en vervolgens om een andere, met al zijn zintuigen gespannen in de mist.

Toen hoorde hij, ergens rechts van hem, een laag, metalig geluid.

Het was zacht, gedempt door de rook, maar hij kon beslist iets horen. Toen hij dichterbij kwam, zag hij ineens de opening uit de duisternis opdoemen en in een lange, onregelmatige lijn over de grond lopen. Hij ging plat liggen, strekte zijn hals naar binnen en zag de matte speldenprikken van de elektrische verlichting en de grijze omtrek van de houten balkons ver beneden. Dit was het! Hij had het gevonden!

Met een plotselinge energiegolf schudde Luca de touwen af en liet een ervan op de grond vieren om op knopen te controleren. Het andere liet hij nog opgerold. Hij zou het gebruiken om van de rots die hij zojuist had beklommen te abseilen.

Ongeveer drie meter van de rand van de opening lag een kei van ongeveer een meter hoog. Luca bond het touw eromheen. Vervolgens liet hij het resterende stuk touw de mijn in vallen, en hij keek hoe de lijn onder zijn eigen gewicht strak trok. Met de reservegordel over zijn schouder haalde Luca het touw door zijn acht. Snel legde hij een prusikknoop voordat hij zijn voeten naar de rand van de opening bracht. Hij voelde de hitte en de muffe lucht naar hem opstijgen, en plotseling drong de werkelijkheid van wat eronder lag tot hem door.

Hij zou de mijn weer in gaan. En het enige wat hij had om zich mee te verdedigen was een pistool waarvan hij niet wist hoe hij het moest afvuren.

Luca liet zich naar binnen vallen, met zijn gezicht naar het enorme koepeldak toe abseilend. Het leek hem als een lijkwade te omsluiten, terwijl er zwarte stofwolken in de lucht hingen, die verstikkend heet begon te worden. Luca had het gevoel alsof hij in de hel zelf afdaalde.

Onder hem begonnen zich vormen af te tekenen. Eerst waren het slechts indrukken, maar algauw herkende hij de lijnen van de balkons en de gebogen halzen van de kranen die werden gebruikt om de zware metalen troggen onder controle te houden. Toen hij een meter of tien boven het eerste niveau kwam, kon hij de vage contouren van mensen zien. Ze zaten met hun hoofd voorovergezakt op de vloer te wachten terwijl de tijd voorbijkroop. De hoop op een wonderbaarlijke redding was allang vervlogen. Nu wachtten ze alleen nog op de dood.

Luca bereikte de grond en trok het resterende stuk touw door zijn gordel. Er stond een groep van vier mannen naar hem te staren. Ze waren allemaal uitgemergeld en wanhopig, en met een van verwarring verwrongen gezicht probeerden ze te begrijpen wie hij was en wat hij deed. Ze kwamen dichterbij, terwijl hun ogen voorzichtig heen en weer gingen tussen hem en het bungelende touw; ze durfden niet te geloven dat het waar kon zijn. Plotseling schreeuwde een van hen opgewonden, beseffend dat Luca niet van het LRA kon zijn. Hij was een blanke.

Als één man stormden ze naar voren en schreeuwend van vreugde verdrongen ze zich om hem. Twee van hen staken hun handen omhoog en pakten het touw vast, alsof ze wilden controleren of het echt was, er uit alle macht aan trekkend. Geleidelijk drong de commotie tot de niveaus van de mijn door. Het was zo'n ander geluid dan het zachte wanhopige gekreun dat het de andere mijnwerkers onmiddellijk uit hun apathie wekte.

'Beer!' schreeuwde Luca. Hij pakte het touw vast, hees zich boven de groeiende meute uit en schreeuwde haar naam nogmaals. Er waren meer mijnwerkers gekomen, en nog meer klauterden in de metalen kettingen tussen de niveaus. Ze klommen zo snel als ze konden, als spinnen die op een vlieg af schoten.

'Beer!'

Een van de mijnwerkers duwde Luca opzij, krulde zijn vingers om het touw heen en probeerde erin te klimmen. Zijn onderarmen trilden verscheidene seconden van de spanning voordat hij langzaam weer naar beneden gleed. Een andere man sprong onmiddellijk op en greep verwoed met zijn ene hand over de andere, maar hij werd ruw weggetrokken toen een andere mededinger naar voren drong.

Luca keek toe, heel goed wetend dat ze nooit verder dan een paar meter zouden komen. Het was een 10,5 mm dik statisch touw met een volledige teflonlaag. Het was onmogelijk om ermee uit de mijn te klimmen, en de mijnwerkers begonnen al gefrustreerd te raken.

Er stond nu een mensenmenigte om het touw heen te dringen en te vechten. Aan de rand braken gevechten uit, terwijl in het midden het touw op en neer stuiterde. Drie mannen probeerden tegelijkertijd te klimmen, al wedijverend met hun ellebogen in elkaars gezicht en borst beukend.

Luca baande zich een weg door de meute en rende naar de rand van het balkon. Over de hele lengte van het grimmige interieur van de mijn zag hij mannen klimmen, zich met wanhopige overgave in de kettingen optrekken. Hij staarde van de een naar de ander, had nooit gedroomd dat er zoveel mensen in deze hel konden zijn.

Waar kon Beer zijn? Wat had die klootzak van een Mordecai met haar gedaan?

Hij sprintte naar de andere kant van het balkon en probeerde een beter uitzicht op het atrium te krijgen. Hij passeerde de ene rij zware takelkranen na de andere, waarvan de kettingen slingerden en rammelden terwijl de mijnwerkers omhoog probeerden te klimmen, en toen zag hij de enorme stapel puin uitwaaieren vanaf de plek waar de ingangstunnel was geweest. Tien meter verder stond een scheve hut, verscholen aan de rand van de mijn. Het was het enige bouwsel dat nog over was op het eerste niveau.

Toen Luca de deur opentrapte, zag hij Beer onmiddellijk, ineengezakt op een lage stoel met één arm die op de vloer hing. Hij vloog naar voren, met een vreselijke groeiende angst in zijn binnenste dat ze dood was; maar toen hij haar arm vastpakte, kreunde ze zacht. Haar gezicht voorzichtig in zijn handen wiegend, probeerde Luca iets te zeggen, maar de woorden stierven weg op zijn lippen. Een ongelooflijke golf van opluchting en blijdschap overspoelde hem. Hij liet zijn voorhoofd op het hare zakken terwijl hij haar naam telkens weer fluisterde.

Er verstreken een paar seconden voordat Beer haar ogen opendeed. Haar pupillen waren verwijd van de schok en staarden hem recht aan.

'Je bent teruggekomen,' fluisterde ze, amper in staat om te praten; haar lippen waren gebarsten en droog.

Ze zag er moe uit, zo doodmoe dat het duidelijk was dat ze worstelde om alleen maar bij bewustzijn te blijven. Ze boog zich voorover en drukte het gewicht van haar hoofd in zijn handen; Luca hield haar stevig vast, krulde zijn vingers in haar haar.

'Ik kan niet geloven dat je nog leeft,' fluisterde hij. 'De hele tijd dat ik aan het rennen was, dacht ik dat ik je nooit meer zou zien.'

Beers gezicht boog opzij en hij kon de tranen in haar ooghoeken zien opwellen. Een hele poos praatte ze niet, maar staarde in zijn ogen terwijl ze stilletjes huilde. Luca drukte haar tegen zich aan, zodat haar hele lichaam tegen het zijne rustte.

'Ik had niet gedacht dat er iemand zou komen,' wist Beer uit te brengen. 'Ik dacht dat het voorbij was.'

Luca boog zich voorover en kuste haar. Hij voelde dat ze haar hand omhoogstak en haar handpalm teder op zijn wang legde.

'Haal me hier weg,' fluisterde ze.

'Kun je lopen?' vroeg hij.

'Ik ben... op mijn hoofd geslagen,' mompelde ze; de droogte in haar mond maakte haar stem rasperig. 'Ik kan niet zo goed zien.'

Terwijl ze de woorden uitsprak, zag Luca het spoor van opgedroogd bloed dat uit één oor kwam. Die klootzak van een lijfwacht moest haar trommelvlies hebben gescheurd. Luca zwaaide haar arm over zijn schouder en hield haar stevig tegen zich aan.

'Hou me maar vast. Dit keer komen we hieruit.'

Toen ze in het hoofdgedeelte van de mijn verschenen, zagen ze dat de meute was gegroeid. Iedereen die ertoe in staat was, was naar het bovenste niveau geklommen en nu stonden er meer dan honderd mensen om het touw heen. Het zwaaide heen en weer terwijl de mijnwerkers het al vechtend probeerden te beklimmen. Een paar mannen waren erin geslaagd een paar meter van de grond te komen, maar ze werden snel moe en nu konden ze zich alleen nog aan het touw vasthouden, dat in hun greep hevig heen en weer bewoog.

Beer en Luca staarden naar het tafereel, naar de mijnwerkers die zich wanhopig tegen elkaar keerden. Ze trokken mensen aan de kant en stapten op de lichamen van degenen die al waren gevallen.

'Mijn pistool,' zei Beer, opeens beseffend dat ze het in het wachthuisje had laten liggen.

'Probeer dit maar,' bood Luca aan, het zijne van zijn riem halend en het aanreikend. 'Jouw vader heeft het aan me gegeven.'

'Mijn vader? Wat bedoel je?'

Luca kon de plotselinge hoop in haar ogen zien. 'Hij is buiten met een stel helikopters het LRA verrot aan het bombarderen.'

De ongelovige blik op Beers gezicht week langzaam voor een flauwe glimlach. 'Ik hoop dat hij ze allemaal afmaakt,' fluisterde ze, waarop ze het pistool omhoogstak en plotseling twee schoten in de lucht afvuurde. De knal echode langs de gesloten wanden van de mijn en bracht de mijnwerkers tot zwijgen.

'Reculez de la corde!' Ga bij het touw weg! beval Beer, maar haar stem was nog zwak en drong nauwelijks tot de meute door. Toen ze dichterbij kwamen, zakte haar lichaam tegen dat van Luca aan voor steun, met haar ene arm omhoog om het pistool te richten.

'Reculez!' snauwde ze nogmaals, en de meute schuifelde een stap achteruit.

'Rustig aan,' fluisterde Luca. 'We hebben alleen hun aandacht nodig. Jij moet voor me vertalen. Zeg tegen ze dat ik ze een uitweg kan laten zien. Dat ik ze kan leren hoe ze het touw moeten beklimmen.'

Beer probeerde zich tegen zijn schouder staande te houden, terwijl ze het pistool naar haar zij liet zakken. Vervolgens schreeuwde ze zo hard als ze kon naar de meute. Ze luisterden doodstil naar wat ze zei. Iedereen had gezien dat het zinloos was om er met blote handen aan te beginnen. Eindelijk was hier een oplossing.

'Trek je schoenen uit,' zei Luca tegen Beer, op de grond neerhurkend.

'Wat?'

'Ik heb je veters nodig. Kom op... vlug.'

Luca stapte met zijn handen omhoog naar het midden van de meute zodat iedereen het kon zien. Vervolgens pakte hij de eerste van zijn schoenveters en bond de twee uiteinden in een stevige knoop aan elkaar. Nadat hij hetzelfde met de andere veter had gedaan, liep hij naar het touw en knoopte de schoenveters eraan vast door ze elk drie keer door zichzelf te halen.

'Dit wordt een prusik genoemd,' legde Luca over zijn schouder uit. 'Die gebruiken we altijd bij gletsjerspleetreddingen. De knoop glijdt langs het touw omhoog, maar blokkeert als je eraan gaat hangen.'

Hij maakte een van de lussen langer dan de andere en plaatste de neus van zijn schoen erin.

'Je gebruikt een van de prusiks voor je voet en de andere zit aan je gordel vast. Je schuift de knopen om de beurt op naar boven, de ene met je voet en de andere met je hand.'

'Maar geen van deze mannen heeft een gordel,' wierp Beer tegen.

'Ze moeten hun riem maar gebruiken of een andere lijn voor om hun middel. Meer is er niet voor nodig. En zeg tegen ze dat als ze de top bereiken, ze stil moeten zitten en op redding moeten wachten. Daarbuiten is het nu een slagveld, maar ze zullen veilig zijn zolang ze op de top blijven.'

Toen Luca afrondde, klonk er een opgewonden gemompel in de meute, en degenen die veters hadden grepen ernaar. Anderen waren al op zoek gegaan naar touw. Luca bond de reservegordel snel om Beers benen, leidde haar naar het touw en maakte de prusiks vast.

'Heb je de kracht hiervoor?' vroeg hij, een haarlok uit zijn ogen vegend.

'Het lukt me wel. Ik doe alles om hieruit te komen.'

Luca hielp haar om haar rechtervoet in de lus te krijgen. Eerst waren Beers bewegingen moeizaam en traag en blokkeerden de prusikknopen elke keer als ze druk op haar voet zette. Maar algauw boekte ze echt vooruitgang en bewogen haar handen en voeten eendrachtig. Tegen de tijd dat Luca zich had klaargemaakt, was ze al dertig meter boven hun hoofden en vergrootte ze haar voorsprong nog.

Luca volgde met vloeiende, goed geoefende bewegingen, en in wat maar een paar seconden leek was hij al op dezelfde hoogte. Er ging een gejuich in de meute op toen ze keken hoe ze samen langs het touw omhoogklommen en algauw in de schaduwen van de mijn verdwenen.

Ver onder hen waren de mijnwerkers inmiddels begonnen achter hen aan te klimmen.

35

Er was beweging tussen de bomen. Er gleden silhouetten van de ene stam naar de andere, niet meer dan wazige omtrekken in de duisternis. Het LRA was zich vlak achter de rand van de vulkaan aan het verzamelen, en bijna een halfuur lang had Jean-Luc toegekeken hoe het aantal mannen gestaag toenam. Hij kon ze niet precies zien, maar wist dat het er honderden waren, die stil in de schaduwen stonden te wachten.

De boordschutter, Louis, verschoof zijn positie iets; hij drukte de houten kolf van het machinegeweer stevig tegen zijn schouder en spande de trekker aan. Het zweet liep rijkelijk over zijn gezicht. Vijf meter bij hem vandaan had de piloot, Thierry, zes magazijnen met 5.56mm-munitie op de rotsen naast zijn M4-karabijn gestapeld. Hij staarde door het nachtvizier van zijn geweer, van de ene beweging naar de andere tussen de bomen zwenkend.

'Ik wil korte, gecontroleerde salvo's,' fluisterde Jean-Luc. 'Gebruik je granaten niet te vroeg.'

Hij wist dat beide mannen veteranen waren en niet in het wilde weg in de nacht zouden schieten, maar hij wist ook hoe zijn mannen op het geluid van zijn stem gespitst waren voor een aanval. Het gaf hun iets om op te focussen, bereidde hen voor op de opkomende paniek en hielp hen om controle te houden.

Jean-Luc keek achterom naar de helikopter. Die was ver genoeg tegen de flank van de vulkaan verstopt om buiten de directe vuurlinie van het LRA te zijn, maar als ze de W-89-mortieren in stelling brachten, zouden ze geen kans maken om te ontsnappen. Hun enige hoop was dat Mordecai alle belangrijke veldwapens in de opmars naar Kinshasa had meegenomen.

Ergens diep in het woud hoorden ze het zachte ritme van trommen. Eerst was het langzaam, methodisch en niet gehaast, maar algauw werd het tempo opgevoerd. Er kwamen andere bij en de slagen werden één, vervaagden tot een uitzinnig crescendo van geluid en beweging. Toen kwam de rook. Vanaf de rand van de bomen werden er rookgranaten in het niemandsland tussen hen en het LRA gegooid, en spoedig dreven er dikke scherpe wolken de lucht in. De rook vormde een ondoordringbare muur, maskeerde het begin van de tegenaanval en verkortte de afstand tussen hen.

'Rustig,' fluisterde Jean-Luc. 'Schiet iedere man neer. Een voor een.'

Hij staarde naar de dichtstbijzijnde granaat, die tien meter onder hem op de rots lag en in een continue stroom rook uitbraakte, zodat het hele gebied in een surrealistische, bloedrode gloed werd gezet. Er ging een schril gegil op toen er plotseling een golf van LRA-soldaten aanviel. Ze sprintten in een ruwe lijn door de rook, met hun hoofd achterovergeworpen en hun mond wijdopen. Met hun vlammende AK-47's klauterden ze over de eerste rots heen. De meesten vuurden volautomatisch kogels af, die ver boven Jean-Lucs hoofd wild op de rotsen afketsten, terwijl anderen simpelweg renden, met hun gezicht verwrongen door hun gegil.

Als één man openden Jean-Luc en zijn mannen het vuur. In salvo's van twee kogels schoten ze vlug achter elkaar de ene man na de andere neer. In een aanhoudend tempo verschoof iedere man zijn ellebogen op het harde rotsgesteente terwijl hij de volgende soldaat in zijn vuurlinie bracht. De hele strijd werd een serie bewegingen; een soldaat greep naar zijn hals toen er een kogel recht door zijn keel ging terwijl een andere dubbelklapte toen er een kogel door zijn ingewanden drong en een grote homp vlees bij zijn lever door de uitgangswond naar buiten trok. Overal danste en draaide het macabere silhouet van gewonde menselijke figuren, van achteren verlicht door de bloedrode rook.

De slachtpartij ging door, met de gestage dubbele schoten van de huurlingen die boven de wilde salvo's van de LRA-geweren uitstegen. Toen de laatste paar soldaten naar voren klauterden, vuurde Louis een lang, harkend salvo met het universele machinegeweer af, door de loop recht over het hele veld heen te zwaaien. De kogels boorden zich door ieder levend wezen, velden degenen die nog stonden en rukten de ledematen af van degenen die al op de grond lagen.

Er bleef een wirwar van lichamen over; weinigen waren op slag gedood. De meesten hadden hun handen over hun verwondingen geklemd, gillend van de pijn.

'Herladen,' schreeuwde Jean-Luc, die het magazijn van zijn G3-geweer verwijderde en er soepel een ander in klikte. Hij staarde naar de gewonden die op de grond lagen en zag dat het amper meer dan tieners waren. De commandanten van het LRA zetten kennelijk hun meest onervaren troepen het eerst tegen hen in en bewaarden de geharde strijders voor het laatst.

De trom begon opnieuw en er ging weer een gegil op toen de volgende LRA-golf aanviel. Ze renden met dezelfde bloedstollende kreten, dezelfde wanhopige overgave. Er was geen angst of aarzeling, geen pauze of uitstel. Het was alsof ieder van hen de slachting van hun kameraden, maar een paar seconden eerder, op de een of andere manier had gemist.

De drie huurlingen werkten rap, van doelwit naar doelwit schakelend en kogel na kogel afvurend. De lopen van hun geweren rookten in een ononderbroken stroom, terwijl er honderden kogelhulzen om hen heen op de rotsen verspreid lagen, het metaal nog warm. Rechts was een groep van vier LRA-soldaten erin geslaagd om op bijna twee derde van de helling te komen. Ze doken en zigzagden tussen de weinige natuurlijke dekking die er was. En ze wonnen terrein. Thierry richtte het vizier van zijn geweer op hen en schoot, maar het zweet drupte in zijn ogen en daardoor kon hij niet goed zien. Hij wist maar één man neer te leggen. Er bleven er nog drie over, die met de seconde dichterbij kwamen.

Jean-Luc draaide zich om zodat hij half op zijn rug lag en vuurde de 40mm-granaatwerper af die onder de loop van zijn geweer zat. Hij ging af met een diepe, rollende dreun en blies de mannen aan flarden in een fijne regen van bloed.

Net toen ze aan het herladen waren, barstte er nog een aanvalsgolf door de rook heen. Deze LRA-soldaten waren ervarener en vielen in echte militaire stijl aan, met één man die oprukte terwijl een ander neerhurkte en dekkingsvuur gaf. Ze sprongen over hun gevallen kameraden heen, wonnen terrein en kwamen binnen het bereik van hun granaten.

Overal om hen heen barstten reeksen explosies los. Degenen die overbleven waren nu vlak bij hen, slechts een paar meter lager op de helling. Jean-Luc richtte zich snel op, sleurde de loop van zijn geweer op volautomatisch van rechts naar links en maaide de mannen op middelhoogte neer. Rechts van hem hoorde hij Thierry's M4 schieten, maar vlak naast hem was Louis stilgevallen.

Toen de laatste LRA-soldaat uiteindelijk op de grond viel, draaide Jean-Luc zich naar zijn mannen toe. Louis' hoofd rustte plat tegen de rots en zijn geweer was schuin de lucht in geheven. Jean-Luc zag dat een granaatscherf een gat had geslagen in het bovenste deel van het hoofd van de boordschutter.

'*Désolé, mon ami.*' Het spijt me, mijn vriend, fluisterde Jean-Luc, terwijl hij zich weer naar het woud toe draaide. Boven de nevel van rode rook kon hij een van zijn Oryx-helikopters zien cirkelen. Die had constante salvo's afgevuurd, het hoofdgedeelte van het LRA-leger in tweeën gesneden en voorkomen dat degenen die dieper in het woud waren Jean-Luc en zijn mannen bereikten. Toen de Oryx een bocht maakte voor nog een scheervlucht, werd er een raket vanaf de grond afgevuurd. Ditmaal vond de raket zijn doel en de staartvin van de Oryx viel uiteen in een explosie van vuur en metaal.

Ze zagen dat de helikopter kantelde en de cabine om zijn eigen as begon te draaien. Zonder de stabiliserende achterrotor tolde de cabine steeds sneller rond en viel de machine uit de lucht. Terwijl er een ver gejuich opsteeg, zag Jean-Luc de helikopter in de boomtoppen neerstorten en uit het zicht verdwijnen.

'Laurent,' schreeuwde hij in zijn radio toen het geluid van de trommen weer begon. 'Vijftig voet onder onze positie. Gebruik de twintig millimeter.'

De Rooivalk stortte zich omlaag voor een laatste scheervlucht. Het kanon onder zijn buik draaide en spuwde zijn laatste kogels uit in een lang vuursalvo dat het woud doorkliefde. Er splinterden stukjes schors af en de grond kwam tot leven in de maalstroom, die de volgende golf van de LRA-aanval vernietigde nog voor die was begonnen. De helikopter vloog ronkend over en trok zich vervolgens terug naar de verste rand van het slagveld, waar hij net buiten het bereik van de raketgranaten bleef zweven.

'Je kunt niks anders doen,' schreeuwde Jean-Luc in zijn radio. 'Ga hier nu als de bliksem weg.'

'Sorry, majoor,' zei Laurents stem. 'Het duurt vijf uur voor ik terug ben als ik nu ga herladen.'

Jean-Luc drukte hard tegen het oortje, in een poging boven het geluid van de trommen uit te verstaan wat Laurent zei. 'Zeg het nog eens,' schreeuwde hij.

'Rotatie. Vijf uur om te herladen.'

'Begrepen. En nu wegwezen.'

Toen hij het bevel gaf, draaide Thierry zich om en keek met twijfel in zijn ogen naar hem. Hun eigen helikopter, waarvan de rotoren nog draaiden, stond zes meter achter hen. Het was hun enige kans om te ontsnappen. Die moesten ze aangrijpen. 'Majoor,' schreeuwde hij. 'Vijf uur? Zelfs met de laatste 7.62mm-kogels hebben we maar genoeg voor nog één aanval, hooguit twee.'

'Bezet je post. We wachten tot Luca en Beatrice terugkomen.'

Thierry's kaken klemden zich op elkaar. 'Snapt u het niet, majoor? Dat was een onmogelijke beklimming! Hij had met geen mogelijkheid de mijn in kunnen komen.'

'We handhaven deze blokkade,' snauwde Jean-Luc, die zijn vuist uitstak en de voorkant van Thierry's gordel vastgreep. 'Dat is alles.'

'Maar dit is zelfmoord,' fluisterde Thierry wanhopig.

Jean-Lucs vuist klemde harder. 'Bezet je post! We verlaten deze positie niet.'

Thierry staarde stijf door het vizier van zijn geweer. Ze hadden al een helikopter verloren, maar toch kon de majoor niet zien wat voor hen allemaal duidelijk was geweest. Niemand had die beklimming 's nachts kunnen uitvoeren. Ze zaten op doden te wachten.

In de verte zagen ze nog twee raketten opstijgen. De eerste miste de laatste Oryx, terwijl de tweede een meter of zes aan de linkerkant ervan ontplofte en de helikopter deed schommelen. Langzaam maakte hij slagzij en begon hij met onderdrukt jengelende motoren hoogte te verliezen, totdat hij in de bomen neerstortte en explodeerde in een paddenstoelvormige bal van rook en rode vlammen.

'Wat moeten we nu doen?' schreeuwde Thierry. 'Wat moeten we in godsnaam doen? Er is nog één helikopter over tegen een heel kloteleger!' Hij legde zijn geweer op de rotsen neer en staarde naar

Jean-Luc met ogen die glansden van machteloze woede. 'Majoor! We moeten nu vertrekken! Ik stap in die helikopter.'

Jean-Luc draaide zich niet naar hem toe, maar toen hij sprak kwamen de woorden in een laag gesis uit zijn mond. 'Pak dat wapen op of anders zal ik je eigenhandig doden.'

Thierry verroerde zich niet en langzaam gleed Jean-Lucs vinger naar de trekkerpal van zijn geweer. Hij stond klaar om zich onmiddellijk om te draaien als Thierry besloot om iets stoms te doen en een kogel in zijn rug te jagen. Maar toen zag hij vanuit zijn ooghoek dat Thierry het wapen langzaam oppakte. Hij bracht de eerste kogel in de kamer, net toen de volgende aanvalsgolf begon.

Jean-Luc leegde zijn laatste munitie in snelle, gecontroleerde salvo's en schakelde vervolgens over op de 40mm-granaten, die hij elk afzonderlijk in de kamer laadde en afvuurde. Rechts van hem hoorde hij Thierry schreeuwend schieten op alles wat bewoog.

Dit was hun laatste stelling, en dat wisten ze allebei.

Toen Jean-Luc zijn hand uitstak om zijn laatste granaat te pakken, zag hij plotseling beweging achter de Oryx. Een kleine groep van het LRA had een bijna verticaal gedeelte van de helling beklommen en probeerde hen nu te overweldigen. Hij ging bij de rand vandaan, liep om de staartvin van de helikopter heen en vuurde zijn laatste overgebleven granaat af. Die ontplofte een meter voor de groep in een zee van vuur en witte rook en liet een spoor van over de rotsen verspreide lichamen achter.

Net toen hij zich omdraaide, zag hij een van de lichaam langzaam overeind krabbelen. Lichtjes slingerend worstelde de man om zijn evenwicht te herstellen. Zelfs vanuit de verte kon Jean-Luc zien dat hij enorm was, met indrukwekkend gespierde schouders die naar een brede rug afliepen. Hij was kennelijk zijn wapen kwijtgeraakt in de explosie en Jean-Luc wachtte tot hij zich zou terugtrekken, maar in plaats daarvan kwam hij op een langzaam sukkeldrafje naar hem toe.

'Wat krijgen we nou, verdomme?' fluisterde Jean-Luc, zijn ogen ongelovig samenknijpend. Hij staarde nog een paar seconden, verbijsterd door de pure waanzin van de aanval. De man was nu duidelijk zichtbaar en kwam snel dichterbij. Hij was halfnaakt vanaf het middel en had bollende spieren op zijn onderbuik en armen. Vanaf de kruin van zijn enorme hoofd liep een solide massa V-vormige snijlittekens naar beneden, die zijn trekken een wrede, onmenselijke aanblik gaven.

Het was de kapitein van de LRA-patrouille. Toen hij minder dan tien stappen bij hem vandaan was, greep Jean-Luc snel naar zijn pistool, maar zijn vingers stuitten op het lege leer van de holster. Hij had het pistool aan Luca gegeven! Net toen de kapitein op hem af stormde, trok Jean-Luc zijn werpmes tevoorschijn en slingerde het hard naar de keel van de man. Het lemmet drong diep in de borstplaat van de kapitein door, maar bracht hem niet tot staan.

Brullend van de pijn stak de man zijn handen uit om Jean-Luc te grijpen. Toen zijn vingers zich spreidden, dook Jean-Luc snel onder hem vandaan en beukte zijn vuist direct met een hoorbaar gekraak tegen de kaak van de kapitein.

Met zijn hand schuddend stapte Jean-Luc weg en trok zich in een brede cirkel terug. De kapitein draaide zich langzaam naar hem om. Door de slag was de huid op zijn kin en lip gespleten en was er bloed op zijn mond gespat, maar de man leek het niet gemerkt te hebben. Hij glimlachte, zodat de zwarte punten van afgevijlde tanden werden onthuld. Hij wierp zijn hoofd achterover en brulde uitdagend toen hij zijn hand omhoogbracht en het werpmes uit zijn borst rukte.

Jean-Luc had zijn vuisten als een bokser geheven toen ze opnieuw samenkwamen en gaf een zuivere links-rechtse combinatie tegen het gezicht en de borst van de kapitein voordat hij onder zijn bereik vandaan dook. Hij danste rond, veinsde een linkse stoot voordat hij laag toeschoot en zich met een enorme rechtse hoek omhoogdraaide. Die beukte tegen de zijkant van het gezicht van de kapitein, zodat zijn hele hoofd opzij knalde.

Terwijl Jean-Luc opnieuw achteruitstapte, keek hij hoe het monster voor hem simpelweg zijn kaak uitstrekte en langzaam met zijn hoofd schudde. Die hoek was een van de hardste slagen die Jean-Luc ooit had uitgedeeld, maar toch had die zijn tegenstander geen seconde tegengehouden. Toen de kapitein dichterbij opdoemde, kon Jean-Luc de speekselsliert tussen zijn tanden naar buiten zien sijpelen. Zijn ogen zagen er glazig uit door de drugs die door zijn aders vloeiden en elk gevoel van pijn of emotie blokkeerden.

Jean-Luc deelde nog een stoot uit, maar toen hij zich weer probeerde om te draaien, werd zijn hele lichaam uit balans gezwaaid doordat de kapitein hem dichterbij trok. Hij was erin geslaagd om de voorkant van Jean-Lucs gordel vast te grijpen en met een zwaai van zijn gigantische hoofd ramde hij hem op zijn ooghoek en haalde met het mes uit. Jean-Luc wankelde achteruit toen het lemmet rakelings langs zijn keel flitste.

Jean-Luc viel op zijn knieën en streek met zijn vingers over de diepe deuk in zijn gezicht waar zijn jukbeen was ingeslagen. De kapitein kwam op hem af voor de genadeslag, met het mes hoog boven zijn hoofd geheven. Toen hij op gelijke hoogte kwam, draaide Jean-Luc zich plotseling om en beukte de hak van zijn rechterschoen tegen de knieschijf van de man. Die knakte naar achteren, waardoor hij onmiddellijk op de grond viel.

De kapitein slaakte een brullende schreeuw van pure woede terwijl hij zijn enorme torso in de modder omdraaide. Jean-Luc sleepte zichzelf achterwaarts over de grond, in een poging weg te komen, maar toen hij eindelijk opstond, was zijn zicht draaierig door de klap tegen zijn hoofd en hij viel weer op de grond.

De kapitein wierp zich naar voren zodat zijn lichaam boven op dat van Jean-Luc belandde. Hij omklemde het mes in zijn rechterhand en stak het met al zijn kracht in Jean-Lucs buik. Toen het lemmet dieper doordrong, begon Jean-Lucs lichaam te stuiptrekken en maakte hij een laag gorgelend geluid. De kapitein trok zichzelf dichterbij, zodat hij met zijn gezicht pal voor hem zat.

'Oui,' fluisterde hij. *'Sentez-le.'* Voel het.

Jean-Luc staarde terug in die zwarte, vreugdevolle ogen, vervuld met absoluut kwaad. Hij kon zijn blik niet afwenden. Het voelde alsof ze het leven met iedere seconde die er verstreek uit hem deden wegvloeien. Toen weergalmde er één schot en zakte het hoofd van de kapitein plotseling op Jean-Lucs borst neer. Even lag hij daar, niet in staat zich te verroeren, terwijl er warm bloed over zijn hals en schouders sijpelde.

'Majoor,' schreeuwde Thierry. 'Alles in orde met u?'

Hij stond vlak links van hen met zijn geweer nog omhoog. Na een korte aarzeling rende hij naar voren en trok hij het dode gewicht van de kapitein van Jean-Luc af.

Jean-Luc stond wijdbeens op, in een poging zich staande te houden. Hij wist genoeg van buikwonden om het mes niet uit zijn lichaam te trekken, maar kon voelen dat het lemmet diep in zijn buik was gedrongen. Te diep. Terwijl hij daar lichtjes slingerend stond, wist hij dat het nu slechts een kwestie van tijd was.

'Majoor!' schreeuwde Thierry.

'Ja, het gaat wel,' fluisterde Jean-Luc, zijn arm op Thierry's schouder leggend. 'Dank je.'

Toen ze naar de helikopter terug wankelden, zag Jean-Luc het zwarte handvat van het mes boven de lijn van zijn gordel uitsteken. Het voelde surrealistisch, zo'n klein ding, maar het was er toch. En nu kon er, zonder behoorlijke medische zorg, verder niets worden gedaan.

Hij tastte naar zijn borstzak en haalde er een sigaret uit. De tabak was platgedrukt maar kon nog worden aangestoken, en hij trok er diep aan.

'Haal het universele machinegeweer bij de rand vandaan,' beval Jean-Luc. 'En leg de laatste munitie op een hoop.'

Toen Thierry wegliep, pakte Jean-Luc het mesheft vast. Hij had al vele mannen aan buikwonden zien sterven, gekeken hoe ze kronkelden van de pijn, smekend dat er snel een einde aan kwam. Wat er ook gebeurde, Beer mocht hem zo niet zien. Na alles wat hij haar had laten doorstaan, ging hij niet toelaten dat ze hem zo zag.

Hij deed zijn ogen dicht en rukte het lemmet uit zijn buik, hijgend terwijl er bloed uit gutste en de stof van zijn broek doorweekte. Hij liet het mes uit zijn hand vallen en staarde er verscheidene seconden naar, pas weer opkijkend toen Thierry terugkwam.

'De aanvallen zijn opgehouden,' zei hij. 'Verder naar het westen, voorbij de rand van de vulkaan, heb ik geweervuur gezien. Wat is er in godsnaam aan de hand, majoor? Waarom trekken ze zich terug?'

'Het zijn de Mai-Mai. Devlin heeft ze eindelijk hier gebracht. Het LRA is zich aan het hergroeperen,' wist Jean-Luc uit te brengen, naar de omtrek van het woud starend. Ze hoorden het geluid van geweervuur intenser worden en in salvo's heen en weer ratelen. Er klonk het gesuis van nog een raketgranaat, gevolgd door een explosie.

Jean-Luc bood Thierry een trekje van zijn sigaret aan.

'De Mai-Mai houden ze wel bezig voor...' Hij zweeg abrupt toen ze hoger op de helling een schreeuw hoorden. Het was een vrouwenstem.

Ze zagen twee figuren de laatste rotsen af klauteren en hun kant op komen; even later vloog Beer de vlakke grond op met Luca achter zich aan. Met haar openflappende schoenen zonder veters stormde ze vooruit, en zonder vaart te minderen rende ze in de armen van haar vader. Jean-Luc sloeg zijn armen om haar lichaam en drukte haar tegen zich aan.

'Papa,' fluisterde ze.

36

Thierry gespte zich vast in de pilootstoel van de helikopter en begon onmiddellijk aanstalten te maken om op te stijgen. Zijn handen bewogen in een gestaag ritme over de schakelaars terwijl Luca achter hem aan boord klauterde, luisterend hoe de motor van toonhoogte veranderde en de rotoren begonnen te versnellen. In een wijde straal zweepten ze stof van de grond op. Arm in arm en met hun hoofden tegen elkaar gedrukt haastten Jean-Luc en Beer zich naar de cabine. Jean-Luc duwde haar bij iedere stap zachtjes vooruit en toen ze zich onder de rotoren bukte en in het licht kwam, kon Jean-Luc zien dat ze huilde.

'Mais je ne comprends pas.' Maar ik begrijp het niet, drong ze aan, zich omdraaiend om haar vader recht aan te kijken. *'Pourquoi tu ne viens pas maintenant?'* Waarom kom je nu niet mee?

Jean-Luc omhelsde haar stevig, kuste de kruin van haar hoofd en veegde haar haar uit haar ogen.

'Je dois rester et attendre les autres mineurs.' Ik moet blijven en op de andere mijnwerkers wachten. 'Het is oké, *bébé*. Ga jij maar en dan kom ik later wel.'

'Alsjeblieft, papa. Doe dit nu niet,' smeekte Beer, verward haar voorhoofd rimpelend. *'Quelqu'un d'autre peut faire cela. Viens avec moi.'* Iemand anders kan dat wel doen. Kom met mij mee.

Jean-Luc toonde een flauwe glimlach. 'Maar er is niemand meer over,' zei hij, waarna hij zijn rechterhand omhoogbracht en haar wang zachtjes streelde, wetend dat het de laatste keer was dat hij zijn dochter zou zien. Hij zag dat zijn vingers een dun bloedspoor op de zijkant van haar gezicht hadden achtergelaten. 'Het spijt me, Beatrice,' fluisterde hij in haar oor. 'Het spijt me zo van alles.'

'Papa!' schreeuwde Beer; de tranen vloeiden rijkelijk over haar wangen. 'Alsjeblieft, papa, hou hiermee op! Stap aan boord van de helikopter.'

'Deze keer niet,' zei Jean-Luc met een licht krakende stem. '*Je t'ai toujours aimée, ma petite.*' Ik heb altijd van je gehouden, mijn kleine meid.

Haar de cabine in duwend, gebaarde hij Luca haar vast te pakken en haar te belemmeren er weer uit te klimmen.

'Vlieg laag en ga naar Goma,' beval hij Thierry. 'Neem contact op met dokter Samuels van Médecins Sans Frontières in Kigali en laat ze hun Sikorsky brengen. Het is de enige helikopter hier in de buurt die groot genoeg is om alle mijnwerkers te vervoeren. De Mai-Mai moeten die klootzakken een paar uur bezighouden, en Laurent moet ze dekking geven tijdens de reddingsactie.'

In de voorste stoel van de helikopter draaide Thierry zich om zodat hij Jean-Luc kon zien. 'Begrepen, majoor.'

'Ga nu!'

Thierry draaide zich weer naar de cockpit om en bracht de gashendel omhoog. Het geluid van de motoren overstemde het geschreeuw van Beer, die tegen Luca's greep vocht. Met haar hele lichaam gekromd probeerde ze zich los te rukken, terwijl Jean-Luc stokstijf naast de helikopter bleef staan, geen poging ondernemend om achteruit te stappen of zijn ogen tegen de sterke luchtstroom van de rotoren te beschermen. De helikopter steeg langzaam van de grond op en begon een hellende bocht te maken. Hij bleef nog een fractie van een seconde hangen, voordat de neus naar voren zakte en Thierry hen voorover de nacht in wierp.

Terwijl het geluid van de rotoren wegstierf, bleef Jean-Luc staren. Lang nadat de helikopter uit het zich was verdwenen bleef hij zo staan, totdat zijn knieën uiteindelijk onder hem bezweken en hij op de grond viel. Hij zakte achterover zodat hij met zijn benen voor hem uitgestrekt zat, luisterend terwijl zijn ademhaling langzamer begon te gaan en met zware, uitgerekte stoten verliep. Hij wist dat hij juist had gehandeld. Beer zou hem nooit zo moeten zien.

Hij staarde naar de donkere silhouetten van het woud. De bomen waren maar net te onderscheiden in het vage maanlicht en hij keek hoe de hoge takken in de avondbries bogen en zwaaiden, luisterend naar het zachte geritsel van bladeren. De trommen waren weggegaan, verder naar het westen, en het geluid van machinegeweervuur werd minder.

Hij bleef heel lang zo zitten, liet zijn ogen over het eindeloze woud dwalen en verwonderde zich over de aanblik ervan. Het strekte zich almaar uit, oneindig en volmaakt.

Dit was het Afrika dat hij kende.

'We kunnen niet meer dan vijf kilometer hebben afgelegd,' schreeuwde Luca in de microfoon. 'Ga pal naar het zuiden vanaf de mijn.'

Thierry knikte; zijn ogen gingen naar het gps op het scherm en hij stelde hun koers nauwkeurig bij. Hij staarde naar de brandstofmeter, schrok ervan hoe weinig er nog in hun tanks over was, en liet hun snelheid een fractie verminderen. Ze zouden op hun laatste reserves Goma binnenkomen.

'We hebben brandstof om twaalf minuten te kunnen cirkelen,' zei hij in de radio. 'Meer niet. Het kan me niet schelen wat er gebeurt, maar daarna vertrekken we.'

'Maak je geen zorgen, hij zal ons wel horen,' antwoordde Luca. 'Zoek jij de rode rook maar.'

Thierry knikte opnieuw en door verscheidene keren met zijn ogen te knipperen probeerde hij zichzelf te dwingen alert te blijven. Nu de strijd voorbij was en de laatste adrenaline was weggeëbd, voelde hij zich volkomen uitgeput. Toen hij zijn hand omhoogbracht om over de huid bij zijn ooghoeken te wrijven, kon hij de bittere stank van cordiet op zijn vingers ruiken, terwijl zijn linkeroor nog suisde van alle schoten die hij had afgevuurd. Uit ervaring wist hij dat het hem maar een paar dagen zou kosten om weer in zijn normale fysieke toestand te komen, maar voor de rest kostte het soms weken.

Luca draaide zich om naar Beer, die achter hem in de cabine zat met haar armen strak over haar lichaam geklemd. Haar haar viel om haar gezicht heen, waardoor haar ogen werden verduisterd, en ze schommelde heen en weer.

Luca ging naast haar op het bankje zitten, legde zijn arm om haar schouders en trok haar voorzichtig tegen zich aan. Hij kon de zachte trillingen in haar lichaam voelen en verscheidene minuten bleven ze zo zitten, wezenloos naar de open deur starend, kijkend naar het woud dat onder hen voorbijtrok.

Uiteindelijk draaide Beer haar gezicht naar hem toe. 'Hij komt niet terug, hè?'

Luca schudde langzaam zijn hoofd. 'Het spijt me, Beer,' fluisterde hij.

'Waarom kan het mij wat schelen?' vroeg ze, luid snuivend. 'Ik heb hem negen jaar lang niet gezien, dus waarom kan het mij verdomme nú wat schelen?'

Ze deed haar ogen dicht. Er leek niets meer te kloppen. Waarom bleef haar vader achter? Waarom liet hij haar nu in de steek, nadat hij zoveel had doorstaan om haar uit de mijn te halen? Met haar ogen dicht voelde Beer haar borst verstrakken. Het was alsof er een gewicht op haar drukte; een massief, onverplaatsbaar gewicht dat ze niet langer kon dragen.

'Ik begrijp het gewoon niet.'

'Het enige wat ik weet is dat hij alles op het spel heeft gezet om jou daaruit te krijgen,' zei Luca.

'Waarom laat hij me nu dan in de steek?'

'Dat weet ik niet, maar ik kan alleen maar raden dat hij zijn redenen had.'

Terwijl Luca de woorden uitsprak, maakte de helikopter plotseling een hellende bocht naar rechts. Hij keek op en zag Thierry zich in zijn stoel vooroverbuigen om te proberen in het woud beneden hen te gluren.

'Zicht op de rook,' schreeuwde hij triomfantelijk.

Luca klauterde naar de open deur en tuurde de duisternis in. De helikopter begon in een wijde boog te dalen, neercirkelend naar een punt ergens beneden hen. Naarmate ze lager zakten, leek het woud om hen heen op te rijzen. Luca keek hoe de bladeren en takken schudden door de neerwaartse luchtstroom van de rotoren, voordat hij zich van de rand afwendde en zich met zijn gordel aan de lier vastmaakte. Hij zocht de bedieningsknoppen, toen Beer plotseling opstond en een klein paneel aan de achterwand van de cabine wegschoof.

'Ik laat je wel zakken,' zei ze.

'Bedankt,' antwoordde Luca. Hij kon de pijn in haar ogen nog steeds zien, maar die ging gepaard met een blik van stalen vastberadenheid. 'Zorg alleen dat je me het laatste stukje langzaam binnenbrengt,' zei Luca, voordat hij naar de rand van de cabine liep en zich in de gordel liet hangen. Net onder hem kon hij een vage rookzuil gestaag zien opstijgen tussen de bomen.

'Zet hem op,' zei Beer, en met een druk op de knop stuurde ze hem omlaag.

Luca bracht zijn handen omhoog om zijn gezicht te beschermen terwijl hij door de takken naar beneden ragde. Door de bovenste lagen van het bladergewelf heen brekend, snelde hij naar de grond toe alvorens zwaar in de modder te landen. Hij maakte zich van de lier los en rende vooruit, verwoed naar de bron van de rook zoekend.

'Luca!'

Hij kon boven het geluid van de rotoren uit horen dat zijn naam werd geroepen en stormde voorover door het struikgewas, maar het was zo moeilijk te zien. Er waren alleen maar wolken rode rook en de verwrongen silhouetten van het kreupelhout.

'Luca!'

Toen zag hij hem. Vlak voor hem stond een grote, overhangende struik en daaronder lag Joshua. Hij steunde met zijn lichaam op zijn ellebogen, en toen ze elkaar aankeken, viel Joshua's hoofd van pure opluchting voorover op zijn borst. Luca haastte zich naar hem toe, pakte hem bij zijn schouders vast en omhelsde hem stevig.

'Jij kloothommel,' wist Luca uit te brengen. 'Je hebt het gehaald!'

Joshua gaf geen antwoord, maar er trok een uitgeputte glimlach over zijn lippen. Na al dat wachten en al die twijfel was het eindelijk voorbij en hij liet zijn hele lichaam tegen dat van zijn vriend zakken.

'Ik had niet gedacht dat je terug zou komen,' fluisterde hij. 'Ik zat alleen maar te wachten...' Hij zweeg, tilde zijn hoofd op, en Luca keek hoe zijn glimlach langzaam verdween. Hij zag er opeens doodsbang uit. Het urenlange wachten had zijn tol geëist; Joshua stak zijn hand uit en pakte Luca's pols vast.

'Het is voorbij, makker,' zei Luca, in zijn hand knijpend. 'Het is allemaal voorbij.' De blik in Joshua's ogen maakte hem bang en hij dwong zichzelf te glimlachen. 'Sta nu maar op, want dit is de laatste keer vandaag dat ik je red.'

Er gleed een zweem van een glimlach over Joshua's lippen. Luca hees zich overeind en samen schuifelden ze naar de lierlijn terug.

Bij iedere stap schraapte Joshua's rechterbeen over de doorweekte grond en toen ze om een groep struiken heen liepen, draaide hij zich plotseling naar Luca toe. 'Heb je de anderen eruit gehaald? De andere mijnwerkers, bedoel ik.'

Luca knikte en trok een grimas toen hij op één knie in de modder gleed. 'Ik heb een touw vanaf het dak uitgehangen en heb ze laten zien hoe ze prusiks moeten gebruiken.'

Vlak voor hen zag Luca de lierlijn door de bomen naar beneden snijden, terwijl ze recht boven hen het gestage gedreun van de helikopter hoorden.

'We moeten de MONUC te pakken krijgen,' schreeuwde Joshua. 'Ze naar de mijn laten komen.'

'Dat is allemaal in voorbereiding,' schreeuwde Luca. 'Maak je nu voor één keer in je leven geen zorgen over andere mensen en laten we hier weggaan.'

Joshua knikte, Luca's schouders vastpakkend terwijl hij de radio inklikte en Beer de lier in werking zette. Ze werden moeiteloos de lucht in getrokken en kromden zich allebei toen de takken langs hun rug en gezicht striemden. Ze gingen omhoog, langs de boomtoppen en verder, naar de matgroene romp van de helikopter die vlak daarboven zweefde. Ze zagen Beer naar buiten leunen met haar wild om haar heen wapperende haar.

Toen ze de top van de lier bereikten, pakte ze hen vast, zwaaide hen de cabine in en liet een stuk touw vieren. Ze vielen in een hoop armen en benen op de vloer neer, terwijl Beer haar hand uitstak om Joshua te steunen. Nog voordat ze de tijd kreeg om hem naar een zitplaats te brengen, had Thierry de helikopter omgedraaid en zette hij koers naar Goma.

'Alles oké?' schreeuwde Beer, die Joshua naar het achterbankje hielp en hem een koptelefoon gaf. Joshua knikte en ging zwaar zitten. Pas toen zag ze hoe gekweld hij eruitzag. In de matte lichten van de cabine zag zijn gezicht er asgrauw uit, zijn wangen hol en uitgerekt, versuft van angst. Het was een aanblik die Beer maar al te goed kende.

'Het is nu allemaal voorbij,' zei ze, haar hand naar hem uitstekend. Joshua pakte haar hand vast, nog steeds proberend om zich te verzoenen met het feit dat de beproeving voorbij was. Na zoveel maanden in de mijn te zijn vastgehouden, kon hij onmogelijk geloven dat hij eindelijk vrij was van Mordecai, en van het eindeloze woud.

Aan de andere kant van de cabine zat Luca gekromd tegen de zijkant, met zijn hoofd in zijn handen. Nu het allemaal voorbij was, leek zijn lichaam te zijn gesloten, en zijn ogen begonnen al dicht te vallen. Hij had zich dagenlang afgemat, zichzelf gedwongen verder te gaan dan hij voor mogelijk had gehouden, en nu was er simpelweg niets meer over om te geven. Toen zijn hoofd uit zijn handen viel en hij met een ruk wakker werd, riep Joshua naar hem.

'Luca, je zei dat alles oké was met de andere mijnwerkers. Wat is er aan de hand?'

Hij keek lusteloos op en wees naar Thierry. 'De piloot heeft al een oproep gedaan aan Médecins Sans Frontières in Uganda. Ze laten een of andere grote helikopter komen om de anderen te redden.'

'Maar hoe zit het met het LRA?'

'Het hoofdgedeelte van Mordecais leger rukt naar het zuiden op en Beers vader is flink opgetreden tegen degenen die bij de mijn waren gebleven. En nu zijn de Mai-Mai daar ook, om ze af te maken.'

'De Mai-Mai? Waarom zijn die in godsnaam bij dit alles betrokken?' fluisterde Joshua, die nauwelijks kon geloven dat het LRA en de mijn waren verslagen.

'God mag het weten.'

'En hoe zit het met het vuurcoltan? Heeft iemand de boodschap naar buiten gebracht?'

Luca schudde zijn hoofd. 'Eerst brengen we jou naar een ziekenhuis. Daarna zullen we dat allemaal afhandelen.'

'Nee,' zei zijn vriend, tegen de vermoeidheid in zijn eigen stem vechtend. 'Ik kan wel wachten, maar dat spul niet. We moeten uitzoeken waar het naartoe is gestuurd en de betrokken mensen waarschuwen. We moeten verhinderen dat het ooit op de open markt komt.'

'We kunnen het via mijn bedrijf opsporen,' bood Beer aan, maar Thierry's stem onderbrak haar over de radio.

'Twee dagen geleden hebben we een of andere Chinese generaal bij de LRA-basis afgezet. De majoor zei dat hij de leiding had over alle zendingen die we hebben gesmokkeld.'

'Wie is hij dan?' vroeg Joshua.

'Dat weet ik niet, maar ik weet wel dat we hem uit een van de oude koloniale huizen bij het meer hebben opgepikt.'

'Kun je ons daarheen brengen?'

Thierry knikte. De oude Belgische woningen stonden langs de oevers van het Kivumeer, minder dan een kilometer bij het vliegveld vandaan. Zelfs zonder naar zijn instrumenten te kijken, wist hij dat ze genoeg brandstof zouden hebben om het te halen.

'Ik kan jullie daarheen brengen, maar ik neem aan dat die gasten inmiddels allang vertrokken zijn.'

37

Drie Nissan Patrol fourwheeldrives volgden de oude onverharde weg naast de oever van het Kivumeer. Ze slopen in strak konvooi over de door hun koplampen verlichte weg vol kuilen en langs de rijen oude herenhuizen die tegen de helling verscholen stonden. De auto's reden langzaam, ervoor zorgend dat de passagier die op de achterbank van de middelste wagen zat, omringd door een zorgvuldig geselecteerd team van Speciale Eenheden van het VBL, niet door elkaar werd geschud.

Toen ze het eerste herenhuis passeerden, richtte Kai Long Pi zijn starende blik door het raampje naar buiten en liet hij zijn oude hoofd tegen het glas rusten. De meeste van de zichtbare huizen waren weinig meer dan geraamtes met vervallen muren en glasloze ramen, terwijl klimplanten de ooit gecultiveerde gazons hadden teruggewonnen. Verderop zag hij de zachte gloed van lichten in een enorm huis, gebouwd op een schiereiland dat in het meer uitstak. Het was het enige dat nog bewoond was.

Kai stelde de hoek van zijn rechterbeen bij. Toen hij bewoog, boog de arts die naast hem op de passagiersstoel zat zich onmiddellijk naar hem toe om het voor hem te doen, maar Kai mepte zijn handen weg. Door de beweging raakte de dunne zuurstofslang die naar zijn neusgaten liep los en flapte over zijn wang; geërgerd schoof Kai met een ruk opzij terwijl hij hem weer probeerde aan te sluiten. De slang werd alleen aangebracht als hij op reis was en het was het enige deel van zijn medische behandeling dat hem woedend maakte.

Hoewel hij per privéjet in Afrika was aangekomen en zijn entourage in al zijn behoeften voorzag, was de reis van Shanghai naar

Goma lang en uitputtend voor hem geweest. Hij hield niet van vochtige klimaten en ook niet van hitte, en de Congo werd door beide geteisterd. Maar Xies boodschap was nadrukkelijk geweest. Hij moest in eigen persoon komen. Het scheen dat de generaal zichzelf of de situatie nauwelijks onder controle had, en hij had zijn uitdrukkelijke bevelen al overschreden door twee miljard dollar over te maken naar die plaatselijke misdadiger Mordecai. En nu, na dat alles, drong hij aan op nog meer.

De auto's sloegen de oprijlaan van het herenhuis in en kwamen tot stilstand rondom een oude fontein, die allang niet meer functioneerde. Bij de deur stonden vier zwarte bedienden, elk gekleed in een vlekkeloos wit uniform, en naast hen stond Xie. Zelfs in het povere licht was zijn bescheiden houding onmiskenbaar. Toen de autoportieren opengingen, schuifelde hij naar voren om hen te begroeten.

'Ik ben vereerd door uw komst,' zei Xie, een diepe buiging makend.

Kais ogen werden vergroot door zijn dikke brillenglazen. Toen hij naar voren en het licht in stapte, werden de hangende plooien van zijn huid zichtbaar. De diepe rimpels op zijn voorhoofd waren vastgelegd in een permanente frons. Hij maakte vage tuttende geluiden toen de arts hem voorzichtig in zijn rolstoel zette en een deken strak om zijn graatmagere benen wikkelde. Kai wachtte, ongeduldig met zijn vingers op de zijkanten van de stoel roffelend, voordat zijn hoofd zich met een plotselinge ruk omdraaide.

'Ik ben er uitermate misnoegd over dat deze situatie zo uit de hand loopt,' zei hij met krakende stem in de stille nachtlucht. 'Breng mij meteen naar de generaal.'

Xie boog nogmaals, ditmaal nog dieper, terwijl Kai door de indrukwekkende voordeuropening het huis in werd geduwd. De speciale eenheden van het VBL in burgerkleding liepen aan weerszijden van hem; ze zagen er lenig en atletisch uit en namen kortere stappen, om in de pas te blijven met Kais rolstoel. Een van de soldaten was de groepscommandant en hij beende voorop; zijn ogen gleden snel over de contouren van meubels en deuropeningen in de vaag verlichte gang. Aan het uiteinde gekomen, stapte hij als eerste de veranda op. Generaal Jian stond aan de zijkant, met zijn armen over elkaar geslagen.

'Ik ben vereerd,' zei hij op vlakke toon, een plichtmatige buiging makend toen Kai naar voren werd gerold.

'Waarom hebt ú me hier gebracht?' zei de oude man, fel met zijn vinger wijzend.

'U vergist zich. Ik was het niet die u verzocht te komen,' antwoordde Jian, zijn strakke blik op Xie richtend.

'Nee, maar het zijn úw acties die eisten dat ik kwam!' spuwde Kai, wiens broze oude lichaam naar voren slingerde in de rolstoel. Hij rukte zijn hoofd opzij en trok er een extra eindje van de zuurstofslang bij voordat hij weer sprak. 'Zeg eens, generaal, op wiens gezag hebt u het hele bedrag voor de mijn overgemaakt? Een besluit van dat kaliber wordt genomen door de commissie van het Gilde, niet uit een persoonlijke gril.'

'We hadden geen tijd...'

'Onderbreek me niet! U maakt het dubbele van de afgesproken som over en dan hebt u het lef om nog meer te vragen?'

Jian gaf niet onmiddellijk antwoord. In plaats daarvan keek hij naar de acht lijfwachten die Kai flankeerden en vroeg zich af waarom er zoveel waren. Was het simpelweg omdat het hoofd van het Gilde naar een zo gevaarlijk oord als de Congo reisde, of waren ze hier voor een heel ander doel? Misschien dachten ze dat het gif niet snel genoeg werkte en waren ze hier om het proces te versnellen?

Jian richtte zijn starende blik langzaam weer op Kai. 'Ik heb het nieuwe netwerk succesvol gelanceerd en nu heb ik in één klap al onze mijnbelangen in de Congo gelegitimeerd.' Er verscheen een gespannen glimlach op zijn lippen. 'Ik zou gedacht hebben dat dit reden tot felicitatie was, in plaats van een beschuldiging uit te lokken.'

Kai probeerde iets te zeggen, maar Jian vervolgde: 'En hoewel ik er zeker van ben dat uw ondergeschikte allerlei duistere verhalen in uw oor heeft gefluisterd, moet u begrijpen wat voor buitengewone deal dit is. Vanaf nu zijn al onze mijnbelangen hier beschermd.'

In de stilte konden ze het trage gepiep van Kais ademhaling door de zuurstofslang horen. 'We zullen wel zien,' zei hij.

Toen Kai gebaarde dat hij dichter naar de tafel toe wilde worden gebracht, stapte de groepscommandant die rechts van hem stond naar voren. Hij staarde langs Jian naar het meer, de duisternis in turend. Er klonk een vaag geluid van rotoren, eerst nauwelijks hoorbaar, maar toen ze allemaal luisterden, werd het geluid duidelijker.

Kai draaide zich verward van de ene persoon naar de andere toe. 'Wat is dat?' vroeg hij. 'Wat zijn jullie allemaal aan het doen?'

'Helikopter, meneer,' zei de commandant. 'We zijn vlak bij het vliegveld, maar toch zou ik u adviseren om weer naar binnen te gaan.'

Terwijl hij sprak, werd het geluid van de rotoren luider en algauw konden ze het wit flitsende landingslicht van de helikopter in de nachthemel zien. Het kwam laag over het meer recht op hen af. De lijfwachten stapten dichter naar Kai toe en bleven voor hem staan wachten tot de helikopter overvloog, maar toen die vaart begon te minderen en bleef zweven, grepen ze naar hun pistolen en trokken hem naar de beschutting van de gang.

'Generaal, verwacht u gasten?' schreeuwde de commandant.

Jian schudde zijn hoofd, maar toen hij naar de bolle vorm van de boven het gazon zwevende helikopter staarde, herkende hij die als een van de Oryxen die hij bij het bezoek aan de mijn had gebruikt.

'Wacht,' beval hij, zijn hand in de lucht stekend. 'Dit is een van de leveringshelikopters.'

De helikopter landde, en een paar seconden later klauterden er drie figuren uit de cabine. Ze liepen over het gazon naar de rand van de veranda. Toen ze de VBL-soldaten zagen, staken ze hun handen in de lucht. Jian zag dat er een vrouw en twee mannen waren, en ze waren alle drie heel vies. Beide mannen waren met een laag dikke zwarte modder bedekt, en een van hen zag er zo mager uit dat het leek alsof hij elk moment in elkaar kon zakken.

'Wie zijn jullie?' schreeuwde Jian in het Engels.

'Wij komen van de mijn,' antwoordde Luca. 'Van Mordecais mijn in het woud.'

Jian keek van de een naar de ander, totdat zijn ogen uiteindelijk op de vrouw bleven rusten. Ze was lang en had verward haar en vieze kleren. En ze stond hem met smeulende vijandigheid aan te staren.

'Zijn jullie gezanten van Mordecai?' vroeg Jian ongelovig.

'Nee, we zijn uit de mijn ontsnapt. We zijn hier om te praten met de mensen die het vuurcoltan kopen. Een paar dagen terug was hier, in dit huis, een Chinese generaal. Dat bent u, toch?'

Jian zei niets.

'Ja, dat bent u,' zei Luca, Jians scherpe, militaire kapsel en stijve houding in zich opnemend. 'We komen u zeggen dat Mordecai u heeft verraden. Dat hij iedereen heeft verraden.'

Jian voelde dat zijn mond droog werd en er koud zweet op zijn onderrug begon te kriebelen.

'De mijn is leeg,' vervolgde Luca. 'Mordecai heeft het hele ding afgesloten en geprobeerd iedereen daarbinnen te doden.'

'Dat is een leugen!' brulde Jian, zijn hoofd omdraaiend om Kai aan te kijken. 'Ik was twee dagen geleden bij de mijn en heb een hele vracht opgehaald.'

Joshua stapte naar voren. 'Die vracht was bij elkaar geschraapt van de allerlaatste beetjes coltan. Geloof me, ik weet het. Ik was een van de mijnwerkers die het hebben uitgegraven.'

Jian begon zijn hoofd te schudden. Hij voelde zijn hartslag versnellen en scherpe pijnsteken door zijn slapen schieten. 'Ik weet niet waarom jullie hier zijn...' begon hij, maar Joshua stapte dichterbij, wat een golf van beweging onder de lijfwachten veroorzaakte.

'Er komt meer bij kijken dan de mijn,' zei hij, met zijn ogen in de richting van de oude Chinese man in de rolstoel, die aandachtig luisterde. 'U moet iets weten over het vuurcoltan dat u hebt gekocht. Het reageert met warmte, wordt een dodelijk carcinogeen zodra het warm wordt.'

Jian staarde hem verward aan. 'Wat is *carsin-geen?*'

'Carcinogeen. Het veroorzaakt kanker!' schreeuwde Joshua. 'Zodra het coltan warm wordt, ga je dood aan een kwaadaardige hersentumor. Dat is met alle mijnwerkers daar gebeurd. Er zijn er al honderden doodgegaan!'

Jian staarde hem aan, verstijfd van ontzetting terwijl de seconden verstreken. Toen werd er opeens iets duidelijk en hij begon naar zijn eigen keel te klauwen, zijn lichaam boog dubbel en zijn vingers harkten over zijn hals en borst. Iedereen staarde geschokt naar hem, terugdeinzend alsof hij plotseling bezeten was geraakt, terwijl Jian heen en weer bleef kronkelen en zijn overhemd met beide handen openscheurde. Uiteindelijk kreeg hij het leren halssnoer te pakken en drong hij zijn vingers er woest onder. Het brak met één rukkende handbeweging en hij gooide het over de tegels van de veranda. Het kwam zo'n zes meter verder glijdend tot stilstand terwijl Jian dubbelgebogen bleef staan, met zijn ogen op het dodelijke geschenk gefixeerd.

Tussen de open vouwen van zijn overhemd kon Joshua het zwarte gezwel zien dat om de hals en schouders van de Chinese man liep. Hij had dezelfde vlekken vele keren eerder gezien bij de mijnwerkers die hij had proberen te behandelen, en wist dat de kanker vanaf dit stadium snel zou oprukken. In nog geen week zou het zich verspreiden naar de zijkant van het hoofd van de man en om de paar dagen zou het tweemaal zo groot worden. De tumor zou de hersenen onder druk zetten, ze met een gekmakende intensiteit tegen het bot van de schedel van de man dringen, totdat hij er uiteindelijk aan zou sterven.

Terwijl Jian zich langzaam oprichtte en zijn overhemd weer over zijn borst trok, veranderde Joshua's uitdrukking in een van medelijden. Deze man had hoogstens nog twee weken te leven.

'Hebt u last van hoofdpijn?' vroeg hij.

Jian knikte; alle vijandigheid vloeide langzaam uit zijn uitdrukking weg. Er sprak alleen verbijstering uit terwijl hij worstelde om te geloven dat het waar kon zijn. 'Wat betekent dit?' vroeg hij. 'Wat gebeurt er met me?'

Joshua stapte dichterbij. 'U hebt nu meteen medische hulp nodig. Maar u moet begrijpen dat het al ver heen is. De tumor is van buitenaf zichtbaar en dat betekent...' Hij wachtte even. 'Het betekent dat u niet veel tijd meer hebt.'

Jians vingers gingen naar zijn hals en krabden aan de schilferige huid. Hij had de huid al weggewreven van de knobbel die eronder zat en nu sijpelde er een dun straaltje bloed uit, dat zijn vingertoppen bevlekte. Hij schudde langzaam zijn hoofd en zijn ogen keken van de ene persoon naar de andere terwijl zijn ademhaling begon te versnellen. Hij strompelde naar de gang. 'Ik moet hier weg,' mompelde hij. 'Ik moet weg.'

Maar voordat hij kon vertrekken, gebaarde Kai naar zijn lijfwachten. Ze sloten snel de gelederen voor Jian en blokkeerden hem de weg.

'Wat doen jullie?' zei hij, in paniek zijn stem verheffend. 'Laat me hieruit! Ik moet hulp krijgen!'

'U was verantwoordelijk voor dit alles,' zei Kai in het Mandarijn, Jians smeekbeden met zijn droge stem afkappend. 'U kunt wel wachten. Breng hem naar zijn kamer terug en zorg dat hij daar blijft.'

'Nee! Doe dit niet,' gilde Jian. Hij wendde zich van de muur van lijfwachten af en keek Kai aan. 'Alstublieft. Ik moet hier weg! U hoorde wat de westerling zei. Ik heb niet veel tijd.'

Even reageerde Kai niet. Toen gaf hij een langzame hoofdknik en vier van zijn lijfwachten staken hun handen uit en pakten Jian onder zijn armen vast. 'We zullen later wel met u afrekenen,' fluisterde hij.

'We kunnen een deal maken,' schreeuwde Jian, toen de lijfwachten hem naar de gang terug sleepten. 'Laat me alleen een arts opzoeken!'

Het geluid van zijn protesten stierf weg. Kais strakke blik ging van Luca naar Beer alvorens op Joshua te blijven rusten.

'U moet die man naar een ziekenhuis brengen,' zei Joshua tegen hem. 'Ik heb dit eerder gezien en hij heeft niet veel tijd.'

Kai wuifde zijn advies weg. 'We zullen het zelf wel afhandelen,' zei hij in het Engels, met slechts een heel licht accent. 'Dit carcinogeen... U zei dat het door warmte wordt veroorzaakt. Hoeveel warmte is er nodig voordat je deze effecten ziet?'

Joshua haalde zijn schouders op. 'Dat weten we niet precies, maar het wordt beslist erger naarmate het warmer is. Zoals u kunt zien, kan zelfs een kleine hoeveelheid van het echt zuivere spul dodelijk zijn als het door het lichaam wordt opgewarmd.'

Beer stapte naar voren. 'Jullie gebruiken dit voor elektronica, toch?' vroeg ze. 'Een of ander communicatieapparaat of computer?'

Kai knikte; hij zag geen reden om het feit te verhullen.

'Al die dingen produceren warmte; gewoonlijk een heleboel. Laptops moeten ventilatoren laten draaien om hun componenten koel te houden, en een mobiele telefoon hoef je alleen maar tegen je oor te drukken om de warmte die ervanaf komt te voelen.'

'Maar weet je zeker dat het genóég warmte is om fysieke schade te veroorzaken?' vroeg Kai.

'Nee, dat weten we helemaal niet zeker,' antwoordde Beer. 'Maar we zijn allemaal in die mijn geweest en hebben gezien wat het kan aanrichten. Het is dodelijk. Dus als jullie ook maar overwegen om het op de open markt te brengen, kunnen jullie het beter goed testen. Anders zullen jullie de dood van duizenden onschuldige mensen op je geweten hebben.'

Kai trok aan de zuurstofslang in zijn neus. Hij zette zijn bril af en wreef langzaam in zijn ogen, nadenkend over wat er was gezegd. Iedereen wachtte in stilte terwijl zijn oude ogen op een ver deel van het meer ergens achter hen leken te rusten.

Kai wist dat het Gilde vele miljarden dollars in het Goma-project had geïnvesteerd en dat iedere familie zich er diep in had gestoken. Dit was een nieuwe technologie die de wereld stormenderhand aan het veroveren was, en elk uitstel in dat proces, elk greintje twijfel over de veiligheid van alles zou hun eigen aandelen doen kelderen. Als de lancering zelfs werd stopgezet terwijl verdere tests werden afgerond, zouden de financiële implicaties catastrofaal zijn, laat staan als ze erachter kwamen dat de beweringen van deze westerlingen enige geldigheid hadden.

Xie schuifelde plotseling naar voren. Hij had zich in de schaduw schuilgehouden. Nu baande hij zich door de groep mensen heen om naast Kai te gaan staan. 'Als ik zo vrij mag zijn, meneer,' zei hij in het Mandarijn. 'Hoe weten we of deze westerlingen de waarheid spreken? We moeten hun achtergrond natrekken, uitzoeken of ze hierheen werden gestuurd om ons verkeerd in te lichten en de lancering van het netwerk uit te stellen.'

Kai trok een wenkbrauw op en knikte vervolgens naar de plek waar Jians halssnoer nog steeds op de grond lag. 'Al het bewijs dat we nodig hebben ligt vlak voor onze ogen.'

'Maar meneer, er zijn vele andere factoren die we moeten overwegen. De investering is ongeëvenaard en we hebben een verplichting aan het Gilde...'

Kai stak langzaam zijn hand omhoog om hem tot zwijgen te brengen. Zelfs in het matte licht zag zijn gezicht er spierwit uit; de natuurlijke kleur was volledig uit zijn wangen weggetrokken. Zijn strenge blik ging naar de westerlingen alvorens op Xie te blijven rusten. 'Verplichting,' zei hij, het woord langzaam uitrekkend. 'Waar liggen onze verplichtingen? Bij het geld of bij de miljoenen mensen die onze producten zullen gebruiken? Ja, we hebben zwaar in dit project geïnvesteerd en het is van groot belang, maar als de westerlingen gelijk hebben, dan ben ik niet bereid om een massamoordenaar te worden alleen maar om onze aandeelprijs te redden.' Kai knikte langzaam tegen zichzelf; het gewicht van de beslissing was bijna te veel voor hem om te dragen. 'Zet alle zendingen met onmiddellijke ingang stop tot het moment waarop deze nieuwe substantie goed is getest.'

Xie deed zijn ogen dicht; het enorme belang van de beslissing deed zijn hoofd tollen. Hij wist al dat de implicaties hiervan merkbaar zouden zijn in het hele Gilde en, in ruimere zin, in heel China. Het zou een toch al versplinterde alliantie verbreken en een nieuwe golf van onderlinge strijd en verwijten veroorzaken, waardoor de driehonderd rijkste families in China uit elkaar zouden worden gerukt.

'Ik zal de boodschap onmiddellijk naar buiten brengen,' zei hij, een diepe buiging makend.

Kai richtte zich tot de westerlingen. 'Als wij ontdekken dat jullie ons op de een of andere manier hebben misleid, vergis je niet, dan zullen we jullie vinden.' Hij maakte een wegwerpgebaar naar hen. 'Verlaat ons nu.'

Zonder nog een woord te zeggen vertrokken ze naar de helikopter. Xie keerde terug en ging naast Kais rolstoel staan. Verscheidene minuten wachtten ze in stilte, kijkend naar de helikopter, die langzaam opsteeg en in de nacht wegvloog.

'En de generaal?' vroeg Xie, toen het geluid eenmaal was weggestorven.

Kai bleef naar het meer staren. 'Hij blijft hier. Het lijkt erop dat zijn lot al is bezegeld.'

Jian staarde door het raam van zijn slaapkamer naar buiten. Hij had zijn overhemd losgescheurd en zat met zijn ellebogen op de tafel voor hem, het gezwel op zijn hals een dieper zwart in het matte licht. Zonder het te beseffen krabde hij weer aan de huid, zodat er nog een straaltje bloed uit sijpelde en tot aan zijn oksel neerstroomde.

Jians starende blik richtte zich weer op de tafel. Zijn laptop lag vlak voor de vlinderkooi; het scherm toonde nog de aandelenprijzen op de beurs van New York. Met een vegende armbeweging liet hij de laptop op de slaapkamervloer vallen voordat hij zijn blik weer op de vlinders richtte. De dichtstbijzijnde vouwde zijn vleugels langzaam uit elkaar, zodat er een streep iriserend roze werd onthuld.

In de loop der jaren had Jian vele honderden vlinders aan zijn verzameling toegevoegd, maar nooit eerder had hij zulke schoonheid gezien. Deze specimens waren puntgaaf, de tekeningen op elke vleugel volmaakt symmetrisch, en de kleur was mooier dan hij zich ooit had kunnen voorstellen.

Twee dagen geleden had Jian zijn bedienden opdracht gegeven om alles klaar te maken voor zijn terugkeer. Er was al een speciaal kistje gemaakt, met SALAMIS PARHASSUS netjes in bladgoud onder de omlijsting gegraveerd. Alles was klaar.

Jian opende het deurtje van de kooi en stak zijn hand erin. Terwijl hij die bedreven naar de dichtstbijzijnde vlinder toe liet glijden, spreidden zijn vingers zich tot de exacte breedte van de thorax van het schepsel. Hij hield zijn adem in en zijn zwarte ogen werden groter door de concentratie toen zijn hand plotseling naar voren schoot en de vlinder vastpakte. Met een precieze beweging gleden zijn vingers onder de fladderende vleugels. Er zou maar één aanraking nodig zijn...

Jians mond ging open toen hij de oneindig kleine beweging van de vlinder in zijn greep voelde, voordat hij hem langzaam uit de kooi trok en zijn greep ontspande. De vleugels van de vlinder openden zich in een uitbarsting van kleur toen hij omhoog vloog, kampend tegen de nachtbries die door het open raam naar binnen stroomde voordat hij in de nacht verdween.

Jian keek hem na. 'Prachtig,' fluisterde hij. 'Gewoon prachtig.'

38

Luca glipte stilletjes tussen de schone linnen lakens vandaan en stapte naar de badkamer. Hij spatte wat water over zijn gezicht en trok snel een schoon wit T-shirt en zijn bruine lichtgewicht junglebroek aan. De mensen van de wasserij hadden hun best gedaan, maar toch liepen er nog haarscheurtjes over de dijen en enkels, terwijl de knieën permanent zwartgevlekt waren van de modder.

Hij sloop naar de deur, stopte even en gluurde naar het bed. Beer lag daar nog in diepe slaap, met haar gezicht omlaag in de zware plooien van de kussens. De lakens waren om haar benen gewikkeld, zodat alleen haar voetzolen zichtbaar waren aan het uiteinde, terwijl ze vanaf haar middel naakt was. Luca stond zich er even over te verwonderen hoe mooi ze was, zelfs als ze sliep.

Hij deed de deur stilletjes achter zich dicht en liep naar de hoofdfoyer. Het hotel was een doolhof van plezierige, non-descripte gangen, allemaal hetzelfde ingericht, terwijl op panfluiten gespeelde covers van populaire muziek zich in een eindeloze soundtrack herhaalden.

De gang kwam uit in een bruisende lobby met drommen mensen in ieder deel ervan. Het toeristenseizoen in Rwanda was net begonnen en het Safari Lodge was het populairste hotel in de stad. Het krioelde van de plaatselijke bewoners en buitenlanders. Aan de zijkant zag Luca hoe een in pak geklede delegatie een conferentiecentrum in werd gedreven, terwijl een groep westerse toeristen de curiositeitenwinkel in werd geperst, wachtend tot hun reisgids zou komen voor de start van de gorillatocht. Ieder van hen had een camera met lange lens en een neus die glom van de zonnebrandcrème.

Overal om hem heen waren mensen bezig met hun normale

leven. Ze waren aan het eten, werken, ruziën en lachen; en daardoor werd zijn gevoel van scheiding des te acuter. Hij voelde zich volkomen geïsoleerd van deze mensen, alsof zelfs hun basisbehoeften op de een of andere manier anders dan de zijne waren. Dit was hún versie van normaliteit, niet de zijne, maar toch wist Luca al, door al zijn klimexpedities, dat het iets was waarmee hij zich moest verzoenen, en snel ook, als hij ooit weer in de 'normale' maatschappij wilde passen.

Dit was nu zijn leven. En dat zou hij moeten accepteren.

'Meneer Matthews.'

Het kostte de receptioniste verscheidene pogingen om zijn aandacht te trekken.

'U hebt een bericht, meneer.' Ze glimlachte, zag er op de een of andere manier aantrekkelijk uit ondanks de opzichtige kleuren van haar hoteluniform. 'Het is vanochtend gekomen.'

'Bedankt. En is er nog ontbijt? Ik verga van de honger.'

'Ze zijn het buffet aan het afruimen, maar u kunt vast nog wel iets krijgen.'

Luca bedankte haar en liep naar het balkon. Onder hem strekte zich een enorm zwembad uit. Aan beide kanten stonden keurig opgestelde tafels en zonnestoelen, met toeristen die al druk bezig waren te bruinen en hun drankjes bij de passerende obers te bestellen. Luca opende het briefje, las het en vouwde het papier vervolgens langzaam dubbel.

Het was van Joshua in het ziekenhuis. De arts had hem toestemming gegeven om te reizen en hij had hen geboekt voor de avondvlucht naar het Verenigd Koninkrijk. Over slechts negen uur zou Luca in een vliegtuig stappen.

Hij had geprobeerd zichzelf eraan te herinneren dat deze tijd met Beer zou moeten eindigen, maar ze waren nu drie dagen in hun slaapkamer opgesloten geweest, zich alleen naar buiten wagend als ze honger hadden. De tijd was irrelevant voor hen geworden, alsof de werkelijkheid zorgvuldig opzij was gezet en alle dagen en nachten tot één waren samengesmolten. Soms vrijden ze in de vroege uren van de middag; andere keren praatten ze tot diep in de nacht. Het maakte niet uit. Wat de rest van de wereld deed maakte niets meer uit. Hun bestaan concentreerde zich rondom elkaar, en allebei hadden ze zich daarin verloren.

Vanaf het moment dat ze in het hotel hadden ingecheckt, had Luca beseft dat Beer het type was dat, als ze zichzelf aan iemand gaf, zichzelf volledig gaf. Het was gewoon haar natuur om zo te zijn; geen terughoudendheid of gemanoeuvreer, gewoon zij, open en bloot. Toen ze die eerste nacht het licht uitdeden, fluisterde ze *'Je t'aime'* in zijn oor. Liefde. Luca had de woorden telkens weer in zijn hoofd herhaald. Het leek ergens zo simpel, meer als een feitelijke bewering dan een gecompliceerde emotie. En de volgende ochtend had hij hetzelfde tegen haar gezegd.

Met dit briefje van Joshua was dat allemaal plotseling veranderd. De wereld die Beer en hij voor zichzelf hadden geschapen zou binnenkort neerstorten en ze hadden nog maar een paar uur.

Luca draaide zich om en zag dat de ontbijtzaal langzaam leegliep. Hij liep erdoorheen, pakte een groot bord en stapelde de restanten van het buffet erop, eiste vlug een paar opgedroogde roereieren en lagen doorregen spek op voordat de obers de grote metalen bakken onder de hittelampen vandaan haalden. Er stond een pot koffie aan de zijkant en nadat hij alles had opgeschept, haastte hij zich snel terug.

Beer werd wakker toen Luca het bord op het nachtkastje neerzette en op de andere kant van het bed klom. Hij keek hoe ze zich langzaam uitrekte, geeuwde en haar lichaam ongehaast naar het zijne trok totdat ze boven op hem lag, met haar ellebogen over haar borst gevouwen. Ze staarde even in zijn ogen, voordat ze zich vooroverboog en hem kuste. 'Jij hebt altijd honger,' fluisterde ze. Luca glimlachte, maar ze voelde zijn aarzeling. 'Wat is er?' vroeg ze.

'Ik heb net een bericht van Joshua gekregen. De artsen zeggen dat hij fit genoeg is om te reizen.'

'Maar hoe zit het met de chemo- en radiotherapie?'

'Dat komt allemaal nog, maar hij wil naar Engeland terug en het daar doen. De tumor is in het beginstadium en hij zei dat ze een heel goede kans hebben om die eronder te krijgen als ze meteen beginnen.'

Beer deed langzaam haar ogen dicht. 'Maar dit betekent dat je weggaat.'

'Vanavond. De vlucht van acht uur.'

Luca boog zich voorover en kuste haar, voelde de woorden tussen hen in hangen. Hij voelde Beer op zijn kus reageren, maar toen ze uit elkaar gingen kon hij de droefheid in haar ogen zien. Er zat ook berusting in, alsof dit iets was wat ze elk moment had verwacht.

'Ik zat te denken,' zei hij. 'Ik kan gewoon mijn ticket wijzigen en iets langer blijven. Weet je, we hoeven dit niet nu meteen te doen.'

'Dat is het punt niet,' fluisterde ze. 'Het gaat erom waar we vanaf hier naartoe gaan.' Ze legde allebei haar handen op zijn schouders en staarde in zijn ogen. 'Ik meende wat ik zei, Luca. *Je t'aime.*'

'Dat weet ik. Maar hoe weten we of dit echt is?' vroeg hij. 'Hoe weten we of dit gevoel blijvend is? Of het niet alleen maar hier en nu is?'

Beer fronste. 'Ik ben in Afrika opgegroeid en ik kan het in mijn hart voelen wanneer ik van iemand hou.' Ze tilde zijn hand op en drukte hem tegen haar borst. 'Ik kan het hier vóélen wanneer ik van iemand hou. Ook al kan diegene dat niet.'

Luca omhelsde haar en drukte haar hoofd lichtjes achterover met de kracht van zijn kus. 'Ik wel,' fluisterde hij. 'Ik hou wel van je.'

Na een poosje knipperde ze met haar ogen, wezenloos voor zich uit starend terwijl Luca zijn vingers in haar haar krulde. Ze schudde haar hoofd al.

'Ik heb een zoon,' zei ze, zo zacht dat het nauwelijks hoorbaar was. 'Nathan zit in Kaapstad op mij te wachten. Ik heb daar een hele familie, Luca. Een leven.' Ze keek in zijn ogen. 'Dat kan ik niet gewoon negeren.'

Hij staarde haar aan, beseffend wat er gedaan moest worden, maar het druiste in tegen alles wat hij op dat moment voelde. Hij wilde zijn armen om haar heen slaan en blijven waar ze waren, alles opschorten en bij haar zijn. Maar hij wist dat dit niet de basis was voor een blijvende relatie. Ze waren te zeer verwikkeld in de verschrikking van de afgelopen week, te zeer verblind door de kracht van de gedeelde ervaring, om te weten wat echt was en wat niet.

Verscheidene seconden staarde hij haar aan. Uiteindelijk zei hij: 'We moeten een tijdje uit elkaar gaan. Jij moet teruggaan naar je familie en proberen of het lukt. Echt proberen. En mij vergeten.'

Beers frons werd dieper. '*Mais comment je peux faire cela?*' Maar hoe kan ik dat nou doen? vroeg ze smekend. 'Na alles wat we hebben doorgemaakt vraag je mij weg te gaan? Alsof ik mijn eigen hart gewoon kan negeren!' Er liep een traan over de zijkant van haar neus. 'Zo kan ik niet leven, Luca! Ik kan niet doorgaan met doen alsof ik die speciale gevoelens niet heb. Alsof jij niet bestaat.'

Hij stak zijn handen uit en trok haar zachtjes dichter naar zich toe. 'Je zult doorgaan én je zult doen alsof omdat je dat aan je zoon verplicht bent. Als je over een jaar nog steeds hetzelfde voor me voelt, kom me dan maar opzoeken. Ik zal wachten.'

Er viel een korte stilte. 'Waarom kan ik niet bij de mensen zijn van wie ik hou?' fluisterde ze. 'Eerst mijn vader, en nu jij.'

Luca gaf geen antwoord, wetend dat hij niets kon zeggen wat zou volstaan. Heel lang lagen ze in elkaars armen, luisterden naar het lage gezoem van de airconditioning en voelden de zachte luchtstroom over hen heen spoelen. Er klonk een vaag geroezemoes van auto's die voorbijreden op de hoofdweg achter de zorgvuldig gemanicuurde tuinen van het hotel; ze luisterden naar ieder geluid uit de buitenwereld en met elke minuut die er verstreek voelden ze het dichterbij komen.

Uiteindelijk keek Beer op en wierp een blik op haar horloge. Ze kuste hem nog een keer, maar toen ze zich terugtrok, zag Luca ditmaal een flauwe glimlach op haar lippen.

'Als we nog maar een paar uur hebben,' zei ze, 'kunnen we er maar beter het beste van maken.'

39

De zon kwam op boven de uitgestrekte stad Kinshasa. Hij filterde langs de hoge gebouwen van het centrum en de Boulevard du 30 Juin, alvorens neer te stralen op de massa achterbuurten met blikken hutten die opeengepakt langs de rivier stonden. Er lagen honderden bootjes en prauwen langs de waterkant voor anker, met op beide oevers hoge hopen afval. Hier was de Congorivier breed, alsof hij zichzelf bijeenraapte voordat hij de Atlantische Oceaan in stroomde, en er eindelijk een einde kwam aan zijn duizend mijl lange reis.

Op de flank van de Mont Ngaliema kroop het eerste daglicht langs de gordijnen van het presidentiële paleis. Het gaf reliëf aan de silhouetten van de Louis XV-meubels en het hoge, sierlijk vervaardigde plafond van de grote slaapkamer. Op het bed lag een man in diepe slaap, maar om de paar seconden schokte zijn lichaam onwillekeurig en draaide hij zich om, zodat de lakens om hem heen in de knoop raakten. Er kriebelde zweet op zijn voorhoofd, terwijl zijn wangen krampachtig trokken. Hij begon wakker te worden, en toen het daglicht iets verder de kamer in kroop, schoten zijn ogen open.

Joseph-Désiré Mordecai richtte zich langzaam van het bed op en ging met zijn hoofd in zijn handen zitten. Zijn palmen werden vochtig van het zweet. Toen hij zijn handen langzaam van zijn gezicht trok, kon hij zien dat ze trilden. De nachtmerries waren weer begonnen.

Sinds ze Kinshasa hadden bereikt en zijn LRA-troepen Kabila's ongedisciplineerde regeringstroepen met gemak hadden verslagen, had Mordecai zich in het presidentiële vertrek opgesloten met orders om niet gestoord te worden. Hij had instructies achtergelaten om de naam van het LRA te veranderen; hij had er Le Mouvement Démocratique du Congo of MDC van gemaakt en iedere kruiperige minister van het oude regime was al overgestapt en zwoer trouw. Het overgebleven deel van de MONUC-troepen was hun compounds haastig aan het ontmantelen, terwijl de rebellie van de Mai-Mai in het oosten snel de kop was ingedrukt. Er was een vrij groot deel van zijn leger voor nodig geweest, maar nu waren alle Mai-Mai-dorpen met de grond gelijkgemaakt. Ondanks het geld van de Amerikanen was er nauwelijks een man, vrouw of kind van die stam in leven gelaten.

De delegaties uit het Westen waren al aangekomen om onderhandelingen over mineraalrechten te beginnen.

Hij had vernomen dat de Fransen een motie hadden ingediend bij de VN-Veiligheidsraad om het niveau van de criminele status van het LRA te verlagen en dat ze elke veronderstelling van genocide uit hun bestanden wisten, terwijl er verhalen in de pers waren verspreid dat de pas geformeerde MDC in feite niets te maken had met de voorheen door Joseph Kony geleide rebellengroep van het LRA. Het witwassen was begonnen, en westerse regeringen waren daar experts in.

Mordecai hoorde een zachte klop op de deur.

'Ik zei dat ik niet gestoord wilde worden!' brulde hij, het zweet van zijn voorhoofd vegend. Hij staarde naar zijn trillende handen. De nachtmerries... die werden erger. Hij begon ze ook al overdag te krijgen; zijn gezichtsveld werd dan mistig terwijl de beelden voor zijn ogen flitsten. De dagen en nachten gingen wazig in elkaar over, werden een eindeloze schemering, gevuld met de gekwelde gezichten van zijn slachtoffers. Maar er was één gezicht dat hij telkens weer voor zich zag, wat hij ook deed. Die vrouw bij de rivier. Degene die zijn lip had gespleten en zijn neus had gebroken. Zij was de eerste geweest die hem had getrotseerd, de eerste zonder angst, en nu zou hij elke ochtend wakker worden en haar van haat vervulde ogen zien.

Er was die dag iets veranderd. Hij voelde zich er naakt en onzeker door; zijn zelfvertrouwen verminderde met elke nieuwe ochtend, en elke nieuwe aanblik. Hij voelde zich verlamd door de gedachte alleen al dat hij ging slapen en wist dat ze er zou zijn wanneer hij wakker werd, met die ogen die in hem brandden.

Er werd nogmaals zacht op de deur geklopt.

'Meneer, de Amerikaanse delegatie is aangekomen,' zei een stem nerveus door de deur heen. 'En u hebt gezegd, meneer, dat... dat u met ze wilde praten. Ze wachten nu al meer dan twee uur.'

'Laat ze maar wachten!' schreeuwde Mordecai. Na een poosje richtte hij zich van het bed op en wendde zich langzaam van de deur af. Hij stapte naar het raam, liet zijn vingers om de rand van het gordijn glijden en trok het voorzichtig opzij. Vanaf de plek waar het paleis was gesitueerd, hoog op de helling, kon hij recht over de stad uitkijken. De beschietingen waren uiteindelijk opgehouden en de oorlog was voorbij. Ruim een week nu was hij de heerser van de hele Congo.

Hij liep een antichambre in, ging naar de prachtige badkamer en kleedde zich snel aan. Zijn kleren waren voor hem klaargelegd: een somber, antracietkleurig pak met een discrete bleekblauwe das. In de kast vlak naast hem zag hij een van zijn oude witte pakken hangen, nu pas gewassen en gestreken, maar er zaten nog steeds grijze vlekken op de manchetten en de enkels. Hij stak zijn hand uit en wreef zachtjes met zijn duim en wijsvinger over de stof. Hoe was het zo snel zover gekomen? Hij begon zich al als een van hen te kleden.

Toen hij zich had klaargemaakt en terugliep naar de slaapkamerdeur, wachtte hij even, met zijn hand gewoon op de kruk. Zo bleef hij verscheidene seconden staan, met zijn voorhoofd tegen het harde hout gedrukt, en ademde diep uit; hij voelde dezelfde ongerustheid die hij bij het ontwaken in de rimboe had gevoeld. Hij had het altijd zo gemakkelijk gevonden om het licht onder ogen te zien, om de waarheid te vinden. Nu leek alles zo onduidelijk.

Mordecai trok de deuren open en stapte plotseling naar buiten, het licht in. Zijn lijfwachten stonden daar, geflankeerd door twee privésecretarissen, te wachten.

'Breng me naar ze toe,' zei hij, ervoor zorgend dat zijn stem nonchalant en ongehaast leek.

De secretarissen leidden hem snel een trap met een rode loper af en vervolgens nog een, en laveerden door het interieur van het paleis naar de grote zaal, waar een menigte wachtende diplomaten zich had verzameld. Het waren er honderden, gegroepeerd naar nationaliteit en wederzijds belang. Toen Mordecai naderde, viel de hele zaal stil; iedereen staarde vol verwachting naar de nieuwe leider van de Congo.

'Muzungos,' zei Mordecai bij zichzelf terwijl er een glimlach op zijn lippen verscheen. 'Ze leren het nooit.'

Dankwoord

Het verbaast me altijd hoe onzelfzuchtig mensen kunnen zijn. Tijd, kennis en energie werden me in overvloed aangeboden bij dit boek en ik ben een lange lijst met mensen dank verschuldigd, variërend van degenen die me op het avontuur zelf hebben vergezeld tot degenen die me – zelfs onbewust – hebben geïnspireerd.

Dank aan Oli Steads omdat hij ermee instemde met me mee te gaan naar de Democratische Republiek Congo en me door het proces heen heeft geleid. Vervolgens aan degenen die onderweg zoveel hebben geholpen; Tom Mills voor advies in Londen, Rosemary Ruf omdat zij ons het Okapireservaat heeft binnengebracht, aan Mbake Shiva en aan Thalia Liokatis, die zo vriendelijk en zorgzaam was. Aan Luis, onze regelaar in Goma, en Jon Cadd, de Cessna-piloot die ons erheen heeft gevlogen.

Dank aan Adam Pletts voor die discussieavond over Kony in Beiroet, en Cirine El Husseini voor het proeflezen van iedere kladversie en voor de Arabische vertalingen. Aan Jeff Willner voor zijn hulp bij de Swahili-vertalingen en Charlie Scott voor de militaire kennis die het boek heeft gered van mijn *Rambo*-clichés. Aan Simon en Chika voor hun correcties, en aan Mike voor zijn rol als klankbord onder het genot van pinten in de Windsor Castle.

Verder aan Tim Glister van Jankow & Nesbit voor zulke onuitputtelijke steun. Kate Weinberg, de bron van zoveel ideeën en structuur voor dit boek. Net als bij het eerste, had ik het zonder jou echt niet voor elkaar gekregen. Dank je wel. Hetzelfde geldt voor Rosie de Courcy, die het manuscript keer op keer heeft doorgenomen en het in vorm heeft geslagen. Het geeft me zo'n zelfvertrouwen als ik weet dat jij er bent.

Aan Rick en Margie Garratt in Kaapstad ben ik dank verschuldigd voor het verdragen van mijn vermoeide stemmingen en het opgeven van diverse delen van hun huis om er kantoren van te maken. Oscar en Electra, omdat ik deze keer zo weinig tijd met jullie heb doorgebracht in Zuid-Afrika. Maar ten slotte gaat mijn dank naar Robyn uit. Altijd aanwezig, altijd geduldig. We zijn er samen doorheen gekomen!